書下ろし

# チェイサー91

夏見正隆



祥伝社文庫

# 目次

# プロローグ

「――――」

舞島茜《まいじまあかね》は、コンクリートの床に横向きに寝そべった姿勢から前方を見た。

横向きの視界。

青灰色のシルエットがある。

二枚の垂直尾翼。

二つのノズルを、ややこちらへ向けた角度でたたずんでいる。

距離にして、ここから十五メートルか……。

間合いを目で測った。地面に転がされた視点から見上げると、そのシルエットは外からの逆光線の中、視界の半分を占めるくらい。

(――もともと、大きい機体だからな。あの子)

へさきが、外へ出る長方形の開口部へ向いている。

メイン・チョークがかかっている――

逆光線に目をすがめ、シルエットのあちこちを点検した。

あれを動かすには、主車輪に噛《か》まされたチョークを、まず蹴《け》って外さないと……。

操縦席へ乗り込むための梯子《はしご》は、かけられたままだ……。機首の下に梯子の脚が見えている。ここからは死角になっているが、コクピットの前面風防の枠に、ヘルメットと酸素マスクが引っかけるようにして置かれているのをさっき確認した。


問題は。

私の両手首が、背中に回されて縛《しば》られ、両足首も縛られていること。

顔の下半分を、銀色のアルミテープで塞《ふさ》がれ、声が出ないようにされていること。

そしてこの農業用大型倉庫のコンクリートの床に、転がされていること。

(――大きいな……)

茜は、目だけを動かして、建物の内側の空間を探った。

昼間だが薄暗い。

窓も、照明というものもほとんど無い。高い天井。収穫物を集めて、一時保管するための倉庫――サイロとでも言うのだろうか。

使われていないのだろうか。今は、がらんとして何も無い……あのＦ15Ｊの機体一つを除いては。

（……！）

　はっ、と息を呑《の》んだ。

「死体と一緒に埋《う》めろ」

　声がした。

「あれは居なかったことにする」

　同時に、サイロの薄い壁の外のどこかで、ディーゼル機関の始動する唸《うな》り。

　あれは――ここへ来る前に外で見かけた、パワーショベルを動かしているのか。

　目を上げても、壁しか見えない。

　頰《ほお》に足音が伝わって来る。

　もがいて、視線を声の方へ向ける。サイロの空間の奥――事務室のような中から、ワークブーツの足が出て来る。複数。視線を上げる。青黒い戦闘服。

「女の子、始末するんですか」

「そういう〈上〉の指示だ。どのみち、顔を見られたからな」

　声が言う。

　近づいて来る。

　うっ、と茜は身体を緊張させる。

　隣を見る。

今まで、見ないようにしていた——

数メートル横。

飛行服を着た長身が、俯《うつぶ》せに倒れている。流れ出た血液が半径一メートルの水たまりのように、黒く円形に広がっている。この人が絶命して、もう三十分か……？

自分も、こうなるのか。

（私が、ここにいるのが想定外だったから……）

戦闘服の連中は、どこかから指示を受けるのに時間を要していただけか……？

コツ
足音が近づく。
二人。
どこかに、仲間はもっといるのだろう。でもサイロ内の空間に出て来たのは二人だ。
（――――）
茜は、姿勢はそのままに、背中の手首を擦《こす》り合わせる。
ありあわせのナイロン・ロープを使ったらしい。
こんなジーンズ姿の細身の女子ひとり、大した抵抗もしないだろうと思ったか。
コツ、コツ

コツ

足音が近づく。

（くそ）

背中の手首と、ロープの間にわずかな隙間《すきま》が出来る。やはり縛り方は甘い。少しずつ、緩《ゆる》む。

だが

コツッ

足音はすぐそばで止まり、何かが茜の頭へ向けられる気配がした。

「おい」

声が言った。

「娘。ここへ紛《まぎ》れ込んだのを、不運だったと思え」

カチ

頭上の声の主——戦闘服の男が手にしているのは黒い物体。自動拳銃だ。カチ、という微《かす》かな音は、男の右手の親指が安全装置を外した音だ。

（——うっ）

茜は声が出せぬまま、斜め上から向けられた銃口に目を見開いた。

まっすぐに、自分の額《ひたい》へ向けられている。

男の顔と、その胸部の黒い防弾ベスト、そして拳銃を握《にぎ》る右腕がすぐ頭上に。

防弾ベストには白い文字がある。

鳥取《とっとり》県警。

く、くそっ……。

「……！」

茜は声を出そうとするが、口に貼《は》られたテープのせいで唇が開かない。鼻で激しく息を吸い込むだけだ。

「では死ね」

革手袋の指が、すぐ頭上で引き金を引き絞る。

# 第Ⅰ章　舞島《まいじま》茜《あかね》

1

二十四時間前――

●石川《いしかわ》県　小松《こまつ》

航空自衛隊小松基地・整備ハンガー

『――日本が原発ゼロの方針に基づき高速増殖炉〈もんじゅ〉の開発計画を打ち切ったことで、国連のパク・ギムル事務総長は、〈もんじゅ〉に貯蔵される三トンのプルトニウムについて国連の管理下におくことを提唱し、このたび定例常任理事会にかけられ承認されました』

整備隊の控室のTVが、昼のニュースを流している。

舞島茜は、座っている暇はなかった。

官舎で作ってきたサンドウィッチの簡単な昼食を腹に流し込むと、紙コップのインスタント・コーヒーを飲み干し、整備マニュアルを取ってハンガーへ向かった。

渡り廊下への扉を開くと、轟音《ごうおん》が空気を震わせた。数百メートル離れた滑走路から、プラット・アンド・ホイットニー／IHI・F100エンジン双発のアフターバーナー点火音は、茜のうなじにまとめた髪を震わせた。

「――――」

足を止めず、舞島茜はちらと滑走路の方を見やった。明るい青灰色の流線形が二つ、そろって尾部から焔《ほのお》の尾を曳《ひ》き加速に入るところだ。たちまち地を蹴《け》って、二つの影は機首を引き起こし浮揚する。

ドドドッ――

曇《くも》った空へ、機影は小さくなり突っ込んで行き、すぐ見えなくなる。茜は爆音を背に、ハンガーへの通用口を開く。

巨大なカマボコ状の屋根をもつ格納庫だ。この基地には四棟ある。整備隊は、その中央の一棟に繋《つな》がる形で隊舎を持っている。二十四時間、三交替で勤務する整備隊員は二〇〇名。茜はその一人だ。いや、最近その一人となった。

「舞島一曹」

カン、キンと金属音が響く整備ハンガー。大型の体育館のような、湾曲《わんきょく》した天井の下は水銀灯に照らされ、流線形のシルエットが並んで整備作業を受けている。並ぶシルエットは四つ。その一つへ早足で歩み寄る。近づくと、青灰色の機体は見上げるほど大きい。二枚の垂直尾翼。

「すまんな、急に来てもらって」

流体力学の粋《すい》を凝《こ》らしたという、微妙な曲線が突き出す機首。サイドの空気取り入れ口の前方に日の丸が描かれている。その下から、作業の手を止めずに有川《ありかわ》整備班長が言う。機首下面に開いた整備用アクセス・パネルの蓋《ふた》を開いて、中をフラッシュ・ライトで照らして見ている。

「いえ。いいんです」

茜は歩み寄ると、脚立の下にマニュアルを置いて、開かれたパネルの中を見上げた。

「ピトー・スタティック系統ですか？」

「あぁ、ヒーターの断線かも知れない」

四十代の有川は、配線を調べている。

配線の状態を、目視で直接確認しなければいけないということは。コントロール・ボックス内の電子的な故障ではなく、ケーブルの断線ということか。

「午前中に、この機に乗ったパイロットから『雲中で速度表示が一時的にロストした』と故障の報告があったんだ。こいつは、午後の訓練でも使われる。急いで見ないとな」

「そうですか」

８８９という機首ナンバーのＦ15Ｊの機体を、茜は一歩下がって見渡した。

（――――）

この子は、そういうトラブルを今までに起こしたかな……。

「こいつには、乗ったことがあるか？　舞島」

「あ、はい」茜は思い出してうなずく。「一度か二度は、たぶん」

「そうか」

年齢は二回りも上だが、階級は茜と同じ一等空曹の有川はうなずく。一般隊員が、三等空尉より上の幹部（士官）となるには昇任試験を受けて合格し、幹部候補生学校へ入校して数か月の訓練を受け直さなくてはならない。航空自衛隊の現場技術者である整備員にはそんな面倒なことはしていられない』と言って、昇任試験を受けない者が多い。

「舞島、お前なら分かるだろう、飛行中にピトー・プローブのヒーティング機能が故障したら、どうなる」

「雲に入った途端に、ピトー管が氷結をして、速度表示が出なくなります」

「そうだな」手を動かしながら、有川はうなずく。「そういう時、パイロットはどうするんだ?」

「速度計がフラックスしたら、プローブの氷結を疑い、まず姿勢を一定にします。水平線を参考に」

「雲の中で、外が見えなかったら?」

「その時でも、INSの姿勢データはピトーの系統と別ですから、ヘッドアップ・ディスプレーの姿勢表示は信用出来ます。後は雲を出るか、徐々に降下して気温の高い高度まで下がります」

「それでも駄目だったら? つまり速度表示が戻らなかったら。速度は重要なパラメータだろう、分からないと着陸は無理だ」

「いえ、その時はブタ勘で何とかします」

「ブタ勘……?」

「着陸進入の時の機体姿勢とパワーは、だいたい覚えてるから。速度が分からなくても、失速させずに何とか基地へ降ろします」

「そうか」有川はうなずく。「テスター取ってくれ」

「はい」

急な修理作業が発生したから、すぐ手伝いに行けと指示されたのが、十分前。

　整備士としては勉強中の身だ。最近は、昼食も隊員食堂へ行かず、出勤前に自分でこしらえたサンドウィッチやおにぎりをつまみながら隊の事務机でマニュアルを広げている。勉強熱心だなと言われると、「はい」とだけ応《こた》える。さすがは元パイロットだ、と言われると苦笑する。

　三等空尉へ任官する前にコースを降りてしまったから、茜は階級は一曹のままだ。自衛隊では、一般隊員は食堂を無料で利用出来る。三尉になってしまっていたら、自分で払わなくてはいけなかった。一曹から三尉に上がっても、俸給はそれほど増えるわけではない。むしろ生活面では助かっている。それでもこのところ、食堂へ足が向かなくなってしまったのは別の理由がある。


「配線図は持ってきたか」

「ここに」

　茜は分厚いバインダー式のマニュアルを、開いて腕に抱えた（民間機と違って、戦闘機のマニュアルはテクニカル・オーダーと呼ばれる）。エアデータ・センサー系統の配線図のページだ。慣れないと、ページを探すだけで何分もかかる。

　午前中の訓練飛行で、この機体――Ｆ15Ｊの８８９号機は飛行中に速度計の表示が出なくなるというトラブルを起こしたらしい。

「妙だな。断線はどこにもない」

有川は脚立を降りて来ると、茜の持ってきた配線図を覗《のぞ》き込んだ。

「配線は憶《おぼ》えているつもりだったが、念のために持ってきてもらったんだ。俺のチェック
した箇所で間違いないよな」

「トラブルが、再現しないのですか」

「コントロール・ボックスの自己診断テストが正常で、配線も断線していないとなると。

表示が失われた原因は何だろうな」

「何でしょうね」

訊《き》かれても、分かるはずもない。整備の勉強を、半年前に始めたばかりだ。

仕事は、通常の作業ならこなせる。輪番でアラート・ハンガーの勤務にもついている。

スクランブルの時には茜は兵装係をする。ＡＡＭ３ミサイルの取付けと取扱いだ。

でも、難しい故障の原因探究などは、経験を積んでいかないと無理だ。

有川も、茜に答を期待したわけでも無いらしい、腕組みをして唸《うな》った。

そこへ
「機体の具合はどうですか」

声がした。

振り向くと、男が立っている。

長身だ。オリーブ・グリーンの飛行服。階級章は一尉。

眉《まゆ》が濃《こ》い。茜と有川が敬礼すると、折り目正しく「どうも」と応えた。

（この人は誰だろう）

パイロットなのは分かる。

見ない顔だ。

三十代の初めくらい。彫りの深い面差《おもざ》しは、あまり日に灼《や》けていない。

よその航空団の所属か。あるいは新任の幹部か……？　そうか、自分が飛行隊を離れてからもう半年になる。人の異動も行われるだろう――

飛行服の胸のネーム。
T　SAKAZUME
「午後の訓練に、機体を使いたいので見に来たのですが」

坂詰、と書くのか……？　長身の幹部パイロットは、８８９号機の機首を見上げる。

「午前中のトラブルのことは、聞いています。直りそうですか」

「何とも言えませんね」

修理作業の行われるハンガーに、パイロットに入って来られるのを整備士たちはあまり好まない。

格納庫に引き入れた以上、機体の主は自分たちなのだ――

有川の事務的に答える口調を横で見ながら、茜はその気持ちが分かる気がした。操縦が専門の彼らには、トラブルが起きた時の情況は詳しく報告して欲しい。だがいったん機体がハンガーに入ったら、彼らパイロットに出来ることは何も無い。むしろ覗きに来られると、余計な気を使うぶん、迷惑だ。

（彼らパイロット、か――）

そんなことを思いながら、茜は『すっかりこちら側の人間になった』と感じた。もう、自分が航空自衛隊で飛ぶことは無いだろう。

長身の飛行服の左胸に縫《ぬ》いつけられたウイングマークに見入っていることに気づき、茜は視線を戻す。

「原因が、分からないのです。コントロール・ボックスの自己テストは正常にパス、配線のワイヤーもどこも断線していないとなると――」

「いや、それならば断線でしょう」

SAKAZUMEというネームの男は、整備班長の言葉を遮《さえぎ》るように頭を振った。

「どこかが切れていて、地上ではくっついているが上空で気圧が下がると切断面が離れて導通が切れる、という現象が稀《まれ》にある」

何だ、この男……。

茜は、眉をひそめた。

物腰はていねいだが、聞いていると整備士の領分に踏み込んで、断定をする。

戦闘機パイロット――特にF15イーグルに乗る空対空戦闘専門のファイター・タイプのパイロットには、もっと単純明快な性格の者が多い。いや、自分が見て来た限りにおいてだが……。


「午後の飛行訓練に、この機体をぜひ使いたいんだ」

男は、ぎょろりとした眼を有川に向けた。

物腰は妙にていねいだが――

「念のために、バイパス回路をつけるというのはどうですか。導通が上空で切れても、バイパスが繋いであれば大丈夫だ」

「しかし」有川は言葉を濁《にご》す。「それは『改造』に当たるから」

航空機の整備は、戦闘機に限らず、マニュアルにしたがって厳格に行われる。整備士にはやっていいことと、やってはならないことがある。勝手な『改造』は、機体システム全体にどんな影響を及ぼすか分からない。

「いや、規定なら大丈夫だ」

男はうなずく。

「私は、飛行開発実験団にいたことがあり、テストパイロットの資格を持っています。実験団のマニュアルでは、センサー類を保護するための軽微な改造は認められている。私が整備ログにサインをすれば、大丈夫です」

「ううむ」

「午後の訓練ができないと、明日から横田で米軍との合同会議が始まって、飛行資格が維持できなくなってしまう。何とか、助けていただけないか」

男は、自分の飛行服の胸のウイングマークを指した。

「わかりました」有川は、腕組みをしたままうなずく。「そういうことであれば」


(奇特な人がいるなぁ)

茜は思った。

新人のパイロットだった頃。自分は操縦法のマニュアルや、戦技のことでいつも頭がいっぱいだった。機体システムの中身のことなんかあまり興味を持たなかったし、こうやって整備工場へ来て整備士と一緒に機体をいじるなんてこと、したことがない。

男が工具を取り、脚立に上って機首の下面に潜《もぐ》り込むのを見ながら思った。

(——ていうか、してる人って、いるのかな)

来ても、こうやって整備士に迷惑がられるし……。

●整備ハンガー前

三十分後。

機首の下側に内蔵されたセンサー回路に、バイパスを施《ほどこ》すという『軽微な』改造作業はあっさりと終わった。

飛行開発実験団――航空機のテストや開発をする集団に、いたことがあるという。男は整備士にひけを取らない手つきで、配線の補修作業を自分でしてしまった。

整備ログにサインすると、「ありがとう、ありがとう」と男は茜にまで握手《あくしゅ》をした。

よほど嬉《うれ》しかったのか……?

(変な人だな)

トラクターに曳《ひ》かれ、F15J・889号機はゆっくりエプロンへと出ていく。長身の男はまるで競走馬に付き添う騎手のように、一緒に横を歩いていく。

「変わった人ですね」

思わず、言うと。

「エリートだろう、あんなものだ」

有川は横で見送りながら言う。

「飛行開発実験団にもいて、今は横田の航空総隊で会議ばかりしているんだろ」

「航空総隊？」

「パッチを見なかったか。総隊飛行隊」

「あぁ……」

ウイングマークにばかり目がいっていた。

「この基地には」有川は続ける。「ときどき、よそからパイロットが定期訓練をしに来る。普段は地上で組織の仕事ばかりして、操縦者の資格を維持するために、ああして月に一度くらいF15で飛びに来るんだ。防大出なんだろう、偉くなるコースの人さ」

「ああ、なるほど」

空自では、戦闘機パイロットに二種類ある。

現場でずっと飛ぶ者と、組織で偉くなる者だ。

小松の第六航空団には第三〇七、三〇八と二つの飛行隊がある。それぞれの飛行隊長の上に防衛部長というポストがあって、司令の下で実質上、組織を仕切っている。そこにはウイングマークをつけた防衛大学校出の二佐が就いているが、確かに普段は会議ばかりしていて、飛んでいるところを見たことがない。

そういうコースの人か……。

茜は、高校を出てすぐに採用される航空学生の出身だ。戦闘機パイロットを続けられていたとしても、自分には縁のない道だ。

(ま、あたしにはもう関係ないか……)

ポニーテールに後ろでまとめた髪が、風にあおられた。

(――――)

目を上げる。

難しい風だ、今日は――

でも反射的に、風向を読んでいた。

(海からの強風だ。これじゃベース・ターンが、オーバーシュートする……)

そう思う茜の頭の真上を、二機編隊が通過した。

訓練空域から帰投して来たのか。

ドッ

ドンッ

二機のF15。左後ろにつく二番機が、着陸のため左バンクをとって長機から離れる。

「あ、へたくそ」

思わず声が漏《も》れた。

バンクの入れ方が、甘い。

目で追うと。案の定、二番機は滑走路にラインナップするベース・ターンを大きく風に流されオーバーシュート——つまり着陸コースからはみ出す。

しっかり、Gをかけろ。

心の中で言ってしまう。

訓練生だった頃から、同期で女子は自分一人だったけれど『操縦で他人に負けた』と感じたことはない。むしろ、調子の悪い同期生から相談をされることのほうが多かった。

舞島、こういう時、お前はどうやっているんだ。

訊かれると、自分で研究したコツを教えてやったりした。操縦は、まず『型』だから。構えの段階から目を置く場所があるんだよ——

対戦闘機戦闘訓練は、訓練基地である宮崎県の新田原《にゅうたばる》で初めてやった。面白かった。

舞島、俺があの時シックスから食いつくのにどうして気づいた。

背中から襲いかかられるのは、気配で分かるよ。

気配……？

このレベルになると、言葉で解説するのも難しい。

（————）

茜は唇を嚙む。

(——あの時)

あの時、眩暈《めまい》さえ起こさなきゃ……。

目で追うイーグルは、蛇行しながらようやく滑走路の末端直上でセンターラインに乗り、なんとか接地した。

タイヤがパッ、と白煙を上げる。

あれは誰だろう。

いや。

「誰でも、もう関係ないか」

自分の仕事をしよう……。

マニュアルを両腕に抱えると、茜はまた整備隊の隊舎へ戻って行った。

## 2

●小松基地　整備隊
整備隊オフィスへ戻ると、午後のハンガー勤務のシフトが始まるまで十五分あった。

(——勉強しよう)

わずかな時間も無駄にしたくない。茜はまた机上にマニュアルを広げ、自分のノートを広げた。兵器取扱主任者となるための部内試験が、来月に迫《せま》っている。マーカーを取り出そうと筆入れを開けると

「あ」

ファスナーに付けてある小さなマスコットが、ポロッと取れて床に転がった。

いけない。

拾い上げる。それは、紺《こん》の袴《はかま》に道着姿の女の子をかたどった、小さな人形だ。フェルトの生地がほつれている。古びたマスコットだが、茜はていねいに埃《ほこり》を払い、眼を寄せて付け直そうとする。

そこへ

「舞島一曹。電話です」

電話のある事務席から、先輩である男性の二曹が呼んだ。

「は、はい」

茜は、整備士としては新米だ。隊では年齢も下から数えた方が早い。しかし階級は一等空曹なので、整備士の先輩から敬語を使われることがある。やりにくい。

筆入れを置き、立ち上がって「どうも」と受話器を受け取る。

ランプを見ると基地内の回線だ。

「はい舞島一曹——」

『今夜のことなんだが』

声は年配の男性だ。

「あぁ、司令ですか」

渋みのある声と、単刀直入な話し方ですぐ分かる。

茜が身内でも呼ぶように「司令」と口にしたので、周囲の数人が驚いたように見た。

いけない、驚かせてしまった。

この部署には、自分と第六航空団司令の橋本繁晴《はしもとしげはる》空将補に個人的なつき合いがあることを、まだ知らぬ人が多い。

『あぁ、すまんな勤務中に。今夜の話だ』

背後の空気を感じ取ったのか、年配の人物は『すまん』と繰り返した。

『師範代を、また頼みたいのだ。いいかな』

「ええ、構いませんが」

『助かる、今月は会議が多くて、なかなか道場を見に行けなくてな』

「はい——今夜八時ですね。はい司令、分かりました」

うなずいて、電話を切ると。

「舞島一曹って、まさか団司令の愛人……？」

若い整備士の三曹が、驚いた顔で口にした。

航空団司令は、すなわち小松基地の総司令官だ。

本当に愛人だったら、まさか基地内の回線で堂々と電話して来るはずはないから、半ば冗談なのだろうが――

「お前、投げ飛ばされるぞ、そんなこと言ってると」

事情を知っている二曹が、横から肘《ひじ》で小突く。

「舞島一曹は強いんだ。あんなふうに、見かけは細いけど」

「投げ飛ばしはしませんよ、合気道ですから」

茜は苦笑する。

「地元の道場を、司令が見ていて。私もときどき手伝いに行くんです」

「舞島一曹は有段者なのですか」

「小さい頃から、やってましたから」

自分が特技――というか生活の一部にしている合気道は、よく実際と違ったイメージで見られる。

「投げ飛ばさないなら、どうやって相手をやるんです？」

「どうもやりません」

茜は席に戻り、袴姿の女の子のマスコットを付け直す。

「合気道には、攻撃の『型』がないんです。防御だけです。だから試合って言っても演武をするばっかりで」

「そうなんですか」

「対決とか、勝負とかも無しです。何というか——こっちから攻撃もしないし、試合は、襲われるのを受けるだけだし」

すると
「お前、師範の代わりなんかできるの?」

背中で声がした。


振り向くと、長身の若い男が立っている。

「いや、お前が合気道をやってるって話は聞いてたけど」

オリーブ・グリーンの飛行服を、汗で黒くしている。顔にはまだ酸素マスクの跡がついている。歳は茜と同じ。

白矢英一《しらやえいいち》だ。

「何だ、いたの」

茜は一瞬だけ、背の高い同期生を見やったが、すぐ机上のマニュアルへ眼を戻した。

「整備隊まで何しに来た？」

「何しに——って」

白矢英一は、困ったように口ごもる。

「いや、またオーバーシュートしちまってさ。着陸がぐちゃぐちゃ」

「ふうん」

「帰着後のブリーフィングで、飛行班長にしぼられた」

白矢はかつての同期生だ。小松の第三〇八飛行隊へ配属された時には一緒に赴任した。訓練生時代には、同じ班で飛んだこともある。

茜の横で頭を掻《か》く、その腕の階級章はすでに三等空尉に変わっている。

「あぁ、さっきのね」

茜はうなずく。

「見てたよ。バンクの入れ方が甘かった」

「やっぱり、そうか」

「なんか、他のことに気を取られた？」

「なんでわかる」

目をしばたたく白矢は、背は茜よりも二十センチくらい高いのに、面食らう様子が姉の前の弟のようだ。

「風の変化で、スピードが増えて——そっちに目が行ってるうちに」

「バンクが二五度と三〇度じゃ、旋回半径どれくらい変わる?」

「えっ」

「勉強してない」

「あぁ——うん」

また頭を掻く。

●整備隊舎　廊下

マニュアルを手に、午後のアラート・ハンガー勤務へ向かおうとする茜を、白矢は追いかけて来た。

「何だ。今夜、忙しいのか。飯でも誘おうと思ったんだ。車、直ってきたし」

「いいよ食事なんて」

「たまには、同期と話せよ」

「だって、フライトの話をされたって——」

「するさ」

「え」

「お前」

白矢はタタッ、と跳び出して、茜の前に立ちふさがるようにした。

「舞島、お前最近、昼も食堂で見かけないし。避けてるだろ、俺たちのこと」

「――――」

「お前さ」

「うん？」

「なんで民間行かないの」

「え」

「国土交通省の事業用操縦士免許は、みんな一緒に取っただろ。訓練中に」

「…………」

「いやさ」白矢は声を低めると、周囲を気にするようにしながら言った。「正式なルートじゃなければ、やめてから二年くらい、バイトして冷やさなきゃいけないのは知っているんだ」

「……うん」

●格納庫前　エプロン

「あたしの場合」

風の吹くエプロンを連れだって歩きながら、茜は言った。

午後の勤務場所であるアラート・ハンガーは飛行場の外れにある。格納庫前の駐機場では午後の訓練に向かう機体が並べられ、発進準備にかかっている。

「ここの、F15の新人任用訓練で、四〇〇〇〇フィートで五Gかけたら眩暈でいっちゃって」

「うん」

「気がついた時には、もう三〇〇〇フィートで——危うく回復して、助かったけど」

「うん」

「原因が何なのか、まだ分からない」

「うん」

白矢は、うなずきながらついて歩く。

「精密検査の結果、どうだったんだ」

「結局、分からない。Gをかけた時の眩暈の原因」

「そうか」

「民間は――ほら、第一種航空身体検査じゃない。脳波の測定もあるって」

「うん」

「ひょっとしたら、だめかもわかんないし」

「眩暈で気を失ったのは、強いGをかけた時だったんだろ」

「そうなんだけど、民間航空の身体検査を受けたら、何か出て来るかも知れないし」

「それは、受けるまで分からないだろう」

白矢は、何となく東京とおぼしき方角を見た。

「民間用の航空身体検査だけ、お金出して、試しに受けに行ってみたらいいじゃないか。専門の医療センターが東京にあるって」

「その旅費と、お金もちょっと今、もったいなくてね」

「そうか――妹さんか」

「うん」

茜はうなずく。

「妹、東京の大学、あと一年残っているし。学費切らしちゃうと大変だから」

「家は――？」

訊きかけて、白矢は口ごもる。

「あ、そうか」

「もう、流されて、ないよ」

茜は頭を振る。

「そうか。すまん」

「いいよ」


茜は立ち止まると、風の吹くフィールドを見渡した。

「なんか今、自衛隊があたしの家かな——なんてね」

「あの、舞島」

白矢が言いかけた時。

「白矢三尉」

背後から呼ぶ声があった。

●格納庫前　エプロン

「白矢。ちょっといいか」

呼び止めたのは、声で分かる。

白矢英一は振り向くと、踵《かかと》をつけ敬礼した。

「はい班長」

「うむ」

歩み寄ってきたのは乾《いぬい》一尉。第三〇八飛行隊の第一飛行班長だ。

白矢の横で、舞島茜も敬礼するのに軽く答礼すると、小柄で鋭い印象の乾は茜に『行ってよい』と顎《あご》で促した。乾は三十になるところ、髪は短く刈り込んで、余計なものは身につけない印象だ。

「ちょっと頼みがある」

舞島茜を行かせてしまうと、乾は白矢に言った。

「あの人たちの訓練の相手を、してやってくれんか」

「は？」

「あれだ」

乾は、駐機場の一角へ目くばせをする。

居並ぶ飛行隊の訓練機と、少し間隔を空けて、二機のF15Jが発進準備にかかっている。二機とも主翼下にAAM3を二発。胴体下には六〇〇ガロン増槽をつけている。

「総隊司令部の幹部が二人、定期訓練で来ているんだが。一人が風邪気味で、飛べないんだそうだ。風邪の人はいいんだが、もう一人は今日飛ばないと、こいつが切れちまう」

乾は、自分の飛行服の胸のウイングマークを指した。

「あぁ、なるほど」

「白矢、お前、午後は空いてるだろ」

「一応、担当している事例研究ワーキング・チームの資料整理がありますが」

「そんなもの、暇な時にやれ」

乾は頭を振った。

「俺たちの仕事は、飛ぶことだ」

「はい」

「ちょうどいい、飛行場の風の状態は午前と同じだ。訓練を終えて、帰投して来たら、さっきと同じブレーク・マニューバーをもう一度、よく考えて実施しろ。俺がモーボで着陸を見ていてやる」

「は、はい」白矢は姿勢をただした。「是非、お願いします」

●小松基地　アラート・ハンガー

（――――）

パイロット同士の会話につき合わされるのは、正直つらい。

最近、基地の隊員食堂へ足が向かなくなってしまったのも、彼らの会話を聞きたくなかったからだ。「あそこで失敗しちゃってさ」とか「お前の目は節穴か」とか、同期や先輩のパイロットたちが話して笑っているのが、嫌でも聞こえてしまう。

だから茜は、かつての上司である乾一尉から『行ってよい』と目で促された時、ほっとしたのだった。パイロット二人の立ち話に加わって、ところで舞島、整備の仕事はどうだ──？　みたいに、つけ加えるように訊かれたくはなかった。

(──どうすればいいのかは、分かっているよ。でも)

茜は立ち止まると、つなぎの作業服の脚ポケットから携帯を取り出す。

風に吹かれるまま、画面に触れてみる。

来て欲しい着信は、来ていない。今朝『最近どう。ちゃんとご飯食べてから学校行ってる？』と送ったＬＩＮＥのメッセージも、〈既読〉になっていない。

(ひかるのやつ──最近、連絡よこさないな。無事にしているのかな)

妹は、東京にある私立の女子大に通っている。この春に四年生だ。今年度分の授業料を、茜が先週まとめて送金したばかりだ。

「────」

茜は、携帯の画面を指で繰って写真を出す。

姉妹が二人で撮った写真は少ない。

自分と一緒に笑っているのは、三年前の妹──舞島ひかるだ。

似ているとは、あまり言われない。写真の茜は航空学生課程の二年目で、男のように髪を短くしているが、妹は対照的におしゃれで『美少女』だ。小さい頃、男の子に混じって暴れていた茜にくっついて、妹のひかるはいつもおいてきぼりにされ泣いていた。

「――便りがないのは、無事な証拠か」

写真を見ながら、息をついた。

茜はさらに数百メートル歩いて、基地の敷地の外れにあるアラート・ハンガー――緊急発進用の格納庫へ辿《たど》り着いた。大地に半ば埋《う》まった格好の、二基のカマボコ型シェルター（耐爆格納庫）が海に向いている。

ここからは日本海がよく見える。

風が強い。シェルター前のエプロンに立つと、ポニーテールが吹き飛ばされそうだ。滑走路の向こうに見渡せる海も一面に白く、煙《けぶ》って見える。

（あ、また来てる）

眉をひそめた。

滑走路と海岸の間に国道が通っていて、交通量も多い。白いガードレールの向こうに歩道がある。プラカードを掲げた列が、何か叫びながらぞろぞろと歩いていた。『自衛隊は出ていけ』『ここは平和の海』『友愛の海』。海からの強風でプラカードはあおられ、吹っ飛びそうだ。ハンドスピーカーで何か怒鳴っているが、風のせいでよく聞こえない。

赤いランプを明滅させるパトカーが、行列の横をゆっくり並走している。

（迷惑だなぁ）

異物でも飛んで来て、エンジンに吸い込まれたら、たまらない――

「デモ隊、いたか」

アラート・ハンガーの整備隊控室へ入ると、先に来ていた有川が大きなやかんに湯を沸《わ》かしていた。

「あ、私がします」

茜は、マニュアルをテーブルに置くと、ハンガー勤務につく整備員全員の分のコーヒーをいれにかかった。

「しかし迷惑だな」

有川は両手を後ろで組んで、窓からエプロンの向こうの国道を見た。

「ハチマキとかビラとか飛んできて、イーグルのエンジンに吸い込んだらたまらん」

「やってる方も大変でしょうね」

茜はうなずく。

「この辺り、一年じゅう風が強いし」

すると
「あれはデモをしながら、隠し持ったカメラでアラート・ハンガーの中を撮影しているって話ですよ」

横からもう一人の二曹が言う。

「車を停めて撮ったりしていると、不審者として通報されて警察が来るけど。ああして許可を取ったデモなら、警察も排除出来ないから」

「撮影って、いったいどこの誰がやらせているんだ」

「分かりませんよ」

『――次のニュースです』

誰かのつけたTVが、喫茶コーナーのソファ前で午後のニュースを流す。

『国連において、韓国が第二次大戦の〈戦勝国〉であると認められる可能性が、高まってきました。これは韓国政府から「戦時中は〈光復軍《こうふくぐん》〉と呼ばれる臨時抗日政府が存在していて、韓国は連合国と共に日本と戦った」という証拠の資料が提出されたためで、これを受けパク・ギムル事務総長はただちに資料の検証にかかるよう、事務局に指示しました。ニューヨークから中継です。ニューヨークの木下《きのした》さん』

「よし、機体の点検にかかるぞ」

有川が号令した。

「交替の時間だ。ぐずぐずするな」

「はい」

「はい」

茜も含めたアラート・ハンガー勤務の七名の整備士は、それぞれの係を示すキャップを被り、格納庫へ出ていく。

3

●東京都港区《みなとく》
南青山《みなみあおやま》三丁目

同時刻。


「サッカー、サッカーか——」

青山通りから坂を上がった住宅街。

街路に停めた、紺色のセダンの車内。

リクラインさせた助手席で、スポーツ新聞を大きくめくりながら男は息をついた。

「のべつまくなし走り回るばかりで、対決も、溜《た》めもない。様式美もない、なんでこんな競技に人気が出るかなぁ」

「はぁ」

運転席の若い男は、困ったようにあいまいにうなずく。

二人ともダークスーツ姿。

運転席の男は二十代だ。フロントガラスの向こうの街路から目を離さない。耳には無線のイヤフォンを入れている。

助手席の男は三十代。髪を短く刈り込み、席を倒して暇つぶしなのか、スポーツ紙をめくっては話している。

「野球と相撲って、凄《すご》く似ているのを知ってるか」

「野球と相撲が、ですか」

「どっちも見合って、対決するだろう。一対一で。間《ま》を取り合って、勝負は始まると同時にほぼ一瞬で決まる。野球の場合は球を打った後でフィールドでいろいろあるわけだが、基本的には投手と打者の対決じゃないか。間の取り方とか、凄く似てる」

「——あぁ」

「だから野球は、日本に定着したんだ。それに比べて、このサッカーって言うのは」

「門《かど》情報官」

若い男は、遮《さえぎ》るように眼で前方を指した。

「出てきました」

フロントガラスの向こう、白タイルを張った四階建てのマンションがある（この辺りは高級住宅街なので、それより高い建物は建てられない）。

大理石の円柱と、車寄せ。

オレンジ色のウインカーを点滅させ、チェッカー模様のタクシーが植栽に覆《おお》われるようなエントランスの車寄せへ入っていく。

ガラスドアが開き、背広の人物が一瞬だけ姿を見せると、すぐタクシーの後部座席へ潜《もぐ》り込むように見えなくなった。

「――民間のタクシーを使ったか。わざと」

門と呼ばれた男は、新聞をわずかによけて前方を睨《にら》み、舌打ちした。

「撮ったか」

「はい」

運転席のダッシュボードの上に、あらかじめ五十メートル前方のエントランスに向けて焦点を合わせたCCDカメラが固定されている。

性能はいい。望遠で、一瞬だけでも横顔を捉えただろう。

「今日は——」

男は鋭い眼で、坂道を降りていくタクシーを見送る。

スポーツ新聞は顔を隠すためだった。マンションの監視をしていることが、〈敵方〉にばれていれば。逆にこちらを撮影されている可能性もある。

「定例会議だな。一三時半から」

「はい」

「よし戻ろう。周辺の配備を解け」

●東京都　福生《ふっさ》市
航空自衛隊　横田《よこた》基地

ざわざわざわ

「新しいシステムの立ち上げは、順調です」

地下六階。

劇場のように広がる空間は、天井までの高さ十メートル、奥行き四十メートル。巨大な多目的スクリーンに向かって十数列の管制卓が並んでいる。

薄暗い中にさざめくのは、要撃管制官たちが哨戒《しょうかい》中の航空機と交信する声だ。

どの席からも、眼を上げれば頭上にのしかかるような大きさで、ピンク色の日本列島が浮かんで見える。

正面大スクリーンは、CGを駆使した最新の画像表示システムだ。

列島は黒を背景に、龍のような姿勢だ。その周囲に、無数の小さな緑色の三角形が、砂を撒《ま》いたように散らばっている。

「府中《ふちゅう》の地下から、こちらへ引っ越して一か月。この中央指揮所もようやく、フル・オペレーション態勢です」

三佐の階級章を肩につけた、先任指令官の工藤慎一郎《くどうしんいちろう》が説明すると。

「そうですか」

指令席の横で、立ってスクリーンを見ている女がうなずいた。黒いスーツの上着を手にしている。パンツスタイルだ。

「ここの人員は？」

「一度にシフトに入るのは四〇名。一日三交替で、予備も含めて要撃管制官と通信員は、総勢一四〇名です」

「若い人が多いのね」

「はい」

ちょっと――」

「国際緊急周波数で、ここから未確認機へ警告を出すこともあるのです。スクランブルを上げる前に。以前は女子の管制官も配属したことがあるのですが、やはり女の子の声では
「ほとんどが、男?」

「そう」

女は長身で、ヒールのある靴を履《は》かなくても一七〇センチ以上あるだろう。短めのボブカットの髪を指で後ろへやり、空間を見回す。その横顔は、モデルだと言われれば誰でも信じるだろう。彫りが深く、化粧気がなくても暗い中でよく目立つ。

若い管制官たちが、周囲の席から『あの女性は誰だろう?』とそれとなく視線を向けて来るのが工藤にも感じ取れた。

「いいわ。だいたい分かった」

女はうなずくと、「工藤君ありがと」と礼を言い、劇場の内部のような傾斜した通路を歩み出ていく。

「帰り道、分かりますか」

「エレベーターでしょ。大丈夫」

「あの人、誰です」

女が行ってしまうと、横の席から副指令官の笹《ささ》一尉が訊いた。

「内局の視察ですか？」

「障子《しょうじ》有美《ゆみ》。俺の防大の二期先輩だ」

工藤は『先輩』を意味するように、指で上をさす。

「え、でも制服じゃ――」

「あの人は、防大は二年でやめたんだ」

「は？」

「防大を中退して、なぜか東大へ入り直して、今は国家安全保障局の情報官だ。驚くな、官僚としてのステータスは本省の内局運用課長より上だ」

「え」

「今朝、ここを視察させろと電話があって、ああしてふらっ、とやって来た。一応、案内して説明したが。何が見たかったんだろうな、よく分からん」

「先任より、歳――」

「うん。俺より二つ上だから、あれで三十六だ」

「はぁ……」

『先任』

並ぶ管制席の一つから、西部セクター担当の要撃管制官がインカムで呼んで来た。

「何だ」

『西部第一セクター、防空識別圏内にアンノンを探知。近づきます、針路一四〇、高度はまだ不明、対地速度四〇〇ノット』

ほぼ同時に、頭上にのしかかるような日本列島の左上、朝鮮半島と山陰地方の海岸線の中間付近にポツンと、オレンジ色の三角形が出現した。

航空路を行き来する、無数の緑の三角形から少し離れ、オレンジ色が一つ。目立つ。

オレンジの三角形は尖端を斜め右下――龍のような列島の腰部へ向け、防空レーダーが回転して空間を探る四秒の間隔でジリッ、ジリッと近づいて来る。400というデジタルの数字が、その横に並走するように表示される。

「了解した。音声による警告を開始」

工藤は命じた。

●横田基地　総隊司令部・一階

チン
特殊仕様のエレベーターが防弾扉を開くと。

地上だ。

司令部の廊下に出た。

小銃を手にした警備隊員が両脇にいて、すぐ「こちらへ」と促した。

障子有美は、エレベーター前の警備デスクで再度、写真付きの身分証を提示した。

デスクの係官が、中央指揮所（ＣＰ）を退出した時刻を名簿の横に記入する。部外者が出入りする時には、入る時も出た時にも、厳重なチェックがある。

障子有美がたった今視察してきた中央指揮所――地下四階のＣＰは、全国二十八か所にあるレーダー・サイト群から情報をスクリーンに集約し、領空へ接近する未確認機を監視して、必要とあればスクランブル機に出動を命じる。文字通り日本の防空の要《かなめ》だ。以前は府中市にあったものが、組織の統合で、ここ横田基地の地下へ移設された。

「みんな、若いのね」

有美が見渡して言うと。

「は」

デスクの係官は、表情を硬くして応えた。余計なことをしゃべろうとしない。

二名の警備隊員も、ここの警備責任者らしい係官も、責任感の強いまじめな若者が選ばれて配属されているのだろう――

一目で感じられた。

「障子情報官」

背中から、誰かが呼んだ。

振り向くと。

二佐の階級章をつけた三十代の幹部が廊下で一礼する。

「お久しぶりです。情報本部課長補佐からNSCへの栄転、おめでとうございます」

「あぁ、鋤先《すきさき》君」

有美は苦笑する。

「冗談はよして。同期なのに、そんな言い方」

「だってお前、偉くなっちゃってさ」

廊下の途中にある喫茶室へ入ると。

障子有美は、鋤先逸郎《いつろう》と自動販売機でコーヒーを買って、立ち話した。

「防大で俺たちの同期だったのに。二年でやめて、東大法学部へ行って、キャリア採用で本省へ入省して、聞くところによるとCIAへ派遣されてたって？」

「――――」

有美は含み笑いする。

「本当に行ってたのか、ＣＩＡ」

「全部は教えてくれなかったよ。勉強にはなったけど」

「それで今度は、新設された日本版ＮＳＣの情報官か。スーパーガールだな」

「そんなことないよ」

　有美は、ボブカットの髪を指で後ろへやり、喫茶室を見回す。テーブルと椅子《いす》が置かれ、ＴＶがついている。休憩中の若い隊員たちが、椅子で携帯をいじっている。

「自衛隊は優秀な組織。でも戦えない。防大に入って、すぐ分かったよ。例えば鋤先君。あなたのところがアンノンに対してスクランブル機を上げても、Ｆ15は今の法律じゃ、正当防衛以外に発砲が出来ない。周辺諸国は、そのことはみんな知っているから、自衛隊機は嘗《な》められまくっている」

「それは、そうだが」

「日本を守りたければ――自衛隊を働けるようにしたければ、法制度を変えなければ駄目。それには中にいたんじゃ駄目」

「それは前から聞いてたけど」

　鋤先逸郎は肩をすくめる。

「しかし、そういう理由で、入り直すか。東大」

「わたしも勉強は得意じゃないよ。でも、目的意識を持って、使命感に燃えて勉強すれば東大なんか誰でも入れるよ」

「――――」

絶句する鋤先の後ろで

『はい、こちらはニューヨークの木下です』

ＴＶが午後のニュースを流している。

『私の後ろに見えるのが、国連本部です。さきに韓国政府から出された「抗日臨時政府が連合国と共に日本と戦っていた証拠」の資料が、パク・ギムル事務総長の強いリーダーシップにより事務局で精査され、日本時間の明日未明に開かれる総会で韓国を〈第二次大戦の戦勝国〉として認めるかどうか、議題に上げられる見通しです』

『木下さん、国連総会で韓国が〈戦勝国〉として認められる可能性はどうでしょうか』

『はい。今のところ情勢は五分五分ですが、韓国政府は加盟各国に対して精力的なロビー活動を展開しており――』

「国連か」

有美は、呑み終えたコーヒーの紙コップを右手に握《にぎ》り潰《つぶ》すと、三メートル離れた屑籠《くずかご》へ放った。きれいに放物線を描き、ストンと収まった。

「ユナイテッド・ネーションズ――あれは〈連合軍司令部〉よ。国際連合なんてものじゃない。日本は、アメリカに次いで多額の資金を出しているのに、いまだに〈敗戦国〉――敵国扱い。こういうところも、わたしたちで何とかして変えていかなくちゃ」

「あ、あの障子」

鋤先は言った。

「うちの司令に会って行かないか。お前が来ていると知って、敷石《しきいし》空将補が少し話を聞きたいって――」

「あぁ、ごめん」

有美は時計を見た。

「もう、行かないと。一三三〇《ヒトサンサンマル》から官邸で定例会議」

「え。一三三〇――って、あと」

「大丈夫。ヘリで来てる」

●横田基地　司令部前へリポート

「ねぇ、一つ訊きたいんだけど」

タービン・エンジンを回し始めたＵＨ60Ｊの機体へ向かいながら、障子有美は聞いた。

黒いジャケットを羽織る。

「ここの若い幹部や隊員たち、基地の周辺に固まって住んでいるの？」

「ああ、そうだ」

鋤先はうなずく。

「三曹以上は営外居住だから、みな近くの官舎か、民間のワンルームを借りて通っているよ」

「周りに何もないところよね。若い人たちは、連れだって呑みに行ったりしてる？」

「そりゃ、しょっちゅうだ」

「どの辺が多い？」

「やはり福生の街かな」

「そう、ありがとう」


障子有美が乗り込むとスライディング・ドアが閉じ、総隊飛行隊所属のＵＨ60Ｊ汎用ヘリコプターはローターの回転を上げ、慌《あわただ》しく離陸して行った。

●石川県　小松基地
第三〇八飛行隊オペレーション・ルーム

管制塔の立つ航空団司令部棟の一階には、エプロンを見渡す形でガラス張りのオペレーション・ルームがある。飛行前の準備や打ち合わせがここで行われる。

「白矢三尉」

白矢英一が急ぎ支度を整え、ブリーフィング（打ち合わせ）用のテーブルへ向かおうとすると。

横から呼び止める声があった。

「三尉、ご苦労だ」

「は」

白矢は立ち止まると、敬礼した。

ずいぶん上官に呼び止められる日だ──

オペレーション・ルームの、ブリーフィングに使われる小テーブルが並ぶ一角は、今はがらんとしている。午後の訓練に向かうパイロットたちはすでに編隊ごとの打ち合わせを済ませ、エプロンに並ぶ機体へと移動したのだろう。差し向かいで四人が座れる小テーブルは、十数卓あったが、隅の一卓に飛行服姿がひとつ見えるだけだ。

呼び止めたのは、亘理《わたり》二佐だった。三十代の後半、第六航空団の防衛部長だ。

「あの坂爪《さかづめ》は」

隅のテーブルの飛行服姿に目をやって、亘理は言った。

「やつは、俺の後輩なんだ。本来なら、俺が訓練の相手をしてやるべきなんだが、午前も飛んでしまったから会議やミーティングが溜まっている」

亘理は小柄で、そのせいか、向き合うと上目遣《うわめづか》いに相手を検分するような見方をする。パイロットとしての腕もよいらしいが、このように飛行服でいるところは見たことがない。滅多に笑うこともない。「俺の後輩」ということは――つまり防大の後輩で、かつ同じ幕僚の出世コースという意味だろうか。

「は、はい」

白矢はうなずいた。

「喜んで、やらせていただきます」

「うん、やつは偉そうにしているが、普段は横田や市ケ谷《いちがや》で会議ばかりやっているから、飛んでいない。遠慮なく、指摘すべきところは指摘してやってくれ」

「そんな。とんでもありません」

白矢は頭を振った。

三等空尉に任官したばかりの白矢英一にとって、防衛部長は見上げる存在だ。白矢のような航空学生出身パイロットには、本人がそうなりたいかどうかは別として、昇進の頂点は四十代の初めで二佐となり飛行隊長となることだ。

防衛部長は飛行隊長より上の地位だが、ここには防大出身者が三十代で就く。若くして上の地位に就いたから、周囲に嘗《な》められまいという意識でも働くのか。亘理は冗談も滅多に言わない。

「私も、勉強させていただきます」

俺とは、縁のない世界の人たちだ――

白矢は自衛隊での地位にはまったく興味がない。

F15に乗りたくて、この世界に入ったのだ。目の前の亘理や、『飛行資格が切れそうだから今日どうしても訓練をさせてくれ』とやって来たあの総隊司令部所属らしい幕僚パイロットもそうだ。偉くなるといいことはない。会議ばかりしていて、戦闘機で飛ぶ機会が激減してしまう。

「うん」

何かしらいつも心配事を抱えているような、笑わない防衛部長は白矢の肩を叩《たた》いた。

「やつは、空対空戦闘をやりたいそうだ。訓練空域は、G空域の第五区画を取ってある。基本的なところから相手をしてやってくれ」

「えっ、第五区画、ですか?」

「そうだ。空域の一番端で、遠い場所で不便だが、今日は燃料は気にしなくていい」

「はぁ」

「その代わり、すいている。遠慮なくやれ。撃墜してもいいぞ。ははは」

「――？」

白矢は、亘理が冗談を言ったので驚いたが、偉い人と立ち話をするのは苦手だった。

「行ってまいります」

一礼すると、ブリーフィングのコーナーへ向かった。

●第三〇八飛行隊オペレーション・ルーム

「白矢三尉です」

白矢がテーブルの前で挨拶《あいさつ》すると。

待っていた男も立ち上がって、合わせて一礼した。

「坂爪一尉です。助かる、掛けたまえ」

男は、席につくよう促した。

白矢と同じくらいの長身。亘理は「偉そうにしている」と評したが、物腰は丁寧だ。

眉が濃《こ》い。ぎょろりとした目で、白矢を見た。

「私の定期訓練に付き合ってもらって、助かる。本当は君たちに迷惑を掛けないよう、同じ航空総隊のパイロットと二人で訓練するはずだったが。急病でね」

「聞いています」

「相方は、四〇度の熱が出て、耳が炎症で完全に詰まってしまい、物理的に戦闘機に乗れないんだ。大事なときに本当に困ったやつだ」

「はぁ」

四〇度……？　風邪気味、どころじゃないな……。

白矢は勧められるまま着席した。

「あの。訓練は、単機同士の戦闘でやりますか」

「うん、頼む。私は普段、航空総隊にいるので、現場をよく知らない。この際だから亘理二佐を通して、誰か飛行隊の新人でいきのいいパイロットと手合わせさせてくれとお願いしたんだ」

「まだF15は半年です。未熟者ですが」

「人間は、みなそうだよ」

坂爪と名乗った飛行服姿の一尉の前には、すでに洋上のG訓練空域のチャートが広げられている。

日本海に、斜め長方形で設定された広大なG空域。

民間の航空路は、訓練空域をよけるように迂回《うかい》している。戦闘機同士の激しい空戦訓練が行われるからだ。

斜め長方形は、五つに分割されている。その中の第五区画——もっとも西よりの、山陰地方の海岸線に近い一画が、これから上がる空域だ。

「今日は、ペーパードライバーに教えるつもりで、遠慮なくやってくれ」

「は、はい」

「では早速打ち合わせに——」

その時。

オペレーション・ルームの窓ガラスが微かに震え、どこからか金属を叩くようなベルの音が伝わってきた。

「おぉ」坂爪は顔を上げた。「スクランブルか——?」

●横田基地　地下
総隊司令部　中央指揮所

『小松にSCを下令しました。スクランブルを指示』

「よし」

工藤慎一郎はスクリーンを見上げ、うなずく。

インカムのマイクに訊く。

「あのアンノン――領空へまっすぐに近づくぞ。音声警告には応じないのか？」

『だめです』

インカムに答えながら、最前列の管制官がじかに指令席を振り向いて頭を振る。

『こちらの警告を、依然として無視しています。反応しません』

「呼び続けろ」

『はっ』

ＣＣＰの正面スクリーン。

管制卓の列に覆いかぶさるような巨大画面では、ピンク色に浮き上がる龍のような日本列島の腰の部分をめがけて、小さなオレンジ色の三角形が斜めに尖端を向けて近づく。ジリッ、ジリッと近づいてくる。

「――毎度のことだが。俺たちが平和憲法と自衛隊法の制約で『撃てない』のを知っていて」

嘗めているのか。

領空へ接近してくる。

どこの国の機だ。目的は何だ……？　電子偵察か、こちらの防空レーダーや迎撃戦闘機の能力を測るのが狙いか……。

『小松のFが出ます』

4

●小松基地　アラート・ハンガー

ベルが鳴ったのは、待機に入ってまだ十分も経っていない瞬間だった。

『――ゼロワン・スクランブル！』

天井を震わせるような大音量の声とともに、控室の整備士たちが全員、ベンチを蹴《け》って立ち上がる。駆け出す。

「くっ」

来た……！

茜は、〈ARM〉と文字の入った赤いキャップを、ぎゅっと飛ばないように深く被ると肩からぶつかるようにして扉を開け、アラート・ハンガーの空間へ駆け込んだ。

走った。

充満するベルの音。

水銀灯に照らされ鎮座する二機のイーグル。

オリーブ・グリーンの飛行服を着たパイロットが二名、反対側の控室から駆け出てきた。機首にかけられた梯子を跳ぶように上っていく。着席を手伝う機付き長の有川が、後から駆け上がる。

茜は頭をぶつけぬよう、背を低くしてF15J・887号機の右翼の下にあるナンバー3ステーションにあるハード・ポイントにとりつく。そこにはAAM3熱戦追尾ミサイルが一発、パイロンに取り付ける形で下がっている。

赤いリボンのついたピンがある。

リボンに〈REMOVE　BEFORE　FLT〉という文字。

「――――」

ミサイルの弾体を、両腕で持ち上げるようにして摑《つか》み、ゆすり、取り付けが確かなことを確かめると、鏡のように磨かれた半球型の弾頭の横からピンを引き抜いた。

機体の腹の下を転がるようにくぐり、左翼側へ。対称の位置にあるもう一発のAAM3から弾頭のピンを抜く。

茜はそのまま頭を低くして反対側へ駆け出る。同時に頭の上で、ジェットフューエル・スターターが回転を始めるヒュィイインッ、という甲高《かんだか》い響き。

ドンッ

右エンジンに着火し、テール・ノズルが一瞬膨《ふく》らんで、すぼまる。

(速いな)

先輩たちはさすがだ――

パイロットの先輩たち。エンジンスタート手順も、発進の手順も淀《よど》みがなく、抜けがない。

茜は十分に離れてから、背を伸ばすとAAM3の弾頭から引き抜いた二本のピンの赤いリボンがよく見えるよう、頭上へかざした。『ミサイルのピンは抜きました』という合図だ。

高いコクピットで、ヘルメットを被ったパイロットがうなずく。茜を見たのは一瞬で、すぐ前を向いてしまう。

パイロットは酸素マスクの内蔵マイクで管制塔とやりとりしているのだろう――滑走の許可はすぐ出たようだ。手信号で『行く』という意思表示。

有川を始め、茜たち整備士は整列して敬礼する。

P&W／IHI／F100エンジンの轟音が高まり、パーキング・ブレーキを外された機体は一瞬つんのめるようにして、スルスル走り出ていく。

たちまち行ってしまう。

「今日は、何でしょうね」

「わからんな」

「中国かロシアか――」

敬礼して見送りながら、整備員たちが話せるのも数秒のこと。

続けて次のスクランブルが発令される可能性もある。

隣のシェルターに並んでいる予備の二機を、すぐに上がれる待機状態に仕立てなければいけない。

すぐその作業にかからねばならなかった。

●第三〇八飛行隊オペレーション・ルーム

「速い離陸だ、さすがだな」

「はい」

白矢は、坂爪とともにオペレーション・ルームの窓際に立って眺《なが》めた。

二機のF15Jが、アラート・ハンガーから斜めに滑走路24へ進入し、そのまま離陸していく。

揃《そろ》って双発ノズルからアフターバーナーの火焔《かえん》を噴き出すと、二機は陸上の短距離走者がトラックを蹴るように走り出す。見ていると驚くほど短い滑走で、一二〇ノットの離昇速度に達したか、二機とも機首を引き起こし上がっていく。そのまたちまち雲の底面へ突っ込み見えなくなる。

ドドドドドッ——

姿が見えなくなった後も、四つのエンジンの轟音は窓ガラスに伝わってきて細かく震わせる。

「私も、戦闘機パイロットとなってから二年間、一線の部隊勤務に就いてね。アラート待機もやったよ」

「はい」

「あのようにスクランブルは、いつかけられるかわからない。待機中は、一緒に組んだペアの先輩から『出動がかかるまでソファにごろ寝して漫画を読んでいていいぞ』なんて言われたが。初めての時はもちろんそんな気にはならない。椅子に掛けて、発進手順から上空での要撃手順まで、イメージ練習を繰り返した。何しろ初めてだったからね」

「はぁ」

この人が、実戦部隊で勤務したのは二年だけなのか——

白矢は、相槌《あいづち》をうちながら『防大なんか受けなくてよかった』と思った。

高三のときの模試では、この偏差値なら防衛大学校にも合格できる、と出ていたが。白矢は確実にパイロットになれる航空学生を、学歴は高卒になるのを承知で選んだのだ。

「そうやって練習していたら、三時間もしないうちに緊張でへとへとになってしまった。力の配分なんて考えていなかったんだ。八時間の待機がまもなく明けようとするその時に、ホットがかかったよ。しかも夜の離陸だった」

「それは――」大変でしたね、という言葉を呑み込んだ。

自分も、他人事ではないと思った。

ホット・スクランブル――まったく予告なしに、いきなり出動させられる。国籍不明機が突如出現して急接近して来るという、最も厳しいシチュエーションだ。

初回で、それをやったのか……。

「へとへとになり、テンションがおちていたところを、あのベルで背中をぶっ叩かれた。椅子を蹴って駆け出して――あとは頭が真っ白になって、よく覚えていない。何だ、外は夜じゃないかとそのとき初めて気づいた。後はどうやって離陸したのか、覚えていない。そういう感じだったよ、初スクランブルは」

ははは、と坂爪は横顔で笑った。

「それじゃ、ブリーフィングをしてしまうか」

「はい」

白矢は、小さなテーブルに坂爪一尉と差し向かいで、飛行前ブリーフィング——これから上がる訓練飛行の打ち合わせをした。

離陸は、滑走路24から編隊で行う。坂爪が一番機、白矢が二番機。離陸したらそのまま日本海を北西へ飛び、山陰沖のG空域・第五区画へ進入する。

空域についたら、二機で東西に分かれ、反転して向き合って戦闘開始——基本的な訓練のやり方だ。

開始高度は一〇〇〇〇フィート。

使用する火器は、熱線追尾ミサイルのAAM3と、機関砲だ。

相手を照準するためのAPG63火器管制レーダーは作動させるが、もちろんマスター・アームスイッチはOFFとして、トリガーを握ってもミサイルや機関砲は実際には撃てないようにしておく。

空域が西の端のほうで遠いことと、小松の天候が雲が低くて風が強いので、燃料は余分に持っていく。すでに二機のF15には、六〇〇ガロン増槽を追加装備するようオーダーしてある——

「では、基礎的な戦闘になるが」

坂爪一尉は、チャートを自分の飛行服の脚のポケットにしまいながら言った。

「よろしく頼む、白矢三尉。私を撃墜するつもりでかかって来てくれ」

「はい」

白矢は、一対一の単純な戦闘だが、自分も基礎的な技量を確認するのにいい機会だろうと思った。

それに帰投時には、さっきうまくいかなかった横風着陸の練習が、もう一度できる。

●小松基地 司令部前エプロン

「ところで白矢三尉」

腰回りを引き絞るようなGスーツを着けると、ヘルメットなどの装具を手に、連れ立ってエプロンへ出た。

二機のF15Jはすでに発進準備をされ、並んで搭乗者を待っている。

「君はどうして戦闘機パイロットになった」

「は」

白矢は、いつもの習慣で飛行場の風向きと、エプロンの機体の周囲に障害物がないか、目で確かめながらうなずいた。

「はい。単純に、好きだからです」

「そうか」

坂爪一尉は立ち止まると、頭上の雲の底面を見上げた。

「三尉。私は、あの初スクランブルに出て以来、考えていたのだが」

「は？」

「正当防衛にしか使えないなら、我々のは、いったい何のための武装なんだろうな」

「？」

「我々は法の制約のために、たとえば国籍不明機が領空へ侵入して来たとしても、これを撃つことは出来ない。自衛隊法の第八四条〈対領空侵犯措置〉には、こう書いてある。

許可なく領空に侵入する他国機があった場合は、退去するよう警告するか、着陸するように誘導する――『侵入機を撃墜してよい』とは書かれていない。実際に武装を持って上がっても、我々が撃てるのは、自分が侵入機に撃たれてからだ。唯一『正当防衛による反撃』しか許されていない」

「――――」

「ほかの普通の国――周辺の国はみなそうだが、交戦規定が整備されていて、たとえば他国の航空機が許可なく領空へ侵入してきて警告に従わない時は、編隊長もしくは防空指揮所の判断でこれを撃墜することが出来る。領空へ入らないよう警告はするが、入られても正当防衛以外は撃てません、万一撃って撃墜したら、逆にそのパイロットが殺人罪で起訴されます――なんて言うのは、そういうばかばかしい国は日本だけだ」

坂爪は、日本の航空自衛隊機がスクランブルに上がる時の〈法的な矛盾〉を、口にしてみせた。

その話か。

撃てない、ということ。

白矢が一人前のイーグル・ドライバーとなり部隊配置になる時にも、仲間とさんざん話したことだ。

俺たちは、航空自衛隊パイロットは、スクランブルで上がっても、撃つことは出来ない。法的に禁じられてしまっている……。

唯一、武装が使える『正当防衛』の解釈にしても。

たとえばスクランブル編隊の一番機が国籍不明機に攻撃され、撃墜されてしまった時。後方に控えている二番機は、その国籍不明機を撃てるのか？　というと、撃てないのだという。攻撃されたのは一番機なので、正当防衛の権利を有しているのは撃墜された一番機だけだ、という。

だから残された二番機は、相手と戦いたければまず相手に自分を撃たせ、その攻撃が運よく外れた時にだけ、相手を撃てる。

「それも、機関砲で撃たれた時にはミサイルを撃ち返しちゃいけないそうだぜ」

法律論に詳しい同期が、言ったものだ。

どうしてなんだ、と訊くと。

「警察官職務執行法というのがあって、俺たちが正当防衛で撃つ時には、その法律に準じないといけないらしいんだが、その法律では相手よりも威力の大きい武器で反撃すると、正当防衛と認められないらしい。しかも相手が二機編隊だった時、自分が撃っていいのは自分を撃ってきた一機だけで、もう一機に対して発砲すると罪になるらしい」

「そんな」

「そんなばかな話があるか」

同期で酒を呑みながら議論していると、話は勢い付いていく。

「でもそうやって、俺たちがやられた一番機の代わりに侵入機を撃墜して、九死に一生を得て帰還して来ても、裁判が待っている。自分の成績を上げたい地方検察官か、あるいは人権派と称する弁護士が『殺人だ、殺人だ』とわめきたて、俺たちを起訴させてしまう。マスコミは喜んで騒ぎ立てるだろう」

「――――」

「――――」

「思い出せ。外敵が襲ってきた時、自衛隊が武力を行使できるのは。その事態を政府の国家安全保障会議が『これは侵略だ』と認め、国会の承認をもとに〈防衛出動〉を発令した時だけだ。それ以外は正当防衛でなければ一発も撃てないんだ。だから平時におけるスクランブル発進では、侵入して来る国籍不明機がもしもある決意を持っていた場合、俺たちは殺されるか、相手を殺して生還しても何年にもわたる裁判地獄が待っている。どっちにしても、一生パーだ」

「――――」

「ひょっとしたら、航空自衛隊の戦闘機パイロットは、日本で一番『割に合わない商売』かも知れないぞ」

そんなふうに、訓練を卒業して部隊配置になる時には同期の仲間と酒を呑みながら議論したが。

白矢が第六航空団・第三〇八飛行隊に配属され、日々の業務に追われるようになると。フライトは訓練だけでも厳しく忙しく、周りのパイロットたちは先輩も含めて、法律論をあえて口に出すこともしない。

スクランブル発進は、航空自衛隊全体で年に三〇〇回以上。毎日のようにベルが鳴っては、皆慌しく上がっていく。白矢も実際もう二回、昼間のスクランブルだが上がったことがある。日本海の上空で遭遇したのは二回ともロシア機だった。生々しい銀色の、昆虫のようなフォルムの偵察機――白矢はもちろん二番機の位置だった。先輩の編隊長機が横に並んで警告すると、相手は暴挙に出ることはなく、領空線をかすめるようにしてそのまま飛び去っていった。

白矢は次第に、法律論のようなことは考えないようになっていった。それよりも、目の前のフライトをいかにうまくやるか、の方が大きな問題となっていた。

起こり得る『もしも』のことは、頭の奥にはあるけれど。「お前、そういう議論はいいけれど、今日の着陸、あれはいったい何だ」そう言われると、目の前のフライトをうまくこなすことだけで、能力を一杯一杯に使ってしまうのだった。

だから、坂爪一尉から『もしも』の場合の法律論を振られた時。

白矢は軽い眩暈《めまい》のような感覚と共に、そうかと思った。

そうか、そういう問題が確かにあったんだな……。

「もともと、自衛隊法というのが、襲われても反撃出来ない変な法律になっているのは、君も知っている通り憲法が原因になっている」

坂爪は言った。

「これまでに何度も、一九四五年に連合国軍総司令部が作らせた平和憲法は現実に即していないから、変えよう、という議論は起きた。しかしその度に議論は流れ、うやむやにされてきた。米国との安保体制が強固で、日本人は国の安全なんか考えなくてもいいような環境でぬくぬくと寝ていたからだ。だがいつまでも、それは続かない。白矢三尉」

「——は、はい」

「君も知っての通り、中国はあのように強大になり、反対に米国はこの地域から手を引きたがっている。韓国は強くなった中国をまるで主人のように仰《あお》いですり寄り、北朝鮮は核ミサイルを完成させてしまった。もう日本人に、ぬるま湯に漬《つ》かってまどろんでいる余裕はないんだ」

「はぁ」

「三尉」坂爪は、濃い眉でぎゅっ、と白矢を見た。「誰かが国民の目を、覚まさせてやる必要があるとは思わないか」

「…………」

「ま、いい」

どう応えていいか分からずにいる白矢の肩を、坂爪はポンと叩いた。

「私の訓練に、付き合ってくれた。君とはいずれ、酒でも呑んで話そう」

「は、はい」

「今日はとりあえず、私をしっかり撃墜してくれ」

ははは、と笑顔になり、坂爪は先に一番機の機体へ歩いていく。

●横田基地　地下
総隊司令部　中央指揮所

「小松のF、洋上で会敵します」

「うむ」

薄暗い地下空間。

第一セクター管制官の声に、工藤は思わず立ち上がっていた。

頭上に覆いかぶさるような正面スクリーン。今、山陰沖の洋上で、斜め右下へ尖端を向けて接近するオレンジの三角形に、斜め上へ進む二つの緑の三角形がジリッ、ジリッと向き合って交差しようとする。

緑の三角形には、その傍《かたわ》らに『BRKN01』『BRKN02』の識別表示。

小松基地から数分前に緊急発進させた、二機のF15Jだ。

「ブロッケン・リーダーに情況を報告させろ」

「は」

四秒の間隔で、緑の三角形はジリ、ジリと一八〇度向きを変え、オレンジの三角形の左側の真横へ並ぶ。スクリーンの上ではゆっくりした動きだが、強いGのかかった旋回だ。

三角形の傍らの速度を表わす数字が500から急速に減って440、すぐに420。

「うまく、インターセプトしたな……」

『ラッシャン・エアクラフト、ラッシャン・エアクラフト、ディス・イズ・ジャパニーズ・エアクラフト。アイル・ラインナップ・ウィズ・ユー、オン・ユア・リマ・サイド』

嗄《か》れた音声が、指揮所の地下空間の天井に響いた。酸素マスクの呼吸音が混じる。スクランブルの編隊長――ブロッケン・リーダーの無線の音声だ。

国際緊急周波数で呼びかけている。

貴機の左側へ並ぶ、と通告している。相手はロシア機らしい。

ほぼ同時に、巨大なスクリーンの一角で、オレンジの三角形に『BRKN01』と表示された緑の三角形は完全に横づけした。『BRKN02』と表示されたもう一つの三角形――編隊の二番機は、やや後方でバックアップにつく。

『ユー・アー・アプローチング・ジャパニーズ・エアスペース。ターン・ライト、チェンジ・ユア・コース、イミーディアトリー』

「――――」

「――――」

見上げる管制官たちの頭上に、声が響く。戦闘機の酸素マスクのエアは、完全に水分を抜かれているため、パイロットの音声はすぐに嗄れてしまう。

『あぁ、ＣＣＰ、こちらブロッケン・リーダー』

「ブロッケン・リーダー、ＣＣＰだ」

第一セクター担当の要撃管制官が応える。

「アンノンを識別したか」

『識別した。国籍はロシア、偵察型バジャー、単機。針路一四〇。高度三〇〇。計器速度四〇〇』

「了解。音声による警告を続けよ」

『了解』


「ブロッケン・リーダーは機上レーダーを使わずに、アンノンの死角からインターセプトしました」

工藤の横で、副指令官の笹が言う。

「前ぶれなしに、イーグルに真横へ出現され、奴は驚いているはずです」

「だと、いいがな」

工藤慎一郎はパイロットではないが、防大の同期には戦闘機に乗る者が多くいる。

彼らと話すと、笹の言う通りだ。空中で相見《あいまみ》える軍用機のパイロット同士は、言わば昔の武士や騎士のようなもので、たとえ剣は抜かなくとも、高い技量を見せつけられると相手に対して畏敬の念を抱くと言う。

航空自衛隊の戦闘機は法的には『撃てない』と言われるが。少なくともロシア機の場合は、こちらが高い戦闘力を有しているのを見せつけると、それを認めるかのように、おとなしく領空へ入らず飛び去ることが多いと言う。

さらに三度、警告の音声が響くと。

「ロシア機、針路を変えます」

第一セクター管制官が言った。

「針路、二八〇。右旋回で公海上へ飛び去ります」

同時に
『CCP、こちらブロッケン・リーダー。ロシア機は変針した』

編隊長が報告してきた。

「了解だ、ブロッケン・リーダー」

今度は、工藤がみずから自分のインカムの送信ボタンを押して、頭上の緑の三角形へ応える。

「アンノンの変針を確認した。ブロッケン・フライトは帰投せよ。RTB」

『了解、RTB』

「ご苦労――」

そうねぎらいかけた時。

「先任」

第二列に着席する南西方面セクターの要撃管制官が、振り向いて叫んだ。

「南西セクター、防空識別圏内にアンノンを探知」

「先任、尖閣《せんかく》の北です」

笹が頭上を指す。

パッ
今度は、長大なピンクの龍の尾――沖縄《おきなわ》県の南西諸島の遥か北、中国大陸との中間線の付近に、オレンジの三角形が出現した。それも二つ。

「アンノン、ツー・ターゲット。針路一八〇――真南です」

「那覇《なは》のFにコクピット・スタンバイ」

工藤はただちに命じた。

「いつでも出せるよう、パイロットを搭乗させ待機させろ。南西セクターは音声警告を開始せよ」

「はっ」

「今日は来ますね。次々と」

「ああ。今度のやつは少し、やっかいだぞ」

●東京都　上空

「このヘリは、電話は出来るのかしら」

ＵＨ60Ｊが横田基地のヘリポートを離陸し、一〇〇〇フィートで水平飛行に入ると。障子有美は天井のハンドレールにつかまって、後部キャビンから操縦席へ顔を出し、訊いた。

「至急、かけたいのよ」

特別な〈乗客〉は有美ひとりだった。

「普通の携帯は駄目です、当機からは。移動速度が速いので」

右席から副操縦士が振り向くと、横の壁の通信パネルを指した。

「そこの通話用ヘッドセットを、被ってください。番号を言って頂ければ、こちらで自衛隊通信回線から一般電話へお繋ぎします」

「そう、お願い」

ＵＨ60Ｊは、米軍ではブラックホークと呼ばれる。陸軍型は武装をして、兵員を輸送するのに使われる。海軍型は対潜哨戒用の電子装備と魚雷を携行し、潜水艦の捜索と攻撃任務に従事する。

有美の要請で国家安全保障局がチャーターしたUH60Jは、そのブラックホークの武装を持たない救難・連絡タイプだ。

着陸脚は引込式で、巡航速度で二〇〇ノット（時速三六〇キロ）出せる。コクピットの前面風防には、八王子《はちおうじ》から新宿《しんじゅく》都心へ至る、中央線沿いの緑とビル群の光景が展開する。

「官邸まで、どのくらい」

ヘッドセットのイヤフォンに呼出し音が聞こえ始めると、有美は副操縦士に訊いた。

「五分です。すぐ着きます」

「ありがとう——あぁ、わたし」相手が出たので、有美はヘッドセットのマイクに大声で言う。「今、ヘリの中なのよ。至急調べて欲しいことが出来た。そう、至急」

●東京　永田町《ながたちょう》

総理官邸　前庭ヘリポート

パリパリパリ

結局、ＵＨ60Ｊが皇居の外周を廻って永田町の官邸ヘリポートへ着くまでに、話は終わらなかった。

パリパリ
「そう、そうよ」

着陸したＵＨ60Ｊのローターが、頭上でまだ回転している。

風圧にボブヘアを吹き飛ばされそうになりながら、障子有美は背をかがめ、耳につけた電話に怒鳴った。

ヘリはすぐに降りなければならない。

結局、自分の携帯でもう一度かけ直すことになった。

「福生市の中心街――いいえ、過去六か月でいい、至急調べて。報告はわたしに」

「障子情報官」

ヘリポートの四角形の縁から、官邸の職員が声を張り上げた。

「お急ぎを。保障会議が始まります」

## 5

●永田町　総理官邸　地下
オペレーション・ルーム

「それでは」

官邸地下一階に設置されたオペレーション・ルーム。

別名〈内閣危機管理センター〉とも呼ばれる空間は、壁の全面スクリーンを見上げる形でドーナツ型の多目的会議テーブルが置かれる。

その円卓に、専用の回転椅子で着席出来るのは九名。ほかに、TVモニター付きの補助座席が後方にもずらりと並ぶ。

「これより定例の国家安全保障会議を開催いたします。なお、本日は経済問題についても討議されるため、拡大九大臣会議といたします」

テーブルの横で、立ったまま宣言をするのは首相秘書官（財務省から出向）だ。

「それでは、総理」

「うん」

ドーナツ型のテーブルの奥で、スクリーンを背にした人物がうなずいた。まだ若い——四十代の後半。

「いつも通り、この内閣総理大臣・常念寺《じょうねんじ》貴明《たかあき》が議長を務める。秘書官から宣言があった。今回は通常の四大臣でなく、拡大九大臣会議だ」

東京都の選出。支持基盤を特に何も持たず、政策とリーダーシップだけで選挙に勝ち残ってきた常念寺貴明（当選五回）は会議テーブルを見回した。

円卓に並ぶのは、常念寺の右手から官房長官、外務大臣、防衛大臣、財務大臣、経済産業大臣、国土交通大臣、総務大臣、それに国家公安委員長である。

四十六歳の常念寺が自由資本党総裁となったのは、つい一年前——まだ前の主権在民党が政権を握っていた時期だ。主民党から政権を奪還するには、歴史ある自由資本党といえど新しい若いリーダーを立てて総選挙を戦わなければならなかった。

常念寺の強みは、特定の業界の票や資金に頼ることなく、国民・有権者への政策アピールだけで選挙に勝てることだった。組閣をするときにも、党内の誰に遠慮することもなく、自分の意思で大臣のメンバーを選ぶことが出来た（ただし国土交通大臣だけは、選挙協力をしてくれた立教党から選んでいる。立教科学会と関係が深いと言われる立教党副総裁の吉富万作《よしとみまんさく》である）。

「皆さん、ご苦労です。始めよう」

障子有美が、地下の廊下で待っていた保障局戦略班のメンバーを伴ってオペレーション・ルームへ入って行くと。

上映の始まった直後の映画館のホールへ、足を踏み入れる感じだった。足音を吸収する厚い絨緞《じゅうたん》。あの横田基地の地下のように空間は薄暗がりとなり、正面スクリーンにグラフのようなものがカラーで映し出されるところだ。

若い総理大臣の「始めよう」という声がした。あの人は、早大弁論部の出身だという。声の通りがよく、まるで声優の山寺宏一《やまでらこういち》のようだ。

「どうも」

小声で手前の黒スーツの男に断わり、いつもの自分の席――後方初めの列中央の補助席につく。

二名の若い男性スタッフ――いずれも有美が古巣の防衛省から連れて来た官僚だ――がすぐ背中の席につき、アタッシェ・ケースを開いて準備する。

定例の会議が始まった。

国家安全保障会議。

ここでは、国の外交や安全保障に関する方針が決められる。通常は総理、官房長官、外務、防衛の四大臣によって、また特に重要な案件がある場合はさらに財務、経済産業、国土交通、総務、国家公安委員長を加えた九大臣と国家安全保障局の官僚スタッフによって議題が話し合われ、国の方針が秘密のうちに決められるのだった。

「では順に報告を」

常念寺が卓上のレジュメに眼をおとして促した。

「ＴＰＰ交渉の進捗から聞こう」

「はい総理」

後方の列から、国家安全保障局の政策第一班——外務省から出向している日米関係の専門家集団のリーダーが立ち上がった。

「ＴＰＰ——すなわち環太平洋戦略的経済連携協定の、現在の一番の懸念事項です」

どこかで第一班のスタッフが操作し、スクリーンに静止画がパッ、と浮かんだ。

白人の男。頭髪は半分なく、彫りの深さで眼の表情は窺《うかが》えない。五十代か。

「最も進まないのが、日本とアメリカ、二国間における関税撤廃の交渉です。ご覧下さい。これはアメリカ外交通商部代表、ハロルド・オーウェンという人物です。この男は、マスコミからはタフ・ネゴシエーターとか呼ばれていますが。実は、本国から権限を全く委任されていないので何も譲歩が出来ないのだということが、分析により判明しました」

「——」

「——」

オペレーション・ルームの全員——総理を始め九人の大臣と、立っている秘書官ら、それに後方席に控える国家安全保障局職員たちの視線が、スクリーンの白人男性に注《そそ》がれる。金髪らしいが、頭髪は中央に集まり、枯れかかった砂漠の灌木《かんぼく》の茂みのようだ。

「交渉といいますものは、押すところは押し、引くところは引いて、いわゆるおとしどころを見つけるものだというのに、この男は一ミリも譲歩しようとしません。つまり、背後にいる業界団体が怖くて、譲歩できないのです。日本は農産物の関税は全廃しろ、でもアメリカの自動車の関税は全部そのままだ、と言い続けています」

「うむ」

経済産業大臣がうなずく。

「しかし我々とて、農産物、特にコメの関税で譲歩できないのは同じだ」

「これはなぁ」

常念寺も息をついて、うなずく。

「元々TPPってやつは。前の主民党政権が『やる』と言い出したせいで、わが政権も仕方なく引き継いでいるんだ。政権が代わった途端に『やめます』と言ったら、アメリカとの信用にかかわる。せめてアメリカが、自動車の部品だけでも開放してくれればなぁ」

「そうです」経済産業大臣が言う。「せめて、アメリカが『それでは自動車の部品は自由化する』とか、そういうことを言えばこっちだって考えるところはある。自動車部品を関税自由化すれば、はっきり言ってアメリカの自動車やトラックの部品は全部日本製になる。そうすると、たとえ農業を潰《つぶ》されたとしても、国全体の雇用と利益を考えれば、こちらの方が大きい」

「そうです。しかしそんなことは、言う気配もありません」

「ううむ」

常念寺は回転椅子の上で、腕組みをした。

官房長官を含め八人の大臣（吉富国交相をのぞき、みな若手の四十代だ）がその所作に注目する。

すると
「──うん、あれだな。政策第一班長」

「は」

「私は、昔子供の頃、『玉虫色』とか『ぬらりくらり』とか、そういったものは政治家の悪いところだと思っていた。しかし、世の中へ出てみると『ぬらりくらり』というのは実は大人の高等戦術だということがよく分かる。ここは、昭和の大先輩たちを見習ってぬらりくらりで行くか」

「ぬらりくらり、ですか」

「そうだ。みな聞いてくれ」

「――」

「――」

全員がまた注目する。

常念寺は背中のスクリーンの〈ＴＰＰ〉の三文字を、ボールペンで指して言った。

「わが内閣は、ＴＰＰに関してはこのまま、ぬらりくらりと譲歩せず、交渉を引き延ばしに引き延ばして、やがてまとまらずに消えて無くなるまで放っておくことにしよう」

「は」

国家安全保障局の政策第一班長は、確かめるように復唱した。

「それでは、ＴＰＰ交渉の方針は、このままぬらりくらり引き延ばし、交渉自体が潰れてなくなるまで放っておく。それでよろしいでしょうか」

「うん」

常念寺はうなずく。

「日本の農業や産業、ひいては文化を護るためにはそれしかないだろう。それをわが内閣の方針ということにしよう。どうだ、みんな」

「わかりました」

「異存ありません総理」

閣僚たちがうなずく。

意思決定が、速い――

後方補助席から議事の進行を見て、障子有美は思った。

とぼけた話し方をするが――あの若い総理大臣、意思決定をするときにほとんど逡巡《しゅんじゅん》を見せない。

ＣＩＡで対人工作論を学び、細かい所作からも相手の特性を観察する癖《くせ》がついている。たった今腕組みをして唸《うな》ったのも、ひょっとしたらあれは演技か……。

常念寺貴明は、早大を出た後に大手の金融機関に勤務して、その後民間シンクタンクでアナリストをしていたという。

（おそらく、総理本人もあらゆる情報を凄く読み込んで、もう方針は決めていたんだ）

この日本の若い総理大臣は、『大将』でも『猿山のボス』でもない、と有美は思った。頭の切れる、しかも切れるところを他人には見せない、新しいタイプのリーダーだ。

「続いての問題だ。例の尖閣《せんかく》のあれだな」

常念寺がこちらを見た。

「戦略班の障子君、どうなっている」

「は、はい」

呼ばれて、有美は立ち上がった。

「NSC戦略班長、障子です。お答えします。もしも近い将来、尖閣諸島に中国が偽装漁民――漁民に偽装した兵員を多数の漁船で無理やり上陸させ、占拠をしようとした場合の対策案です。わたくしの班で立案しました」

「うむ」

常念寺はうなずく。

「聞かせてくれ」

「はい。ではお手元へ配信した資料をご覧ください」

有美が言うと、背中で若いスタッフがアタッシェ・ケースの中のノートPCを操作し、全メンバーの個人画面へ資料を送った。

正面スクリーンには戦闘服の一団の写真が出る。武装した戦闘員たちが暗色のゴムボートに乗り、波を蹴って突進している。

「皆様ご存じの通り、現在自衛隊には島嶼《とうしょ》専門の強襲部隊があります。長崎《ながさき》に拠を置く西部方面普通科連隊です。後ろの写真は彼らの訓練風景です。もしもの事態が起きた場合、対策案では、彼らをいったん自衛隊から退職させます」

「?」

「――退職?」

「やめさせるのかね」

円卓から、防衛大臣以外の閣僚たちが驚いた表情で見返してきた。

「はい」

有美はそれらの視線を受け止めると、説明を続けた。

「彼らをいったん民間人にし、沖縄の漁民の格好をさせてボートを島に横づけして、中国偽装漁民たちを素手で殴って追い出します」

「素手で？」

「殴って追い出すのか」

「はい、そうです」有美はうなずく。「あらゆる要素を分析し、これが最良と判断しました。もしも武器を使ったら、殺し合いになります。武器を持たずに素手で殴って、半殺しにして気を失わせて船に載せ、追い出してしまう。その手を使います。表向きは『縄張を荒らされた漁民同士の喧嘩』です。国際紛争になりません」

「相手が武器を隠し持っていて、襲ってきたらどうするのだ」

「下手をすればやられます。決死の作戦です」

「ううむ……」

個人画面に映し出された対策案を見ながら、閣僚たちは黙ってしまう。

「日本は」有美は続ける。「満州事変《まんしゅうじへん》の頃から、支那《しな》人の挑発に対しては常に国際法を正しく守って対処してきました。今回も、こちらから戦争にするわけにはいきません。ここは国を護る手だてとして、仕方がありません」

「ううむ」

「ならば、メンバーは警察にした方がいい」

国家公安委員長が言った。

「機動隊の一個師団をボートで上陸させ、漁民を排除したらいい。デモ隊を排除するのと同じことだ」

「管轄は？」

「沖縄県警でしょう」

閣僚たちはうなずき合った。

「ＮＳＣの戦略班長は防衛省からの出向らしいから、どうしても自分のところでやりたいのだろうが――」

「そうですな。面倒なことはする必要がない。監視には海保が当たり、いざという時の対処は警察がやればよろしい」

「いえ、ちょっとお待ち下さい」

立ち上がったのは、後方補助席の右端――黒ぶちの眼鏡《めがね》をかけたＮＳＣ政策第二班長だ。外務省からの出向である。

「北東アジア担当の政策第二班長・鏑木《かぶらぎ》です。一つ申し上げます。外務省のつかんでいる情報では、沖縄県の組織にはすでに中国の影響力が相当に浸透しています」

「何」

「?」

「どういうことだ、政策第二班長」

常念寺が訊いた。

「は」

政策第二班長は、振り向いて後ろの席のスタッフに「あれを出せ」と指示した。

パッ
正面スクリーンに、写真が出る。

どこかの都市の大通りだ。黒塗りの長大なリムジンが、前後を数台ずつのオートバイに警護されて走って来る。望遠で正面から捉えたアングルだ。リムジンには紅い国旗が交差するように立てられ、沿道には人垣がずらりと出来て、紅い小旗を打ち振っている。

「ご覧下さい。これは北京《ペキン》の中央大通りです。空港から天安門《てんあんもん》広場へ向かう道筋です」

「誰か、国賓《こくひん》でも来た時の写真か」

「そうです。このように大通りの交通はすべて止められ、特別車両が軍のオートバイに先導されて走っています。沿道で歓迎する市民はおよそ一万人。この車列の進むところ以外、信号はすべて赤にされました。歓迎されているのは誰だと思われますか。実はこれは先月、沖縄県知事が北京を訪問した際の様子です」

「な」

「何」

「何だって」

驚く閣僚たちに、ＮＳＣ第二政策班長は続けた。

「実は数年前から、沖縄県知事が訪中をすると、このような国賓待遇の大歓迎が行われております。沖縄県の県議会議員、市長などが行っても、これに準じた待遇です」

「――――」

「――――」

「この写真の場面の後、知事は人民大会堂で中華人民共和国国家主席と会談。その後次々と共産党の要人と会談したのち盛大な歓迎晩餐《ばんさん》会が催されました」

パッ

スクリーンの写真が切り替わる。

「ご覧下さい。晩餐会の会場です。共産党幹部およそ千人が集まりました。奥の中央が国家主席、その横の席を見て下さい」

「――――」

閣僚たちが、息を呑む。

写真が拡大される。顔もよく知られた中国国家主席の横で、これもTVのニュースでよく見る沖縄県知事が酒のグラスを上げ、笑顔で乾杯している。まるで半世紀前の日中国交正常化交渉で訪中した田中角栄《たなかかくえい》のようだ。

「この晩餐会の後、知事の宿泊した迎賓館の一室には、中国共産党のさし向けた特別な女性工作員が待ち受けていた模様です。しかも」

政策第二班長――鏑木情報官は、淡々と説明した。

「我々の得た情報によりますと。この女性工作員は『チェンジがきく』のだそうです」

「…………」

「…………」

「みなさん」

絶句している閣僚たちに、鏑木情報官は続けた。

「この知事を始め、これまでに県議会、各市の首長、県庁幹部など多数が中国に〈招待〉

され、行くと向こうで国賓のような大歓迎を受けています。沖縄県の組織には、中国の影響力が相当浸透していると見るべきです。その中には県警の幹部も含まれています。もしも、尖閣諸島に偽装漁民が上陸した時の対処を沖縄県警にさせようとすれば、その情報が中国側へ筒抜けになる可能性が極めて高い」

「……う、うぅむ」

常念寺が唸った。

「そんな情況だとは知らなかった。私だって、外国へ行った時に、あんな大歓迎を受けたことはあまりないぞ」

「ご存じないのも仕方がありません。県知事の訪中にはマスコミも同行しますが、TVも新聞もなぜかこの歓迎ぶりについて一切報道しないのです」

「総理の細かい言動は、凄く熱心にあげ足を取るのにな」

古市《ふるいち》官房長官が、常念寺の横で息をついた。

「困ったものだ」

「私が心配するのは」

常念寺が続けた。

「政策第二班長、君の今の報告が事実とすれば。沖縄県だけでなく、わが国全体のいたるところに中国の影響力がひそかに浸透してはいないか、ということだ」

「はい」

総理は鋭い――

報告の途中で別の話になってしまい、障子有美は立ったままだったが。

常念寺の返した質問に、心の中で舌を巻いた。

日本社会への中国勢力のひそかな浸透は、今そこにある危機だ。

（でも、今ここで言ってしまってもいいの……？）

有美は鏑木の横顔を見る。外務省アジア大洋州局から出向してきたという元課長補佐。

わざとなのか、見るからにださい黒ぶち眼鏡をかけている。

今日は、いつもと違って〈拡大九大臣会議〉だ――

聞く人間が、多過ぎはしないか。


「実は総理」

鏑木情報官は、常念寺の質問を受け、黒ぶちの眼鏡をひとさし指で押さえた。

「――現在、出入国管理局からの情報などを元に、我々ＮＳＣで調査を行なっている過程です。いずれまとまったご報告が出来るものと」

「いい。分かっているところまで教えてくれ」

「それでは、至急報告をまとめまして、一時間以内に文書で」

「ならん」

常念寺は遮《さえぎ》った。

「鏑木政策班長。隠すな」

「は」

「何のために、特定秘密保護法を国会に通して、NSCを立ち上げたのだ。君たち国家安全保障局は、この安全保障会議に有効な情報を提供するため活動してもらっている。これまでわが国の各省庁は、なぜか自分たちのところで情報を大事に抱え込み、まるで利益を奪われるのを恐れるかのように表に出そうとしなかった。そのような縦割り行政の弊害を取り除くため、君たちNSCの情報官は外務・防衛・警察の三省庁から若手のトップクラスを招集して、合同チームを組ませている。外交と防衛に影響する情報は必ず出せと、政令で各省庁にも義務づけている」

「はい」

「スタートして半年だが、その効果は出始めていると思うがな。分かっているところまででいい、いま聞かせてくれ」

「分かりました」

鏑木はうなずくと、後方の補助席にいるメンバーを横目で一瞬、見回した。

ＮＳＣには五つの班がある。政策第一、第二、第三班は外務省から、戦略班は防衛省から、そして情報班は内閣情報調査室を仕切る警察庁から出向した者で占められている。ＮＳＣ全体を統括するのは国家安全保障局長だが、これは総理から政治家が任命されて来るので現場のプロではない。

ＮＳＣは現在、実質的に五人の官僚のリーダーが合議しながら活動をしていた。だから鏑木は、一瞬の横目で他の四人の班長たちに『未整理の情報だが、出すぞ』と了解を取ったのだった。

「では、これを」

鏑木が振り向いて、スタッフに指示すると。

正面スクリーンに別の画像が現れた。

「みなさん、これをご覧下さい」

6

●永田町　総理官邸　地下

オペレーション・ルーム

「この写真をご覧下さい」

鏑木政策第二班長の声と共に、正面スクリーンに現れたのは、多数の顔写真だ。

「――――」

「――――」

円型テーブルの閣僚たちが一斉に注目する。テーブルに着席していない秘書官たちは、立ったまま注目する。その中には五十代の背広姿の人物も混じっている。秘書ではなく、内閣府の危機管理監だ。

(――――)

障子有美は、立ったまま顔写真の列を見た。

すでにNSC情報官の間では、その多数の顔写真に関する情報は共有されている。

縦に六枚、それが八列――

「何だね。全員が少女のようだな」

常念寺が見上げて言う。

「さようです総理」

鏑木政策第二班長は、投影させた顔写真の列を指した。

「四十八名。全員が十八から十九歳――登録上はですが。これらの写真は、日本への入国を申請する時に提出されたものです。出入国管理局のデータです」

「まるで、あれだな」

一見して日本人と変わらない、美形の少女ばかりが並ぶスクリーンを見上げ、古市官房長官が言った。

「巷《ちまた》ではやっている、CDを買うと握手出来るとかいうアイドルのグループみたいな」

「私が若い頃は、ネコがにゃんと鳴くクラブとか言ったんだ」

常念寺がうなずく。

「入管のデータとか言ったか、鏑木班長」

「はい」

「どこの国から来た？」

「中国です」

政策第二班長は黒ぶち眼鏡を人差し指で上げ、説明を続ける。

「岡山《おかやま》県に、〈国際アジア大学〉という私立大学が存在します。五年前に経営難に陥《おちい》って潰れ掛けたところを、どこから資金を得て再建されました。経営再建されてから、この大学が打ち出した新機軸があります。『サテライト教室』です」

「サテライト教室？」

「さようです総理。東京都内のビルの一室を借りて『サテライト教室』とし、学生はそこで岡山本校の講義をテレビで同時受講する、という触れ込みです。現在では多くの外国人留学生がこの大学のサテライト教室受講生として在籍し、都内で働きながら学んでいるということです」

「――」

「――」

「もちろん、まじめに通っているベトナム人やマレーシア人の留学生もいますが――我々の把握したところでは、この顔写真の四十八人は半年前に『サテライト受講生』として入国し、新宿区の雑居ビルの中にある教室へ三日間だけ通った後、姿を消しました」

「姿を消した？」

「四十八人、消えてなくなりました」


「もちろん」

注目する全員を見回し、鏑木は続ける。

「これだけならば、単に『不法就労が目的で入国したのだろう』で済まされますが。彼女たちの容姿を見て下さい。揃い過ぎている。普通、女の子が四十八人も集まれば、様々な顔になるはずです。可愛い子も、そうでない子も――しかしこれらは全員、不自然に容姿がいい。まるで選抜されて来たかのようだ」

「――」

「NSCが出来て以来、外務省単体ではこれまで出来なかった、米国CIAへの直接情報照会が出来るようになりました。門情報官の出身の内閣情報調査室が、米CIAのカウンター・パートなので直接に情報交換出来るのです。この写真の中の何人かが、引っかかりました。彼女らは中国共産党情報部の工作員です」

ざわ

オペレーション・ルームの空間が、顔を見合わせる閣僚や秘書官たちでざわついた。

「この中の三名が、国際的に活動する中国エージェントとしてCIAデータベースにすでに登録されておりました。さらに、三か月前の海上自衛隊イージス艦に関する機密漏洩《ろうえい》、警視庁のテロ対策機密情報漏洩の二つの事件に関与した自衛官と警察官の携帯電話から、次のような画像データ——写真が見つかりました。これは情報班から提供の画像です」

四十八枚の顔写真が、圧縮されて横へ移動する。空いたスペースに、粗《あら》い粒子の写真が二枚、パッと現れた。

二枚とも共通するのは。酔っているのか、だらしなく緩んだ表情の男が、嬉しそうに美形の女と身体をくっつけて撮っている写真——ということだ。

（——）

障子有美は、これも一度は見た写真だったが。

「——」

顔を背けたくなった。男のこういう表情は……。特に、左の写真の海上自衛隊の三佐は防衛大の一年後輩で、知らぬ人間ではない。学生時代はまじめな堅物で通っていた。あの後輩が、まさかこんな顔を――

三佐は、みずから手を伸ばして、横の女の子と自分を撮っている。その女の子の顔。

有美は睨《にら》む。

あんなふうに、媚《こび》を……。

「ご覧下さい、自衛官と警察官の横に写っている二名は、これと、これに合致します」

女の子の顔が切り取られ、拡大され、移動する。四十八の顔写真の中の二つとそれぞれ重なり合う。化粧はしているが、確かに……。

「おぉ」

「おぅ……」

声が漏れた。

「この二人は、今どこにいる」

「いずれも漏洩事件発覚の後、姿を消しています。警察の捜査にも引っかかりません。すでに国外へ脱出したかも知れません」

「…………」

「…………」

「現在では」鏑木は続ける。「出入国管理局からの指導により、この大学は、中国からの集団での留学生受け入れは中止しています。しかし我々は遅かったかも知れない」

「遅かった、とは?」

「我々NSCが気づくまでの間に、すでに多数のこのような美少女『サテライト受講生』が入国し、行方不明になって全国へ散っているのです」

「多数の、とはどれくらいだ」

常念寺が訊く。

「入学者なら、人数は把握《はあく》出来るだろう」

「それが総理。我々が調べに行った時には、すでに学内のデータは電子的に破壊され、復元出来なくされておりました。人数は推定するしかありませんが——このような女性特殊工作員がすでに一〇〇〇人以上、全国に散っております。彼女らは日本語にも堪能で日本社会へたやすく溶け込み、追跡は困難です」

「う、ううむ……」

「障子戦略班長」

数秒間の沈黙が、オペレーション・ルームを支配した後。常念寺が言った。

「よく分かった。では尖閣の偽装漁民対策のマニュアルは、やはり君のところで、自衛隊を使ってやってくれ。いや、中国工作員によるいわゆるハニートラップに侵されている危険性は自衛隊といえど同じなのだが、まだ自衛隊なら身辺調査もやり直しやすい。沖縄県へ出掛けて『お宅の県の幹部の身辺を調査させてくれ』などと言ったら、どんなふうに怒り出すかわからない」

「はい」

「門情報班長」

常念寺は、有美の横の席のダークスーツの男を呼んだ。

「は」

男は、少しだるそうな動作で、立ち上がった。

三十代。長身で、細い。

「門君。君は警察庁のエースだ。内閣情報調査室を手足のように使える。国内に浸透している工作員への対策を、引き続き頼む」

「承知しております」

「それでは、次の議題に移らせて頂きます」

進行役の首席秘書官が声を上げた。

「よろしいでしょうか総理」

「あぁ」

テーブルで常念寺がうなずく。

「そうしてくれ。次は例の国連の件だったな——政策第三班長、頼む」

●横田基地　地下
航空総隊司令部　中央指揮所

「中国機、反転します」

全員が、正面スクリーンを見上げている。

今、黒を背景にピンク色に浮かぶ巨大な龍——日本列島の尾の部分に、オレンジの三角形が二つ、尖端を斜め下へ向け棘《とげ》のように刺さろうとしていた。

緑の三角形が二つ、それらにぴたりとつき添って、先ほどから警告を繰り返していた。

先任指令官の工藤慎一郎が命じて発進させた、那覇基地所属のF15J戦闘機だ。

オレンジの三角は、領空外縁を示す赤い線のぎりぎり手前で、尖端を回し始める。

「中国機二機の、針路変更を確認。左旋回で尖閣沖一二マイルの領空線から離れます」

管制官の声と同時に
『——J10は反転した』

ざらついた無線の声が、指揮所の地下空間の天井に響いた。

『J10二機は反転。領空から、離れる』

「了解した、ドラゴリー・リーダー」

工藤はまた自分のインカムの送話ボタンを握ると、頭上の声に応えた。

「こちらでも確認した。ご苦労だった、帰投せよ。RTB」

『ラジャー、RTB』


「ふう」

立ち上がっていた工藤は、座ると思わず息をついた。愛用の扇子を開いて、ぱたぱたと扇《あお》いだ。

「今日も、ぎりぎりまで近づきやがったな」

「そうですね」

隣の席の笹一尉も、汗を拭《ふ》く感じだ。

「見ている我々も、心臓に来ます」

「今の中国機ですが。無線で何と言い返していたか、聞かれましたか」

反対側の隣席から情報担当の明比《あけび》二尉が言う。

「こう言っていました。『ここは中国領空だ、お前たちが出ていけ』」

「そんなこと、言ってたのか」

「はい」

「やたら早口で、何かわめいていたが」

「明比は中国語が分かるのか。さすが情報担当だな」

「最近、ヒヤリングも勉強しているんですよ」

「それにしても」

工藤は辛《つら》そうに首を回す。

「毎日のようにやって来ては、領空線ぎりぎりまで近づいて、粘って去る。まるで神経戦だ。那覇のスクランブル機の連中も、たまらないだろう」

「それなんですが」

笹は沖縄の方を見るように、指揮所の壁を見やって言った。

「那覇基地のゲート付近の最近の状態、先任はご存じですか」

「那覇基地のゲート……？」

工藤は扇子を止める。

「基地のゲートが、どうしたんだ」

「市民団体ですよ」

「？」

「毎日のように、デモ隊がやってきては『平和のために自衛隊は出ていけ』と叫んで、基地のフェンスの金網にビニールテープでいろいろな物を貼り付けていきます。下手にはがそうとすると、鋭利な物が隠されていて手を切ったりするそうです。隊員の車が通勤で出入りすると、何か汚い物をぶつけてくるのだそうです」

「警察は、何をやっているんだ」

「沖縄県警の機動隊が、そばで見ているらしいんですが。見ているだけで、止めたりとかしないのだそうです」

「どうなっているんだよ」

「那覇の南西航空混成団の連中は『まるで神経戦だ』って言っています。戦いは、空だけじゃないって」

「毎日の中国機の飛来も、おさまる気配がない」工藤は息をついた。「いったい、これからどうなっていくんだろうな」

中央指揮所の管制席の頭上には、ピンク色の巨大な龍のような列島が浮かんでいる。

その周囲には、今はオレンジの三角形はない。砂をまいたような無数の緑の三角形――日本の管制当局にフライトプランを提出している民間機と、識別済みの自衛隊機だ――がゆっくりと動き続けている。

「――平和を愛する諸国民に信頼し……か」

「は？」

「いや、何でもない」工藤は頭を振った。「他に何か変わったことは」

「小松沖のＧ空域で、間もなく午後の訓練が開始。それから千歳《ちとせ》基地の政府専用機が飛び立っています。目的地は小松」

「特輸隊か」

「はい。７４７‐４００です。あそこに」

笹が指さす。

秋田《あきた》県の海岸線に沿って、尖端を南に向け少しずつ移動する緑の三角形がある。

民間の航空路からやや外れて飛んでいる。

デジタルの識別表示は『ＳＧＮＳ01』。高度は三六〇（三六〇〇〇フィート）、速度表示は五〇〇。

「コールサインがシグナスってことは、あれは訓練飛行だな」

「はい。ジャパン・エアフォース〇〇一ではありません」

政府専用機。

日本政府が保有し、航空自衛隊に運用を委託しているボーイング７４７‐４００は、Ｖ

ＩＰ輸送など政府の用務飛行の時は『ジャパン・エアフォース〇〇一』、日常の訓練飛行の場合は『シグナス〇二』あるいは『〇二』をコールサインにする。

ジャパン・エアフォース〇〇一というのは、米国の大統領専用機がエアフォース・ワンを名乗ることに倣《なら》ったものだ。

「先任」

最前列から、日本海第二セクターの担当管制官が振り向いた。

「あそこのシグナス〇一からです。連絡事項があるそうです」

「何だ」

「『今から消えてみせるが、心配しないでくれ』と――」

「あ？」

何を言った……？

工藤が訊き返す暇もなく。

ざわっ

地下空間が、ざわめいた。

秋田県沖を南下していた緑の三角形が、何の前触れもなくフッ、と姿を消したのだ。

レーダーの反応が、消える――

それは自衛隊だけでなく、航空管制に携わるすべての人間にとって、不吉な事象でしかない。

「な」

何だ……⁉

工藤は眉をひそめるが。

次の瞬間、その緑の三角形は、ほぼ同じ位置にフッ、と再び姿を現した。

『SGNS01』高度三六〇、速度五〇〇――

また現れた。

スクリーン上から消えていたのは、ものの五秒か。

「いったい、どういうことだ」

日本海上空三六〇〇〇フィートを飛んでいるジャンボジェットが、航空自衛隊の防空レーダーからほんの一瞬にせよ『消えて』みせるなんて……。

「第二セクター。シグナス〇一に問い合わせろ」

「は。それが」

第二セクター担当管制官は、振り向いて頭を振る。

「問い合わせてみましたが。『ご協力感謝する』としか言いません」

「何だと」

「先任、何かの機密ですよ」

笹が言う。

「技術研究本部の連中が、きっとまた何か発明したんです」

●横田基地　一階・幹部食堂

三十分後。

「しかしなぁ」

工藤は、定食の盆を前にぼやいた。

早朝からのCCP当直勤務がさっき終わり、交替の先任管制官に引き継ぐと、工藤慎一郎はエレベーターで地上へ出て、幹部食堂で遅い昼食にした。

「最近は一度の当直で、必ず二回はスクランブルを上げている。尖閣の情況がこの先おさまる気配も無いし、どうなっていくのかな」

「韓国も反日をやめませんしね」

笹一尉が隣の席で言う。

「スクランブルが、年間で延べ八〇〇回――日本の周辺が前のように平穏になることは、もう無いんじゃないかって気がします」

「それは平穏だったのではなくて」

反対の隣で、明比二尉が言う。

「前は、単に米軍が強くて、中・韓が弱かった。それだけでしょう。これからは違いますよ」

「ううむ」

工藤は腕組みをする。

「気が休まらんなぁ」

「先任、結婚でもされたらどうです」

「相手がいればな」

工藤がよく一緒にチームを組む副指令官の笹と、情報担当官の明比は、ともに防衛大の二年後輩、四年後輩だ。

工藤が防大を出て、数えるともう十二年になる。要撃管制官コースに進むと、まず地方のレーダー・サイト勤務から仕事が始まるので、僻地《へきち》ばかりを転々とする生活になる。

「先任、そういえば防大の卒業式のダンスパーティーで踊っていたパートナーの人は、どうしたんです？」

「笹、お前、そんなことよく覚えてるな」

「卒業パーティーで美人を連れてる先輩は、目立ちますからね」

「あんなの、とっくだよ。とっく。奥尻島《おくしりとう》のサイトにいる頃に」

工藤は手を振るような仕草をする。

「要撃管制官と結婚したら、勤務地は奥尻島とか隠岐ノ島《おきのしま》とかばっかりだって、ばれちまってな。これだ」

「自衛官が嫌だ、とかではなくて?」

「どうだろうな。商社の奴に取られたよ。今はそいつと一緒になって、ドバイかどこかへ行ってる」

「ドバイだって、日本から見たら僻地《へきち》じゃないですか」

「ううん」

工藤は腕組みをする。

「やっぱりなぁ、思えば高校三年の時、塾の講師から『防衛庁主催の無料模擬試験があるぞ』とか言われて、ものの弾みで受けちまってな。あれがまずかったか」

「はぁ」

「いや、今では国防を自分の使命だと思ってはいるが――これではなぁ。やっと総隊司令部勤務が決まって、十年ぶりに中央に戻ってきてみれば。話が違うじゃないか」

「は?」

笹はけげんな顔をする。

「話、ですか？」

「聞いてた話では」

工藤は周囲を見回して、声を低める。

「総隊司令部には可愛いＷＡＦが一杯いるって――嘘じゃねえか」

「ああ」

笹はうなずく。

「そのことですか。僕もそう思ってたんです。確かに、昔はそうだったらしいですけど。今は特輸隊に取られているんですよ」

「特別輸送隊――？」

「そうです。空自じゅうの優秀で可愛い女性自衛官は、みんな政府専用機の客室乗務員に取られてしまって、各基地の一般事務職には残っていないらしいですよ」

「何だよ、それ」

「むしろ専門職の、基地の整備隊とかの方が、今は可愛い子がいるって」

「政府専用機、か――」

息をついて、ふと横を見ると。

明比正行《まさゆき》二尉はいつしか会話から抜けて、手元の携帯の画面でしきりに指を動かしている。メタルフレームの眼鏡をかけている横顔は、いつもの情報担当官のクールな表情とは違う。

あれ、何だこいつ——

「おい明比、何だ明るい顔して」

笹も意外に思ったのか、訊いた。

「……え？」

明比は注目されていることに、ようやく気づいた。

慌てた様子で、スマートフォンを脇に挟んで隠す。

「あ、あぁ、すいません」

「おい、怪しいぞ」

「いや、何でもありません。ははは」

明比は頭をかいて笑うと、携帯を脇に挟んだまま定食の盆を持って立ち上がった。

「先輩方、非番になりましたので失礼します」

「？」

「——」

早足で行ってしまった後輩の背を見送り、工藤は笹と顔を見合わせる。

「何なんだ、あいつ」

「何か、私生活が充実してるって感じですね」

「ま、充実しているならいいが――」

明比が行ってしまった向こうで、食堂のTVがニュースを映している。

『――官邸から中継です』

7

●石川県　小松基地
アラート・ハンガー　整備隊控室

『では総理官邸から中継です。政府の国家安全保障会議がたった今終わり、古市官房長官による臨時の記者会見が間もなく始まります』

予備機の発進準備作業が一通り済み、整備員全員で控室へ戻った。

舞島茜が、またコーヒーを作ろうと大きなやかんに水を入れていると、控室のTVがニュースを流している。

『会見ルームの高木《たかぎ》さんを呼んでみましょう。高木さん』

『はい、こちらは官邸の会見ルームです』

「――――」

インスタント・コーヒーは、まだあったよな……。

やかんを火にかける間、紙コップを並べて用意する。

さっきスクランブルがかかって、二機が出て行った。

次に〈緊急発進〉の命令が来るまでは、間があるだろう。待機時間は勉強に使える。

「舞島一曹は、出たことあるんですか。スクランブル」

新人整備員の三曹が、「僕もやります」と言って、インスタント・コーヒーの粉を紙コップへ入れ始める。

「私はないわ」

茜は頭を振る。

「ウイングマークは取ったんだけど。ＯＲ（実戦要員）になる前に、ここの任用訓練でだめになったのよ。だからアラート配置はやってない」

「はぁ」

三曹は、茜がパイロットから整備士へ職変した理由をあまり訊くのは悪いと思ったのか、あいまいにうなずいた。

「でも、もったいないですね。民間へ行けば、飛べるんじゃないんですか？」

「ううん」

茜は、手を止める。

「よく、言われるんだけどね」

操縦は、自信があったんだ……。

茜は手を止めて、思う。

だから、あんな〈技〉をやってみようとして――

（一度目は、うまくいった。でも二度目は失神して……Gは五Gしか、かかっていなかったのに）

まさか。あんなところで、自分の身体の中に問題が見つかるなんて。

ACM――空戦機動。上空で戦闘機同士が戦う時は、運動荷重は六Gまでは平気でかかる。F15Jの最大荷重制限は九Gだ。茜が気を失ったのは、小松沖の訓練空域で対戦闘機戦闘訓練の技量チェックの時だった。背後に食いついた教官機を振り切ろうとして、自分で考案した〈技〉を使ったのだが……。

「……………」

『――官邸では、先ほど国家安全保障会議において、昨日の国連安保理の決議に対する重要な政府方針が決められた模様です』

TVが、ニュースの音声を流している。

『国連の決議といいますと、高木さん。パク・ギムル事務総長が提唱した、日本の高速増殖炉〈もんじゅ〉のプルトニウムについての問題ですね』

スタジオのキャスターは女性のようだ。午後の情報番組か。

『はい、その通りです』

中継の画面で若い男性記者がうなずく。

『昨年、日本政府が〈原発ゼロ〉という方針を決定し、プルトニウムを使用する〈もんじゅ〉についても開発計画を打ち切ったので、日本がこれ以上核兵器の材料となるプルトニウムを保有し続ける理由は無いわけです。事務総長は「これを国連管理にするべきだ」と安全保障理事会へ提言し、それが昨日、認められたわけです』

その時。

「舞島一曹、いるか」

控室の入口で呼ぶ声がした。

司令部の事務職の三佐が、制服で入口に立っている。脇に書類ボードを抱えている。

「待機中をすまんが。特別に仕事を頼みたい」

●小松基地　司令部棟
防衛部長室

「――――」

飛行服の小柄な男が、ソファで腕組みをしてTV画面を見ている。

胸のネームは『T　WATARI』。

亘理俊郎《としろう》二佐は、午前中にフライトをした飛行服姿のまま、午後の執務を行っていた。デスクからソファへ、座る場所を移したのは、官邸の中継の模様がTVに出たからだ。

「防衛部長。次の会議ですが」

秘書役の女性の三尉が入室してきたが
「――――」

亘理は、座ったまま左手の人差し指を上げると『待て』と意思表示した。

目は、TV画面に向けたままだ。

『国連事務総長は、国連の事務局の代表者であり、国家間の紛争の調整などに駆け回っていますが、自身はあまり大きな権限を持っていません。国連で最も大きな力を持っているのは、五つの常任理事国を中心とする安全保障理事会です。事務総長には、安保理に命令や指示をする権限はもちろんありませんが、国連憲章では「事務総長は世界の平和への脅《きょう》威《い》が生じたと感じた場合は、安保理に注意を促すことが出来る」とされています』

『今回、事務総長が「世界の平和への脅威」として提唱したのが、日本の〈もんじゅ〉のプルトニウムなのですね』

『その通りです。日本は原発を将来的にゼロにする、高速増殖炉の開発も打ち切る、としたのだから、核兵器の材料となるプルトニウムはこれ以上保有しているべきではない、というのが提言の主旨です。これを受けてアメリカ、ロシア、イギリス、フランス、中国からなる常任理事国は一致して、日本が現在保有しているプルトニウムをただちにすべて国連へ引き渡すべきであると決議しました』

『高木さん、その安保理の決議には、拘束力《こうそく》があるのですか？』

「――高好《たかよし》三尉」

亘理は、画面を見ながらぼそりと言った。

「会議の開始は、五分遅らせてくれ」

「かしこまりました」

『あ、待って下さい。官房長官の会見が始まります』

●東京　永田町
総理官邸　一階会見ルーム

ざわざわざわ

マスコミによく顔を知られた四十代の政治家――官房長官の古市達郎《たつろう》（当選四回）が前方横の扉から現れ、日章旗に一礼し、壇上へ上がると。

満員の記者席のざわめきがしん、と静まった。

「これより」

古市はマイクに口を開いた。

「先ほどの国家安全保障会議で決められた、わが政府の方針について説明します。単刀直入に結論から申し上げる。国連からの要請についてですが、わが政府は〈もんじゅ〉に貯蔵している燃料用プルトニウムを、国連に引き渡すことは拒否いたします」

ざわっ

百人以上も詰めかけている記者席が、再びざわめいた。

「さらに」

古市は続けた。

「政府は、将来的には原発をゼロにしますが。わが国の生命線である経済活動を維持するため、安全性の確認された原発についてはこれらを限定的に活用し、メタンハイドレートなどの新資源の利用が軌道に乗るまでの繋ぎといたします。合わせて、将来のエネルギーの研究として、高速増殖炉の研究だけは継続して行っていく。〈もんじゅ〉の廃炉については撤回することといたしました」

「官房長官」

「官房長官っ」

たちまち、質問の手が上がる。

（――――）

これから、大変だ……。

障子有美は、会見の様子を会場後方の壁際に立って眺めていた。

記者たちの背中はみな、前に乗り出すようで、壁際にNSCの情報官がいても気にかける気配もない。

古市官房長官が発表する〈政府方針〉は、たった今終わったばかりの定例安全保障会議で決められたものだ。

有美たちNSC情報官からの助言を得て、常念寺貴明の方針決定は素早かった。

素早かったが、重い……。数年前の大災害と、それに引き続く原発事故の影響により、一度は決めた『原発ゼロ』の政府方針を事実上修正したのである。

──『これは中国です』

マスコミは、騒ぐだろうな……。

盛んに上げられる記者席の手を見やって、有美は先ほどの会議での議論を思い出す。

パク・ギムルという人物──評判のあまりよくない国連事務総長が、なぜか突然に言い出したこととは言え──

仮にも国連の決議に逆らうという決断を、有美たちは総理に迫ったのだ。

──『これは中国の仕業です。総理』

三十分前のこと。

国家安全保障会議の場──官邸地下のオペレーション・ルームでは、三つ目の議題が提示されていた。

「緊急の議題です」

ＮＳＣ政策第三班長──主に国連対応を担当する外務省出身の情報官が、立ち上がって報告した。

「マスコミでも、もう報道されていますが。昨日、国連のパク・ギムル事務総長が突然、『日本は原発を廃止することに決めたのだからプルトニウムを保有しているのはおかしい、これは平和への脅威である、国連に差し出すべきだ』と提言し、それが定例安全保障理事会にかけられ、承認されてしまいました。国連からは早速、〈もんじゅ〉に貯蔵する三トンのプルトニウムのうち、特に炉心にある六二キログラムのブランケット燃料につきただちに所有権の放棄をするよう、要請してきています」

「――――」

常念寺貴明は、一瞬きょとんと宙を見るようにした。

「――そりゃ、ひどい内政干渉じゃないか」

「しかしながら総理」

政策第三班長は言う。

「わが国は国連において核拡散防止条約に加盟し、国際原子力委員会の査察も受け入れています。ＩＡＥＡの査察を受け入れるということは『核兵器は造りません』と宣誓していることになります。もし保有のための公明正大な理由もなく、プルトニウムを持っていたら、いずれこう言われるのは目に見えています」

「ううむ」

常念寺は腕組みした。

「だがなぁ。日本の財産だぞ」

「わが国のプルトニウムは平和への脅威とか言われて、国際社会が『そうだ、そうだ』と同調し、世論を形成し始めているのです」

「そのパク事務総長、なんで突然そんなことを言い出したんだ」

すると
「これは中国です」

政策第二班長の鏑木が、立ち上がって発言した。

「これは中国の仕業です。総理」

「中国？」

「そうです総理。パク・ギムル事務総長は韓国人です。韓国は最近、中国へ急速に接近している」

あ、また総理はとぼけているな——

有美は、その議論の様子を、自分の席から眺めて思った。

常念寺貴明は、おそらくこの唐突な国連からの要求についても、自分なりによく調べ、考えているはずだ。

でも、わざとわけが分からない振りをして、ＮＳＣの情報官たちに好きにしゃべらせている。おそらく自分の考えと照らし合わせて、構想を固めるためだろう――

「パク・ギムル事務総長は」

鏑木は続ける。

「二年前に、国連事務総長に就任しましたが。紛争地域の調停活動などをあまり熱心には行わず、欧米各紙から批判されています。その脇で、自分の身内の韓国人を多く国連事務局に採用したり、またいわゆる慰安婦問題で日本を批判する発言をしたりと、公的な立場にある人としてふさわしいのか、という議論がされている。当人は、韓国の次期大統領の座を狙っていて、それればかり考えているとも見られます」

「うむ」

常念寺は唸った。

「確かに、あの事務総長は帰国したとき『韓国のために働く』と公言したらしいな。慰安婦についての発言も耳にした」

「わが国のプルトニウムの問題と、並行して国連で進められている懸念すべき事案があります。韓国を第二次大戦の〈戦勝国〉として認めさせる、という運動です」

「戦勝国って、おい」

「そうです。大戦当時、韓国は日本に併合されていて、半島の人々は我々と同等の権利を持った日本国民でした。志願して日本軍に入って英米と戦った者も多数いた。しかし一方で、抗日臨時政府というのが存在して、これが連合国と共に日本と戦っていた。だから、ドイツに占領されていたフランスが、レジスタンスが抵抗して戦っていたことが認められて〈戦勝国〉となり常任理事国となったように、韓国もそうなるべきだと」

「抗日臨時政府って、そんなものが存在した証拠があるのか？」

「全然見当たりません」鏑木は頭を振る。「しかし、大戦中に大陸の南京《ナンキン》の付近にそれがあって、その時の〈記録〉が出てきたと、中国政府が突然資料を提示したのです」

「――――」

常念寺は腕組みし、その周囲で閣僚たちも顔を見合わせる。

「それで」

古市官房長官が、常念寺の横で訊く。

「韓国が〈戦勝国〉と認められたら、安保理は韓国を常任理事国にするのか？」

「いいえ。そんな動きは、まったくありません」

鏑木は頭を振る。

「中国の出してきた資料で『戦勝国だった』と認められたところで、常任理事国になれるほど世界は甘くありません。中国にもそんな気はない。安保理は議題にすらしていません。国連の文書を見ましてもカギ括弧《かっこ》つきの『戦勝国』です。つまり今回のは歴史上の名誉称号であり、名誉村長とか名誉市民とか、一日署長とか、そういった類《たぐい》の呼び名を与えるかどうか、という問題です。

これは、韓国への国民感情が複雑である東南アジア諸国においては反発が予想されますが、アフリカ・中南米その他の地域の大多数の国連加盟国にとっては、実にどうでもいいことです。新しく常任理事国になるわけでもなし、ユーラシア大陸の東の端にくっついている半島国家が、七〇年前の戦争において勝った方だったか負けた方だったかなんて、彼らにとっては実に全然、どうでもいい。ですから現在、韓国政府が水面下でアフリカや中南米の中小国に対して猛烈にロビー活動——接待攻勢をかけていますが、接待された国の代表は賛成票を投じてしまう可能性が高い。このままでは明日の国連総会で『韓国は戦勝国だった』と認められてしまう」

「総理、弁解するようですが我々政策第三班の守備範囲は、非常に広いのです」

第三班長がハンカチで汗を拭いた。

「第一班が米英独仏など西側先進国、第二班が中国ロシア朝鮮、そして第三班は国連およびその他の国々と地域が担当です。韓国政府が国家予算をかけ、アフリカや中南米の小国に至るまでロビー活動をかけているのを、我々は摑み切れていませんでした」

「とにかく、単なる名誉称号でも韓国を〈戦勝国〉と認めさせ、日本からプルトニウムを取り上げたとなれば、パク・ギムルは国内で人気が出ます」

鏑木は言った。

「次期大統領選に打って出れば当選するでしょう。中国は、パク・ギムルに大統領選に勝てる材料を提供し、言うことを聞かせ、わが国の保有するプルトニウムを国連の手で取り上げようとしているのです」

「しかし――」

常念寺は腕組みをする。

「中国は、なぜそんなことをするのだ」

「官房長官！　中央新聞の新井《あらい》ですっ」

怒鳴り声に、有美はハッと我に返った。

見ると。

会見場の最前列から、一人の記者がたまりかねたように立ち上がる。袖の腕章は〈中央新聞〉。

「いいですか。あなたが単刀直入なら、こっちもずばり訊かせて頂く。日本政府は、〈もんじゅ〉のプルトニウムを使って核兵器を造るつもりなんですかっ」

「そのような意志は毛頭ない」

古市は頭を振った。

「わが国は唯一の被爆国として、非核三原則を堅持し、核融合を始めとする原子力の平和利用に今後も邁進《まいしん》していく。いわゆるウランを使った沸騰水型や加圧水型の原子炉については、もうやめてしまうが、高速増殖炉や核融合炉の研究については未来のために続けていく、ということです。だいたい、〈もんじゅ〉に貯蔵しているプルトニウムは酸化させて他の物質と混ぜ合わせてあったり、純度が低かったりして原子爆弾の材料にはなりえません」

「そんなの嘘だ」

日本を代表する大手紙である中央新聞の若い記者は、なぜか決めつけて怒鳴った。

「〈もんじゅ〉炉心のブランケット部分には、これまでの試運転で生成された高純度のプルトニウム２３９が六〇キログラム以上あるはずだぞっ」

「そうだ」

新聞記者の隣の席から、ＮＨＫの腕章を巻いた記者が立ちあがって叫んだ。

「だまそうとしたって駄目だぞ。原子爆弾を開発して、また中国の人たちや、罪もないアジアの人たちを虐殺するつもりですかっ」

「そうだっ」

「ひどいわ、また中国の人たちを三十万人殺すつもりなのっ」

大声が、いくつも上がった。

（――――）

有美はその様子を見ながら、またオペレーション・ルームの会議を思い出す。

中国の、仕業――

これがそうなのか。

鏑木の説明が蘇《よみがえ》る。

「総理。中国は〈もんじゅ〉のプルトニウムが怖いのです」

「〈もんじゅ〉が怖い……？」

常念寺は、議長席から自身の問いに応えた三十代の情報官を見返した。

「中国が、恐れていると言うのか」

「その通りです」

鋭い表情を隠す効果がある、ださい黒ぶちの眼鏡を上げ、鏑木は強調した。

「総理。これは全くの私見で申し上げますが。今わが国を中国の侵略から護っているのは、日米安保ではありません」

「そうです」

政策第一班長が思わず、という感じで立ち上がり、つけ加えた。

「総理。政策第一班では、あらゆる局面を想定して分析をしていますが。どんなに子細に分析しても、尖閣に中国が手を出してきた時、米軍がわが国のために動いてくれる可能性の割合は五〇：五〇――つまり全くのフィフティ・フィフティなのです」

「何」

常念寺が見返すと。

ドーナツ型の円卓についた他の閣僚たちも、息を呑むように第一班長に注目する。

「第一班長。しかし米国政府は『尖閣諸島も日米安全保障条約第五条の対象だ』と、公式に声明を出しているぞ？」

「声明であって、文書になっていません」

第一班長は頭を振る。

「本当に約束する気があるなら、文書にして出すはずです。おそらくTPPの農産物関税でわが国に譲歩をさせたいので、リップ・サービスをしただけです。それに第五条というのは『米国憲法に従った手続きを取る』と書かれているだけで、軍を出して助けてくれるとは書かれていない。口頭で中国を非難するだけで終わるかも知れません」

「う」

「うぅむ――」

常念寺と古市官房長官は、そろって腕組みをした。

「防衛大臣、どう思うか」

「は」

常念寺の問いに、髭《ひげ》を蓄えた佐野《さの》防衛大臣がうなずく。

「私もこの件については、NSCからブリーフィングを受けています。鏑木情報官は『私見』と断りましたが、私は彼の言うことをその通りだと感じます」

「中国の侵略からわが国を護っているのは、日米安保ではない、と言うのか」

「はい。ましてや平和憲法ではありません」

常念寺貴明は、息をつくと会議テーブルを見回し、また鏑木情報官を見やった。

「説明を続けたまえ。鏑木君」

8

●総理官邸　地下
オペレーション・ルーム
三十分前。

「総理」

国家安全保障会議の席。

オペレーション・ルームの後方から立ち上がったNSC政策第二班長の鏑木情報官は、説明を続けた。

「実は今、日本を中国の脅威から護っている抑止力は日米安保ではなく、〈もんじゅ〉のプルトニウムなのです」

「――――」

「――――」

地下空間の全員が、注目した。

（――――）

障子有美もその中の一人だ。

情況の展開が、速い……。

有美は思った。

〈もんじゅ〉のプルトニウムの件――このことを、総理はじめ閣僚たちに話す時が来たのか。

（私にも、訊かれるだろうな）

正面スクリーンには、鏑木の部下が操作したのか、日本海に面した海岸の岩場に立つ高速増殖炉〈もんじゅ〉の外観と、炉心の透視画像が現れる。

炉心の画像は、ぼうっとした白黒だ。まるでＣＴスキャンで人体の臓器を撮影した画のようだ。高速増殖炉の炉心は、液体ナトリウムに漬かっているため、真っ黒い沼のようで内部を光学撮影出来ない。超音波でスキャンするしかないという。

「尖閣諸島へ中国が偽装漁民を送り込む、あるいはじかに侵攻して来る、さまざまなケースが考えられますが。いざ中国が手を出して来た時、米軍が動いてくれるのかどうかは、全く分かりません。第一班長が言われた通りに可能性はフィフティ・フィフティで、そうなってみないと分かりません」

「――」

「――」

「中国は」

鏑木は全員を見回しながら続ける。

「今やアメリカ企業にとって、最大の顧客です。また中国共産党はアメリカ国債を地球上で一番多く買って保有している。大量に売られたら国債の価格は暴落します。もはや中国は、経済的にアメリカの生命線になりつつある。ですから中国が沖縄の先の方の無人島を一つ占領したくらいで、米軍が介入してくれる保証は、はっきり言ってありません。するかも知れないし、しないかも知れない」

「だが、介入する可能性もあるから、まだ中国の人民解放軍は領空侵犯まではして来ないわけだろう？」

「いいえ総理」

常念寺の問いに、鏑木は頭を振る。

「中国共産党はもはや米軍を恐れていません。むしろわれわれ日本人が本気で怒った時に何をするか？　それを恐れているのです。連中は歴史をでっちあげる裏側で本当の歴史はよく研究しています。さきの戦時中は、一糸《いっし》乱れず戦う日本軍にとてもかなわないので、共産党は国民党に戦争をやらせ、自分たちは逃げ回っていたのです」

「――――」

「――――」

「中国が尖閣に攻めて行って、島を占領し、それでもし日本人全員が本気で怒ったらどうするか――？〈もんじゅ〉のプルトニウムとイプシロン・ロケットを組み合わせれば、実は中国本土へ撃ち込める核ミサイルは、一週間で出来てしまいます」

「一週間？」

「本当か」

「障子情報官。それは本当かね？」

そら来た。

常念寺の質問に、有美はまた立ち上がった。

「お答えします」

会議テーブルを見回して、言った。

「今、鏑木情報官の言われたような非常の場合。緊急にわが国が核抑止力を立ち上げようとした時、持てる資産と技術力で何が出来るか――これについては、さきのさきの政権、すなわち主権在民党に政権交代をさせられる直前の山添《やまぞえ》内閣において、極秘にシミュレーションを行って試案書がまとめられていました。湯川《ゆかわ》君」

有美は、背中に控えている若いスタッフに促した。

会議の流れから、訊かれることを予測し準備していたのだろう、有美が防衛省情報本部から引き抜いて連れて来た湯川雅彦《まさひこ》が、すぐに立ち上がった。

「ご説明します」

同時に正面スクリーンに、〈もんじゅ〉の画像に代わって何かの断面図のようなものが二枚、現れた。

「まず初めに、核兵器――原子爆弾というものの原理から説明します。これはわれわれが想像するよりも簡単なものです。ウランやプルトニウムなどの核物質を九五パーセント以上の高純度に濃縮し、臨界量以上を集めて一塊《ひとかたまり》にすれば、実は勝手に爆発するのです」

「――」

「――」

「最も単純なのは、スクリーンの右の図をご覧下さい。これは臨界量以上の核物質を二つに分けておき、片方に火薬ロケットをつけて片方にぶつける装置です。これで核反応が起きます。ガン・バレル方式というやり方で、最初にアメリカで造られたものはこれです。ただしこれですと全体の構造が大きく、重くなり過ぎるのでミサイルに積めません。

では左の図をご覧下さい。これは、臨界量よりも少し少ないプルトニウムを球状に成形して、その周囲に高性能爆薬を隙間なく張り付けた装置です。サッカーボールに似ています。周囲に張り付けた爆薬を精密に同期させ、同時に発火させ、プルトニウム球を爆縮してやると、球の中心部がものすごい圧力で臨界密度に達して核分裂反応を起こし爆発します。これがインプロージョン方式――爆縮方式と呼ばれるもので、現代の小型化された核爆弾はすべてこの方式です。核兵器を製造しようとする時、難しいのは高純度に濃縮した核物質を造り出すことと、精密な爆縮技術を確立することとです。北朝鮮やイランが、国際社会から非難されながらこっそり続けているのがこの高純度に濃縮したウランやプルトニウムを製造する行為なのです」

「なるほど」

常念寺がうなずいた。

「イランが大規模な遠心分離機を使って、何かを濃縮しているというのは、それか」

「そうです総理」

京都《きょうと》大学工学部の大学院からキャリア採用で防衛省へ入った湯川は、研究者らしくメタルフレームの眼鏡を光らせて言う。

「情報によると、イランが地下に作った遠心分離機の施設で一生懸命濃縮しているのは、ウラン235だそうです。通常の原子炉用のウラン燃料は純度二から三パーセントです。これを核兵器に使える純度九五パーセント以上の高濃縮ウランにするのは、気の遠くなるような作業です。核兵器の製造は、高純度に濃縮した核物質を造り出すのが困難だから、難しいのです。北朝鮮は国際社会から非難を浴《あ》び、経済制裁に耐えながら何年もかかって実験用原子炉で高純度プルトニウムを製造しましたが、現在までに出来ているのは数キログラムだそうです。振り返ってわが国は」

湯川が指で合図すると、スクリーンが白黒の透視画像に戻った。

さっきの炉心の画像だ。

「ご覧下さい。〈もんじゅ〉の炉心です。一九九一年に完成、九四年から試運転を開始、九五年末にナトリウム漏れ事故を起こして停止され、以後現在まで止められたままです。高速増殖炉は、通常の原子炉で生成された低濃度のプルトニウムを燃料として燃やし、炉の中で燃やした以上の量のプルトニウムを造り出します。理論上、造り出されるプルトニウムの大部分は低濃度ですが、炉心を取り囲むブランケットと呼ばれる部分にだけ高濃度のプルトニウムが生成されると分かっています。わずか一年半の試運転でしたが、〈もんじゅ〉は炉心近くのブランケット部分に純度九七パーセントのプルトニウム239を六二キログラム生成しました」

「…………」

「…………」

「これは」

薄暗いオペレーション・ルームを見回して湯川は続ける。

「これは北朝鮮が造り出したプルトニウムよりも、純度にして数パーセント高く、量にして二十倍あります。すでにわが国は〈もんじゅ〉の働きで、核兵器の材料に出来る高純度プルトニウムを北朝鮮の二十倍、保有しているのです」

「ぜんぜん、知らなかった」

常念寺は手のひらで顔をこするようにした。

「あの北朝鮮が長い間、国民を飢《う》えさせながらさんざん苦労して造り出した量の二十倍もの核兵器の材料を、わが国はすでに保有しているというのか」

「その通りです」

「ちょっと待ってくれ」

吉富万作が口をはさんだ。

「それでは、わが国は朝鮮民主主義人民共和国を『核兵器を開発している』などと言って責められないではないか」

「その議論は、また別の場でしょう。国交大臣」

常念寺は押し止めると、湯川に促した。

「話を続けてくれ」

「はい。実は総理、イプシロン・ロケットも必要ありません」

湯川が合図すると、スクリーンの画像が短い翼のついたミサイルと、黒い潜水艦の写真に変わった。

「純度九七パーセントのプルトニウム２３９なら、二キログラムあれば核弾頭が一発造れます。二キロのプルトニウムというと、大きさは野球のボールくらいです。これの周囲に高性能爆薬を隙間なく張り付けると、サッカーボールの大きさになる。プルトニウムを真球に成形するのは三次元工作機械を使えば出来る。後は精密同期発火システムをつけて、周囲の爆薬をマイクロセコンド単位で精密に同期して爆発するようにしてやる。これで爆弾は完成です。一週間で出来るかどうかは分かりませんが、極めて短期間で出来ます」

「ううむ」

常念寺はまた唸った。

「わが国がもしも核武装しようとしたら、技術はともかくとして、国際社会で非難されたり経済制裁を受けたりして大変な目に遭《あ》う、と思っていたが――」

「いいえ。すぐに出来てしまうので、経済制裁なんか、されている暇もありません」

「…………」

「…………」

ドーナツ型の会議テーブルで、閣僚たちが顔を見合わせる。

湯川はスクリーンを指して続ける。

「爆弾は三十一発出来ますので、一発は実験に使い、残り三十発を潜水艦発射巡航ミサイルの弾頭に仕込みます。そしてわが海上自衛隊が保有する十五隻《せき》の潜水艦に二発ずつ搭載し、中国大陸沿岸から一〇〇マイル程度の海域の海底に潜《もぐ》らせて配置する。ご存じの通り日本の潜水艦は世界一静粛で、一度海中へ没すれば、世界一の対潜哨戒能力を持つ海上自衛隊の対潜部隊でも発見出来ません。中国海軍に、これらを探知して撃沈するのは不可能です。中国は手も足も出ません。日中の核抑止力は、簡単に逆転します」

「そんなに、簡単にいくのか」

「総理。実は簡単なのです」

鏑木が、引き取るように言った。

「材料はすでにある。技術的にも十分可能です。私は、核実験も要らないと思います。普通は核兵器は、ちゃんと爆縮装置が働くことを実験で実証し『ほら見ろ、爆発するぞ』と世界に示さないと抑止力にはなり得ない、とされていますが。それは普通の国の話であって、日本の技術で造った爆弾です。実験などして見せなくたって、爆発するに決まっています」

「それは、そうだ」

「総理、やろうと思えば核抑止力はすぐに持てます。物理的には可能です。国民の意識と憲法が変わりさえすれば、ですが」

「なるほどな」

「中国は、もし尖閣へ押し寄せて島を占領した時、日本国民が怒りに目覚めて一気に核抑止力を持とうとする方向へ動くのが、怖いのです。中国は戦争で日本に勝てたことが一度もありません」

「話を戻しますが」

政策第三班長が、口を開いた。

「今回の国連からの要求についてです。パク・ギムル事務総長の背後に中国の意思があるらしいのは、私も同意見です。実はわが国では前の主権在民党政権時代、官邸の機密文書が多数、持ち去られて消えるという事案が発生しています。その数、実に三万件です」

「うん、それは承知している」

常念寺が珍しく、苦々しい表情になる。

「主民党政権時代は、失われた三年間だ。もう少しで人権擁護法案と、外国人参政権法案を通されるところだった。本当に危なかった」

「はい総理。その時に、実は今説明のあった核抑止力確立のシミュレーションの試案書も流出し、中国へ渡った可能性が高い。そのしるしに、なぜか中央新聞とＮＨＫの報道記者たちが、試案書の内容をよく知っているのです」

「ううむ――」

「第三班長」

古市官房長官が口を開く。

「中国の意を受けて、事務総長が動いたのだとして。でもわが国からプルトニウムを取りあげろという乱暴な提言に、安保理が簡単に賛成してしまったのはなぜなのだ」

「そうだな」常念寺がうなずく。「アメリカは、反対してくれなかったのか」

すると
「アメリカは反対しません」

政策第一班長が、立ち上がって発言した。

「アメリカは、この件につき大賛成はしていませんが、反対もしていません。アメリカさえ拒否権を行使してくれれば、何事もなかったはずなのですが」

「どうして反対しないんだ」

「アメリカは同盟国ではありますが、過去に二発、日本に原爆をおとしています。われわれはよく『わが国は唯一の被爆国』と口にしますが、実際はわが国は『アメリカに核報復する権利を有する唯一の国』なのです。今は平和憲法に従っておとなしくしていますが、日本人に核兵器を持たせたら、いつか仕返しをするのではないか——？　と恐れているのです。ですから六二キログラムのプルトニウムを取りあげることで、わが国が核武装する可能性を絶無に出来るなら、その案に反対はしません」

「総理。安全保障理事会が、全会一致で何かに賛成するということは極めて稀《まれ》なのですが、残念ながら今回はその稀なことが起きてしまいました。考えてみれば常任理事国の五大国の中に、日本がプルトニウムを持っていて嬉しい国は一つもありません」

　政策第三班長は言った。

「安保理は、わが国が〈もんじゅ〉の六二キログラムのプルトニウムの所有権を放棄し、国連に引き渡すよう勧告して来ています。これについて、政府として回答しなくてはなりません。しかも直ちに回答するよう要求して来ています」

「――――」

常念寺貴明は、腕組みをして目をつぶった。

オペレーション・ルームの全員が、その顔に注目する。

（…………）

考えている……？

障子有美は、経済アナリスト出身の四十代の政治家の表情を見やった。

（それとも、考えている振りかしら）

地下空間の空気は、しんと静まっている。

数秒後。

「――諸君」

常念寺が目を開けた。

「私は、国連の勧告は拒否しようと思う」

「――――」

「――――」

全員が息を呑んで、注視する。

「確かに諸君、国民の意識や現行憲法、法制度の制約を考えれば核抑止力の確立は難しい。また、すぐにやる必要も無い。しかし物理的には可能なのだから、いざとなったら日本はやるぞ、という姿勢は示す必要があると思う」

「お待ち下さい、総理」

横の方から声がした。

立っている秘書官たちの中に、五十代の人物が一人混じっている。発言したのはその人物だった。

（山辺《やまのべ》危機管理監……？）

有美は意外に感じた。

危機管理監。それは内閣府では官房副長官に次ぐ地位で、警察庁から出向している。任務は大規模災害や重大テロ事案が発生した時に、政府の対処の指揮をとることだ。

実務官僚のトップであり、国家安全保障会議にも出席するが、政策に口を出す立場ではなかった。

だいたい、補助席の中に自分の席もあるのに、どうしてさっきから立っている……？

「総理。テロ対策の最高責任者として、一言申し上げたい。よろしいですか」

「うん」

「実は、私が危惧《きぐ》しますのは、プルトニウムという物質の危険性、毒性についてです。ご存じの通りプルトニウムは半減期が二万四千年、非常に強い放射線を出す物質です。核爆発など起こさなくても、貯蔵している施設が爆破されたりして中身が大気中に飛び散れば、百万分の一グラムというごく微量でも吸い込んだだけで人間の肺に吸着し、放射線を出し続けます。取り除くことは不可能で、吸ったらおしまいです。その人間がガンになり死んで火葬されて灰になっても、まだ放射線を出し続けます。それほど危険な物質なのです。それが〈もんじゅ〉の中に全部で三トンもある」

「…………」

「…………」

「プルトニウムは、ほかの核物質とは別格なのです。私は、あんなものが三トンも、警察の警備もされていない施設の中に貯蔵され続けていることを憂慮している。〈もんじゅ〉は厳重な鉄柵などで囲ってはいますが、警備はなぜか民間会社がやっています。彼らは武装もしていません」

「うん。確かに政治的経緯があって、そうなっているとは聞いている」

「私は、中国が尖閣に攻め込んで来るリスクと、〈もんじゅ〉がテロに襲われて貯蔵している物質を大気中へ放出させられるリスクを比較した時、私見ですが、後者の方が大きいと考えます。プルトニウムを持ち続けることは、対テロという面ではリスクなのです」

「うん。それは分かる」

「いったん持ってしまったプルトニウムを、どこかへやるわけにはいきません。捨てることも出来ません。しかしです、今朝聞けば国連が、引き取ってくれるという。私はいても立ってもいられなくなりました。わが国は原子力発電を、将来的にゼロにしていくわけですから、プルトニウムはお荷物でしかありません。でも今回、わが国の抱えるテロ対策上の大きな荷物を、国連に押しつけることが出来るのです。実際に引き取りに来るのは米軍でしょう。アメリカに押しつけられるなら、これは千載一遇のチャンスです」

「う、ううむ」

「総理。意見をお許し頂けるなら、申し上げます。この際、高濃度のものはもちろん、低濃度のプルトニウム燃料も全部残らず引き取らせるという条件で、国連の勧告を呑んではいかがでしょう」

また数秒、沈黙が支配した。

「――いや」

常念寺は言った。

「山辺危機管理監、有意義な意見だった。確かにテロ対策はこれまで甘かった。しかし、昭和時代からわが国の政治指導者たちが、実はものにならないと分かっていても高速増殖炉を推進し、反対されてもぬらりくらりと維持して来たのは、今日の中国の台頭を見越していたのだと思う」

全員の視線が、集中する。

常念寺貴明は、立ったままの山辺危機管理監も含め、全員を見回しながら言った。

「諸君。マスコミは政治家を馬鹿だと言う。これまでの国の政治指導者もみんな馬鹿だったと言い、われわれも子供の頃からそれを聞かされ、そう思って来た。この私自身も、今マスコミからそう言われている。つい先日も『北京はPM2・5のせいでガミラス化している』と発言したら、馬鹿にされてしまった」

「…………」

「…………」

「しかし。馬鹿ばかりが舵《かじ》を取っていて、日本が今のここまでになれたはずはない。私は馬鹿と言われていいと思う。総理大臣は、そのくらいでいいんだ。官房長官」

「は」

「わが国は方針を修正する。従来の加圧水型や沸騰水型原子炉による発電は順次やめていくが、高速増殖炉の研究は続けることにする——だから〈もんじゅ〉のプルトニウムだけは保有し続ける。こう発表したら、通るかな」

「は」古市はうなずく。「少し苦しいですが、会見で何とかやってみましょう」

「山辺危機管理監」

「は、はい」

「あなたの意見はもっともだ。過去の経緯は脇において、今後〈もんじゅ〉の警備は警察にやらせよう。福井県警で荷が重いなら、規定を改正して警視庁の機動隊などが応援に行けるようにする。武装した警官に、厳重に護らせよう」

●総理官邸　一階会見ルーム

「今まで国民に隠していたことの責任を、どう取るつもりなんですかっ」

激しい質問の声に

（……!?）

障子有美は我に返った。

つい先ほどの国家安全保障会議での議論を、思い出していたのだ。

あの後――

（決まるのは、速かったな）

常念寺総理の『国連の勧告は拒否』という方針に、閣僚たちが賛成した。吉富万作だけは態度を保留したが、強く反対ということではなかったので『勧告拒否』が政府の方針ということにされた。

だが

「嘘をついていたのかっ」

会見場には、強い声が飛び交っていた。

「こともあろうに核兵器に使えるプルトニウムを、朝鮮民主主義人民共和国の二十倍も持っていたなんて！　そんなことを国民に隠していた責任をどう取るのですかっ」

よく『朝鮮民主主義人民共和国』なんてフルネームを、あんな早口で言えるなぁ……

有美は、最前列で声を張り上げる中央新聞の記者の滑舌に感心した。

「それに国連安保理の勧告を拒否するなんて、これから日本が国際社会でどうなってもいいと言うのですかっ」

ＮＨＫの記者も声を上げている。

「ああ、お答えします」

古市官房長官がマイクに言う。

「〈もんじゅ〉のプルトニウムのごく一部が、ひょっとしたら核兵器に転用出来るのかも知れない、という可能性につきましては、詳細を正式に発表していなかっただけで、隠していたわけではありません。国民に嘘をついていたわけではない。それから国連の勧告は、わが国が原発をゼロにするという方針をもとにされたものですから、〈もんじゅ〉の研究を続けることにした以上、前提自体がすでに無効であります」

「ちょっと待って」

「ごまかすな」

「アジアの平和がどうなってもいいと言うの？」

「日本をどうするつもりだっ」

日本をどうするつもりだ、か……。

眺めていると、背後から肩を叩かれた。

「障子情報官」

この声は。

「──門君？」

振り返ると、あの黒スーツの男が立っている。細身に不精髭。ヒールを履いた有美と並ぶ背丈だ。

「おい俺は」

門篤郎《あつろう》は、目で素早く周囲を探るようにすると、声を低くした。

「確かに昔、あんたと法学部のゼミで一緒だったが。皆には内緒にしているんだ。同級生でつるんでいる、なんて思われたくない。もっとよそよそしくしゃべってくれ」

「それは、どうも」

有美は他人行儀に見えるように、会釈《えしゃく》し直した。

「すみません門情報官」

「総理からNSCへブリーフィングだそうだ。班長は執務室へ集合しろと」

「総理、から?」

「そうだ」


普通、ブリーフィングというのは情報官が総理に対してするものだが——

(ま、あの人らしいか)

有美は、細身の黒スーツの背中にしたがって、会見ルームの後方の扉へ向かった。

満員の空間では、まだ大声が飛び交っている。

9

●総理官邸　五階
総理執務室

「諸君、ご苦労だった」

NSCの各班、五名の班長がそろって入室すると。

青竹の立つ吹き抜けを背に、執務机から常念寺貴明が立ち上がった。

室内の足下は赤い絨緞。このずっと下――一階の会見ルームでは、まだ古市官房長官の会見が続いているはずだ。

日の丸の国旗を掲げた横には、四十代後半の若い総理と、秘書官が三名。それに五名の情報官が向き合う形で立った。

「わが国を最後に護ってくれるのは、〈もんじゅ〉の炉心にある六二キログラムのプルトニウム239だ。その事実は、とうに承知している。私も思いは諸君と同じだ」

「――」

「――」

三十代後半の情報官たちは、常念寺を見返した。

これが、この人の本来の話し方か……。

障子有美は思った。

(やはり、切れる人か)

とぼけた感じは見せない。全部承知している、という表情。

「諸君も知っている通り、日本の総理大臣は外国の大統領のような強権を持たない。国の方針を決める時には閣僚たちの合意を取りつけなくてはならない。私が選んだメンバーとはいえ、彼らもロボットではない。ちゃんと理解しなければついて来てくれない。私一人が分かっていても駄目なんだ。彼らが納得して、合意してくれなければ」

常念寺は両手を背中に組み、執務机の前に立った。情報官たちを見回した。

「そのためには。時にはとぼけた振りもして、芝居もする」

「分かります総理」

鏑木がうなずいた。

「さきほどの会議、閣僚の方々も総理のお考えをよく理解されたと思います」

「うん」常念寺もうなずく。「君たちの働きで、スムーズに進んだ。お陰で先人の残してくれた国を護る切り札を、奪われずに済んだ。礼を言う」

五名の情報官――NSC各班の班長たちは、顔を見合わせた。

全員が三十代の半ばから後半。外務官僚が三名、それに有美が防衛官僚、門篤郎が警察官僚だ。

偶然か、五名とも同じ大学の出身だ。ただ東京大学は一学年に三〇〇〇人も学生がいるので、有美がNSC班長を命ぜられて集まった時、顔が分かったのは門ひとりだった。勉強など全然している様子もなかったのに首席で卒業した同級生――よく覚えている。

「メタンハイドレートの開発が軌道に乗ることを見込んで、原発ゼロの政府方針を一度は決めたのだが。まさか中国が、このような挙に出て来るとはな」

常念寺は腕組みをした。

「だがこれで、とりあえず一安心だ」

するとｰ
「いいえ総理」

低い声が、ぼそりと言った。

「全く、一安心ではありません」

左端に立つ黒スーツの門篤郎を、全員が見た。

門篤郎。

年齢は有美より二つ下になる。

十五年前——有美と同じ法学部のゼミにいた。強烈に憶《おぼ》えているのは、皆の議論の間はしばらく黙っていて、話が煮詰まって来た段階でぼそり、と意見を言うところだ。その見方が鋭い……有美は、自分の考えをひっくり返されたことがよくある。

勝手な奴、と評する声も多かったが——

(門君、何を言うの……?)

有美が横を見ると。

不精髭をはやした門は、黒い上着のポケットから何かを取り出した。

「PCをお借り出来るか」

秘書官に訊く。

すぐ総理の執務机の上に、ノートパソコンが開かれて用意された。

「総理、その秘書官は下がらせてください」

門が、三人の中の一人をいきなり指すと、言った。

「念のためです」

「門君。秘書官たちなら、選任する時に『身体検査』をして、機密に触れる資格を持たせているが」

「ですから、念のためです。その新しい人は、まだ我々の手で身辺を洗ってない」

「わ、わかった」

常念寺はうなずくと、一名の秘書官に執務室から出るよう指示した。


「実は内偵中だったのですが」

新任の秘書官が退出すると。

門は、手にしたUSBメモリをPCに差し込む。

「今日の会議での様子を見ていて、言わないわけにいかなくなりました」

「何だね。その画像は」

常念寺は、門が差し込んだメモリから取出された画像ファイルの列を見やった。

「今、開きます」

ファイルがクリックされ、写真が出る。

どこか屋外で撮影した写真。

夜のようだ。灯りのついたマンションの玄関を、高解像度のカメラが拡大している。

何枚もある。門がクリックすると、連続的に何かの動きが見える。

「タクシーが、銀座《ぎんざ》から来て、このマンションのエントランスへ着くところです」

執務室の全員が、液晶画面をのぞき込んだ。

どこから撮ったのだろう、植栽越しの斜め上からのアングルで、エントランスを捉えている。ライトをつけたオレンジ色のタクシーが来て、ドアを開く。

にじむような眩《まぶ》しさ。後部座席のドアから降りたのは、銀色のラメのような光る素材のワンピースだ。髪を夜会巻きに結った女――カメラが感度を増幅しているせいか、服ばかりが光って見える。年齢は分からないが、モデルのような身体の線だ。

続いて、地味な色のスーツの男が降りる。若くはない、もっさりした動作。

その顔。

「……！」

「……!?」

「山辺危機管理監です」

門が、ぼそりと説明する。

「女は、銀座の〈銀粉の蝶〉というクラブのホステス。場所は青山三丁目のマンション。この女の住居です」

さらに十数枚の写真が、順にクリックされて出た。

昼間の場面もある。

つい先ほど。地下での会議で、テロ対策のためプルトニウムを国連に引き渡すよう進言した内閣府の危機管理監――その同じ顔が、マンションのエントランスからタクシーに乗り込んで走り去る。別の日の画像もある。頻繁に、ここへ泊まっているのか。

「別の日の朝、ゴミ出しに降りて来た女の顔を捉え、ＣＩＡのデータベースと照合しました。これです、ご覧下さい」

斜め上のアングルから、エントランスを出ようとする女の顔を捉えたストップモーション。その顔の部分が四角く切り取られ、拡大される。

カチ
門が操作すると。

画面の右半分に『ＣＩＡ』というロゴと、鷲《わし》をかたどった紋章が出る。

（ＣＩＡのデータベース――？）

有美もアメリカへ派遣されていた頃、何度か見た。世界中に散らばる工作員が収集し、時に命がけでアップロードし創り上げられた、膨大な顔写真を包含するデータベース。同盟国のインテリジェンス部門であるからこそ、閲覧が許される。

拡大された女の顔が画像分析ソフトへ投入され、数十か所の特徴がピックアップされ、データベースの内容と猛烈な速度で比較される。二秒かかって『ＭＡＴＣＨ』という赤い文字が出る。

「コードネームはビー・マジェンタ――〈深紅の蜂〉。この女の本名は判明していない。中国共産党情報部の特殊工作員です。一年四か月前に、中央アフリカの南スーダンで政府要人の愛人をしていた。その政権は、石油資源の開発を中国資本に独占させる契約に調印しています。その後すぐ、内戦が勃発し政権は崩壊、政権中枢の要人は反政府軍に捕まって皆殺しか、国外へ脱出しています。この女工作員も姿を消している」

「――――」

「――――」

「まさか、銀座へ来ていたとは」

「このゴミ出しをしている女が――〈深紅の蜂〉という名のスパイなのか」

「日本を馬鹿にしているとしか、思えない」

「馬鹿に?」

「これまで特定秘密保護法もなければ、国家レベルの情報機関も存在しなかった。日本を嘗《な》めているのです。この女は南スーダンの後、整形もせずに入り込んでいる。中国共産党情報部の工作員。推定三十歳、その道のプロ中のプロです」

「…………」

「…………」

「ハニートラップ——蜜蜂の罠《わな》、か」常念寺がつぶやいた。「門情報官」

「は」

「君の見解を聞きたい」

「?」

「これは、特異な例か。それとも氷山の一角かね」

●総理官邸　廊下

数分後。

「門情報官」

ブリーフィングはすぐに散会となり、NSC情報官たちはそれぞれの任務のため散って行く。

有美は門篤郎の黒スーツの背中に追いつくと、小声で言った。

「知らなかったわ、危機管理監を内偵していたなんて」

「――」

門は、ちらと有美を見る。

何も応えない。

「ねぇ、門君」

有美は追いつき、さらに声を低くする。

囁《ささや》くように訊く。

「あなたさっき、秘書官の一人を外へ出したわね」

「――念のための措置だ」

仕方なさそうに、門は言う。

「疑っているのではなく、確かでなかった。それだけだ」

「『我々の手でまだ身辺を洗ってない』、そう言った」

「言ったけれど、何か」

「総理の秘書官たちも、わたしたち情報官も。選任されるときに『身体検査』はされているはずだけど――つまり門君のところで独自に身辺を調査して、本当に『大丈夫』とわかっている人間にしか情報は見せない。そういう意味よね」

「――――」

「わたしのことも、もうあなたのところで調べたの？」

有美が訊くと。

門は、横顔で小さく苦笑した。

「ＮＳＣで、情報官として一緒に働くんだ。そうしないわけには」

「全然、気づかなかった」

「気づかれたら外事警察官は失格だ」


「――――」

有美は絶句する。

いったい。

どこまで、普段のわたしの生活をこの男とその手下に覗かれたのだろう……？

門篤郎は、内閣情報調査室のエースだった。いや、現在でもそうだ。

内閣情報調査室――内調は、警察庁の出張所だ。要職は警察出身の官僚が占めている。

門は内調へ入る前は、キャリア警察官として外事を専門にしていたという。

「ひょっとして、あなたは政府の人間を全部、そうやって片っ端から洗っているの？」

「そんなことが出来たら」

門は思わず、という感じで立ち止まる。

ポケットに両手を入れたまま、有美に向く。

「そんなことが出来れば苦労はしない。そんな人員も予算も、ありはしない。ここはロシアじゃない。障子さん」

「え」

「俺たちには、ごく限られたことしかできないんだ。総理が懸念されていた。その通りなんだ。山辺危機管理監の事案も、私立大学のサテライト教室も氷山の一角だ。いったい今、この日本のあらゆる組織に、どれだけ中国の――」門はいまいましげに言葉を区切った。「スパイ天国か。よく言ったものだ」

「サテライト教室の中国人留学生の事案は、わたしたちに教えてくれたわよね。そのほかにも、どれだけあるの？」

「――」

「危機管理監にまといついていた女――大学生の歳じゃないわ。別のルートよね」

「話したりすると」

「？」

「必ず、どこかから漏れる。さっきの内偵の件もまだ言うつもりはなかった。しかし総理にすぐ、しかるべき措置を取ってもらわなければならなかった——障子さん」

門は有美を、ぐいと見た。

「あんた、もっと注意した方がいい」

「覗かれないように？」

「そうじゃない」

門は頭を振る。

「冗談を、言っている暇はない。俺たちは出遅れているんだ。大幅に」

門は、官邸の廊下を見回しながら小声で続けた。

「ＮＳＣが出来るまでは、入管は入管で情報を握り、警察は警察で、公安の外事警察の情報だけで捜査を行っていた。だから全体で、いったいこの日本に対して何が仕掛けられているのか。全貌を摑むことが出来ないでいたんだ」

「——」

「中国人留学生の少女たちが散って消えても。ただの行方不明、どこかで働いているんだろう——その程度の推測しか出来なかった。遅きに失したと、言えるかも知れない」

遅きに失した——

有美の脳裏《のうり》に、海上自衛隊三佐のだらしない表情が浮かぶ。

「あの――自衛隊も、危ないと思う？」

「分からない」門は頭を振る。「制服組の身辺調査なんて、俺たちで出来るわけもない。陸・海・空の現場の隊員、幹部、上級の幹部――無数の人間がいる。いったい今、どれだけハニートラップやそれに類するものが浸透しているのか。俺には見当もつかない」

「――」

有美は唇を嘗めた。

それでも。門にはある程度、自衛隊の現状について推測が出来ているかも知れない。

「あの門君――」

訊こうとすると
プルルッ、と有美のスーツの胸が震動した。

「じゃ」

門は手を上げ、内ポケットの電話に注意を取られた有美を置いて立ち去る。

「あ、あの」

「あぁ言い忘れた」

門はふいに振り向くと、有美を手で指した。

「障子さん、勉強しておくんだ」

「え」

「総理は、あの男を『栄転』という形にして、気取られぬように内閣府から外すだろう。危機管理監のポストが空く」

「えっ?」

「あんた、気にいられてる。総理に。だから勉強しておくことだ、いつ『やれ』と言われてもいいように」

「どういう――」

「じゃな」

門は言い残すと、片手を上げ背中を向けた。

やれ――って、何を……?

追いかけて聞きただしたかったが、ポケットから取り出した電話が震え続けている。

表示は、部下からだ。さっき会議の始まる前に、急ぎの調査を依頼した。

「はい。わたし」

『班長、言われた通りです』

戦略班の若い班員が、報告して来た。

『調べたところ半年前から、福生の中心街でキャバクラが三軒、立て続けにオープンしています。凄く繁盛しているようです』

「――そう」

『田舎にしては、女の子の質が凄くいいって――評判になっています。客層を調査しました。班長の懸念されていた通りですよ。横田基地の自衛隊員が、客のかなりの割合を占めています』

「――――」

●総理執務室

「危機管理監をどうされます、総理」

首席秘書官が、執務机で腕組みをする常念寺に問うた。

間もなく、定例記者会見を終えて古市官房長官が報告に上がって来る。

それまでに、危機管理監の件を、官房長官にも知らせるのかどうかも含め、決めておかなくてはならない。

「うぅむ――そうだな」

常念寺はうなずいた。

ＮＳＣ情報班の門から、この件についてはアドバイスを受けた。

相手方に、気取られてはならない――

山辺危機管理監が、中国女性工作員のハニートラップにやられている事実に、こちらが気づいた素振りを見せれば。敵方の組織は山辺を処分するなどして一時撤退し、別の標的を狙うだろう。敵の浸透組織の太い一本を、見失うことになる――そう門は言う。

それよりも、こちらが気づかない振りをして、山辺危機管理監を泳がせておき、敵方の組織の根本をたどって外事警察により一網打尽にするのが国の安全のためである――

「やはり、栄転させるか」

「は」

「山辺危機管理監は、警察官僚だ。何とかうまく、本人に栄転だと思わせつつ内閣府から外そう。そうだな、警察庁長官はどうだ？　間もなく任期も二年になる」

「け、警察庁長官ですか」

首席秘書官は、目を見開く。

「ハニートラップにやられている者を、警察庁のトップに据えるのですか」

「敵方も、これなら我々が気づいたとは思わないだろう」

「それは、そうです」

「外事警察による監視と捜査は、急がせる。今とりあえず警察庁長官にしてしまえば、国家安全保障会議に出席することはない」

「はい」

「ここから外すためには、それもやむを得ん。人事の指示を出せ。山辺を警察庁長官に転任させる」

「は」

首席秘書官はメモを取った。

「総理、危機管理監ポストの後任は、いかがいたしますか」

「そうだな——後任の席は、少し空けておけ。私にちょっと考えがある」

「わかりました」

●日本海上空

島根《しまね》県沖　G訓練空域　三〇〇〇〇フィート

同時刻。

ゴォオオオ——

増槽をつけたF15J二機の編隊が、搭状積雲を避けながら巡航している。

その二番機のコクピット。

（——だいぶ来たな）

白矢英一は酸素マスクをつけた顔を回し、洋上の空域を見渡した。

イーグルの操縦席は、涙滴型キャノピーが機首部分に突き出すような構造で、水平飛行時の機首上げ二度のピッチ姿勢では、自分が空に突き出しているような感覚だ。

もう、島根県の沖か……。

左手にあるはずの海岸線は、遠くかすんで見えない。振り返ると、二枚の垂直尾翼が、白矢の背の後ろに突き立っている。その後方もかすむ空と海があるだけだ。

(第五区画か。ずいぶん遠くへ来た)

第五区画は、広大なG訓練空域の一番西の端だ。小松基地からは約二五〇マイル離れている。

F15の巡航速度であるマッハ〇・九——五〇〇ノットで飛行しても三〇分。燃料節約のため、訓練空域への往復は高々度で飛ぶのが普通だが、偏西風のジェット気流が強ければ三〇分よりもっとかかる。

基地からの往復だけで、計一時間も使ってしまうのでは、普通の訓練には使えない。

第五区画は飛行隊がいつも使う第二・第三区画の天候が悪い時などに、予備として使用するだけだ。今日は員数外の総隊飛行隊幹部の定期訓練だから、小松基地のレギュラー・メンバーの邪魔にならぬようにしよう——という配慮か。

白矢自身、訓練飛行でここまで基地を離れて来るのは、初めてのことだった。

（なんか、見慣れない景色に感じるな……）

日本海の洋上であることに、変わりはないのだが。

搭状積雲が、宙に浮く白い島のようにあちこちにそびえ、まるで巨大なオブジェだ。

Ｆ15の編隊は、白い雲の島の頂上より少し下の高度で、雲に入らぬよう避けながら飛行して来た。

「――――」

右前方の一番機を見やった。

日の丸の前に、８９１という機首ナンバー。

『訊き忘れていたが』

その一番機から声。

坂爪一尉だ。酸素マスク越しの、低い声。

『君のＴＡＣ《タック》ネームは。三尉』

「ジンジャーです」

『そうか。奇遇だな。私はラディッシュだ』

「――はい」

『そろそろ第五区画に入った。訓練を始めよう』

その言葉と同時に、先行するF15がわずかに機体を右へ傾け、巨大な白いオブジェの谷間を通過する。二つの搭状積雲が接するように近づいている隙間を、抜ける。

白矢は続く。がくがくっ、と上下に揺れ、白い水蒸気が一瞬目の前を覆ってから切れると。

目の前が開けた。

二機は、円錐形の搭状積雲がぐるりと取り囲むような空間に、入り込んだ。

直径数十マイルの円形闘技場——そんな感じか。二機のイーグルは、その中でケシ粒のように小さい。

『ちょうどいい』

声が言った。

『ここでやろう。これより左右へブレーク、互いに三〇マイル離れてから向き合ってファイツ・オンだ』

「はい」

『打ち合わせ通り、上限高度四〇〇〇〇、下限高度は五〇〇〇〇。使用兵装はＡＡＭ３とガン、有視界戦闘だが雲に隠れるのもありだ』

「了解です」

『ではブレーク』

## 10

●石川県　小松
小松基地　滑走路24の脇・誘導路

「──来た」

舞島茜は、目をすがめた。

遥か水平線──雲底の下に、そのシルエットが小さく現れた。

初めは黒っぽく見える。水平線の上なら、ここから二〇マイルは離れているはずだが、ちゃんと飛行機の形に見える。

（やっぱり、大きい）

洋上の空域から、小松アプローチ・コントロールにレーダー誘導され降下し、進入して来るのだろう。機影は陸地に向け旋回するとたちまち大きくなる。四発のエンジン。翼幅はF15の何倍あるのだろう──

雲が切れ、斜めに陽が差し、機影はその光線を横切る。上半分が白い機体に赤いストライプを入れている。垂直尾翼も白い。政府専用機ボーイング７４７－４００だ。

訓練の手助けを頼めないか。

ついさっき、司令部の事務方の三佐がアラート・ハンガーの整備員待機所へやって来ると、班長の有川と茜に言った。

「舞島一曹に手助けを頼みたい。もうじき千歳から、政府専用機が訓練のため飛来するのだが。着陸直後に、誘導路で緊急脱出訓練をするそうだ」

「緊急——脱出訓練……?」

茜が訊《き》き返すと
「そうだ」三佐はうなずいた。「専用機は新人の客室乗務員訓練生を十名乗せている。機内で火災が起きた想定で、ここへ着陸した直後に誘導路で停止、脱出シュートを開いて全員で滑り降りる。コンクリートの誘導路だからな、勢い余って怪我する者が出ないよう、下で待ち構えて補助をして欲しい」

「私に、ですか?」

「そうだ舞島一曹」

「進藤《しんどう》三佐、お言葉ですが。シュートで滑って来る連中を受け止めるのなら、力の強い男がいくらでもいるでしょう」

有川は、アラート待機中にメンバーを一人取られるなんて、とんでもない——という顔をしたが。

「いや、舞島一曹に頼みたい」

三佐は頭を振る。

「実は、客室乗務員訓練生は全員スカートの制服だそうだ。男では、ちょっと――」

「――」

有川と茜は、顔を見合わせる。

急きょ、整備隊から男子整備員が一名、交替に呼ばれた。入れ替わりに茜はアラート・ハンガーを出て、徒歩で誘導路へ向かった。

場所はすぐに分かった。すでに基地の化学消防車数台が誘導路脇の場周道路に待機し、赤い回転灯を回している。機内火災を起こした専用機が降りて来る想定だから、小松基地消防隊の訓練も兼ねているのか。

「あ、舞島一曹」

待機する消防隊員たちの中に、茜と同じオリーブ・グリーンのつなぎを着た女子整備員がいる。お疲れ様です、と手を振って来る。

「栗栖《くりす》三曹？」

あなたも、呼ばれたの――？　茜が顔で訊くと。

「はい。わたしも呼ばれました。補助してくれって」

栗栖友美《ゆみ》はうなずく。

そうか。

展張式の滑り台の下の左右で、二人で補助をしろ、ということか。

栗栖友美はプロパーの整備員だ。所属班は違うが、アラートで兵装係をするのは同じ。茜が整備隊に入ってしばらくは、掃除のやり方や、隊での作法を教えてもらった。「パイロットの資格を持っているのに、整備隊の仕事をするんですか？」と、友美にも訊かれてしまった。いずれ話す機会があったら、話そうかと思ったが――

「でも、いらないんじゃないかと思いますよ」

栗栖友美は言った。

「特輸隊の客室乗員は、優秀な子が揃っているらしいから」

「そうなの？」

「ＶＩＰの輸送とか、やるんでしょう。空自じゅうから選抜して集めてるっていうし――希望したって、なかなかなれないって評判ですよ」

「ふうん」

誘導路の脇で立ち話をしていると、数分もしないうちに消防隊員が声を上げた。

「専用機が来たぞ」

来た——

茜が眺めていると、飛行場へまっすぐ近づいて来た四発の大型機——７４７・４００は、海面上低空で水平飛行に入る。高度は目測で一五〇〇フィートか。そのまま茜が見ている場所へ、二マイルくらいまで近づくと、旋回した。

グォッ
腹を見せ、三〇度のバンク——ダウンウインド・レグに入るのか。一瞬、日が陰った。機体が巨大な割りに身軽だ。帰投する戦闘機がやるのとほとんど変わらぬ着陸パターンをたどり、今度は白い背を見せて右旋回、滑走路のセンターライン延長上へ廻り込みラインナップする。依然として横風は強いのに、あの大型機はオーバー・シュートもしない。

(見事な操縦だ……)

茜は、見ていて唇を嘗《な》めた。

着陸脚が下ろされる。巨大な鳥が翼を広げて舞い降りるように、ふわっ、という感じで滑走路へ接地した。

十六個もあるタイヤが白煙をパッと上げ、すぐに沈み込む。二階建ての巨大な機首——前輪が接地すると同時に、全エンジンがリバース（逆噴射）に入れられる。

ズゴォオオッ
轟音《ごうおん》とともに白い四発大型機は急減速して、滑走路を全部は使わずに高速離脱誘導路に入ると、たちまち茜の目の前へやって来た。
ごぉおおっ
「いけない」
見惚《みと》れている場合ではない。

白い巨大な機首が、前方五〇メートルの位置に停止する。

茜の横で化学消防車がサイレンを鳴らし、一斉に走り出す。

「行こう」

「はい」

茜は栗栖友美に声をかけ、コンクリートの路面を蹴った。

走る。

近づくと、見上げる巨大さだ。『日本国』という漢字のロゴの横に日の丸。その機首の左側面、最前方のドアが内側からぱくっ、と開いた。

同時にドア開口部の下端から、銀色の塊《かたまり》が放り出されるように跳び出す。プシュウゥッ、と高圧空気の響きとともに、たちまち滑《すべ》り台の形に膨張していく。あれが、強化ゴム製の脱出スライドか。

　ぶわっ
　風が強い。展張した脱出スライドは軽いのか、横風に煽《あお》られ浮き上がろうとする。

「押さえてっ、そっち」

　茜は友美に指示して、銀色のゴム製滑り台の端の片方を摑むと、コンクリートの路面に押さえつけた。友美が反対側で、同じように押さえつける。

　旅客機の装備を取り扱うのは初めてだが――この滑り台、風には弱いのか。

「スライドよし、下方よし、脱出っ」

　頭上で、声がした。若い女の子の声。うわずった感じ。

「跳んで、跳んで、ジャンプ！」

　茜が見上げると。同時に激しい衣擦《きぬず》れの音がして、紺と水色の塊のようなものが滑りおちて来た。

「わっ」

「きゃっ」

　それが常装第三種のスカートとブラウスの制服であるのに、受け止めてから気づいた。とっさに茜が受け止めなかったら、そのままつんのめって路面に転がるところだ。

「大丈夫か、擦《す》り剝《む》くぞ、脇にどいてろっ」

茜は思わず、訓練時代に同期生を叱咤《しった》したような気持ちで言うと、受け止めた夏制服の女子隊員を脇へどかせる。その間にも、次々に上から滑り下りて来た。

おそらく、屋内の訓練施設で予行演習はしたのだろう。でも実機からの脱出で、しかも今日の小松は風が強いのだ。柔らかい滑り台が不規則に煽られ、滑り下りて来る女子隊員たち――客室乗務員訓練生たちは滑り台の途中で身体が跳ね上がり、自分で制動することもできず、待ち受ける茜の腕の中へ突っ込んで来た。

これは――

あらかじめ靴は脱いでいるようだから足を挫《くじ》きはしないだろうが、跳ねた拍子にスカートはまくれるし――あの進藤三佐の言う通りに、補助をしに来てやって良かった……。

二列で滑ってくる十人を、茜と栗栖友美で次々に受け止めた。

中に一人だけ、身のこなしが良く、跳ね上げられても姿勢を崩さず、友美の助けを借りずスムーズに止まった子がいる。肩すれすれまで短く切った髪。きれいな前傾姿勢から「ありがとうございましたっ」と友美に言うと、さっと立ち上がって行ってしまう。

（……えっ⁉）

茜は、その声に思わず、顔を上げて後ろ姿を目で追った。

何だ、今の声は……。

「——ちょっと！」

茜は思わず、声を上げて呼び止めようとするが。

後ろ姿は行ってしまう。

燃料のカットされた747の大口径ターボファン・エンジンが頭上でガラガラ空転している。風を受けて無数のファン・ブレードが風車のように回っているのだ。

聞こえないのか——？　いや、そんなはずはない。

「ちょっとあなた、待って」

呼び止めようとすると、その背中はびくっ、と反応して逃げるように行ってしまう。

（今の、横顔——）

まさか。

あの訓練生——

茜は追いかけようとするが。

「訓練生、整列。点呼」

リーダーの掛け声で、常装夏服の女子隊員たちは横一列に並ぶ。

「番号」

訓練生たちの整列と点呼が始まってしまったので、声がかけられなくなる。

しかし──

（────）

整列した十名の客室乗務員訓練生──階級は全員が三曹か。その一番向こうの端に並んだ一人の顔を見て、茜は眼を剝いた。

な、なんでこんなところに……!?

だがそこへ
「整備員はいるか」

背後から呼ばれた。

男の声。

その声にも、なぜか聞き覚えがある。

振り向くと。

えっ……!?

「おう、舞島か」

向こうも、驚いて見せた。

見覚えある長身が立っている。飛行服ではなく、その男も常装夏制服のシャツの胸に、ウイングマークを付けている。三十代の後半。

「久しぶりだな、元気か」

「燕木《つばめぎ》――教官？」

知っている顔だ――というか、一年前まで凄《すご》く世話になった。

「Ｔ４課程以来だな、舞島。こっちで整備をしていると聞いていたが」

「は、はい」

茜は反射的に踵《かかと》をつけると、敬礼した。

「お久しぶりです」

「心配していたんだ。元気か」

「はい」

「悪いが話し込んでいる暇はない。俺は今、Ｔ４から機種転換して、こいつの機長だ」

燕木志郎《しろう》三佐。

茜のパイロット訓練生時代の、担当教官だ。この人に、北九州の芦屋《あしや》基地でＴ４中等練習機の操縦を習った。

航空自衛隊では、女子の訓練生にはベテランの教官をつける。燕木三佐は俳優の平田昭《ひらたあき》彦《ひこ》の若い頃に似ている、と言われ（茜はそんな俳優を知らなかったが、基地の休養室に置いてある〈今日もわれ大空にあり〉という古い映画のビデオテープを見て知った）、荒っぽい教え方をする空自のパイロット教官の中では怒鳴ることも滅多になく、ジェントルマンだ。

日に焼けても黒くならない、昔の二枚目俳優のような燕木は背後の747を指した。

「特輸隊でも、教官をしているんだ。若いパイロットだけじゃなく、客室の連中も教えなければならないから大変だよ」

「は、はぁ」

「そこで、悪いんだが舞島、すぐコクピットへ上がってくれ」

「え」

コクピット、ですか？

茜が驚いて機体を見上げると。

「そうだ」燕木志郎はうなずいた。「上空で火災対処訓練を行った。コクピットの酸素マスクを使用したから、マスクをクリンナップして、収納して欲しい」

「え、でも教官。私はこの機体の資格――」

茜は、自分が747の機体の整備資格を持っていないことを言おうとしたが。

「大丈夫だ」

燕木は頭を振る。

「操縦席の酸素マスクなら汎用装備だから、機体個別の資格がなくても取り扱える。千歳から特輸隊の整備士にも来てもらっているが、あの通り、スライドの片付けで手いっぱいでな」

「――――」

　振り向いて、見ると。

　747‐400の機首から二番目のドアが開かれ、内蔵式の折りたたみタラップが下ろされている。数名のつなぎ姿の整備員が、前方1番ドアから延びている銀色のスライドを取り外しにかかっている。上と下で、数人がかりで大変そうな作業だ。

「早く片付けないとな。いつまでも誘導路を塞《ふさ》いでいるわけにはいかん」

「は、はぁ」

「コクピットに副操縦士の山吹《やまぶき》三尉がいるから、洗浄綿の置き場所は聞いてくれ。俺はこれから客室訓練生の講評をしないといかん」

　燕木は茜に「早く行け」というように手で促した。

「は、はい」

「あぁ、舞島」

「はい？」

「ところで、あれはお前の妹か？」

「えっ」

燕木の指さす先を見て、茜はあらためて息を呑む。

十名の訓練生。その一番向こうの端のひとり――

肩で切りそろえた髪。前に見たときよりもずっと短くしているが、あの白い顔は。

「舞島ひかる三曹。珍しい名字だからな。あれは、お前の妹か」

「――は、はい」

茜は、ようやくうなずく。

「そうか。道理でな。あれは性格はちょっとおとなしくて、皆の前へ出ようとはしないが。でも訓練では何をやらせても器用にこなす。さすがに血は争えん」

「…………」

茜が絶句していると。

燕木は「じゃあな」と手を上げて行ってしまう。

「…………」

血は争えん――って。

(……ひかる?)

どうして、こんなところに……?

「三〇八空の整備員」

背後から、また呼ばれた。

「コクピット、急いで手伝ってくれ」

「……は、はい」

茜はようやく返事して、客室訓練生たちに背を向けると、簡易タラップへ向かった。

背中で「お願いしますっ」と女子たちが声をそろえる。燕木が教官として、今の訓練の講評をするのだろう。仕事を頼まれてしまったから、眺めているわけにもいかない。

タラップを上りながら、眩暈に似た感覚がした。

（どうして自衛隊に——東京の大学へ通っているはずじゃなかったのか）

この春にも、授業料を送金したはずだぞ、私は。

●７４７‐４００　機内

「舞島じゃないか」

政府専用機７４７‐４００は、機首の部分が二階建て構造だ。

内蔵式簡易タラップ（これは通常の民間型７４７にはない装備らしい）を上がって、左側２番ドアから機内空間へ入ると、座席の並ぶ一階客室だ。目の前に、その天井をぶち抜くように階段があり、上ると二階客室。二階は狭い通路が一本、機首方向へ延びていて、左右は壁だ。いくつかドアがあり、壁の内側が個室らしいことは分かるが、すべて閉じている。通路のつきあたりに操縦室の入口扉がある。扉は開いていて、コクピットの前面窓が半分、通路の途中からでも見えた。

右側の操縦席にいたのは二十代の幹部だ。シャツの肩の階級章は三尉。

「俺だ、山吹だよ」

「先輩」

これも知った顔だ。航空学生で一年上だった先輩パイロットに、茜は会釈する。

そうか、この人は輸送機コースへ進んだのだった。

「お久しぶりです」

「その格好——そうか。お前、小松で整備に変わったって」

「はい」

「すまんな、来てもらって助かる」

前に世話になった知り合いに会うと、今の境遇について説明しないといけなくなるので、面倒なのだったが。

急ぎの仕事を頼まれているから、長話をしないで済む。

「酸素マスク、どれですか」

「左右とも使ったんだ。いま立つから、洗浄と収納を頼む」

先輩は言うと、右側操縦席のシートを電動のスイッチで後方へ下げる。

さすがに大型機、コクピットが広い――

短いパイロット訓練生活で、茜の経験した機種は三つ。練習機T7、T4、そして戦闘機F15Jだ。いずれも狭い操縦席に、キャノピーをスライドさせて乗り込む。ヘルメットをかぶり、身体を固定して、プロペラのT7以外は酸素マスクをつけて操縦する。飛行中に飲み物を口にするなんてもちろん無理だ。

747は正・副操縦士の席が、機首に向いて左右にあり、それぞれの前面コンソールに左右対称の配置で同じ計器画面と、操縦桿がある。左右の操縦席の間にはセンター・ペデスタルと呼ばれる中央計器パネルがあって、ここに四本まとめられたスロットル・レバーと、FMC――フライトマネージメント・コンピュータのキーボードがある。FMCは、似たものがF15Jにも装備されていたが、イーグルのは慣性航法をするだけのINSで、もちろん液晶画面上にマップや航路を映し出すことなど出来なかった。

パイロットがシャツの制服で操縦出来て、コクピットの中を立って歩けるのか――

酸素マスクも、火災対応の訓練をしたから使っただけで、もちろん普段は着けない。機内は完全に与圧されている。

ジェット旅客機か――

「操縦席に座って、作業してくれ。洗浄綿はいま出す」

山吹は立ち上がると、茜に操縦席を示した。

「失礼します」

茜は山吹と身体を入れ替えて、右側操縦席に入りこむ。シートに座ると、計器パネルのグレアシールド越しに、前面窓が見える。

「うわ、高――」

「高いだろう、ビルの五階相当だからな」

「はぁ」

「T4から転換して、操縦訓練を受けると、高さに慣れるまでちょっと苦労だぞ」

一年先輩の山吹は、操縦訓練課程に入っている学生が地上教育中の新入生に自慢する時のような感じで、笑った。

「もっとも、舞島の腕なら――」言いかけて、急に口をつぐんだ。「いや、すまん」

「いいんです」

茜は、外を見るのをやめて、操縦席の右横に取り出されたまま置かれている酸素マスクを手に取った。

仕事をしに来たんだ――

プシュッ
酸素マスクは、最新型の急速脱着式だ。根元のスイッチ部分を握ると、フレキシブル・

チューブに酸素が注入されて膨らみ、人間の頭を包む形になる。膨らませた状態で頭からかぶり、スイッチを放すとチューブが縮んで、ゴムバンドのようにマスクを人間の顔に瞬間的に固定する。

なるほど、C2輸送機で一度見たやつと同じか。

山吹から洗浄用の消毒綿を受け取り、使用されたマスク内側のゴム面をきれいに拭くと、操縦席横のサイド・コンソールにある収納ボックスへ納め直した。膨張式のフレキシブル・チューブは傷つきやすい素材だ。緊急時に使用するためパイロットが荒っぽく引き出した後、洗浄して再収納する作業は、整備士が行うことになっているらしい。C2輸送機でもそうだと聞いた。

プシッ

収納ボックスの蓋を閉め、リセット・レバーを一度下げると酸素系統が正常にリセットされたことを示すインディケータが〈NORM〉の表示に変わった。

「これでいいと思います」

「うん、機長側も頼む」

茜は左側の操縦席へ移って、同じ作業をした。

大型機は、戦闘機と違って左右に並んで二名のパイロットが着席する。サイド・バイ・

サイドの座席配置だ。この形だと操縦するパイロットの身体が、機体の中心線から一メートルちょっと、横へずれることになる。

（なんか、すごく飛行機の『横にいる』気がするな——）

作業しながらでも、並ぶ計器画面や、外の様子は見えてしまう。茜は本能的に、そう感じていた。

（——）

これは何だろう——？

左右の操縦席の間のセンター・ペデスタル。茜はウイングマークを持つパイロットだから（だったから）、機器の種類と働きは、初めて見るものでもだいたいわかる。

四連スロットルの後ろにあるのは、四つ並んだ赤いエンジン火災の消火スイッチ。1、2、3、4——と赤い楕円《だえん》形スイッチの中にエンジン番号が記されているから、すぐにわかる。それに気象レーダーとUHF、VHFの各無線機が二台。トランスポンダーと呼ばれる航空交通管制用の自動応答装置もある。それに戦闘機にも積まれているIFF（敵味方識別装置）。

わからなかったのは、IFFのコントロールパネルの横に、赤いガードのかかったスイッチが一つあったこと。何だろう、〈ACTIVE〉という表記がある——

「舞島、ところでお前、どうして民間へ行かないんだ」

山吹に後ろから訊かれ、茜はハッ、と我に返った。

「え」

「いや、聞いた話では、空戦訓練でGをかけたときに失神したんだろう」

山吹は言った。

「詳しくは知らないが、自衛隊をやめて民間エアラインへ就職出来る可能性は、あるんじゃないのか。整備を一から勉強するより——」

「いろいろ、ありまして」

茜は、唇を噛む。

「やめるわけにいかなかったんです、自衛隊」

「そうか。立ち入ったことを訊いて、すまん」

「いいんです」

茜は頭を振り、マスクの収納作業を済ませる。

「そのうちに、考えます」

作業を済ませると、山吹に挨拶《あいさつ》をして、コクピットを出た。

二階客室を、後方へ戻る。

オリジナルの旅客機タイプの747であれば、二階の空間も客席なのだろう（子供の頃、旅行で二階客席に乗った記憶がある）。でも政府専用機では、二階はすべて壁で仕切られたコンパートメントだ。総理などVＩＰ用の個室なのか、あるいは政府の情報機関などが機密の通信などに使っているのか――

「――――」

子供の頃、か――

茜はまた頭を振る。

旅行、か……。

自分は、幼い頃の記憶を、意識的に脳から締め出すようにしている。触れれば飛び上がりそうな傷口が、心の奥の方にある。普段は、そんなものがあること自体を意識しないように暮らしているけど……。

通路の後方の突きあたりが、カーテンで仕切られている。

（ここは、ギャレーか……）

仕事への興味に気持ちを集中させると、気は紛れる。

最近、空き時間が出来ると勉強ばかりしている。無意識に、そうしているのかもしれない。

カーテンが半分、開いていた。簡単にのぞけるのだから、機密のある区画ではないだろう。

ちらと中を見ると、カーテンの内側には可動式コンテナと調理機器がぎっしり並んでいる。やはり調理室か。

でも、珍しがっている場合じゃない。

茜は息をついた。

待機勤務中を、出て来たんだ。アラート・ハンガーに戻らないと――

その時
「お姉ちゃん」

ふいに背中から呼ばれ、茜はびくっ、とした。

「――」

思わず、振り向く。

「お姉ちゃん、ごめん」

# 第Ⅱ章　消失したイーグル

1

●747-400　機内

「お姉ちゃん、ごめん」

「……!?」

振り向くと。

声の主がそこにいた。

さっき、脱出スライドの脇で耳にした声――

「ひかる?」

そして白い顔。

姉妹が似ているとは、あまり言われない。小さい頃から男の子のように活発で、遊ぶのも男子のグループに入っていた姉と、二つ違いで性格はおとなしく、いつも姉の後ろをついて歩いていた妹。

実家は自動車の整備工場と、副業で代々続く合気道の道場を経営していて忙しかった。母親からは『妹の面倒をみるように』言われていた。でも小学校低学年の頃から男子に交じってサッカーをやったり、海や山に入って遊んだりしていると、いつの間にかほったらかすことも多かった。妹は「お姉ちゃん、お姉ちゃん」とついて来ては、置いて行かれてよく泣いていた。


「ひかる──あんたなの？」

本当に、妹のひかるなのか。

いや、それは分かるけれど──

確かめるように訊くと
「うん」

妹は、両手を後ろへやり、こくりとうなずく。

制服の肩の階級章は三等空曹。さっきのスライド訓練では脱いでいた制靴をはき直し、略帽をきちんと被っている。胸の名札は〈特輪隊　舞島〉。

三曹——って。

「な、何で東京の——」

怒鳴り声を出しそうになり、茜は慌てて声を低くする。

「——何で東京の大学に通っているはずのあんたが、ここにいるのっ」

低い声で、しかりつけるように訊くと。

「…………」

妹——ひかるはうつむいてしまう。

昔と、変わっていない。

「いつ、入った」

「……今年の春、曹候補で」

「大学は」

「……三年の途中で、やめた」

「や——」

「怒らないで、お姉ちゃん」

ひかるは目を上げ、茜を見た。

大きな目だ。少年っぽい風貌の茜とは対照的に、近所では『べっぴんさん』と呼ばれていた。

「振り込んでくれたお金は、大事に取ってあるから。後でちゃんと返――」

「そういう問題じゃないっ」

茜はぴしゃり、と言った。

「あんた、大学を出て、民間航空会社のＣＡになるのが目標じゃなかったのか」

「…………」

「私が、せっかく」

「だって」

ひかるは、姉を見返した。

「お姉ちゃん、パイロットのコース、降りたって聞いたし」

「それが」

「だって、悪いけど、お姉ちゃんお給料も減っただろうし……。私立の授業料なんて、出してもらえないよ」

「あんたが気にすることじゃないんだ」

「…………」

「私は」

茜は、唇を嚙んだ。

「私はあんたの面倒を見る。母さんに約束した」

「でも」

ひかるは言う。

「お父さんやお母さんが、生きているんならともかく。お姉ちゃん一人に働いてもらって東京で私立の大学を出るなんて、わたし」

「私に頼らなくてどうするんだ」

茜は、妹を睨《にら》んだ。

「いいか。家も流されて、父さんも母さんもいなくなって、この世に家族、二人きりじゃないか。私があんたの面倒見なくて、どうするんだ」

●日本海　G空域・第五区画

同時刻。


高度三〇〇〇〇フィート。

F15訓練編隊・二番機のコクピット。

白矢英一は独り、機首を洋上へ向けて飛んでいた。

(──────)

訓練空域へ進入したのが、五分前。

坂爪一尉の一番機――もう一機のF15と戦闘訓練に入るため、いったん背中合わせに、離れる方向へ飛ぶのだ。

一対一の空戦訓練は、昔の西洋の決闘のように、互いに背を向けて離れ、一定の秒数が経ったら同時に向き直って戦闘開始だ。

計器パネルのストップ・ウォッチをスタートさせて二分半……。あと三〇秒、この機首方位で飛行したら一八〇度のターンをして、相手をレーダーで探す。坂爪一尉も同時にターンして、こちらを探すはずだ。互いに音速で背を向け合って三分間飛ぶと、約四五マイルの間合いを空けることになる。

一騎打ちか。久しぶりだ――

白矢は、こういう単純な戦い方は最近していない。

今回は僚機も、他の敵機もいないから、純粋に互いの機動の腕を比べ合う戦いだ。考えるのは、相手を発見しミサイルの射程に収めて撃つ。仕損《しそん》じたらすれ違いざまに相手の後尾を取るように旋回して、ガン――機関砲を撃ちこむ。

坂爪一尉は、ふだんは会議ばかりしていて、久しぶりのフライトだという。幕僚コースにいるが、戦闘機パイロットとしての資格も維持したいから、定期訓練をするのだという。ならば――

（だまし討ちは無しで、正面から行くか）

小松から、ここは遠い。訓練できる時間も限られているから、出来るだけ操縦の腕だけでぶつかりあうような戦い方がいい。

――『遠慮はいらんぞ』

遠慮はいらんぞ、か……。

「…………」

白矢は、つい二分ほど前、編隊を解いた時のことを思い出す。

『白矢三尉――いや、ジンジャー。ではブレークだ』

先を行く一番機――891というナンバーのF15Jのコクピットのキャノピーで、ヘルメットの頭がこちらを振り向く。紅いヘルメット。

派手な色にしていても怒られないのは、総隊飛行隊の幹部だからか。

小松で新人があんな色のヘルメットをぶら下げて歩いたら、たちまち先輩からどやされる。

『間合いは、三分取る。遠慮はいらんぞ、私を負かすつもりで来い』

「了解です」

『では ブレーク、ナウ』

「ブレーク」

坂爪一尉の一番機と、白矢の二番機は同時に反対向きにバンクを取り、互いに左右へ分かれるよう旋回した。

グォッ
グォ
一番機は、左へ——白矢はそれを見て右方向へ旋回する。四五度バンク——雲と水平線が傾いて横へ流れる。そのまま一番機に背中を向けるように、九〇度の変針。

「——よし」

機を水平に戻す。計器パネルのストップ・ウォッチをスタート。

振り向いて、背後を確かめると。二枚の垂直尾翼の間に、一番機の後ろ姿はたちまち点のようになる。離れていく——相対速度は音速の二倍だ。青の中に消える。

それから白矢は、束の間、大空の只中に独りになった。

●F15J　二番機コクピット

ストップ・ウォッチの針が、二分四〇秒――

間もなく一八〇度のターンだ……。

時計から目を上げる。白矢の前方には何も無い――操縦席の視界は、雪山のようにそびえる搭状積雲と、背景の空と、遥か下方に霞む海面だけだ。

その中にぽつんと、F15Jは浮いている。

(――――)

一対一……か。

空戦に備え、コンソールを見回す。二列に並ぶエンジン計器――異状なし。

計器パネル左側の、四角い画面を見やる。ANMIと呼ばれる五インチのレーダー・ディスプレーだ。F15Jの近代化改修されたAPG63火器管制レーダーは、最大一六〇マイルの捜索レンジを持っているが、もちろん自分の背後は捜索出来ない。ターゲットは何も映っていない。

一番機の位置は、今はまったく分からなくなった。

背中合わせに離れる時、高度を変えてはいけないという決まりはない。でも白矢はとりあえず三〇〇〇〇フィートの高度を保ってそのまま離れることにした。一対一で格闘するのが今日の目的だ。逃げたり隠れたりしても意味は無い。

(あの時と、同じか)

白矢の脳裏《のうり》をよぎるのは。前に同期生とした空戦訓練の時の、光景だ。

思い出す。

あの時も一対一だった――


半年ほど前。

新田原基地での機種転換訓練――養成訓練コースの最後の課程を修了し、小松基地へ新人パイロットとして赴任をすると。すぐに一人前の出動要員（ＯＲ）となるための、任用訓練が始まった。

簡単に言うと、養成訓練コースでＦ15に乗れるライセンスを取得しただけでは、まだ半人前だ。実戦部隊で使い物になるかどうかは分からない。配属先の基地で、今度は実戦的な任用訓練が行われ、隊の技量チェックにパスして初めて『一人前』と認められる。新人は出動要員としての発令を受けるまでは訓練要員（ＴＲ）と呼ばれ、半人前扱いだ。スクランブルのためのアラート待機につくこともない。

それまで受けてきた養成訓練の課程では、教科書通りに、決められた機動をいかにきれいにやって見せるかが評価の対象だった。新田原基地の課程修了チェックで、同期で最高点を取ったのが舞島茜だった。白矢は真ん中くらいの成績だった。

半年前のその日。

小松へ赴任して来て、それは三回目の訓練フライトだった。教官役で教えてくれる飛行班長の乾一尉が急な用務で、一緒に指導に飛ぶことが出来なくなった。そこで「今日はお前たち二人、G空域へ上がって、訓練生同士で適当にACMをやって来い」と指示された。ACMとは、格闘戦のことだ。その瞬間――ペアで訓練していた舞島茜が、妙に嬉しそうな表情をしたのを覚えている。

そうだ。にやっ、としやがった。

あいつは、とんでもない奴だった……。

白矢は、ヘルメットの頭を振る。

（イーグルに乗って日も浅いというのに、あんな〈技〉を使って見せるなんて）


F15Jは、あらゆる高度域で戦える機体だ。

しかし当然、能力に制限はある。高度一〇〇〇〇フィートでの空戦では、九Gまでかけて、文字通りぶん回せる。乗っている人間の肉体さえ持つなら、三次元空間のどの方向へ振り回そうと自由自在だ。

しかし高度が高くなると。エンジンの推力も小さくなるうえ、音速近辺での主翼の失速特性も悪化する。マニューバー・エンベロープと呼ばれる、機体が運動できるマッハ数とGで囲まれるグラフの範囲はどんどん狭くなっていき、小さなG――運動荷重でも主翼が失速して飛んでいられなくなる。

四〇〇〇〇フィートの高空においては、F15といえど五Gの荷重をかけると主翼上面に発生する衝撃波によって気流が剝離《はくり》し、その瞬間主翼は『翼』でなく『気流の中のただの板』になる。揚力とコントロールを失い、機体は回転しながら石ころのように落下してしまう。瞬間的にクルッ、と回転して操縦不能の発散運動に陥り、おちていくのだ。この現象をデパーチャーと呼ぶ。

普通、パイロットはこのデパーチャーに陥らないように気をつけて飛ぶ。高い高度域ではGのかけ過ぎにならないよう、滑らかに操縦するよう心がけるのだ。

だが。

今でも覚えている。

舞島の奴が一番機、俺が二番機だった。

(四〇〇〇〇まで、やたら高度を上げていくと思ったら——ここで空戦しよう、と言い出した。高々度でのACMは俺も経験しておきたかったから、受けて立ったが……)

互いに反対方向へ飛んで間隔を空け、向き合って戦闘を開始した。

高度は高いが、今のこの訓練と同じ要領だ。向き合って互いにAAM3をロックオン、発射動作をしてから、ミサイルが外れたという想定でドッグ・ファイトに入る。普段のあいつにしては、機動がおとなしいと思ったんだ——すれ違って、互いの後尾を取り合うように旋回戦に入ると、俺の方があいつの後尾を取った。

だがそれは、〈技〉をかけるための罠《わな》だったのだ。

あの時——俺のヘッドアップ・ディスプレーの正面、射撃管制レーダーの描き出す四角いボックスに囲われ、舞島茜のF15の後ろ姿があった。左急旋回で逃げようとしていた。

「もらったぞ。フォックス・スリー！」

酸素マスクの内蔵マイクにコールしながら、右手の人差し指で操縦桿のトリガーを引き絞った。もちろん実弾は出ない。マスター・アームスイッチをOFFにしてあるからだ。その代わりに発射したことを知らせるため「フォックス・スリー」と無線にコールする。トリガーを絞ればガン・カメラが作動して前方を撮影するから、『撃墜』の証拠になる。

しかし。

次の瞬間、目を疑った。ヘッドアップ・ディスプレーの中央やや左に浮いて見えていたF15の後ろ姿が、瞬間的にクルッ、とその場で回転すると消えて無くなったのだ。

「——な、何っ⁉」

俺が撃つのと、同時だった。

どうしていなくなった——⁉

目で周囲を探し回り、決して呆然《ぼうぜん》としていたわけじゃない……。だが数秒後、信じられない声がヘルメットのイヤフォンに入った。

『フォックス・スリー、スプラッシュ！　やったよジンジャー』

「——えっ」

俺は驚いて、訊き返したものだ。

「どこにいるんだ、舞島⁉」

『あんたのシックス・オクロック・ロー』

「えぇっ」

驚いて機体をロールさせ、背面にした。その時に見た光景を、忘れられない。

舞島茜のF15Jが、わずか二〇メートル後ろ——真後ろ下方の手の届くような位置に、ぴたりと浮かんでいた。いつの間に……⁉


（——あいつは）

白矢は思った。

舞島は、俺が撃とうとした瞬間を見切って、機をわざとデパーチャーに入れた。回転しながら石ころのように落下し、俺の目の前から消えた——

あいつはきっと、エレベーターかラダーをいきなりフルに切るなどして、瞬間的にマニューバー・エンベロープを超えるGをかけ、機体をデパーチャーさせたのだ。目にも留まらぬ早業、というのはあのことだ……。

凄いのは、その『操縦不能』状態から数秒で回復し、俺の後ろ下方へピタリと食らいついたことだ。

誰もが怖れるあの発散運動を、まさか〈技〉として使ってみせるなんて……。

「いっぺん、試したかったんだ」

舞島茜は、基地へ降りてから笑った。

「みんなには内緒だよ」

家が、道場だったという。物心ついたころから、武道をやっていたらしい。宙でひっくり返るのにも慣れているし、〈技〉を研究して編み出して使ってみる、という行為が当たり前となっているのだろうか（それ以前に操縦センスが普通でない）。

そして舞島茜は、OR訓練を順調に消化して、技量チェックの日を迎えた。ところが上空で教官機に追い詰められ、反撃しようとして思わずなのか、その〈技〉を使った。そして今度は失神して、海面すれすれまで回復しなかった——

別に、教官機に勝てないとチェックに受からない、ということは全然ない。むしろ勝てるわけがない。でも舞島茜は、意地でも勝とうとしたのだった。

ストップ・ウォッチの秒針がちょうど三分に。

時間だ。

（よし行くぞ）

回想を振り払って、白矢は右手で操縦桿を右へ倒すと同時に中指で無線の送信ボタンを押す。

「ファイツ・オンッ」

『——ファイツ・オン』

どこかで、坂爪一尉の低い声が呼応する。

ファイツ・オン——戦闘開始だ。

本能的に、ちらと燃料計を見る。小松を出る時、燃料は満載にしてある。亘理防衛部長が訓練空域が遠いことを配慮して、積ませてくれたのだ。胴体下の増槽に六〇〇〇ポンド、機体内タンクに一三〇〇〇ポンドを積んだ。今、増槽のゲージが三〇〇〇を指している。増槽の燃料を半分使っただけだ……。

（三十分の空戦訓練をして、小松へ戻って、もし天候が悪くても代替飛行場の小牧《こまき》まで飛べるな——）

素早く暗算する。F15は巡航状態で一時間当たり四〇〇〇ポンドの消費、しかしエンジンを全開しアフターバーナーに点火すると、五分で一〇〇〇ポンドを食う。三十分の空戦をしてから小松へ帰るまでに、あと九〇〇〇ポンド消費するが、それでも四〇〇〇ポンド残るから、まだ巡航で一時間飛べる勘定だ。

「よし——おっと、いかん」

忘れてはいけない。白矢は左手をスロットルから離すと、計器パネル左上の赤いマスター・アームスイッチが〈OFF〉位置に下がっていることを手袋の人差し指で触って確認した。これが間違って〈ON〉になっていたりすると、トリガーを絞ったときに実際に撃ってしまう。パイロットは、空戦訓練を始める前には必ず〈OFF〉位置に下がっていることを確認する手順になっている。

これでいい。

頭上で太陽の位置が回転し、機の向きがほぼ一八〇度、変わるのが分かった。右手で操縦桿を中立へ。三〇〇〇〇フィートの高度だが、イーグルの機体は素直に操作に追従し、バンクを戻す。目の前で世界が水平に。太陽がほぼヘルメットの眼庇《まびさし》の正面上方にある。南南西を向いたのだとわかる。

同時に左手でスロットルを進め、推力を増す。カチン、と当たるノッチを越えてさらに最前方までレバーをぐいと出すと、背中でアフターバーナーが点火した。

ドンッ

「う」

背中をシートに叩きつける加速G——顎《あご》を引かないと、ヘルメットの頭が後ろへ持っていかれてしまう……白矢は首にしっかり力を入れ、目線を下げて保った。ヘッドアップ・

ディスプレー左端で緑色の速度スケールがするする増加していく。

マッハ〇・九五——〇・九八、九九、マッハ一。

さぁ、どこにいる——？

加速して、速度エネルギーを溜めながら白矢はレーダー・ディスプレーを見る。「ファイツ・オン」をコールし合ったのだから、相手——坂爪一尉のF15も、こちらへ向け旋回したはずだ——

（————）

いないぞ。

だいたい四〇マイル前方の、どこかにいるはず——肉眼ではとても見えないが、APG63レーダーには捉えられるはずだ。

だが、映らない。

「おかしいな」

そうだ、モードを変えてみよう。

白矢は、レーダーのレンジを一六〇マイルの〈広域索敵《さくてき》モード〉にしていたことに気づき、左手の親指でスロットル・レバー側面についたレンジ・コントロールスイッチを切り替え、八〇マイルの〈自動索敵モード〉にした。レーダーの索敵は、パルス電波のビーム

──イメージで言えば薄いプラスチックの定規のようなものを手に持って、それで前方を扇形に掃《は》いて探っている感じだ。最大レンジでは、ビームの向きは通常、水平方向に固定されている。最も遠くまでを探れるようにするためだが、これだと自分の機よりもずっと上か、下にいるターゲットは探知できない。

〈自動索敵モード〉は、レンジは八〇マイルに縮むが、レーダーが自分でビームを上下に動かして、あらゆる高度帯にいるターゲットを探してくれる。たとえ相手が自分よりも下方で海面を背にしていても、ルックダウン機能と言って、海面反射の中から動く物体の反応を拾い出して見つけてくれる。

「──いた」

レーダー・ディスプレーに白い菱形《ひしがた》ターゲット。飛行物体だ。

〈自動索敵モード〉のルックダウン機能が、ターゲットの高度と運動速度を検出して表示する。

(一〇〇〇フィート……⁉　ずいぶん下へ降りたな)

本当に、坂爪一尉の一番機か……？　関係のない民間機でも探知したのではないのか、と一瞬思ったが、民間機が自衛隊訓練空域へ侵入するのは禁止されている。

白矢は左の中指で、今度はスロットル・レバー前面の目標指示コントロール・スイッチを動かす。レーダー・ディスプレー上にカーソルが現れる。白い菱形を、カーソルで挟むと、クリックした。

パッ
ロックオン。

敵味方識別装置（ＩＦＦ）の質問波が送られて、瞬時に応答が戻り、白い菱形が『味方機』である旨の表示が出た。確かに、これは坂爪一尉のＦ15だ。

白矢が三〇〇〇フィートを保って、水平に離れて行く間、坂爪一尉は意図を持って積極的に低空へ降下したのか。

（そうか——最初から格闘戦狙いですかっ）

高空で絡み合うのはまどろっこしい、初めから一〇〇〇フィートで、思い切り腕と腕で戦おう、ということか——

ならば、受けて立つ。

「約束通り、手加減はしませんよっ」

白矢は酸素マスクの中でつぶやくと、右手で操縦桿を前に押した。

ぐううっ
身体が浮く。ざぁああっ、風切り音とともに機首が下がる——ヘルメットの中で髪が逆立ち、頭皮がちりちりする。来たぜ、来たぜ——この感覚。空気の中を真っ逆様に降下していく。ショルダー・ハーネスが肩に食い込み、マイナスＧで身体が浮くのを止める。かまわずに操縦桿を押し、機首姿勢を水平線よりさらに二〇度下へ。前方視界が全部海面になる。急降下。

ずざぁああっ

ピッ

計器パネル右側の円《まる》いTEWSスコープに、白い輝点が現れた。前方、十二時。

こちらもロックオンされた——

TEWSはロックオン警報装置だ。他の機の射撃管制レーダーのパルス電波をキャッチし、こちらが発見されたと警告してくれる。

(少し遅い)

ロックオンして来るのが、遅い……。

白いターゲットへ向け一直線に急降下しながら、白矢は思った。

相手は、レーダー操作が俺より遅い。指が慣れていないのか——?

確かに、左手の中指でレーダー・ディスプレー上のカーソルを動かし、ターゲットを挟み込んでクリックする操作は、やり慣れていないと手間取るものだ。焦《あせ》っていると指が滑ったりする。自分は毎日乗っているから『ロックオンしよう』と考えただけで、指が勝手にやってくれるが——

久しぶりにF15に乗るのであれば、そうはいかないだろう。意識して指先で探らないと、レンジの切り替えもカーソル操作も手間取るはずだ。

(一番機はどこだ)

ターゲットの位置は、前方二五マイル——やや左。右手で操縦桿を操り、機首をまっすぐに向け直すと、前方視界に白い雪山のような積雲がそびえる。

あの雲の下か、あるいは向こう側か。

フッ

(……!?)

その時。

TEWSの円型スコープ上に浮かんでいた白い輝点が、消えた。

向こうからのロックオンが外れた……?

白矢は眉をひそめる。

何だ。

レーダー・ディスプレー上の白い菱形ターゲットを見る。まさか、相手はレーダーを切ったのか……? いや違う、運動の方向が変わっていく。こちらから見て左方向へ旋回していく。互いにまっすぐ、ヘッドオンで近づいていたのが、向こうがふいに急旋回を始めて横方向へ曲がっていくのだ。相手の機首が横を向き、レーダーのビームが外れたのでロックオンも外れたのだ。

左へ行く。

白矢は操縦桿を左へ傾け、白いターゲットを自分の前方に置くようにする。高度がぐんぐん下がる。一八〇〇〇――一五〇〇〇……。風切り音が強くなる。いかん、速度が出過ぎだ。マッハ一・四――増槽をつけた状態での最大速度はマッハ一・五がリミットだ。スロットルを戻し、アフターバーナーを切る。大丈夫だ、相手は一〇〇〇〇フィートの水平飛行。速度も五五〇ノット。大して出ていない、エネルギーではこちらが断然、優位にある――

（まさか）

白矢はふと思う。

レーダー・ディスプレー上を、白いターゲットは左方向へ逃げる。機首を振って追う。斜めに近づく。距離二二マイル、二〇、一八――

まだ肉眼では見えない。前方視界は壁のような巨大な雲。坂爪一尉の一番機はあの雲の下か、向こう側にいる。

（まさか、あの人は不慣れと見せかけて、実はとんでもない〈名人〉なんじゃないだろうな……）

ターゲットを追いかけながら、白矢は思った。

空戦の名人と言われるベテランの中には、こういうACM訓練でわざと相手機を絶対的に有利なポジションに占位させ、自分を襲わせ、そこから逆転して相手をねじ伏せるということを趣味のようにやる人がいるという。

坂爪一尉――ひょっとしたらあの人も、その口か……？

（ロックオン操作は遅いけれど、操縦には自信がある。だからミサイル戦などやらずに、後ろから襲って来いってことか……？）

撃墜しても構わん――そう亘理二佐が冗談混じりに言った。あれは、俺にはとても腕でかなわないことを知っていて……。

巨大な雲を間に挟んだのでは、どのみちミサイル戦は無理だ。レーダーで位置は捉えても、AAM3の赤外線シーカーが相手の機体の熱を感知出来ない。

「くそっ。俺は普通の人間だ。平凡なパイロットさ」

思わずつぶやいていた。

〈名人〉には、なれないだろう。舞島茜のような天才肌でも無い。

「だけど、天才で日本を護るわけじゃない」

ピッ

ヘッドアップ・ディスプレーに小さな四角いボックスが現れた。正面やや左――まだ前方は壁のような雲。しかしレーダーが捉えてロックオンしている〈敵機〉が、その位置にいると射撃管制システムが教えてくれている。距離一六マイル。雲が邪魔しなければ、ボックスに囲われて小さく〈敵機〉が見え始める間合いだ。

(――いたっ)

巨大な浮かぶ雪山のような積雲が横へ切れ、左方向は海面が見える。今、白矢のヘッドアップ・ディスプレーの中――四角いボックスに囲われて、小さな機影が白い雲の端から姿を現した。

一番機だ。

反射的に、左手の親指でスロットル・レバー側面の兵装選択スイッチを〈SRM(短距離ミサイル)〉に。同時にヘッドアップ・ディスプレーに五百円玉くらいの円がパッ、と浮かび出る。FOVサークルだ。このサークルは、主翼の下に二発装備しているAAM3熱線追尾ミサイルの弾頭シーカーの『視野』を表わしている。この五百円玉の中に〈敵機〉を入れてやれば、AAM3は排気熱を感知して、敵の熱にロックオンする。あとは射程距離まで近づいて、発射すればいい――

「打ち合わせでは『ミサイル戦は無し』とは決めてませんからねっ」

白矢はつぶやいた。

相手の斜め後方、上方から接近していく。速度はこちらが一倍半、速い。ぐんぐん近づく。点のようだったシルエットが、翼のある流線形になっていく。確かにＦ15Ｊ——坂爪一尉の一番機だ。

七マイル、六マイル——おかしいな、回避機動しようとしない。こちらのレーダーにロックオンされ、後ろ斜め上方から襲われつつあることは、向こうのＴＥＷＳの表示を見れば分かるはずだ。振り向いたって、もう見えるだろう、ＡＡＭ3を撃たれる間合いに近づいている。まるで『撃ってくれ』と言っているようだ——

「ええい」白矢はマスクの中で唇を嘗《な》めた。「一応、手順ですから、ミサイル発射の練習はさせてもらいますよっ」

ヘッドアップ・ディスプレーに『ＩＮ　ＲＮＧ』の文字が出て明滅する。

射程距離だ。

「フォックス・ツー！」

白矢は無線にコールしながら、右手の人差し指で操縦桿のトリガーを引き絞った。

途端に

バシュッ

Ｆ15の機体を震わせ、左翼の下から炎の矢のようなものが白煙を引いて跳び出した。

「——えっ⁉」

白矢は驚きのあまり、目を見開いた。

な、何だ、今の手ごたえは……⁉

白い噴射炎を引き、矢のようなものがヘッドアップ・ディスプレーの奥へたちまち消えて行く。

お、おい……！

「で、出ちまった、冗談じゃないっ」

何か俺が間違えたのか。マスター・アームを切り忘れた……⁉　いやそんなこと考えている場合じゃないっ……！

「レッドアグレッサー・ワン、こちらブルー・ディフェンサー、ミサイルが出た、回避してくれ、回避、フレア出して逃げろっ」

叫ぶ白矢の座るコクピット全体がふわりと浮き、視界がぐいと右へ傾く。左翼の下から重量物をリリースしたので左右の重量バランスが偏《かたよ》り、機が浮くと同時に右へロールしようとする。ふだんなら本能的に操縦桿で水平を保つのが、唖然《あぜん》としてミサイルの行く手に目を奪われているので何も出来ない。

ば、馬鹿なっ……！

白矢の視界で、ミサイルを撃たれたことに気づいたか、坂爪の一番機が急に右方向へ旋回し、ひらりと方向を変える。水蒸気を左右の翼端から引いている。Gをかけた、かなりの急旋回だ。

そうだ、逃げろ、逃げてくれっ……。

白矢は心の中で叫んだ。

（逃げてください、坂爪一尉……！）

2

●747-400機内

「そうか、CAか――」

茜は、きまり悪そうにうつむいている妹――ひかるの制服を見やって、言った。

脱出訓練の講評が済んで……。ひかるの教官を務めている燕木三佐は、共通の知り合いということになる。「姉に一言、挨拶《あいさつ》を」とことわって、ここへ上がってきたのか。

「自衛隊にも、そういう仕事があったのか」

茨城《いばらき》県の百里《ひゃくり》基地が、実家と地理的にも近かった。

小学校五年生の時。茜は、一緒にいつも遊んでいる男子の同級生たちに誘われ、空自の航空祭を見に出かけた。F15イーグルの実物を目にしたのも、その時が最初だった。

こんなものが、この世にあるのか――

驚いた。

雷鳴のような爆音とともに頭上の空を切り裂いて通過する機体。

凄《すご》い、と思った。

会場でパンフレットを配っていて、高校卒業予定者からパイロット訓練生を採用すると言う。航空学生という制度があるらしい。それも、女子でも受けられるらしい。

これを受ければ、あれに乗れるのか……!?

茜は興奮した。

一方、百里基地には民間ターミナルが併設されていて、茨城空港と呼ばれていた。便数は少ないが、民間航空会社が旅客便を乗り入れていた。

頭上を通過するF15Jの編隊を夢中になって見ているうちに、ついて来ていたひかるとはぐれた。

当時ひかるは小学三年、まだどこへ行くにも、姉にくっついて歩いていた。自衛隊の航空祭になど興味はないだろうに、「お姉ちゃんと行く」と言って、ついて来ていた。

迷子になったひかるを、旅客便のPRに来ていたスカイアロー航空のCA――客室乗務員の人が見つけて、ケアしてくれていた。茜が気づいて探し回ると、スカイアロー航空の宣伝ブースにちゃっかり座っていたのだった。

「妹さん？」

「は、はい、すいません、ご迷惑かけて」

茜がぺこりと頭を下げると。

背の高い、青い制服の女性は微笑した。

「お姉ちゃんと来ていて、その辺ではぐれたそうだから。ここでパンフレット配りながら見ていましょう、って言ったの。きっと前を通るだろうから」

「すみません」

「姉妹で来たの？」

「はい」

「私も出身は東北なのよ」

CAの女性は言った。

「岩手《いわて》の方だけどね。ひかるちゃんは、べっぴんさんね。大きくなったら、うちの会社へ来るといいわ」

ひかるは、姉に置いていかれた時はいつも泣いていたのに、その時はなぜか楽しそうにしていたのだった。

「ひかる」

茜は、目の前の制服姿の妹を見た。

「曹候補で入るなら入るって、どうして言わなかった」

「曹候補は受かっても、特輸隊に入れるかどうか、分からなかったし」

ひかるは、目をそらした。

「一人前の客室乗員になれたら姉ちゃんに報告しよう――って、そう思ってた」

「そうか」

茜は息をつく。

「――」

「でも、良かった。民間航空じゃないけど、目標にしてた仕事に就けたんだ」

「これで、父さんも母さんも安心――」

そう言いかけると。

顔をそらしたひかるの両目から、光るものがぽろっ、とこぼれた。

「あ、こら泣くな」

「だって」

「思い出しても、しょうがないよ。ひかる」

茜は妹の両肩を摑《つか》む。

「私は、あんたに望み通り幸せになってほしい。幸せになることが、死んでいった人たちへの、せめてものはなむけだ」

「――――」

すると。

舞島ひかるは、すすり上げながら、肩を摑む姉の手を振りほどくようにした。

「――姉ちゃんは？」

顔を背けたまま、訊《き》いた。

「え」

「姉ちゃんは、どうなの」

「私は、もうF15には乗れないけど」

「幸せ？　民間へ行けば、仕事は出来るんじゃない？」

「私は、ACM――格闘戦の最中に、眩暈《めまい》を起こしたんだ。民間航空の身体検査を受けて、もし通れば、どこかの航空会社がパイロットとして採ってくれるかも知れないけど」

「行けばいいじゃない。民間」

「民間の身体検査にもし通っても、勝手な天下りは禁止なんだ。自衛隊をやめたら二年間はほかのバイトをして、冷やさなきゃいけないから。あんたが大学を出るまでは――って、思ってたんだ」

「姉ちゃん」

「ん」

「昔のことなら、気にしてくれなくて、いいよ」

「いいんだ」

「本当のことというと、ちょっと重い」

「何が」

「姉ちゃんが、わたしが小さい頃のあのこと、まだ気にしてくれていて。戦闘機のコースがだめでも自衛隊をやめて民間へ出れば、パイロットとして仕事があるかもしれないのに、わたしへの仕送りが途切れるの嫌って、整備の仕事をして——そういうの、わたしの方からするとちょっと重い」

「——」

「だって、私立の大学って付き合いもあるし。仲間と騒いだりしているときに、姉ちゃんが今この時も夜勤で働いてるとか思うと、たまらないよ。だから」

「いいんだよ。妹のあんたを護るのは姉ちゃんの役目——」

言いかけて、茜は口をつぐんでしまう。

役目……?

自分は、何を偉そうなことを……。

(護る……?)

私は護れなかった。妹を、護ってやれなかった。

あの時——

そうだ。あの航空祭のあった、翌月のことだ。

「姉ちゃん」ひかるは赤くなった大きな目で、茜を見た。「姉ちゃんはわたしのために、自分が犠牲みたいになること、ひょっとしたらその方が楽だからしているんじゃない」

「えっ」

「それって、自分のためじゃない? わたしのためじゃないよ、はっきり言って」

「…………」

茜は絶句した。

「……でも、ひかる」

「訓練、続きあるから」

ひかるは、姉を振り払うようにして、一階客室への階段を降りていく。

「ひかる」

「姉ちゃん」

妹は階段の途中で立ち止まると、茜を見上げた。

「自衛隊やめて、民間へ行きなよ。わたしのことはもういい、一人で生きていけるよ」

「ひか――」

「じゃ」


茜は、一瞬動けなくなって、妹の制服の後ろ姿を見送ったが。

「ひ、ひかるっ」

後を追って、階段を駆け降りた。

待て。

駆け降りながら唇を噛《か》んだ。

ひかるは、やはり許してくれていない。

あの子が八つの時に、私のせいで起きたことを――

(ひかる)

待ってくれ。

一階客室へ降りた。７４７の左側2番ドアは、外側へ開かれたままだ。風が吹き込んでいる。

茜がステップへ出ようとした、その時。

ウゥウウウウッ
ふいに飛行場の空気を震わせ、海棲《かいせい》動物の吠え声のようなものが響き渡った。

何だ。

（……サイレン？）

重苦しい響き。

ほとんど同時に、パリパリパリッ、という乾いた爆音。見ると、アラート・ハンガーのさらに向こうから黄色と白に機体を染め抜いた一機のヘリが浮揚した。

UH60J救難ヘリコプター。こちらへ来る――赤い衝突防止灯を明滅させながら、茜のすぐ頭上をかすめる。

ブォオオッ
「う」

目で追うと、UH60はそのまま海上へ飛び去っていく。

飛び去った方角に茜は眉をひそめる。

（あの方向は――まさか）

訓練空域で、何かあったのか……!?

●小松基地　第六航空団　司令部

防衛部長室の窓から、洋上へ向け飛び去るヘリを見やって秘書が言った。

「救難隊が出ました」

「救助、間に合うといいですが」

「そうだな」

亘理俊郎二佐は、ヘリの飛び去った窓から、室内へ目を戻した。

部長室の応接セットのTVは、NHKニュースを流している。無論、まだ『日本海の訓練空域で自衛隊機がミサイル誤射のため〈撃墜〉』などというテロップはない。画面は国連に関するニュースだ。

『こちらニューヨークは、ただいま午前三時です。先ほど官邸で官房長官より発表されました「高速増殖炉〈もんじゅ〉を維持する」という政府方針につきまして、私の後ろにある国連本部では本日開かれる総会と安全保障理事会で、日本への非難が予想されます』

『木下さん、どのような非難が予想されますか』

『やはり、中国の反発が強いものと見られます。これまでも、中国は常念寺政権に対して「軍備拡張路線でありアジアの不安定化を招く」と懸念を表明し続けてきました。また、同じく本日の総会で〈第二次大戦戦勝国〉と認められる公算が強い韓国も、常念寺政権の方針に対して強く反発すると予想され――』

「――――」

亘理は、TV画面を見やりながらぼそりと言った。

「間に合うと、いいが」

「そうですね部長。救助、間に合うといいですね」

「高好三尉」

亘理は立ち上がると、秘書に告げた。

「私は、地下の要撃管制室へ降りる。救難オペレーションの陣頭指揮だ」

「防衛部長が、みずから執られるのですか？」

「あんな遠い訓練空域を割り振ったのは、私だ。責任がある」

●東京　横田基地
総隊司令部　中央指揮所

「訓練機がミサイルを誤射だと⁉」

知らせを受けた鋤先逸郎がエレベーターを出て、ＣＣＰの地下空間へ駆け込むと。

薄暗い劇場のような中は、騒ぎになっていた。

「あっ、首席」

当直の先任指令官が振り向き、敬礼した。

「日本海G空域の、第五区画です。第六航空団です」

「貸せ」

鋤先逸郎二佐は、総隊司令部の首席指令官だ。シフトに入って、通常の先任指令官業務もするが、非常の場合には後輩に代わって陣頭指揮を執る。

当直先任指令官から通信用のヘッドセットをもぎ取るように借りると、自分の頭に引っかけ、頭上の正面スクリーンを見上げた。

「撃った方のコールサインは？」

「ブルーディフェンサー・ワンです。かなり動転しています」

「――――」

鋤先は『動転』という言葉に一瞬唇を歪《ゆが》め、鼻から息をついた。

スクリーンを見上げ、コードについた送信スイッチを握《にぎ》った。

「ブルーディフェンサー・ワン、CCP首席指令官だ。無線を替わった。情況知らせ」

天井で、スピーカーに一瞬ザザッ、とノイズ。

『マ、マスター、ごほっ』

「マスター、何だ？」

『は、はい。ACM訓練で、マスター・アームスイッチが〈OFF〉になっていたのに、

AAM3が出てしまいましたっ』

「何だと」

鋤先は目を見開き、当直先任を見る。

「首席。パイロットは先ほどからそう言っています。空戦訓練で、マスター・アームを〈OFF〉にしていたのにミサイルが出た、と」

「それで」

鋤先はスクリーンへ目を戻す。

島根県の沖――日本海の訓練空域の端の方に、緑の三角形が一つ。デジタルの表示は、『BLDF01』だ。訓練中だった小松所属のF15だ。

周辺には、それ以外に飛行物体を示す三角形は浮かんでいない。

くそ――

「ブルーディフェンサー・ワン、相手機をキルしたのか」

『分かりません』

緑の三角形は、刻々と尖端の向きを変える。旋回しながら、撃ってしまった相手の機を捜しているのか。

『坂爪一尉の機は、フレアを撒《ま》きながら雲中へ逃げ込みました。目視で確認出来たのは、そこまでです。でも』

「でも、何だ」

『お、応答が』

「おちつけ」

鋤先は言った。

おちつけ。半分は、鋤先が自分へ向けた言葉だ。

幸い、いま日本の周辺には国籍不明機は出現していない。こんな時にスクランブルも重なったら対処が恐ろしく大変になるが——とりあえずアンノンはいない。大丈夫だ、おちつくのだ。

しかし、訓練中にミサイルを誤射……？　そんなことが起きるのだろうか。

「いいかブルーディフェンサー・ワン。相手機が応答しないのは緊急脱出をしたか、着水したか、あるいは損傷しながらまだ低空を飛んでいるのかも知れん」

すると、横で当直先任が「そうです」とうなずく。

「首席。あの辺りには現在Ｅ767も、Ｅ2Ｃもいません。陸上のレーダー・サイトからだけでは、三〇〇フィート以下へ降下したら映りません」

ミサイルを誤射（操作上のミスか、発射システムの不具合なのかはまだ分からない）した側のパイロットが、命中する瞬間を見ていない。大変な事態には違いないが、撃たれた相手機の生存にはまだ希《のぞ》みがある。

相手機は、熱線追尾ミサイルをかわすための欺瞞《ぎまん》熱源を放出しながら、雲の中へ逃げたという。セオリー通りの回避方法だ。命中・爆砕という最悪の結果は避けられているかも知れない。

ＡＷＡＣＳ——早期警戒管制機と呼ばれる空自のＥ７６７やＥ２Ｃは、現在あの空域には飛行していない。ということは、地上の防空レーダーしか空域を監視していない……。あまり低空へ降りると、レーダー・サイトからは水平線の下側へ潜《もぐ》ってしまい、探知出来なくなる。超低空で飛んでいたら正面スクリーンには映らない。

「可能性ですが。相手機のレッドアグレッサー・ワンは損傷を受けて無線は故障したが、まだ海面すれすれを生き残って飛んでいるかも知れない。その根拠として、自動救難信号が発信されて来ません。パイロットが脱出して着水するか、機体が水中へ突っ込むかすると、コクピットの座席に仕込まれた自動救難信号発信機が作動する仕組みですが、その信号がまだ受信されていない。あれが作動すると、２３４メガヘルツにうるさいくらいの警報音が響きます」

「うむ」

鋤先はうなずいた。

あるいは、救難信号発信機が作動する暇も無く、一瞬で爆砕されたか——

だがその予測を口にするのは避けた。

「よし、ブルーディフェンサー・ワン。そこから何か見えるか」

『な、何も——雲が多く、海面はとぎれとぎれにしか。レーダーにも何も映りません』

「戦闘機のレーダーは、ルックダウンは出来るが視野は狭い。ブルーディフェンサー・ワン、残り燃料はどのくらいか」

『え、ええと』


かなり動転しているな。

鋤先は思った。

このパイロットは、声が若い。まだ新人か。

(——————)

スクリーンを見上げる。

現場空域よりも右手——能登《のと》半島の付け根付近、小松の第六航空団基地の辺りに、緑の三角形が新しく現れた。現場方向へゆっくりと移動を始める。デジタル表示は『HERO01』。小松救難隊のヘリUH60Jだ。続いてもう一つ。こちらは移動速度が速い——救難隊の捜索救援機U125だろう。ビジネスジェットを改造した捜索専門の機体だ。

「よしブルーディフェンサー・ワン、ただちに帰投せよ」

『——え、えぇっ』

天井スピーカーの声は、さらにうろたえるようだ。

『し、しかし坂爪一尉を』捜さないと――と言いたいのだろう。

「低空で粘って、燃料を消費すれば二次災害に繋《つな》がる。君まで水泳をしたいのか」

『…………』

天井のスピーカーが絶句する。

立ったままスクリーンを見上げる鋤先に、横から当直先任が「小松から連絡です」と小声で告げる。

「首席、レッドアグレッサー・ワンの救難オペレーションは第六航空団で指揮を執る、と言って来ています」

うん、と鋤先はうなずく。

「ブルーディフェンサー・ワン、救難機はすでに出動し、急行中だ。ただちに帰投し、原因調査に全力を尽くせ」

●都内　港区
お濠端《ほりばた》　路上

同時刻。

「総理、お電話です」

走行するリムジンの後部座席。

経済諮問《しもん》会議の開かれる会館ビルが、運転士の白い制帽の向こうに見えて来ている。

左横の席から、首席秘書官が携帯を差し出した。

「防衛大臣からです」

「うん」

アイパッドで書類を眺《なが》めていた常念寺貴明は、携帯を受け取り耳に当てる。

「私だ――何」

その顔が、眼鏡の下で眉《まゆ》をひそめる。

常念寺はアイパッドのカバーをぱたんと閉じ、手にした電話に即答した。

「分かった、防衛大臣。その訓練機の事故の件については、分かっているだろうが人命救助を第一に。それからただちにプレス・リリースをして、公表して下さい。原因の特定については追って発表すればいい。官邸が一時間も情報を隠していたとか、マスコミに非難される方がまずい――そうです、ただちにだ」

「どうされました」

首席秘書官が、携帯を返してもらいながら訊く。

「どうもこうもない、空自の訓練機が日本海の訓練空域でミサイルを誤射した」

「誤射？」

「訓練の相手機に、命中した可能性がある。戦闘機には脱出する機能があるから、すぐに人命云々《うんぬん》ではないだろうが――安全保障に関心が集まっている時に、嬉《うれ》しくはないな」

「は」

首席秘書官は、電話を胸にしまいながら前方を見やる。

「どうされます。経済諮問会議は、予定通りに出席されますか」

「当然だ。この私が行かなくてどうす――」

言いかけた常念寺の胸ポケットで、今度は自分の携帯が震動した。

常念寺貴明は、自身の携帯の番号は、ごく限られた者にしか知らせていない。閣僚ですら、用がある時にはまず首席秘書官へかけさせ、「総理、○○大臣よりお電話です」と言われる数秒間に用件を想像して頭の中で準備をする（だいたい閣僚は数か月で替えてしまうことがあるので、携帯の番号を教えておくと後からぐちぐち文句を言われてしまう）。

常念寺が取り出すと、スマートフォンの表に番号が浮き出ている（コールして来た相手の名が表示される機能も使っていない。盗み見されるからだ）。番号を一瞥《いちべつ》し、常念寺は〈応答〉の緑色をタッチする。

「私だ」

『常念寺。久しぶりね』

声は女性だ。

アングロサクソンの女性の、低めの声。

常念寺は言葉を英語に切り替えた。

「やぁ。先月、飯を食って以来だなキャサリン」

『今、いいかしら』

「そろそろかけて来る頃だと思っていたよ」


キャサリン、という名を常念寺が口にしたので、首席秘書官がすぐ気をきかせて「車を止めてくれ」と運転士に言う。

このままでは、諮問会議の開かれる会館ビルに着いてしまう。正面入口にはマスコミがいるだろう。駐日アメリカ大使のキャサリン・ベネディクトと電話で直接話している内容を、聞かれてしまう恐れがある。

しかし
「車を路上で止めるのは、警備上まずいです」

助手席から警護官のSPが振り向いて言う。

「止まっている車の中は、格好の標的だ。まずい」

「では地下駐車場に入れてくれ」首席秘書官はすぐに代替案を出した。「会議場は最上階だ。総理には地下駐車場から直接、エレベーターで上がって頂く。運転士さん頼む」

リムジンは秘書官の指示で、ただちに左へ折れて会館ビルの地下駐車場入口へ向かう。

後方警護車が、急に向きを変えられたので慌《あわ》てたように続く。

●お濠端　帝都会館
地下

「さっきの官房長官の会見の件だね」

スロープを下る車の後部座席で、常念寺貴明はキャサリン・ベネディクト――駐日アメリカ合衆国大使と会話を続けた。

『そうよ常念寺。あなたは安保理の勧告を蹴《け》るつもり？』

「蹴るんじゃないさ。その前提条件を、リセットしただけだ。日本は高速増殖炉の研究は続ける。だから〈もんじゅ〉もそのまま維持するよ」

『ほかの通常の原発はやめてしまうのに？　国際社会で、それが通るかしら』

「君さえ『うん』と言ってくれればいいんだよ」

『甘いわ、常念寺』


車が地下駐車場へ入り、停止する。

まず後方警護車がドアを開いて、四名のSPが降車すると周囲をチェック。その合図を受けて助手席のSPが降車し、外側から常念寺のドアを開いた。

常念寺は身ぶりでSPに礼を言い、携帯を耳に当てたまま降車した。

電話の向こうでキャサリン・ベネディクトは続ける。

『常念寺。「日本はオオカミのようなものだ、今はアメリカが戦後に施《ほどこ》した教育と、平和憲法のクスリが効いていておとなしいアメリカの忠犬だが、そろそろクスリが切れて元のオオカミに戻り、飼い主に嚙み付く危険がある。だから今のうちに核兵器の材料は取りあげてしまえ」――そう主張する一派はいるのよ。民主党政権の中に』

「――――」

『私が言ってるんじゃないわよ』

「分かってるよキャサリン」

常念寺は両脇をSPにガードされ、エレベーターへ向かう。

「だが、前にも君に話したが。この日本は間もなく建国二七〇〇年を迎える。一つの国家が二七〇〇年続いた例というのは、地球上にほかにない。昨日今日、大陸の先住民族を虐殺して追い出し、アフリカから奴隷《どれい》を連れて来て働かせてでっちあげたどこかの某『民主主義国』とは、ついている箔《はく》が違うんだ。クスリで半世紀くらい酔っ払っただけではびくともしないさ。そして二七〇〇年も続くことが出来たのは、危機が訪れる度に適切な判断をして来たということだ。一度だけ近衛文麿《このえふみまろ》がソ連に騙《だま》されて大間違いをやらかしたが、それ以外は概《おおむ》ね正しくやって来た。これからもそうする。我々は君たちの国に対して核報復する権利を持っているが、それを簡単に行使したりはしないよ。たとえ核兵器を持ってもね」

『そんなの時効だわ』

「考え方によるさ」

常念寺は、開けられたエレベーターのドアへ滑《すべ》り込む。

携帯の電波は、ちゃんと繋がっていた。

エレベーターは上昇を始める。

『常念寺。友人としてあなたに教えておくわ。あなたたち日本人が「コクレン」と間違って訳しているユナイテッド・ネーションズ――UNの憲章の中にある〈敵国条項〉を知っているわよね』

「あぁ」

『第二次大戦の敗戦国――主に日本とドイツが、再び世界平和に反する行為を画策し、武力行動に出る準備を始めて平和への脅威《きょうい》が発生したと認めた時は、戦勝国であるアメリカ、英国、フランス、ロシア、中国は国連安保理の決議なしで、これを武力制裁することが出来る。UNはその制裁行為を止めることが出来ない』

「知ってるさ。条項はもう七〇年も、そのままにされているんだ」

『情報によると。実は中国が、あなたがたの国に対して〈敵国条項〉を適用しようとする動きがあります』

「――何だと?」

『あなたがたが〈もんじゅ〉のプルトニウムを持ち続けることは、世界平和への脅威であり、再び戦勝国に逆らう準備をしていると』

「――――」

『中国は、このままで行くと〈敵国条項〉をたてに〈もんじゅ〉のプルトニウムを実力で押さえにかかります。揚陸艦数隻《せき》を空母と潜水艦に護衛させ、日本海へ出す。UNは――アメリカも含めて安保理は、〈敵国条項〉に基づく制裁である以上、それを止めることは出来ない。人民解放軍のヘリコプター強襲部隊が〈もんじゅ〉へ降下するでしょう。日本はUNの憲章に従うと宣誓している以上、この措置に逆らうことは出来ません』

「――――」

『無血占領だわ。ニイガタ県は中国領にされてしまう』

「あそこは福井県《ふくい》だ」

『でも、中国は臨時占領行政府をニイガタに置くつもりよ。そのための用地を、彼らはニイガタ市中心街にすでに取得しています』

「君たちの国は、それを黙って見ているつもりなのか?」

チン
エレベーターが、扉を開く。最上階についた。

SPが先に出て、廊下の空間を素早くチェックする。『OKです』と合図。

常念寺はうなずき、電話を耳に当てたまま出る。

「わが国は同盟国だぞ。これは〈敵国条項〉を適用すべき案件ではないと主張して、第七艦隊を東シナ海へ展開してくれればいいだろう」

『私たちの民主党政権に、中国と真正面から対立して、そこまでの措置が取れるかどうかは分からないわ』

電話の向こうで、女性大使が頭を振る気配があった。

『中国と結びついている政治家が、急速に増えている。あなたが思うよりもずっと多いのよ常念寺。いま民主党の議員が訪中をすると、向こうでどんな歓迎を受けるか、知らないでしょう』

「知ってるさ。チェンジがきくんだろう」

『？』

「そのくらいにされなければ、アメリカの政治家の口から〈G2構想〉に賛成するなんて言葉が出て来るはずはない」

『常念寺。でも一方でアメリカと日本の間には安保条約があります。いざとなれば私たちアメリカ政府は、中国に勝手な真似をさせないよう、軍を動かして必要な措置を取らなくてはならない。それについては同意して下さるわね？』

「もちろんだキャサリン。そのための同盟だ」

常念寺はうなずいた。

「いざという時は、頼む」


赤い絨緞《じゅうたん》を敷《し》いた通路の向こうで、大宴会場の入口が左右へ扉を開いている。〈政府経済諮問会議〉と墨書された看板。ざわざわという空気。

その気配を潮時に、通話を終えた。

「――もともと」

携帯を胸ポケットにしまいながら、常念寺はつぶやいた。

「常任理事国がとち狂って勝手なことを始めたら、国連にも誰にも止められないんだ」

「は？」

横に従う首席秘書官は、まだ通話の内容を知らない。

「常任理事国がとち狂う、ですか」

「そうだ。そういう仕組みになっている。見ろ、南シナ海では、ベトナムの経済水域で中国が勝手に石油を掘り始めたが、いくら抗議しようと非難しようと誰にも止められていない。もしも〈もんじゅ〉のプルトニウムを取り上げられるようなことが起きれば、じきに日本も含めてアジア全域が〈中華大帝国〉にされるぞ」

両開きの扉へ近づくと。

拍手が起こり、白いクロスのかかった大テーブルに着席していた有識者や財界人たちが一斉に立ち上がって、四十六歳の若い総理大臣を迎えた。

3

●東京　お濠端
帝都会館　最上階大宴会場

「やぁ皆さん。やぁやぁ、どうも」

常念寺貴明が拍手に応《こた》えている。

〈政府経済諮問会議〉の会場とされた大宴会場では、白いクロスのかかった大テーブルの両脇から有識者や財界人たちが立ち上がって、経済アナリスト出身の総理大臣を迎えていた。

常念寺が自由資本党の若き総裁として、前の主権在民党から政権を奪還して一年。さまざまな経済施策が功を奏し、今や主民党政権時代よりも二〇円以上の円安、株に至っては日経平均株価が実に倍額へ値上がりしている。

財界人たちが立ち上がって歓迎するのも、当然の空気であった。

しかし常念寺が『日本を再生する』という国民との約束を果たすためには、経済施策と並行して企業経営者たちに勤労者の賃金値上げを要請しなくてはならない。諮問会議では、財界人たちの不興を買うような話もしなくてはならない。一方で財界人たちも、常念寺に賃上げの話を切り出させないようにしたい。

盛んに拍手し、一方では笑顔でそれに応えながらも、両者の駆け引きはすでに始まっているのだった。

後方で様子を見ている首席秘書官の胸ポケットで携帯が振動したのは、まさに常念寺がテーブルについて挨拶《あいさつ》を始める瞬間だった。

「――鏑木情報官か」

スマートフォンの画面を一瞥して耳に当て、首席秘書官は小声で応答した。

「今、総理はちょうど挨拶を始められるところだ。用件は？」

『急ぎだ、首席秘書官。総理のところにアメリカ大使から電話がなかったか⁉』

声は、NSC政策第二班長の鏑木だ。息せききった感じだ。

「それなら、つい今し方あったが」

『総理と話したい、緊急だ』

「緊急……？」

『そうだ、まさか駐日アメリカ大使から「中国の〈敵国条項〉発動に対処するため、米軍が安保条約に基づき行動する」という話を、されていないだろうな⁉』

「会話の内容までは分からないが」

首席秘書官は、大テーブルで常念寺が経団連会長と握手《あくしゅ》して笑っているのを横目で見ながら、声を低くした。

「とにかく、今はまずい。大事なところだ」

『大使から「行動する」とか言われ、それに対して「ぜひ頼む」なんて返事をしていたら大変なことになるんだ』

「どうして君が」

首席秘書官は、さらに声を低めた。拍手が静まり、常念寺の挨拶の声が宴会場の空間に響き始める。壁際でしゃべっていても目立ってしまう。

「中国担当の君が、アメリカ大使の話をして来るんだ」

『とにかく、総理と話させてくれ』

「今はまずい、微妙な場面だ。一時間待ってくれ」

『それじゃ間に合わなくなる、いいか、中国とア——』

プツッ
だが鏑木情報官の電話の声は唐突に途切れた。

「……何だ?」

電波の具合でも悪いのか。

首席秘書官は、携帯を胸にしまうと、会議場の様子に注意を戻した。たった今自分で口にした通り、微妙な場面だ。

これから常念寺が表明する『賃上げの要請』に、財界人個々がどのように反応するのか——?注意深く観察し、今後の作戦を立てなくてはならない。

●石川県　小松基地
地下要撃管制室

同時刻。

亘理俊郎が階段を降り、地下三階の空間へ入っていくと。

薄暗い要撃管制室では、黒板大の情況表示スクリーンの前から主任要撃管制官の二尉が振り向いた。

「あ。防衛部長」

「今、捜索救援機が現場海域へ到達するところです」

「うむ」

小柄な亘理はうなずく。

ここ小松基地の地下にも、規模は小さいが、スクリーンを備えた要撃管制室がある。

東京・横田の地下空間で日本の周辺全域を見張る航空総隊中央指揮所（ＣＣＰ）が劇場だとすれば、ここは学校の教室くらいの大きさだ。

管制官三名が着席出来る管制卓があり、情況表示スクリーンには必要に応じて空自の防空システムのレーダー情報をすべて映し出すことも可能だ。しかし通常、映し出されているのは日本海だけで、ここは訓練空域の監視や演習の評価を行うため使われる。

「防衛部長」

「あっ、防衛部長」

管制卓の背後に立っていた四十代の幹部と、その両脇に従う二名の幹部が振り向く。

三人とも飛行服姿。真ん中の四十代の幹部は長身で、口髭《くちひげ》がある。第三〇八飛行隊隊長の椎名《しいな》二佐だ。

「この度は、大変な事態を引き起こしてしまい、申し訳ありません」

年下の亘理に、頭を下げた。

椎名二佐は亘理と階級は同じだが、航空学生からの叩《たた》き上げだ。小松の実働部隊で飛ぶパイロットたちを束《たば》ねる。つい先ほど『誤射』を起こした白矢三尉の所属する隊の責任者であり、一方では飛行隊長は整備隊も統括するので、もし機体に異常があった場合でも第一の責任者ということにされる。

「いや、いいんです隊長」

亘理は応える。

「訓練を続けていれば、いつかは起きることだ。それよりも事後処理を適切にやることです」

「は、はい」

「間もなく、白矢三尉の機が帰投する。そうしたら機体は規制線で囲って、誰も手を触《ふ》れないようにして下さい。原因調査のため、航空総隊から調査班が来るでしょう。それまで保存する」

「分かりました」

「坂爪機の捜索の指揮は、ここで私が執る。行って下さい」

亘理は天井を指し、椎名二佐に地上へ戻るよう促した。

「当直」

飛行服の隊長らが慌《あわただ》しく階段を上がって行くと、亘理は当直管制官に訊いた。

「あそこのU125の、機長は誰か」

「は。麻生《あそう》三佐です。救難隊の副隊長みずから出動されています」

「うむ」

亘理はうなずいた。

そこへ
『アルバトロス・ワンより小松オフサイド』

天井スピーカーに声が入った。

『G空域・第五区画に到達。高度一〇〇〇。これより拡大方形捜索に入る』

「麻生三佐。私だ、亘理だ」

亘理は卓上のマイクを取って言った。

「空域の天候はどうか」

●日本海　G訓練空域　低空
U125捜索救難機

「低空には雲が多く、海面の連続的視認は困難です。五〇〇フィートまで下げます」

操縦席の前面風防で、低い水平線が傾いている。

U125は、機体を空色に塗ったビジネス・ジェット改造機だ。海面上の漂流物を捉える捜索レーダーと赤外線センサー、それに目視捜索用の大型バブル・ウインドーを機体両側面に備えている。

コクピットには左右に並ぶ操縦席があり、左側に着席する機長が、機を旋回させながらヘッドセットのマイクに応えている。

「レーダーと赤外線で、何とか捜します」

『自動救難信号は、こちらではまだ受信出来ていない。そちらでもそうか』

「はい防衛部長。まだです」

『分かった麻生三佐』

無線の亘理の声は、言葉を区切った。

『では、そこは任せる。頼むぞ』

「はい」

機長席につく麻生は、三十代半ば。亘理と同じく防大卒の幹部パイロットで、若くして小松救難隊の副隊長を務めていた。自衛隊で救難畑といえば『筋肉で勝負』だが、麻生は秀才タイプで、胸板はない。デスクワークが多いためか、救難隊メンバーにしては日焼けもしていない。

「俺は後ろを見て来る。操縦を代わってくれ」

麻生は言うと、操縦を右席の副操縦士に任せ、頭からヘッドセットを外した。

「五〇〇フィートを保って、方形捜索パターンを飛んでくれ」

「分かりました」

「頼む」

コクピットは、一七五センチの麻生が何とか立ち上がれる天井の高さだ。後部キャビンとはアコーデオン・カーテンで仕切られている。

低空の気流で揺れる中、天井のハンド・レールにつかまりながら後部キャビンへ入ると、前方へ向いてレーダー席と赤外線センサー席がある。着席した二名の捜索員が、それぞれのディスプレーを注視している。

U125の役目は、遭難海域へいち早く到達して、海面の遭難者を発見しておき後続の救難ヘリに位置を知らせることだ。必要に応じて、遭難者のための保命キットなど物資を投下してやることも出来る。

「どうだ、何か映るか」

「いえ副隊長」

海面捜索レーダーのディスプレーから目を離さずに、捜索員が頭を振った。

「まだ何も」

「副隊長、赤外線もです」

赤外線センサー席についた捜索員も言う。

「何も映りません。遭難機は——F15の891号機は、雲中でミサイルを直撃され、爆砕したのではないでしょうか」

「いや、俺はそうは思わない」麻生は頭を振る。「俺は戦闘機にも乗っていたが。短距離ミサイルAAM3の弾頭炸薬《さくやく》は二キログラムだ。F15の機体は大きいから、直撃でも粉々に消し飛ぶことはない。近接信管が働いて至近距離で爆発したならなおさらだ」

「は、はい」

「しっかり見張ってくれ。俺は捜索開始ポイントにスモークをおとす」

「あ、それなら自分が」

レーダー捜索員が席を立とうとするが

「いや、いいんだ」

麻生は手で制した。

「俺がやる。君たち捜索員は、ディスプレーから一瞬でも目を離すな。こう雲が多くては海面がよく見えん。脱出したパイロットがいるとしたら、反応は小さいぞ」

「分かりました」

麻生はさらにキャビンを最後部へ進む。

床から斜めに突き出す形で、束ねられた太いパイプのような機器がある。対潜哨戒機《たいせんしょうかいき》のソノブイ投下装置を改造した、物量投下装置だ。ここから消火器大の円筒状物体を海面へ投下することが出来る。

「――――」

秀才タイプの幹部パイロットは、〈1〉と番号が記された投下パイプの上蓋《うわぶた》を撥《は》ね上げ、中にスモーク・マーカー――投下式発煙筒がセットされていることを確かめた。

そして、背後を振り向き、二名の捜索員がそれぞれのディスプレーに向かって集中している様子を確かめた。

よし。

うなずくと、麻生はかがんで床のパネルを撥ね上げる。床下のわずかな空間に、茶色の油紙でくるまれた円筒状の物体が寝かされていた。
素早く摑み出すと、油紙をむいた。赤と白に塗り分けられた消火器大の物体が現れる。側面に〈ELT：非常用救難電波発信機〉という表示。麻生は〈4〉と番号のついた投下パイプのもう一本の蓋を開くと、空のパイプの中へその物体を素早く押し込んだ。蓋を閉じる。
「マーカーを投下する」
声を出し、壁のスイッチ・パネルで1番と4番の赤いスイッチ防護ガードを撥ね上げ、中のボタンを注意深く、左右の親指で同時に押し込んだ。
バシュ
バシュッ
二本の投下パイプが同時に作動する響きに合わせ、床から撥ね上げたパネルを脚で踏んで閉じた。

「今、スモーク・マーカーを投下した」

麻生はコクピットへ戻ると、左側機長席へ滑り込んだ。

「後続のヘリにも、我々の捜索開始ポイントが分かるだろう」

「え、副隊長。マーカーの投下なら、私がしましたのに」

副操縦士が驚いたように言うが
「いいんだ」麻生は頭を振る。「俺は、ふだんデスクワークが多いからな。こういう時に現場の機器の操作をなるべくやって覚えたい」

「はぁ」

「よし、操縦を――」代わろう、と言いかけた時。

「あっ、待って下さい」

副操縦士が、ヘッドセットを押さえた。

「何か聞こえる。UHFの2番、234メガヘルツです」

「何」

麻生も急いだ手つきで、自分のヘッドセットを頭にかける。

キュイー、キュイーという信号音が、イヤフォンにけたたましく響いた。

「これは」

「副隊長。自動発信機の救難信号です」

「よし」麻生はうなずくと、マイクを機内インターフォンに切り替えた。「レーダー捜索席、機長だ。救難信号が来た。位置は分かるか」

『こちらレーダー席。確認しました、近いです。たった今通過した海面』

「よし、方位をくれ」

『ベアリング〇三〇。真後ろです』

「了解した、旋回して向かう。海面の漂流物に注意しろ」

麻生は「代わろう」と言って操縦桿を握ると、U125の機体を左急旋回に入れた。

前方視界が傾く。

オブジェのような雲の塊《かたまり》が、低くいくつも浮かんで流れる。

「機体が、水没していないといいんだが」

「そうですね」

●小松基地　要撃管制室

「自動救難信号です」

管制卓の要撃管制官が、ヘッドセットを押さえて振り向いた。

「234メガヘルツに信号音。間違いありません」

「スピーカーに出せ」

亘理が命じる。

途端に天井のスピーカーから、キュイー、キュイーという電子音。

うむ、とうなずくと亘理は卓上のマイクを取る。

「麻生三佐、私だ。こちらでも自動救難信号を受信し、確認した。遭難機の機体は見つかりそうか」

『防衛部長、現在当該海面へ急行中ですが。何とも言えません』

天井でU125の声が答える。

『海面捜索レーダーに反応がありません。機体は完全に水没しているのかも知れません。赤外線センサーにも反応がない、脱出した搭乗員が浮いている気配もありません』

「そうか」

亘理は腕組みをして、スクリーンを見上げた。

「やっかいだな。あの辺りは水深が深い――」

●小松基地　アラート・ハンガー
　整備員控室

「――どういうことですか……!?」

舞島茜は、救難ヘリが飛んで行くのを見たので、出来るだけ早足でアラート・ハンガーへ戻ったのだった。

それが五分前。

整備員控室は騒然とした空気だった。

一目で、何か起きたのだと分かった。

(さっき飛び上がった救難ヘリ――やっぱり何か起きたのか)

控室の作業テーブルの上に、整備マニュアルや図面が広げられ、年長の整備員たちが盛んに議論していた。「誤射」「誤作動」などという単語が、その中に混じる。

新人が割り込める空気ではない――茜は、そばにいた歳《とし》の近い二曹を捕まえると「何が起きたの」と訊いた。

「訓練空域で、うちのF15がAAM3を誤射したらしいです」

「――えっ」

「どうも、訓練の相手機を〈撃墜〉してしまったらしいって」

「――――」

絶句していると。

茜が戻ったことに気づいた有川整備班長が、顔を上げて呼んだ。

「舞島、ちょっと」

有川の表情は、これまでに見たことのない深刻さだ。テーブルから立ち上がると、手で『ちょっと来い』と促し、給湯コーナーへ行く。

茜は、その背中に続いた。

作業テーブルでは、図面を前に年長者たちの議論が続いている。

有川は煙草《たばこ》を取り出して
「８８９が、どうも出しちまったらしい。ＡＣＭ訓練中にミサイルを」

つぶやくような小さな声で告げた。

「マスター・アームが〈ＯＦＦ〉だったのに出た、と報告して来たらしい。訓練へ出す前に、俺たちで〈修理〉をやった機体だ」

「え……」

「８８９に乗ったのは、新人の若いパイロットらしいが——あの機の機首の電子コンパートメントの配線を、俺が外部の人にいじらせたのも確かだ」

「…………」

「相手機は、まだ見つかっていないそうだ。詳しいことは、８８９のパイロットが戻らないと分からないが」

「乗っていたのは、誰なんです」

「行方不明になったのは８９１号機。乗っていたのは、あの人だ。バイパス回路をつけると言って、８８９の電子コンパートメント内の配線をいじった本人だ。あそこには確かにピトー・ヒーティング系統の配線もあるが、すぐ近くに火器管制の配線も通っている」

「…………」

茜は、ミサイルを誤射した可能性のある８８９号機のパイロットが誰なのかも、知りたかった。新人だと言うが――

しかし

「舞島」

四十代の有川は、煙を吐くと、つぶやくような小声で続けた。

「詳しい調査が行われないと、分からないことだが。もしも搭乗員の操作ミスでなく、ミサイルの誤射が配線の修理ミスのせいで起きたとしたら――全責任は俺にある。お前は、あの場には居なかったことにしろ」

「班長？」

「いいか」

有川は声を低くした。

「お前は、あの機の修理の場には居なかった」

「――どういうことですか……!?」

茜は、煙草をつけた有川の横顔を見た。

訓練空域でのミサイル誤射事故が起きたかと思えば。

昼の、あの修理作業の場に『居なかった』ことにしろ……!?

どういうことだ。

だが有川は続ける。

「いいか舞島。お前は実際、眺めていただけだ。だが原因がどうあるにせよ、自衛隊でこの手の〈事件〉に関わって当事者にされると、秘密を護るためなかなか辞めさせてもらえなくなる」

「…………」

「俺は、自衛隊に骨を埋《う》めるつもりだからかまわないが。お前、下手をすると民間航空へ行けなくなるぞ」

「えっ」

「班長だからな。一応、お前のことは配属の時、前の上司の乾一尉から伺っている。実家が被災して大変なことや、妹さんへ仕送りしている件もだ」

有川は、茜をぐいと見た。

「舞島、お前、操縦の腕は凄くいいそうじゃないか。よく勉強するし、整備の仕事もさせれば優秀だが、やはりお前は本来の職についた方がいい」

「…………」

「町の合気道の道場を手伝って、子供に教えているそうだな？」

「……は、はい」

「今夜も教えるんだろ」

「はい、でも、基地がこんな時には」

「馬鹿。すぐに行け」

「え？」

「ぐずぐずしていると総隊司令部からヘリで調査班が飛んで来る。整備員を全員外出禁止にして、あの８８９号機の整備作業にタッチしたことがあるかどうか、全員に対面で訊《き》くぞ。お前、とぼけて嘘がつけるか」

「………」

「お前は若いから、嘘とかぬらりくらりとか、そういうのは無理だ。中年に任せておけ。すぐにゲートを出て町へ逃げてしまえ。今日はもう上がっていい」

「は、班長。でも」

茜は言い返そうとするが
「おおい」

有川は大声を出した。

「確か司令部に届ける作業報告書があったな。誰か、知ってるか」

すると若い二曹が「ここにあります」と事務机のバインダーを指す。

「今日の待機明けに、私が届けるつもりですが」

「舞島に今、持って行ってもらう」

「今ですか？」

「ここの員数は、足りているんだ。交替を呼んだからな。舞島、お前、報告書を届けたら来週の試験に備えて自習しろ。火器取扱主任者の試験、万一おちられたら班長の俺が困る。ローテーションが組めなくなるからな。すぐに行け」

「班長」

「すぐに行くんだ」

4

●小松基地　誘導路脇

「――――」

茜はバインダーを小脇に、風の吹く場内道路を徒歩で司令部方向へ戻った。

滑走路と誘導路が、並行に走っている。その向こうが海だ。

８８９号機――あの機体が、ミサイルの誤射を……？

（…………）

茜は思い出す。

つい数時間前、整備ハンガーでのこと。

あの人……。

『SAKAZUME』というネームをつけた一尉――飛行開発実験団にいて、テストパイロットの資格を持っている、と言った。

あの人は機首の電子コンパートメント内の配線をいじっていた。

それが原因なのか。

それとも……。

(……私だったら。上空でACM訓練に入る前には必ずマスター・アームスイッチの位置は指で確かめていたけど――)

撃ってしまったパイロットは、新人だと言った。有川班長は『新人ならやりそうだ』という語調だったが――でも新人だからこそ、そういう確認手順は、むしろ真面目《まじめ》にやるのではないだろうか……。自分だって、短い期間だったが、戦闘訓練に入る前にはしつこいくらい確認したものだ。

「――それじゃ」

分からない。

仮に、もしあの航空総隊幹部のしたことが原因だったとして。それでも機体整備の責任者は有川班長だから、班長に責任があることにされるのか――？

（その時は、あの幹部が強引に『改造させろ』と要求したことを証言しなくちゃ。班長はああ言ってくれたけど、知らん顔など出来ない……）

考えながら歩いていると

ギャァアアンッ

ひときわ強い風が巻き起こり、聞き覚えのない大口径ターボファン・エンジンの轟音《ごうおん》が耳を打った。

（……!?）

顔を上げると。横の滑走路で四発機が浮揚する。白地に赤いストライプを入れた巨人旅客機が長大な主翼を広げ、機首を引き起こす。

ゴォオオオッ

巨体に似合わない急角度で上がって行く。

「専用機――千歳へ戻るのか……」

茜はつぶやいた。

着陸脚を収納すると、政府専用機ボーイング７４７は海上へ向かってバンクを取り、曇った空の中へたちまち小さくなる。

ひかる――

──『わたし、いいんだ』

遠ざかる747のシルエットに重なって。

ふと茜の脳裏《のうり》に、声が蘇《よみがえ》った。

しばらく前、妹とした会話。

──『姉ちゃん、わたし結婚はいいんだ』

（ひかる）

あれは──

そうだ。

三年前だ。

三年前の三月のある日。一夜にして、実家の家も道場も両親も、この世から消えてなくなってしまった。

ひかるは、それが起きた時、合格した大学の入学準備のため東京にいた。茜は航空学生の訓練課程の二年目だった。静岡《しずおか》県の浜松《はままつ》基地にいた。

思い出したくはない。

その日の前後のことは、茜の心の中で、触れると跳び上がりそうな生々しい傷口だ。今でも意識の中で、その記憶には触れないようにしていた。

茜がふと思い出したのは。

ひかるに対して、茜は、そのまま大学へ入学するように説得した。そのときの会話だ。学費は姉ちゃんが出すから。住まいは学生寮があるから入ればいい。お金を出してもらうのがもしも心苦しいなら、就職してから少しずつ返してくれればいい——

ひかるは一度は納得をして、都内の私立の女子大にそのまま入学することになった。

特別に休暇を取って東京へ出た茜は、ひかると食事をしながら話をした。

今でも覚えている。夜景がきれいなお店だった。

すっかり大人びて、きれいになった妹を目の前にしていると。あぁ、もう自分の家族はこの子だけなんだ——そう感じた。

食事がデザートになると。テーブルにフォークを置いて、ひかるはぽつんと言った。

「姉ちゃん。わたし、いいんだ」

「何が」

なるべく明るい話題にしようと、将来のことを話していた。ひかるは航空会社に入って客室乗務員になりたいと、前から口にしていた。大学へ行けば、それがかなう。

でも
「姉ちゃん、わたし結婚はいいんだ」

ひかるは目を伏せた。

結婚のことを、茜が口にしてしまったからか。

うっかりしていた。

ひかるは、八歳の時から心の奥底に傷を持っている。

「男の人と付き合うのも――付き合えば、いずれあのこと、言わなければならなくなるし。だから、いいんだ」

「ひかる」

茜は、慌てて言った。

「黙っていればいいじゃないか、一生」

「うん……」

「あんな――凄くずっと昔のこと、黙っていればいい。いいんだよそれで」

「うん」

済まない、といまさら口にすれば。

あのこと――あの八歳の時の出来事を、また妹に思い出させてしまう。

茜は、目を伏せる妹を見て、この責任は一生自分が負わなければ——そう思った。

ドドドドッ

また轟音がして、茜の意識を引き戻した。

飛び去った巨人旅客機と入れ違いに、海側のダウンウインド・レグ——着陸パターンに入って来た一機のF15がある。淡いグレーの機影。

（……！）

茜の視力は二・〇だ。機首のナンバーを瞬時に読み取った。

８８９号機だ。

気づくと、駆け出していた。

誰が乗っているのだ。

小さなイーグルのシルエットは単機で、ベース・ターンを廻って滑走路へラインナップして来る。

横風を、修正し切れていない。経路が外側へふくらむ。

「……まさかっ」

茜はさらに足を速めた。

●小松基地　司令部前エプロン

「はぁっ、はぁっ」

茜が走って、司令部前へ辿《たど》り着いた時には、889号機はすでにスポットに駐機して、エンジンを止めていた。

保安部の隊員が出ている。889の——ライトグレーのイーグルの駐機したスポットは司令部前エプロンの一番端だ。エンジンが止まり、金属音が低くなっていく中、ヘルメットに防弾ベストという出動服姿の保安部隊員が数名、機体の周囲に黄色いテープを張っている。基地内の警備を任務とする隊員たちだ。

「はぁっ、はぁっ」

茜は駆け寄ろうとするが
「駄目だ、整備員は近づくな」

保安隊員の一人が両手を広げ、制止した。

茜のことを、機体のケアをする整備員だと思ったのか。

「通告してあるはずだ。この機体には、誰も触れてはならん」

「通して下さい」

「駄目だ、来るな」

行く手を阻《はば》む保安隊員の向こうで、機首のコクピットのキャノピーが開く。

乗降用梯子《はしご》を掛けるのは、整備員ではなく保安隊員だ。要領がよくない。操縦席からは搭乗者が立ち上がって、掛けられた梯子を降りて来る。その飛行服――

白矢。

（やはり）

茜は息を呑んだ。

「白矢っ」

同期生の名を呼んだ。

白矢英一は、汗まみれで、いつもの長身がさらに猫背に見える。ヘルメットを下げた姿で茜の方へちらと目を向けたが、同時に制服の佐官級の幹部が二名、早足で近づいて来てその姿を隠した。

幹部が何か告げ、白矢はうなずくと、左右を伴われて歩いていく。茜の視界の、横の方へ――

「白矢っ」

まるで、取り調べに連れて行かれるみたいじゃないか……！

茜は怒鳴って、追おうとするが。

「こら待てっ」

保安隊員が、駆け出す茜の作業服の襟首《えりくび》を背後からぐわし、と掴んだ。引き戻そうとする。

その瞬間。

（……！）

茜は夢中になっていて、身体が勝手に反応した。右手が反射的に後ろへ廻り、襟首を握《にぎ》る相手の手首を掴み取った。同時に重心を前へ。

「うわっ」

周囲で見る者には。茜の動きがあまりに疾《はや》く、目に留まらなかっただろう。

一瞬、前かがみになった茜の細い背を跳び越えるように、大柄な保安隊員は回転しながら宙を吹っ飛び、エプロンのコンクリート舗装《ほそう》に叩きつけられた。

「ぐわ」

「何だ⁉」

「な、何だっ？」

し、しまった……。

茜は、背後から襲いかかった保安隊員を投げ飛ばしてしまってから、自分のしたことに気づいた。

しまった、つい身体が反応して——

幼稚園児の頃から何万回も繰り返して来た合気道の技だ。まさかこんなところで、発動してしまうとは。

「その整備員を拘束《こうそく》しろっ」

保安部のリーダーらしき隊員が叫んだ。

ざざっ

コンクリート舗装を蹴るようにして、数名の保安隊員が駆け寄って来た。

数メートルの間合いで、取り囲んだ。

「その整備員は、今機体に無理やり近づこうとした。拘束しろ」

まずい。

茜は、半歩後ずさった。

三名に取り囲まれた。

まずい、身体が興奮状態だ——襲いかかられたら、また思わず、三人とも投げ飛ばしてしまうかも知れない……。

「くっ」

だがその時。

「待ちなさい」

背後で、声がした。

誰の声かはすぐに分かった。

同時に、茜を取り押さえようと身構えていた三名の保安隊員が威儀を正し、さっと敬礼した。

「――――」

茜は振り向いた。

声の主がいる。一見するとブルドッグのような風貌に、装飾の多い空将補の制服。両脇にやはり佐官級の幹部二名を従えている。

「だ、団司令……」

「何をやっているんだ、舞島一曹。こんなところで保安隊に稽古《けいこ》をつけているのか？」

面白くもなさそうな表情で、第六航空団司令――橋本繁晴空将補は訊いた。

もちろん、情況は分かっているのだ。

「団司令。この整備員は」

保安隊のリーダーが言いかけるが
「同期生を気づかっているだけだ。君らの思い過ごしだ」

橋本空将補は「ちょっといいか」と周囲に言い、歩み寄って来ると茜の肩を叩いた。

「舞島。こんな事態になった。機体と白矢三尉は隔離されて、調査班の到着を待つことになる。やむを得ん」

「司令」

「別に悪いことをして、犯人扱いされるわけじゃない。原因もまだ全く分からない。白矢三尉の身柄のことは私に任せろ」

「は、はい」

「心配だろうが、しばらくは面会出来ない。そういうことだ。舞島一曹、君は予定通り、今夜の道場の師範代に行ってくれ」

「でも、司令。やっぱりこういう時に――」

「何を言っている、あの道場を手伝うのは地元への『地域貢献』だ。自衛隊の身内の事情で、地域貢献をやめにするのは申し訳がない」

「――」

「どうせ基地にいても、しばらく白矢には会えんぞ。いいから、早めに行って道場の雑巾掛けでもしていろ」

そう告げて、また肩を叩くと橋本空将補は行ってしまう。幹部たちが続く。

「機体の保存は、頼む」

保安隊のリーダーに言うと、ヘルメットに防弾ベストの隊員たちは「はっ」「はっ」と敬礼して見送った。

●小松市内　国道8号線

十分後。


茜は、市内の国道を走る路線バスの中にいた。

街中へ向かうバスだ。

班長に「今日は上がっていい」と言われていたから、作業報告書を届けるとロッカーで私服に着替え、基地のゲートを出たのだった。

揺られながら、茜は息をつく。

さっきは――基地の保安隊員たちと危うくトラブルになりそうなところを、通りかかった橋本空将補に助けられた。

「――――」

茜はひかると二人、物心ついた頃から道着を着せられ、家の経営する道場で合気道の練習――というか修行をさせられた。ひかるは熱心ではなかったが、茜は身体を動かすのが好きで段位もどんどん取った。高校を出る頃には、道場で師範の代わりが出来るまでになっていた。

合気道が生活の一部になると、稽古をしていないと身体がなまってくる感じがする。

航空自衛隊の各基地には、武道の部があるのだが、小松には合気道部がなかった。町へ出かけて探すと、市街地から離れた畑に囲まれた地区に一軒、古い道場があった。平日の夕方に稽古をさせてもらおうと訪れると、そこで師範代をしていたのが第六航空団司令の橋本空将補だった。

古くからある道場だが、道場主が高齢で、最近は入退院を繰り返していて指導が出来ないという。そこで門弟の中で指導層にある者が、交代で師範代を務めているのだという。

橋本空将補も、ここでは在籍の長い門弟だった。ふらりとやって来た茜の技量を一目見て「君も師範代をやらないか」と誘った。茜が自衛官で基地のパイロット候補生だと知ると、「やれ」と言って来た。空自の先輩、かつ合気道の先輩として、半ば命令である。

それ以来、団司令とは門弟同士として、基地の外では親しくしていた。茜が原因不明の眩暈《めまい》で戦闘機パイロットを降ろされることになった時も、相談に乗ってくれた。医官の決定は覆《くつがえ》せないが、もし民間へ出て就職したいのなら、知合いが新興航空会社の役員をしているから紹介状を書いてやる、とも言われた。

（――やっぱり）

空いたバスの座席に揺られながら、ジーンズ姿の茜は心の中でぽつりとつぶやいた。

やっぱり、民間へ行くかなぁ……。

――『それって、自分のためじゃない？』

頬杖《ほおづえ》をつく耳に蘇るのは。

ついさっき747の二階客室ギャレーで、妹が告げた言葉だ。

思いつめた表情で、ひかるは言った。

――『わたしのためじゃないよ、はっきり言って』

「…………」

妹に。

ひかるに、そんなふうに思われていたのか。

私は、一生懸命やっていたつもりだった――

でも妹の将来のために自分を犠牲にするみたいな行為が、茜の気持ちを楽にする方向へ働いていたのは、事実かも知れなかった。

「――自分のため、か……」

唇を噛んだ。

だが、とりあえず。

もうひかるに仕送りをする必要が無くなったことも事実だ。

おっとりしているように見えて、ひかるはしっかり者だ。大学は出なくとも曹候補で航空自衛隊へ入り、特別輸送隊という職場を得て、自分の目標は実現させた。燕木三佐の話でも、皆の前に出ようとはしないが訓練の成績は良いと言う。

(そうか、もう私の手助けはいらない、か——)

茜は手のひらを広げて見た。

グリスの汚れは、工業用石鹸《せっけん》で洗っても完全には取れない。本来の仕事をした方がいい、という有川班長の言葉も思い出した。

「どうするかな……」

ため息をついて、羽織っているジャケットのポケットから携帯を取り出した。

昼休みに白矢が言った通り、民間用の航空身体検査をしてくれる専門の病院は、東京にいくつかあるらしい。まだ先の話と思い、詳しくは調べていなかった。

検索の画面を出すと、今日の主なニュースの項目が並んでいる。

(……そうだ)

さっきの出来事、ニュースになっていないか。

（ネットでニュース、見られるかな）

窓の外を見ると、一面の畑の只中だ。電波はＬＴＥも来ていない。でもワンセグのＴＶ放送は受信出来た。地上波のニュースだ。イヤフォンを出して、耳に差し込んだ。

途端に
『――先ほど都内の皇居お濠端で、ダンプカーと乗用車の衝突事故がありました』

ニュースを読み上げる女性アナウンサーが、横長の画面に映し出された。

『この事故で乗用車は激しく炎上しました。乗用車は外務省の公用車で、乗っていた外務省職員の鏑木憲一《けんいち》さん三十七歳は救急病院へ搬送されましたが死亡が確認されました。ダンプカーの運転手は現場から逃走し、行方が分かっていません』

「…………」

『次のニュースです。航空自衛隊のＦ15戦闘機が、日本海の演習空域で空対空ミサイルをあやまって発射、訓練の相手機を撃墜してしまうという事故が起きました。市ケ谷の防衛省前から中継でお伝えします』

「あ」

やはりもう、ニュースになってる……。

『――はい、こちらは市ケ谷の防衛省正門前です。たった今、防衛大臣による緊急会見が行われたところです』

画面が、フラッシュの焚《た》かれる会見場の録画に切り替わった。

茜は、イヤフォンの音声に集中した。

それによると。

誤射されたミサイルによって『撃墜』されたもう一機のF15は、海面におちたらしい。自動救難電波発信機の信号が、受信されたという。ただし機体は海面に発見されず、すでに水没した可能性が高い。当該機に乗っていたパイロットは、発見されていない——

（まずいなぁ……）

眉をひそめていると、バスが目的の停留所に着いて、停止した。

「あ。降ります」

茜は慌ててイヤフォンを取ると、立ち上がった。

5

●小松市郊外　三《み》ツ梨《なし》町
茜の通う道場は、小松市の南に広がる一面の耕作地帯の只中にある。田畑の海の中に、ぽつんと島のように鎮守の森が盛り上がり、その森を背にして立っている。

バスを降りて、五分も歩くと木造の道場が見えて来る。古いが、茜はなぜかこの建物を見ると気持ちがほっとする。

「ただいま」

いつしか、道場の玄関を通る時に、そう口にする習慣になっていた。

「あ、茜先生」

ちょうど夕方の、小中学生を対象にしたクラスの稽古が始まるところだった。指導役は地元の高校生の女の子だ。

「ちょうど良かったです、来てもらえて」

「どうしたの」

「後で、ちょっと相談が」

「分かった」


茜は女子用の更衣室になっている座敷で道着に着替え、袴《はかま》をつけた。

道場へ出ると、もう三十人ほどの子供たちがかけ声と共に、一斉に基本の型を練習していた。

床の間を背にした師範の席に座る。

三列になって型を練習する子供たち——小中学生は、級によって帯の色が違う。女の子は中学生以上になると、紺の袴をつける。合気道には攻撃の型がなく、防御と護身の武道なので、習いに来るのは女の子が比較的多い。見渡すと半数が女子だ。

「茜先生」

門弟たちは茜のことを「先生」と呼ぶ。

指導役をしている女子高生が、隣から小声で言った。

「先生。実は、出るらしいんです」

「？」

「帰り道。田んぼの夜道で、痴漢《ちかん》が」

「何だって」

「昨夜、小学生の子が襲われかけて、逃げたって」

「――――」

「警察には届けています。なるべく、集団で帰宅するようにしているんだけど。みんなと方向が違って、独りで帰る子もいるんです」

「小学生が、襲われかけたの」

「そうなんです。ちょっと怖い」

「――――」

茜は練習する子供たちに目を戻した。

えい、えいというかけ声。

武道と言ったって。この年代の子供たちには、まだ体操のようなものだ。

茜も、妹のひかるも、小さい頃からこの子たちと同じ道着姿で、まず基本の型から繰り返し覚えていった。初めはまるきり体操だった。

日が暮れれば、この子たちは畑の中の細い道をそれぞれの方向へ帰宅する。

夜道で、痴漢……。

(…………)


「襲われかけた子は、今日は休んでいます。でもまだみんなと別方向に帰る子が二人いて——一人はわたしがついて帰れるんだけれど、もう一人の子はどうしようかって」

「…………」

「先生？」

隣の女子高生が、おずおずと言った。

「どうしたんですか茜先生。目が怖い」

「……とにかく、家の人に連絡を取ろう」

●小松市郊外　農道

二時間半後。

今夜も暗闇か――

道場のある鎮守の森は、海の中の孤島のように、一面に広がる田畑の真ん中にぽつんと盛り上がっている。そこから周囲の街区へ、耕作地の中を細い道が放射状に延びていて、子供たちの大半は徒歩か自転車で帰るのだ。

都市部に住んでいると分からないが、何も照明のない屋外で、頭上に月があるかないかでは圧倒的にものの見え方が違う。月があると、周囲の景色や通りかかる人の姿が見える。だが月の無い闇夜では十メートル先が見えない。

「奴は天象を利用したか――」

「はい？」

前方へ延びる一キロメートル近い農道を見やって、茜がつぶやくと。

横で女子高生が「てんしょう、ってなんですか」と訊き返した。

「気象と対《つい》になる言葉。天象――太陽や月や星が、どういう状態か」

茜は、日が暮れると、指導役の女子高生の子と二人で徒歩で道場を出た。

単独で帰宅しなければいけない二人の女の子のうち、一人は連絡をすると家の人が車で迎えに来ることになった。もう一人は両親が共働きで、迎えに来られるのは遅くになるという。前の晩に痴漢が出た事実も知らなくて、驚いていた。でも車で迎えに来る家の人に再度電話して話すと、その子も一緒に乗せて帰ってくれることになった。

「さつき」

小中学生クラスの稽古が終わって、子供たちを送り出すと。

茜は指導役の女子高生を呼んだ。

「あんた、二段だったね」

「はい」

「――――」

茜は、少し考えてから言った。

「ちょっとつき合ってくれないか。危険な目には遭《あ》わせないから」

前の晩に痴漢の出た道を教えろ。

茜は、女子高生に問うた。

「どの道だ？　さつき」

「相生《あいおい》町の方へ行く農道ですけど――どうして」

「考えたんだけど」

茜は言う。

「夜道に変質者が出て――このままじゃ、家の人たちが心配して、子供たちを通わせなくなる。子供たちが通わないと門弟は育たないから、道場は続かなくなる」

「…………」

「何とかしないと」

「何とか……って」

リン
茜が手のひらを開くと、鈴が鳴った。ピンクのリボンのついた鈴だ。

「茜先生、それ……」

「たった今、車で帰った子から借りたんだ。小学校で配っている防犯用の鈴だって。これをランドセルに結んで、ペン型のマグライトで足下を照らしながら帰るんだそうだ」

チリン
茜はリボンをつまみ、振ってみた。歩くたびに、鳴るのだろう。

「学校の指導だから仕方ないけど。これでは真っ暗闇の中で、音と光で『ここにいます』って教えて歩くようなものだ」

「…………」

「警官もパトロールしてくれるんだろうけど。彼ら警察は、ライトをつけた自転車やバイクで見回るんだろう。暗闇に潜《ひそ》んでいる奴からは、丸見えだ。怖くない」

「……先生、いったい」

何を言っているんですか……？　そう問いたげな表情で、女子高生は茜を見た。

すると
「さつき」

茜は女子高生を見返す。

「あんた今日、制服で来ているね？」

「え」

「貸して」


古い座敷の更衣室で、茜は立花《たちばな》さつきというその女子高生の制服を借りて着てみた。夏服だから上着はなく、ブラウスに青色の細いネクタイを結ぶ。背丈は一六〇センチの茜の方が少し高いが、サイズは合わなくはない。

鏡の前でポニーテールを解くと。

「どう」

「驚きました。先生、美少女」

「冗談言ってる場合じゃないよ」

小中学生クラスの稽古が終わると、夜八時からは高校生以上と社会人のクラスだ。茜は夜のクラスを指導する予定だったが『ちょっと用事で外出するので、前半は自主練習していて欲しい』と頼んだ。

「茜先生、何ですかその——」

高校生の男子が、茜を見て目を丸くした。

「いいから。あんたたちは〈両手取り反転腰投げ〉の練習。みんなで繰り返してて。昇級試験が近いでしょ」

「そんな格好で、どこへ行かれるんです」

「さつきと二人で、ちょっと大事な用事。片づけたら、すぐに戻るから」

「何か、手伝うことでも」

「いいよ」

茜は手を上げ、男子を制した。

連れては行けない。

武道をやっている男子たちは、腕を過信しがちだ。面白がって捕まえようとしたら、どんな反撃に遭うか分からない。

いや、それよりも。男の声がちょっとでもしたら、おそらく出て来ない……。

「あんたたちは、練習してて」

そこは昼間なら、腰の高さまで生育した稲が一面に風になびく様が見られるだろう。

鎮守の森を背にして、農道を前にすると。家々の灯は遠く地平線にあるように感じる。

ざっと一キロ、広がる田の中に細い道がまっすぐ続くらしいが、三〇メートルよりも前方は闇に沈んで何も見えない。黒い闇のプールのようだ。

キュ
「――――」

ペン型のマグライトも、小学生の女の子に借りた。

先端部を回すと細い光が出る。

「さつき」

「はい」

「昨夜は新月で――」茜は暗闇を見回す。「今日もこの通り、田んぼは見渡すかぎり真っ暗だ。変質者はこの闇を利用する。だが明日の晩になれば少しは月が太る。そうしたら次の新月までは四週間」

「…………」

「昨夜は、襲った女の子に逃げられてる。私は、奴は待てないと思う。きっとこのだだっ広い暗がりのどこかに、潜んでる」

「奴……って、先生まさか」

「いいか。私が鈴を鳴らしながら、ライトをつけて歩く。あんたは一〇メートル後ろをついて来い。音を立てず、姿勢を低くして気取られないようにしろ。私が襲いかかられたら、携帯で警察を呼べ」

「先生、本気ですか」

「本気でなくて、二十三で女子高生の格好なんかするか」

「でも先生、高校生が鈴を鳴らして歩くのは変です」

「いいんだ」

茜は頭を振る。

「世の中には、小学生くらいの女の子ばかりを好む変質者がいる。そういう奴でも昼間は普通に社会で暮らしているんだ。そういう奴は——」

くっ、と茜は唇を噛む。

「先生？」

「——さつき」

「はい」

「いいか、私はもう、あまりこの街に長く居られないかも知れない。道場の存続が危ないのを、放って置くわけにいかないんだ」

「居られない……って」

「いいから」

茜は「しっ」と声を低くした。

「二〇メートル後ろだ。音を立てるな」

●小松市郊外　農道

広大な闇の中へ、ローファーの足を踏み出すと。

茜は、月の無い夜の訓練フライトを思い出した。視界は闇のプール――何も見えない。水平線どころか、目の前に積乱雲がそびえていても気づかない。

一度だけF15で飛んだ夜は、新月の晩だった。目の前にほの暗い計器パネルの灯りと、ヘッドアップ・ディスプレーに浮き上がる緑色の数字や記号。

ここにはそれすらもない……。

振り回すと、マグライトの光線は針のように細い。普通の懐中電灯よりも強力だが、照らす範囲が狭いのはF15JのAPG63レーダーと似たようなものだと茜は思った。探れる範囲は狭い扇形で、自分の周囲の情況が全部分かるとはとても言えない……。

脚を動かす。闇の中に、空気の流れがある。風が渡っている――こんな短いスカートは久しぶりだ。ほどいた髪も風に運ばれては翻《ひるがえ》る。

(――――)

耳に神経を集中した。

チリン、チリンという鈴の音が、闇に吸い込まれる。遥か遠くから、国道の車の響きが風に乗って伝わって来る。後はローファーの靴底の摩擦音と、自分の息だけだ。

と

(……ひかる⁉)

ふいに、八歳の妹の悲鳴が蘇る気がして、茜は脚を止めた。

チリン

幻聴か……？

何も聞こえない。

茜はきつく目をつぶった。

(ごめん)

ごめんよ。姉ちゃんが、放っておいたから――

闇の中で、目をつぶると。

まぶたに光景が蘇った。なぜだか黄色い古い映画フィルムのようだ。故郷の街の海岸、松林、男子の同級生たち……。

海パン姿で、早く来い、来い、とこちらを手招きする――

「……くっ」

目を閉じたまま、唇を噛んだ時。

「先生っ」
背後で悲鳴のような声がした。
同時に
がばっ
重たい布団のような物に背中から覆《おお》いかぶさられた――!? いや、これは。
「うっ」
息を吸い込みかけた時、背後から濡《ぬ》れた布のようなものを口に押しつけられた。
刺激臭。
(――――)
くらっ
強い眩暈とともに、身体の力が抜ける。し、しまった……!
世界が回転する。倒れる――何だ、薬品……!?

茜は、ひかるが幼かった頃の出来事を脳裏に浮かべた数秒間、隙《すき》だらけになっていた。

農道の横の、低くくぼんだ田の畦《あぜ》に何者かが潜んでいたのに気づけなかった。

あっ⁉と思った時には背後から飛びかかられ、口に薬品のついた布を押し当てられていた。

（……だ、駄目だ力が）

力が抜ける。思わず息を吸おうとすると、また刺激臭を吸い込む。

「う」

ふらっ

前のめりに倒れる身体を、背後から引き止めるように抱きすくめられ、拘束された。

がしっ

「ぐふっ、ぐふっ」

ぐふうっ、と耳の後ろで呼吸音。興奮した、男の息――⁉

襲いかかった何者かは、片手で茜の口をふさぎ、片手でブラウスの胸を摑んだ。指。太い芋虫のような……くそっ。

（く、くそっ）

その時。

一瞬、周囲がカッ、と真っ白になった。

背後で閃光《せんこう》が瞬《またた》いたのだ。

閉じかけていた目の視界が真っ白に。

フラッシュ……!?

(……!?)

さつきだ。初めから携帯を手にしていた。機転をきかせ、後ろから変質者の姿を撮影したのだ。そうか、こうすれば逃げられない——

だが
うぐぉおっ
茜を背後から抱きすくめていた拘束が、いきなり解けた。唸《うな》りのような声を上げ、変質者は後ろへ向きを変え、地面を蹴った。

「きゃあっ」

さつきの悲鳴。

だが茜は身体が動かない。そのままなす術もなく前のめりに倒れる。目の前に黒い地面が迫る——どうしようもない、額《ひたい》からぶつかる。

「うぐ」

どさっ

俯《うつぶ》せに倒れた。頰に冷たいコンクリートの感触。倒れたのだとは分かる。しかし天地の感覚がない。どっちが上なのか下なのか——

（ど、どんな薬品だ、畜生っ……！）

背後のどこかで「先生っ」と悲鳴。まずい、さつきが襲われる。あの子は、二段といったってまだ男と戦ったことなんか無い……。

「……くっ」

茜は両手のひらを冷たい地面につけ、上半身を起こそうと力を込めた。途端に呼吸器が言うことをきかず、激しくむせた。

「ごほっ」

激しく咳《せ》き込む。それでも顔をしかめ、上半身を起こす。頭がくらくらする、立てるか——立たなくては。

「く」

擦《す》り剝《む》いた膝《ひざ》の痛さが、かろうじて茜を正気にさせた。そうか、制服のスカートだった——生の両脚が丸出しだ。背後を振り向き、両足を踏ん張る。闇の奥にぐふっ、ぐふっ、という呼吸音。くそっ、マグライトがどこかへ吹っ飛んだ。真っ暗闇だ。

とっさにスカートのポケットから自分の携帯を取り出す。指で探って素早くカメラモードに。前に向かって構えてシャッターを押した。

パシャッ
人工のシャッター音と共に、閃光が辺りを真っ白にした。暗闇だから強い光だ。前方十メートル、ずんぐりした男の後ろ姿がストップモーションのように一瞬浮き上がる。

その右手に刃物——オレンジ色のカッターナイフ……⁉　工作に使うようなやつだ。

「——さつきっ」

すくむような袴姿の少女が、その向こうにいる。恐怖に目を見開いているが、背中を見せずに立ち向かう姿勢はさすが合気道二段だ。しかし変質者の男が手にしているのは本物の刃物だ——

やばい。

「こ、この変態野郎っ」

むせながら、茜は叫んだ。

「お前の姿は撮った！　お前はもう、この町で一生終わりだっ」

すると
「ぐふぉおっ！」

変質者の男は唸りのような叫びと共に、こちらを振り向いた。

茜は叫んだ。

「そんなに子供や女子高生が好きか、この変態野郎っ」

「ぐ、ぐふぉおっ。しね」

まるで人工的に低く加工した声のようだ――薬品のせいか。私の耳がおかしいのか。

「しねっ」

こちらへ向かって来る。闇だ、ほとんど見えない。だが気配で分かる。ビュッ、ビュッと文字通り闇雲にカッターの刃で空をなぎ払いながら突進して来る……！

（――――）

茜は踏みとどまり、一瞬目を閉じ、迫《せま》る気配を読んだ。

来る。

ビュッ
ブラウスの胸の先十センチを、刃先が横向きに通過。茜に倍する体重が、ぶつかるように迫る――今だ……！

「えいやっ」

茜は胸の先をかすめて通過した手首を右手で捉えると、男の重心の位置を瞬時に把握《はあく》しながら、逆らわず斜め後方へ体を回転させ、同時に前かがみに沈んだ。膝をつく。右手を前へ――思い切り前へ……！

ブンッ
顔も分からない、加工されたような低い声で唸る変質者は宙を回転して前方へ吹っ飛ぶと、コンクリートに叩きつけられた。どんっ、ずざざっ、とそのまま数メートル転がって行く。

「はぁっ、はぁっ――」

茜は激しく息をしながら、ようやく立ち上がる。

男の転がった方へ歩く。

走りたいが、よろよろとしか歩けない。コンクリートの上で転がったマグライトが細い光を放っていた。拾う。

肩で息をしながら、転がった変質者の男を上から照らした。

ひゅう、ひゅうという呼吸音。

(――う)

思わず、顔を背けた。

照らされると、赤く擦り剝けた眼鏡の顔が「うが、うぐゎ」とうめいた。牛のような体格に見えた。その腕が本能のように、茜の脚へ伸びて来る。

ぞくっ
茜は悪寒《おかん》が走り、思わず後ずさる。

するとーー

『姉ちゃんっ』

耳に、また幻聴がした。

小さい女の子の悲鳴ーー

八歳のひかるの声だ。

ーー『お姉ちゃあんっ』

「う」

ひかる……。

脳裏に蘇る。海開き前の海水浴場。海岸の雑木林の中に人形か何かのように転がされている、白い服のーー

悲鳴を耳にして駆けつけた小学五年の自分は、その光景を前に立ちすくむ。白い服の妹を下生《したば》えに押し倒し、こちらをのそりと見る人影。

（……うっ）

記憶の光景が、茜を一瞬固めてしまう。

ぐふぉおっ
「先生、危ないっ」

ハッ、と気づいた時には、太い二本の腕が茜のスカートから伸びる両脚を掴んでいた。

地面から跳ね起きるように、茜にとっては巨体の変質者が下からスカートの腰回りにがばっ、と抱きついた。

「ぐふぉおおっ」

「きゃっ」

さすがの茜も悲鳴を上げる。

「かめらを、よこせ」

まるでGスーツの装具のように茜の腰を締め上げながら変質者の声が言った。

「けいたいを、よこせっ」

「――くっ」

6

●小松市郊外　農道

（――く、くそっ……！）

身体中をぞくっ、と悪寒が走る。

一六〇センチ、四五キロの茜にとって変質者は巨漢だった。がしっ、とスカートの腰を締めつけて来る腕は丸太か――⁉

「ぐふぉおっ、よこせ」

ぷはぁっ、と呼気が茜の頬《ほお》にかかる。同時にまた背後でカッ、と閃光が瞬き変質者の顔を間近で浮き上がらせた。赤く擦り剝けた肉饅頭《にくまんじゅう》のような……。

「う」

芋虫の群れのような指が茜のスカートの腰を探り、ポケットに侵入しようとする。

（……冗談じゃ、ないっ！）

嫌悪感が、反射的に膝を動かした。変質者の巨体のみぞおちを蹴り込むと同時に左肘《ひだりひじ》を前方へ振った。膝と肘がズブッ、と肉布団のような物に食い込む。

気持ち悪――そう感じるのと同時に、男の巨軀《きょく》が「うがっ」とのけぞって離れる。ローファーの足で地面を蹴り、茜はステップバック。

「はぁっ、はぁっ」

合気道には、攻めの型が無い。利用するのは襲いかかって来る相手の力と体重だ。

「こ、この変態野郎、これが欲しいかっ」

茜はスカートのポケットから携帯を摑み出すと、闇の中で振って見せた。相手に見えたかどうかは分からない。

だが変質者は反応し「ぐふぉっ」と吠えた。

襲いかかって来る。空気の中で重量物が動く——来た。

変質者の巨軀の運動が『見えた』。

(——)

瞬時に体をかがめる。摑みかかろうとした手が頭のすぐ上を空振りする。茜はその手首を捉えると、スカートの膝をコンクリートの地面について上半身をひねり、巨大な体軀を頭上を通過させるように投げた。だが今度は手首を摑んだまま放さなかった。

ぶんっ

ズダダンッ！

身体が跳ね上がるような衝撃に、思わず手を放した。後ろ向きに尻餅《しりもち》をついた。同時に目の前でぼきっ、と何か古木の折れるような音。

叩きつけたのだ。投げ飛ばせば、運動エネルギーは転がることで発散する。しかし摑み取った相手の手首を放さず叩きつけると、エネルギーはすべて衝撃になる（だから稽古では必ず相手を投げたら手を放せ、と教える）。

「──はぁ、はぁっ」

茜は立ち上がった。

また頭がくらっ、とする。どんな薬品を嗅《か》がされたんだ……。

目の前の闇の底で、重量物が痙攣《けいれん》する気配。ひゅう、ひゅうと音がする。

（ライトは）

転がったままのマグライトがある。歩み寄ってまた拾う。

ライトで照らす。仰向《あおむ》けになった巨軀がひゅう、ひゅうと呼吸している。照らし出すと、赤くただれた肉饅頭のような顔が、茜を見返した。

「ぐ、ごふぉお」

「この野郎」

茜は唸《うな》ると、赤くただれた変質者の顔を睨《にら》み、ローファーの踵《かかと》で真上から思いきり踏みつけた。

「こ、この野郎っ」

「ぐふぁおっ」

「この人でなし野郎っ！」

「先生っ」

さつきが驚いた声を上げ、背後から駆け寄ると、がしがしと男を蹴りまくる茜を羽交《はが》い絞《じ》めのようにして止めた。

「先生、そ、そのくらいに。もう警察呼びました、そのくらいにしましょう先生っ」

●小松市　西警察署

一時間後。


「——先生」

警察署二階の廊下は静かだ。

小松市の西警察署にパトカーで連れて来られた茜は、さつきと共に取り調べ室のようなところで調書を取られ、廊下のベンチで「しばらく待つように」と言われた。

あの変質者の巨漢——痴漢の男は、コンクリートの地面からついに立ち上がれず、駆けつけた警官が別に救急車を呼んで運んで行かせた。

地方都市の夜の警察署だ。人声もない。古くなった蛍光灯が頭上でブーンと唸っている。ベンチの隣で、手にした携帯をいじりながらさつきが言った。

「先生って、ファイターですね」

「ん」

茜は、さつきの横顔を見た。

「何を言ってるんだ」

「だって、わたしのこと護ってくださった。命がけで」

「危ない目に遭わせない約束だった。すまない」

「先生」

さつきは携帯を膝に置くと、あらたまったようにお辞儀した。

「ありがとうございました。みんなのために」

だが
「そんなのじゃ、ないよ」

茜は頭を振る。

「道場――同じ匂いがするんだ」

「え」

「流されてなくなった、うちの実家の道場と。だから護りたかった。それに」

茜は目を上げると、壁の向こうを見るようにした。

「昔、妹がいたんだ――いや、今でもいるんだけど……おかしいね、こういう言い方」

「……？」

「実家の周りには、海と、山があったんだ。私は子供の頃から男子に混じって、駆け回って遊んでた。妹は活発じゃないけど、私になついていて、よくついて来ていた。母さんにも面倒を見るように言われてた。でも、ほったらかしにすることが多かったんだけどね。その日もそうだった」

茜は目を伏せた。

「私が小学五年。妹は八歳だった。夏が近づいてて暑かった。まだ海水浴場は海開きしていなかったけど、男子の友達がみんなで泳ごうぜ——って言い出して。それで、人けのない海岸に、放課後に出かけた。妹もついて来た。ついて来たのに、海には入らなくて……私は、入らないなら浜で待っているようにって言った。仲間たちとさんざんはしゃいで遊んで——気づいたら妹の姿が無かった。浜に上がると、防風林の松林の方へ足跡が延びていて」

「……先生？」

茜が唇を嚙み、ふいにうつむいたので、さつきが覗《のぞ》き込む。

「どうしたんですか。先生」

「足跡は——大きい足跡と、暴れるような小さな足跡で。私は、なぜだか背中がぞっとして、その跡を追いかけた。松林の奥へ。そうしたら妹の悲鳴が」

「………」

「──私が、ほったらかしておいたからだ。面倒を見るって、母に約束」

茜はそこから言葉が続かなかった。

「先生」

さつきは、茜に向いて言った。

「わたし思い出したんです。今夜の、あの」

「────」

「あれは、あの変質者は、わたしの通っていた隣の中学校の教師です」

「──教師？」

「そうです」

さつきはうなずく。

袴姿の女子高生は、周囲を見回してから、声を低める。

「対校試合で第二中へ行った時、噂《うわさ》の本人を一度見たことがあるんです。前から、二中に挙動がおかしくて担任を持たせてもらえない若い理科の教師がいるっていう噂で。生徒の女子トイレにカメラを仕掛けたりしてるって。でもそいつは県の偉い人の息子らしくて、学校もやめさせられないんだって。教員に採用されたのも親の力──」

小声でそこまで言いかけた時。

パタパタと乾いた靴音がした。

背広の男が、早足で近づいて来る。警官か……？　分からない。禿《は》げ上がった頭。

「あんた、あんた」

五十代の後半、警察官だとしたら定年近い歳だろう。困ったような苛立《いらだ》つような表情で茜を呼んだ。

「あんただね、自衛隊員の――」

「道場の師範代です」

目の前に立った男を見上げ、茜は会釈《えしゃく》した。

どうも、様子がおかしい。さっき調書を取った中年の警官も「ご苦労さん」とは言いながら、困ったような表情をしていた……。

それに、こんなところで「待て」と言ったきり、ずいぶん待たせる。

茜は、早足でやって来た禿げ頭の男の態度に違和感を持ったので、立ち上がってお辞儀することはしなかった。横のさつきも座ったままだ。

「困るねぇ」

男は目の前で、大げさに腕組みをした。

「困るねぇ、あんた傷害で訴えられるかも知れないよ」

「――えっ」

茜は言われたことが、一瞬分からない。

「どういうことです？」

「だって。あの人――今病院にいるあの人が、帰宅途中に夜道を歩いていたら、いきなりあんたが襲いかかって投げ飛ばしたっていうじゃないか。全身打撲と骨折で、一か月は起き上がれないそうだぞ。全く、何てことをしたんだろうね。あの人はあんたを訴えるって怒ってるよ。弁護士も呼ぶそうだ」

「私を――訴える……？」

「自衛隊員なのに、そんな格好で。あんたいったい、何をしようとしてたのかね」

「痴漢を捕まえるためです」

「それで、間違えてあの人に襲いかかったのかね。ったく、自衛隊のやることは」

「ちょっと待って下さい」

茜は、言われたことが信じられない。

間違えた……？

私が、襲った……⁉

「あの、あなたは誰ですか」

戦闘機パイロットは、現れた相手をアイデンティファイ（識別）する。どこの所属か。敵なのか味方か。

「官職姓名を」

「あたしかね。あたしゃ県警の防犯課長だよ。ったくこんな傷害事件を起こされて、迷惑しとるんだよっ」

「防犯……」

「いいかね、あんた。大変なことになるよ？　悪いことは言わん、あの人が痴漢をしようとしただなんて訴えは、すぐに取り下げるんだ。でないと傷害で、あんた訴えられるよ。自衛隊にもいられなくなるよ」

「………」

茜は絶句した。

私の方が、訴えられる……⁉

「ひどいわ」

さつきが口を挟んだ。

「わたしたち、襲われたのに」

「襲ったなんて証拠は、どこにあるのかね」禿げ頭は、苛立たしげに言った。「証拠は、あの人が合気道の有段者に襲われて投げられ、全身打撲と骨折で全治一か月の大けがを負わされた。その医者の診断書だけだ。その有段者というのは自衛隊員で、痴漢をやっつけるとか言って変な格好をして歩いていた。そして夜道を歩いていたというだけで、普通の市民を痴漢だと決めつけて襲いかかったのだ」

「…………」

いったい、何を言うんだ……。

絶句する茜に
「じゃ、いいね？　この調書は破棄する」

禿げ頭は、上着のポケットからくしゃくしゃになったＡ４の用紙を取り出すと、両手で破こうとした。

だが
「待って」

さっきの声が、割り込んだ。

「証拠なら、あるわ」

袴姿の少女は立ち上がると、禿げ頭の防犯課長へ手にした携帯の面《おもて》を向けて示した。

「写真があります。あの二中の教員が、茜先生を襲っているところ」

「な――」

今度は、禿げ頭が絶句した。

「――ちょっと見せろっ」

禿げ頭はさつきからスマートフォンをひったくるように取ると、画面を覗《のぞ》き込んだ。

そこには二枚の写真がある。

一枚は巨軀の変質者が制服姿の茜に背後から抱きつき、顔に布を当てている。もう一枚は茜のスカートの腰に抱きついているところを正面から捉えている。肉饅頭のような顔もはっきりと写っている。

「う、うっ」

禿げ頭はいきなり「よこせ」と言うと、さつきの携帯を手に通路を行こうとした。

「あっ、返して」

「うるさい」

「消そうとしても無駄よ」さつきは言った。「写真、もう今、わたしのフェイスブックにアップしちゃったから。消しても無駄よ」

「――――」

禿げ頭の後ろ姿が、固まった。

振り向いた。

「――何だと⁉」

「今日の日付けと、場所と、キャプションもつけたわ。『道場の先輩に襲いかかる痴漢。この後すぐ警察に捕まりました』警察署の名前と、取り調べ係官の人の名前も書いた。名札を見て、憶《おぼ》えたから」

「な」

「この子に携帯を返して」

茜も立ち上がると、促した。

「調書も取り下げない。変質者を捕まえないと、道場の子たちが安心して通えない」

「こ、このアマ――」

ぶるぶる震える禿げ頭の手から、茜はスマートフォンをもぎ取った。

さつきに返すと

「よかった」

少女はうなずいて、また携帯を操作すると面を禿げ頭に示した。

「今のおじさんのことも、動画で撮っていたんです。これもアップしよっと」

『あたしゃ県警の防犯課長だよ』

面白くなさそうな声が、再生され廊下に響く。

「や、止めろっ」

禿げ頭は血相を変え、さつきに飛びかかろうとした。

茜はその動きを読むと、すかさず右脚を出した。
すてんっ
禿げ頭は五〇センチも宙を跳ぶと、そのまま前のめりに転んだ。
「うぐわ」

「さつき。アップしな」

「はい」

少女の素早い指の操作で、禿げ頭の防犯課長の言動もすべてネットへ送り込まれた。

ピッ
「はい完了」

●小松市郊外　道場

三十分後。

茜は警察署を出ると、街でタクシーを拾い、さつきを自宅へ送り届けてから道場へ戻った。

あの直後。防犯課長と名乗った禿げ頭は、廊下に俯せに転んだまま「おしまいだ。俺はもうおしまいだ」と泣き叫び始めた。何事かと様子を見に出て来た夜勤の署員たちに後を任せ、もう帰ると宣言して署を出た。

警察署で時間を食ったので、夜のクラスの稽古も終わっていて、木造平家の道場はしんとしていた。

「――――」

茜は女子高生の制服から、元のジーンズ姿に戻った。さつきの制服はクリーニングしてから返そう、と思った。

――『居なくなるって』

タクシーの中で短く交わした会話が、頭に蘇った。

さつきの問う声。

――『先生、居なくなるって、どういうことですか』

さつきは、茜が「この街に長く居られないかもしれない」と口にしたのを、気にかけて訊《き》いたのだった。

東京へ行くかも知れないんだ。

茜は話した。

大きな病院で身体検査を受けて、もしも民間航空の基準で通るなら、自衛隊をやめて転職するかも知れない――

立花さつきは聡明な少女だった。警察署の廊下では、緊張に耐えながらわざと無邪気な女子高生を演じていた。「これもアップしよっと」なんて、いつもの口ぶりではない。

タクシーの車内で、茜の民間パイロット転職の可能性について聞かされると。さつきは「寂しいけど、頑張って下さいね」と言ってくれた。

高校生のさつきが、フェイスブックで友達にしている人の数はそれほど多くはないだろう。しかし変質者の教師の噂は、地元では前からあったらしい。そいつが現行犯で捕まったとなれば、拡散は速いだろう。知り合いから知り合いへ、写真と動画はあっという間にコピーされ広まって、今頃はひょっとしたら日本中の人が見ているかも知れない。

いったいどんな権力者の息子だったのか。

(――ネット、か)

茜は着替え終わると、自分のスマートフォンを出して、またワンセグのTV受信にした。夜のニュース番組が途中から映る。

途端に

『――戦勝国、戦勝国です！』

NHKのキャスターが、興奮した声で叫んだ。

『たった今、ニューヨークの国連本部で総会の議決が行われ、韓国が第二次大戦の戦勝国であったことが認められましたっ』

何だ、このニュース……？

茜は眉をひそめる。

日本海での自衛隊機の遭難の続報は、されないだろうか。

海面におちたとされる機体は、見つかったのか。生存者は……？

だが

『投票結果は、僅差《きんさ》でした。あっ、今国連本部の総会議場の映像が入ってきました』

画面が切り替わる。

ニュース映像でよく見かける、大会議場の様子が映る。無数の国旗が立ち並んでいる。

壁の電光掲示板が画面に入る。

『九六対九五。ご覧下さい、まさに僅差でしたね木下さん』

『はい』

アナウンサーのほかに、もう一人の声。解説をする記者か。

『今回の議決は、第二次大戦中、朝鮮光復軍が南京の付近で連合国とともに日本と戦っていたという事実が中国から提示され、その資料に基づいて行われたものです』

『これで韓国は、第二次大戦で戦勝国であったということが世界に認められたことになりますね』

『その通りです。一方、日本は敗戦国ですから、これで韓国は日本に対して――』

『あ、待って下さい。議場が何か混乱しています。誰かが議長席へ駆け寄って、激しく何か叫んでいるようですね』

スマートフォンの小さな画面に、国連本部の議場の様子が展開する。カメラが議長席にズームインする。

『あっ、フィリピン代表のようです。フィリピン代表が怒っているのでしょうか、激しくテーブルを叩いて叫んでいます』

『いけませんね、品のない行動です』

『この後、パク・ギムル国連事務総長の会見を中継する予定ですが――あ、その前に、韓国のソウルから中継が入ります。第二次大戦戦勝国と認められ、喜びに沸《わ》くソウルの様子を中継でお伝えします。ソウルの金田《かねだ》さん』

「――――」

待っていても、日本海の遭難のニュースは流れない。

ネットはどうかな……。

この道場周辺は、携帯は通じる。プロバイダの画面を出してみると、トップ・ページの今日のニュースの中に『日本海で自衛隊機が誤射』という記事がある。

開いてみる。しかし内容は、昼間のニュースと変わらなかった。

新しい事実は報じられていない。

（――――）

茜は息をつく。

「とりあえず、帰るか……いや」

そうだ。

ネットを消して、茜は画面で連絡先を選び、電話をかけた。

しばらく呼出しのトーンが鳴った後、繋《つな》がった。

『――なんだ、かけて来るな』

せわしない小声で、有川整備班長が応えた。

周囲に気をつかうような感じだ。

非常の時の呼出しなどのため、整備班のメンバーは携帯の番号を登録し合っている。

班長は今、どこにいる……？　電話の背後の物音と人の声――まだ基地の中か。

「班長、そちらは――何か新しいことは分かったのですか」

茜は訊くが
『さっき調査班が、横田からヘリで来た』

有川は早口で告げた。

『889の整備ログに、修理完了のサインをしたことのある整備員は全員呼ばれた。今、一人一人個別に面談され、聞き取り調査中だ』

聞き取り調査……。

有川の言葉の調子は、まるで犯人捜しの取り調べが行われているような感じだ。

調査班――横田の総隊司令部の事故調査班か。

「班長、原因は、まだ分からないのですか。遭難したパイロットは」

『まだ何も分からん』電話の向こうで有川が頭を振る感じ。『小松の整備隊は、889の機体に触らせてももらえない。こうやって隔離され、面談室に呼び出されるのを待つよう指示されているだけだ』

「そうですか」

『舞島』

「はい」

『お前は、まだ新人で、修理完了のサインをする資格がない。だから調査班にもマークされていない。いいから官舎で待機していろ。明日からの訓練飛行もすべて差し止めになった』

「本当ですか」

『原因がはっきりするまで、スクランブルしか飛ばないそうだ。お前は明日も出て来なくていい』

「え」

『そうだ、休暇をやる。東京へでも行って、就職活動して来い』

プツッ

通話は向こうから切られた。

7

●小松市郊外　道場

（────）

有川の言葉は、わるいことは言わないから関わり合いになるな──そう告げているようだった。

でも、そんなこと言われたって……。

もしも誤射の原因が操作ミスなら、同期の白矢の責任になる。配線の繋ぎ間違いなら、あの総隊司令部の一尉だ。ピトー系統と間違えて火器管制の配線をバイパスして繋いでしまった可能性が強い。そのことは、生還して証言してもらわなければ、今度は有川の責任にされる。

どちらにしても、あの『SAKAZUME』というネームの一尉には無事で生きていて欲しい——

「——そうだ」

茜はハッ、と気づいた。

そうだ、どうして思いつかなかった。道場で大変なことが起きたのに。

携帯の画面を見て、別の連絡先を選ぶ。

今度も呼出しトーンがしばらく続いた後、繋がった。

『舞島一曹か。どうした』

橋本空将補の声がした。

門弟同士だから、団司令とは携帯の番号はやはり登録し合っている。

『稽古は、済んだのか』

「司令、実は」

茜は、まず先程までの痴漢騒ぎの顚末《てんまつ》をかいつまんで報告した。高校生の立花さつきを不必要な危険に巻き込んでしまったことも、反省とともに伝えた。

『わかった、ご苦労』電話の向こうで橋本空将補はうなずいた。『大変だったな。しかしよくやった。立花くんのことは、私も今後全力でバックアップする』

「お願いします」

『ところで、あまり進展はないぞ』

空将補は、自分から言った。

『同期の白矢三尉のことも、直前に889号機の整備を担当した有川班長のことも心配だろうが――』

「司令、そのことなのですが」

●東京　有明《ありあけ》救急病院

同時刻

「どうして、こんなことに――」

湾岸《わんがん》地区に立つ救急病院。

その五階の廊下。

障子有美がタクシーで駆けつけた時には、すでに鏑木憲一の長身は顔に白い布をかけられ、集中治療室から運び出されるところだった。

「鏑木さんっ」

「班長っ」

先に駆けつけていた政策第二班の若いスタッフたちが声を上げる。

女性の班員はハンカチを顔に押し当てている。

この物体と化してしまったものは、本当に鏑木なのか……？

だが
「触らないで下さい」

ストレッチャーの横で、近づこうとする有美を係官が押し止めた。

「これから、警察の検死のため移動します」

「顔を見せて」

「ご覧にならない方がいい」


（…………）

あれから、すぐか……。

カチャカチャと押されていくストレッチャーに、班員数名がつき添って通路の向こうへ消える。それを見送って、有美は唇を嚙む。

「鏑木君の、家族は？」

横に立って、一緒に見送る形の女性班員に訊くと。

「あの人は独身なんです」

ハンカチで目元を拭きながら頭を振る。

「ご両親は、北海道《ほっかいどう》だって――」

「そう」

「失礼します。私も、すぐ戻らないと」

「うん」

有美はうなずく。

あれから――午後、官邸で常念寺総理のブリーフィングを受けてから。

NSC各班の責任者たちは再びそれぞれの任務のため散会した。

ところが鏑木憲一の乗った外務省の公用車は、官邸を出てしばらくして、信号待ちしているところをダンプカーに追突された。車はダンプカーと共に炎上、後部座席にいた鏑木は脱出出来なかったという。ダンプの運転者は現場から逃走し、見つかっていない。

炎上の仕方が激しかったので、駆けつけた警察は消防を呼んで消火活動するのに時間を取られた。ぶつけられて燃えたのが外務省の公用車であることや、乗車していた者の身元が判明したのは事件発生からだいぶ経ってのことだ。

有美は、そのとき市ケ谷の防衛省情報本部にいた。日本海で空自機が訓練の相手機を〈撃墜〉したという一報が入り、その情報の確認に追われている最中、知らせを受けた。

これは――

有美は思った。

これは、鏑木を暗殺したのか。

日本のＮＳＣの情報官を直接襲うとは。

（門君は）

門は、来ないのか……？

有美は病院の通路を見回す。

夜の十時過ぎだ。政策第二班のスタッフたちも、仕事へ戻ってがらんとしている。

門篤郎は、警察の情報部門のエースだ。彼の話を聞きたいが――しかし彼にとっては、鏑木の遺体のあるこの病院より、今行くべき場所があるのかも知れない。

（……確かに、もうここにいても仕方がないか）

「障子情報官」

背後で男の声がした。

（……⁉）

振り向くと。

違った。門ではない。

ダークスーツの長身を、初めは『壁か』と感じた。大男が立っている。

誰だ。

「障子情報官、はじめまして。警視庁警備部警護課の北村《きたむら》です」

「警……」

「警備部警護課です」

左耳に黒いイヤフォンを入れた長身は、有美に示したバッジ付きの手帳を胸ポケットにしまうと一礼した。

「官邸からの指示で、只今よりあなたの警護につきます」

「それは……どうも」

警護課――ＳＰか。

官邸の指示――そうか。

ＮＳＣ情報官個々人の身辺を護れ、と常念寺総理が指示をしたのか。

「早速ですが、障子情報官。我々の車へご同行頂きたい」

「車……？」

「官邸から、あなたをお連れするように指示されております」

「わたしを？」

有美は自分を指す。

大男はうなずく。

「さようです」

「呼び出しの電話は受けていないわ」

「詳しくは分かりませんが、そういう指示です。お急ぎを」

●救急病院　前庭

黒い大型のバンが一台、駐まっている。

スモークガラス。

よく映画などで、情報機関の工作員が監視任務に使うような車だ。

近づくと、ドアがひとりでにスライドした。北村と名乗った男がリモコンで操作したのか、あるいは車内にいる者が開けたのか。

「素早く乗って下さい」

薄暗い車内へ乗り込むと、向き合って座れる後席に先客がいる。

「障子情報官。横河《よこかわ》です。政策第二副班長です」

「あぁ、どうも」

有美は一礼する。

見覚えのある顔だ。

そういえば、さっき集中治療室の前にはいなかった。

横河というのか。中国の情報分析を専門にする政策第二班で、鏑木の片腕としていつも行動を共にしていた。メタルフレームの眼鏡で、線の細い印象だ。

「たまたま、午後は別行動だったのです。鏑木班長はご自分の情報提供者に会われる時、独りで行かれます。何か急な情報が入って、どこかへ向かわれる途中だった」

横河は、有美が問う前に、鏑木が単独で〈事故〉に巻き込まれたことを説明した。

薄暗がりの中、よく見ると、膝に置いた手が細かく震えている。

「どこかで、情報提供者と密会を？」

「我々の扱う中で、本当に重要な情報は電話で話せないことが多い。メールも駄目です。

じかに会って、生《なま》で取ります」

「どこへ――」

「分からない」

横河は頭を振る。

「情報提供者のうち本当に重要な何人かは、部下にも会わせません。知る人間が増えるとリスクが増える。そういうものです」

「分かるけど」

有美はうなずく。

「ダンプカーは、中国の？」

「それが、襲って来たのは中国なのかアメリカなのか、分からないのです」

「アメリカ……？」

車が動き始めた。

●湾岸地区　路上

「鏑木班長は、最後に車中から首席秘書官へ電話しています。その通話の最中にやられている」

走るバンの後部座席で、横河副班長は続けた。

有美を官邸へ送る車に同乗して来たのは、直接に話があるからだと言う。どんな話なのかは「追って説明します」と言った。

「情報提供者からの第一報を受け、取り急ぎ総理へ何かを伝えようとしたのです」

「何を？」

「分かりません」横河は頭を振る。「駐日アメリカ大使から連絡はあったか、と質問して来たところで途切れています。急いで、とりあえず総理へ伝えなければならない何か──分かるのはそれだけです」

「アメリカにやられたのかも知れないって、どういうことなの」

「あの後、我々政策第二班で必死に情報を収集して掴んだ動向です。近くアメリカが、わが国からプルトニウムを取り上げるため、何か強硬な手段を採る可能性がある」

「強硬な、手段……」

「そうです。もっと強く『よこせ』と言って来るのか。前の共和党政権時代は、アメリカはわが国が〈もんじゅ〉の中にプルトニウムを保持することを容認していた感がある。ある種の信頼関係があったのです。しかし現在の民主党政権は中国寄りです。日本にそんなものを持たせておくな、という議論が政府内で叫ばれているらしい。中国のロビー活動も加速度的に活発化している。近く、何かこちらが断り切れないような交換条件を出して、

プルトニウムの所有権を放棄させ、在日米軍が無理やりあそこから持って行く――という
シナリオを描いているのかも知れません」

「………」

有美は腕組みをした。

鏑木は、中国筋の情報源から何かを掴んだのか……?

「……その動きに、中国が関わっていると?」

「その通りです。今回はどうも中国とアメリカ民主党政権がグルになって、わが国からプルトニウムを取り上げようとしている。鏑木班長は、それに関わる情報を中国サイドから得た。詳しく訊くために出向こうとしたら――」

「………」

「障子情報官」

「はい」

「実は、あなたにお話というのは、そこからです」

「よろしいですか」

バンは首都高速に入り、レインボー・ブリッジに繋がるスロープを上がる。

横河のメタルフレームの眼鏡に、夜景の赤い光が流れ込む。

「日本からプルトニウムを取り上げる。わが国が今後核抑止力を持てる可能性を限りなくゼロに近くする――その目的で米中は一致している。おそらく何らかの協力をする密約が交わされたのでしょう。しかしその後が問題です」

「その……後が？」

「そうです」横河はうなずく。「今の情勢では、わが国からプルトニウムを取り上げようとしたら、米軍が引き取って持って行くのが国際社会で最も受け入れられやすい。〈もんじゅ〉のプルトニウムはアメリカが保管し、日本はこれまで通り日米安保の庇護《ひご》の下、核抑止力を持とうなどという野望や幻想は抱かずに、半分眠って暮らしていく――アメリカはそれを望んでいる。しかし中国はその隙《すき》を狙っている」

「その、隙……？」

「例えばです」

ごとん、と車が揺れた。

橋梁《きょうりょう》の繋ぎ目か。

すぐ横を大型トレーラーがガァアアッ、と轟音を上げ追い越して行く。

「例えば、〈もんじゅ〉から運び出すとき、何らかの方法で格納用キャニスターを爆破すればどうなりますか。散らばったプルトニウムは風に乗り拡散し、広範囲を汚染します。百万分の一グラムでも吸い込んだら体内から取り除く方法は無く、その人間が死ぬまで放射線を出し続けるといわれる代物です。一つの県が住めなくなり放棄させられる程度では、済まないかも知れない。わが国がこうむるダメージは計り知れません。政権がもちませんよ」

「…………」

「その混乱に乗じ、全国の市民団体が一斉に政府を糾弾《きゅうだん》し、常念寺政権の責任を追及する世論を形成したら？　主要マスコミの多くが、それを応援したら？　政権はもたず、再びあの主権在民党が総選挙で返り咲くかも知れない。そうなれば彼らは今度こそ、外国人参政権法案を通してしまうでしょう。日本経済を支えるには移民が必要だとして、前の主民党政権時代よりも条件は整っているのです。そうなれば日本は、大挙して押し寄せた『選挙権を持つ中国人移民』であふれ返る」

「…………」

「この国が〈新疆《しんきょう》日本自治区〉にされるまで、おそらく二十年かかりませんよ」

「そんなことを、中国が？」

「さすがに、在日米軍が運び出そうとしているところに、中国がみずから攻撃をするのは不可能です。そんなことをしてアメリカと直接にことを構えるリスクは彼らも冒さない。でも、日本国内の勢力にやらせたら……？」

「テロ……？　簡単じゃないでしょう」

「障子情報官。あなたのお膝もとは大丈夫ですか」

有美は、瞬《まばた》きをした。

いったい――この第二副班長は何を言うのか。

わたしの、膝もと……？

しかし
「障子情報官」

横河は、上目遣《うわめづか》いで覗き込むように有美を見た。

「米軍が運び出そうとしているプルトニウムの格納容器を、襲って爆破する能力を有しているのは自衛隊だけですよ」

「そ――」

●東京　横田基地
独身幹部宿舎
『――喜びに沸くソウルから中継しました』
独身の幹部がまとまって住む寮が、横田基地のすぐ外側にある。

二十四時間態勢で勤務につく若い幹部たちのため、部屋は自炊の出来るワンルーム形式となっているが、皆で集まれる食堂や娯楽室もある。

工藤慎一郎が風呂から出て、缶ビールでも飲もうと娯楽室へ入ると、ちょうどNHKの夜のニュースが流れていた。

『それでは、日本の街の様子を見てみましょう。新橋《しんばし》駅前から中継です』

『はい、こちらは新橋です』

「何の騒ぎだ?」

「あ、先任」

笹一尉が振り向いて、TVの画面を指した。

「知らないうちに、何か大変なことになっていますよ」

「韓国がサッカーで勝ったのか?」

「そんなんじゃないです。韓国が、いつの間にか『第二次大戦の戦勝国』ということになっちゃってます」

「な、何だって……!?」

「国連で決まったとか」

『では仕事帰りのみなさんに訊いてみましょう。すみません、ついさっき国連で、韓国が第二次大戦戦勝国と認められましたが、どう思われますか?』

「――」

画面では、若い男の報道記者が飲み屋から出て来たサラリーマンにマイクを向ける。

『えっ、本当ですか。そりゃあ良かった』

ほろ酔い加減のサラリーマンは明るく答える。

『僕は、実は本当はそうなんじゃないかって、ずっと思っていたんですよ』

「――」

「――」

工藤と笹は、顔を見合わせる。

『えっ、本当ですか』

今度はＯＬの二人組が、マイクを向けられ嬌声《きようせい》を上げる。

『すてきっ』

『やっぱり韓国ね』

『これで私たち日本人も、敗戦国民として心から謝罪と賠償《ばいしよう》が出来ますね』

『韓国にあらためて賠償金を払うために、消費税をもっと上げたらどうでしょう』

「――」

「――」

娯楽室にいた全員が、動きを止めて画面に見入っていると。

「工藤三佐はおられますか」

寮監が顔を出して、呼んだ。

「下のＣＰへ、出頭してくれないかと連絡です。応援がいるそうです」

「……応援？」

「？」

工藤はまた笹と顔を見合わせる。

「何か起きたのかな」

「先任、僕も行きます」

「うん」

工藤は自販機でビールを買うのはあきらめて、立ち上がるが。

「明比はどうした？」

「さぁ」

笹は頭を振る。

「夕方から、見かけませんよ。またキャバクラじゃないですか」

「しょうがないなぁ」

●都心部 路上

「障子情報官。私は冗談で言っているのではありません」

バンは首都高速を降り、永田町へ向け四車線の道路をひた走った。

後部座席で横河は続けた。

「中国の、わが国への浸透。自衛隊を冒《おか》しつつあるハニートラップの脅威。それはあなたも理解しておられるはずだ」

「それは、そうだけど――」

有美は口ごもる。

分かっているが……。

「障子情報官」横河は言った。「僕も、自衛官に友達がいます。防大へ進んだ同級生がいます。僕からあなたへ問うのは変かも知れないが、あなたは女性だから。あえて訊かせてもらいます。彼ら若い男性自衛官の、一番の悩みは何だと思います？」

「一番の、悩み……？」

「そうです」

横河はうなずく。

年齢は二十代の終わりか。若いのに副班長というのは、切れ者なのだろう。政策第二班だから、外務省からの出向だろう。

「若い自衛官の一番の悩み――それは、ぶっちゃけて言えば『女性にもてない』ことですよ」

「………」

「日本では、軍人の地位が低い。一連の災害派遣などで、最近はかなり自衛隊に対する世間の目は良くなって来てはいます。でも、やっぱり西欧諸国のように軍の士官が社会のエリートとして尊敬されるような、女子から『かっこいいわ』と言われるような、そういう社会じゃない。例えば英国では『海軍士官ってかっこいいわ』と女子が憧《あこが》れます。しかしわが国で『海上自衛隊の幹部ってかっこいいわ』と言われることは、まずありません」

「………」

「我々日本人は、およそ七〇年前から主にアメリカによって『軍隊は悪いものだ』と刷り込まれ続けて来た。だから自衛官は、世間の女の子たちからは『ちょっと変わった人』と見られる。付き合う相手と思ってもらえない。一般隊員も幹部も区別はなしです。その自衛官がいい男で、優秀で、わが国の安全保障のために一生懸命働いている。でも世間の女の子は、ほかにちょっと見栄えのいい民間企業に勤めているサラリーマンや、ほかの省庁の公務員などが候補に現れると、たいてい自衛官の男を振って、そっちと結婚してしまうのです。そういう話はたくさん聞きます」

「…………」

「国のために、一生懸命やっているのに——どうして安全保障を強固なものにして中国などの脅威から護っている当の国民の女子から『やっぱり結婚できないわ』と断られたり、『えっ、あなた自衛隊……?』と変なものを見る目で見られて付き合ってもらえなかったり、そんな目に遭わされなければならないのですか。真面目な、やる気のある若者たちが、そんな仕打ちを受け続けたら、どういう気持ちになるのですか」

横河は頭を振った。

「僕だって昔から女の子にはもてないけど。でも外務省の職員と言うだけで、婚活サイトへ登録をするとけっこう引き合いが来るんです。でも自衛官は——自分が護っているはずの国民の女子から相手にされずないがしろにされ続け、厳しい訓練や勤務に耐えているのにそれが認められず、彼女のいない状態が何年も何年も続いて……。でもそこへ、もしもある日アイドルグループに入れるくらいの可愛い子が突然現れて『あなたって凄いわ、あなたが好きよ』と言って来たら?」

「…………」

「『あなたのしていることは立派よ、わたしはあなたのすべてを認めるわ、世界中のみんながお前なんか駄目だと言ったって、わたしだけはあなたを凄いと思うわ、大好きよ』と言われたら。その男はどうなります」

横河は、線の細い横顔を窓の外へ向けた。

メタルフレームのレンズに街の灯が映り込む。

「自衛官はみな優秀です。これはちょっと変だ、俺に近寄って来たこの女は、外国の工作員かもしれない――そんなことは頭ではわかるんです。でも工作員は――我々もそうですが――協力者をたらしこむために一度は誠心誠意、相手に尽くそうとする。尽くされた男は、ある日、女に言われます。『わたしは本当は任務でこの国へ来たのだけれど、あなたが本当に好きになってしまった。あなたのためならば、わたしは本国の命令に背くかもしれない。でもちょっと考えて。あなたが国を愛する心は尊敬できるけど、あなたが護っているはずの国民は、本当に護るに値する国民なの』」

「…………」

「『眼をさまさせてあげる必要が、あるんじゃないかしら』」

「待って」

有美は遮《さえぎ》った。

「もういいわ」

聞きたくなかった。

有美は、男の世界へは入って行けない。防大にいたことがあり、今も身分は防衛省のキャリア官僚だ。でも彼ら男の自衛官、男の防衛官僚たちは有美の前ではなぜかいい恰好《かっこう》をしようとするのか、そういった悩みを一切口に出そうとしない。

外国工作員によるハニートラップの脅威についても、ごく最近、その存在に気づいたくらいだ。

自分は甘かった。遅すぎる。

「横河副班長」

有美は訊き返した。

「そういう話をわたしに聞かせて、何をしろと言うの」

「障子情報官。例えばです」

横河は続けた。

「例えば、自衛隊幹部には米国留学や駐在武官の経験があり、米軍の幹部に知己が多い人間がいる。個人的に米軍幹部と知り合いなら、情報機関を通さないでアメリカの情報が手に入る。NSCよりも情報は速いかも知れない。そういう自衛隊の幹部が、現在では多数いるのです。それも昇進の速い出世コースにです。

そして、アメリカの情報に通じているような、有能で使いでのある人材は中国のハニートラップに最も狙われやすい。イージス艦のケースを見て下さい。普段まじめそうにしている、外からは堅そうに見える人物ほど危うい」

「――――」

「つまり、若くして出世し、現場の第一線にいる幹部たちが突然中国の手先となって動き出す危険性があるのです」

「だからわたしに、どうしろと」

「僕が言った今の条件に該当しそうな幹部を、至急洗い出して下さい。米国留学、米国駐在武官の経験があり有能で早く昇進している幹部。リストアップしたら、後は情報班の門班長にお任せする。手遅れかも知れないが」

●横田基地　地下
　総隊司令部　中央指揮所

「――おかしいな」

中部第二セクター担当の要撃管制官が、管制卓の画面を見て首をかしげた。

「すみません、鋤先首席」

「どうした」

先任指令官席で、午後からずっと陣頭指揮に当たっていた鋤先逸郎は、ネクタイを弛《ゆる》めながら訊いた。

日本海のG訓練空域では、通常の訓練飛行はすべてキャンセルされ、小松基地から発進した救難ヘリ数機が事故現場空域で捜索を続けている。

自動救難電波発信筒のシグナルは受信されたが、当該海面にはF15J・891号機の機体の破片一つ見つからない。脱出した搭乗員も発見されない。脱出した搭乗員の姿が無い、ということは——

（ええい）

鋤先は『いらいらするんじゃない』と自分に言い聞かせながら、正面スクリーンを見上げた。

「何かあったか」

「首席、また岩国です。アメリカ海兵隊の基地から、訓練飛行計画を出していない機影が発進」

「海兵隊か」

「はい」

中部セクター担当管制官がうなずくと同時に、頭上の正面スクリーンにも小さな動きがあった。

瀬戸内海《せとないかい》——四国と、山口県《やまぐち》の海岸線に挟まれた空間に、オレンジ色の小さな三角形の群れが出現する。

「数分前から、次々に上がっています。おそらくオスプレイです。これで八機目です」

「拡大しろ」

鋤先が命じるまでもなく、管制官の操作により正面スクリーンに別ウインドーが開く。瀬戸内海を拡大する。

（……？）

鋤先は眉をひそめる。オレンジ色は、『未識別《アンノン》』──飛行計画を事前に提出していない航空機だ。しかし日本の内陸に、そんな色の飛行物体が出現することは、何かの事務処理上の間違いを除けばあり得ない。

「どこへ向かっている？」

「散って行きます。複数の方角です──あ、また上がります」

「海兵隊が、緊急の作戦行動でも」

そばに詰める後輩の先任指令官が、小声で推測を言うが
「そういう場合でも、ここへは何か事前に通知があるはずだぞ」鋤先は頭を振る。「同盟国にスクランブルをかけられたら、あっちだって無駄手間だ」

「どうします」

「問い合わせるさ」

鋤先は卓上の赤く塗られた受話器を摑んだ。

「せっかく在日米軍司令部が、同じ基地内に同居しているんだ」

## 8

●小松市　郊外

十五分後。

橋本空将補との電話を切ってから、そう思った。

やはり、基地へ戻ろう――

茜は自転車を漕《こ》ぎ、国道を基地方向へ急いでいた。

「はぁ、はぁ」

夜の十一時近い国道だ。交通量は少ない。明かりは自分の自転車の細いライトと、たまに通過する長距離便トラックの前照灯だけだ。

漕ぎながら、頭の中に先ほどの団司令との通話を思い出す。茜は橋本空将補に、あの午後の訓練フライト直前に総隊司令部の一尉の手によって８８９号機の配線に『改造』が施されたこと、自分がその場に立ち会っていたことを話したのだった。

「そうか、分かった」

団司令は驚いていた。

「そんな事実があるとは知らなかった。よく話してくれた。調査班は今、整備隊に聞き取りをしているところだが」

「いずれ分かると思います。ＦＣＳが誤作動したとすれば、その時に間違った配線をバイパスで繋いでしまった可能性があります」

「うむ――」

「あの時、一尉は『今日訓練が出来ないとウイングマークを維持できなくなる』と言っていました。それで、規定違反と知りつつ、私たちは本人が機の配線をいじることに同意してしまったのです」

「坂爪一尉がか。間違って配線を繋いで、その結果、自分が撃たれたということか」

「班長も私も、断りきれない雰囲気で。だから」

「分かった」

橋本空将補は電話の向こうでうなずいた。

「８８９号機の配線も、調査班が調べている。君の言う通りなら、間もなく分かるだろう。私も今回の事故が起きた後、坂爪一尉の経歴ファイルを見たが、確かに彼はテストパイロット資格を持っている。アメリカに留学してTPC資格を取り、飛行開発実験団にもいた。イーグルの配線を自分でいじれる自信もあったのだろう」

「あの、断りきれない雰囲気だったっていうこと、私が証言しますから」

「うむ。まぁいい、君はとりあえず官舎へ戻って、呼ばれるまで待機していなさい」

茜は「お願いします」と一礼して電話を切ったが。

切ってから頭の中を整理していて、不安になった。

そう言えば、あの昼過ぎの修理作業の時――整備ログに完了サインをしたのは誰だった……？

あの一尉か？　有川班長か？

よく、見ていなかった。もしも有川班長が、この機の整備責任者はあくまで自分だから、と一尉のサインを断って自分で署名していたら……。

そしてもし、あの一尉が生還してくれなかったら……。

救難電波は出ていても、機体は破片すら見つかっていないという。

（やばい、班長の責任にされる）

現場を見ていた自分が、しっかり証言をしなくては――

仮にもし、修理ミスはなくて白矢が間違って撃ったにしても、それはそれで心配だ。こんな状態では、とても東京へ行って就職活動なんか――

駄目もとで、白矢の携帯にもかけてみるが、電源は切られている。

(やっぱり駄目か)

茜は携帯をもう一度タッチして、地元のタクシー会社を呼んだ。基地へすぐ戻ろうと思った。しかし酔客がよく使う時間帯なのか、道場へ配車してもらうのに一時間かかるという。路線バスは、もちろんもう走っていない。

歩くか、と表に出ると、道場の玄関前に自転車が一台ある。そうか。夕方、親が迎えに来て車で帰宅した小学生の子のものだ。これを借りよう――

三十分くらいで、基地まで行けるだろう。

茜は拝借した通学用の自転車で、夜道へ走り出した。


しかし、遠い。

(こんなに距離、あったのか――)

田園地帯を貫く国道の只中で、茜は自転車を止めて息をついた。

風が渡っている。

ここは、ひょっとして滑走路24のトラフィック・パターンの真下じゃないか……?

見渡すと、F15でタッチ・アンド・ゴーを繰り返した時にダウンウインド・レグの目標にした送電線の鉄塔が、赤い灯火をつけ道路のずっと向こうの地平線に見える。

飛行機なら、一周数分で回ってしまう場周経路の真下だ。自転車で走ると、同じ距離を行くのにおそらく数時間かかるだろう。

「そうだ」

何か新しいニュースは。

あの眉の濃い一尉《こ》――発見され救出されたら、ニュースにはなるだろう。

道路の先に、白い光をばらまくように駐車場付きのコンビニが見える。

(あそこへ行けば、Wi-Fiが入るな)

茜はまたペダルを踏むと、自転車を進ませた。

コンビニ前の駐車場へ入ると、足をついて自転車を止め、携帯を取り出す。

さっきの話では。橋本空将補は、日が暮れると目視の捜索がほとんど出来なくなる救難ヘリに代わって、海自舞鶴《まいづる》地方隊の護衛艦が現場へ向かっていると教えてくれた。

そろそろ捜索を始める頃だろう。

船から、サーチライトで捜せば……。

でもネットのニュース画面には、何も新しい情報はない。ワンセグのTVにして見ると、NHKニュースは『韓国が戦勝国、戦勝国』とキャスターがしきりに連呼していてそれ以外のニュースを報じる気配がない。

仕方がない。

画面を消して、また行こうとするが。

(——待てよ)

ブレーキを握って、止めた。

眼に入ったのは、コンビニの店頭ポスターだ。『大漁海鮮丼』という弁当の写真の背景に、海原を行く漁船が写り込んでいる。

漁船……。

もう一度、携帯の画面をタッチした。

島根か、鳥取沖の日本海だったはずだ。操業中の漁船か何かが、目撃していないか。漁師の中に、夜になったらブログやツイッターに何か書く人がいるかもしれない。

(検索——日本海、戦闘機……低空——墜落)

書きたくない言葉を並べて、『検索』を押した。

「——」

数秒で、縦長の画面に検索結果が出る。

一番トップに出た一件に、目が留まる。

(——なんだ、これは)

●東京　横田基地

「ご苦労」

横田基地の正面ゲート。

ここにはアメリカ国旗と日本国旗に並んで、国連旗が掲揚されている。

この広大な基地は、もともと日本陸軍の立川《たちかわ》飛行場だったものを占領時に米軍が接収し、以後在日アメリカ軍司令部として使用している。朝鮮戦争開戦時には国連軍後方司令部が置かれ、現在でも北朝鮮と韓国の戦争は終わってはいないので、国連軍後方司令部は小規模ながら存続していて定期的に連絡会議も行われている。

航空自衛隊の総隊司令部が、府中基地から移って来たのは最近のことだ。ゲートに立つ三本の旗のうち、一番最近になって立ったのが日章旗である。

工藤はゲートで出入りをチェックする米軍憲兵に答礼すると、車を進めて基地敷地内へ入った。空自のＣＰが置かれている日本のベース・オペレーション（基地司令部）へは、ここから場内道路を二キロ走らねばならない。立ち並ぶ格納庫群に隠され、道路から滑走路の方は見えない。

「応援って、何でしょうね」

助手席で基地内の様子を眺めながら、笹一尉がつぶやく。

「首席が、くたびれたんだろう」工藤は言う。「序列では、鋤先二佐の次が俺だからな。例の事故処理と捜索の陣頭指揮を、仮眠する間だけ代われって言うのだろ」

「鋤先二佐は、昼からずっとですからね」

「あぁ。ニュース見ていても、進展なさそうだしなぁ」

「〈撃墜〉された訓練機、まだ見つからないんで──あれ？」

「ん」

笹が変なものを見たような声を出したので、工藤もミラーに目を上げる。

眩《まぶ》しい光。

「どうし──うわ」


慌てて、ハンドルを切った。

同時に運転席の窓を、猛烈な勢いで何かが追い越して行った。

グォッ
「ハ、ハマーです」

黒い幅広の車体を見やって、笹が言う。

「基地の保安隊だ──わ、また来ます」

次々に、オフロード走行も可能な大型ジープのような車両がヘッドライトをまともに浴《あ》びせながら、ゆっくり走る工藤の国産車を追い抜いて行く。

やむを得ず、工藤は道端に停車する。

グォッ
グォォッ
十台近く通ったか──場内道路の先の方へ、赤いテールランプが列をなして行く。

「何か、あったんでしょうか。武装した兵員を載せているように見えた」

「どうしたんだろうな」

「でも、この道路の先って」

「あぁ、うちのベース・オペレーションくらいしか、無いと思うが」

●小松市内　住宅街

五分後。

西は自転車を走らせ、住宅街の中を急いでいた。

基地へ向かう国道からは外れていた。ここは、小松市中心街に近い住宅地だ。街灯がある。比較的新しい街並みだ。

(さっき、タクシーで来たばかりだ……この辺だよな?)

コンビニの駐車場から、立花さつきに電話して用件を告げると、寝ずに待っていてくれると言う。茜は基地へ向かうのをいったん後にして、先ほどタクシーで送り届けたばかりの女子高生に会うため急いだ。

理由は、茜の検索に引っかかって出て来たフェイスブックのページだ。

キッ

ブレーキを握って止まる。

(——ここだ)

夜の住宅街に〈立花内科小児科医院〉の看板。さつきの家だ。

「茜先生、フェイスブックのことって——」

あまり騒ぎ立てたくはなかった。

好都合なことに、医院には通用口があり、外から電話するとジャージ姿のさつきが扉をそうっと開けてくれた。家人には会わず、暗い通路を抜けて勉強部屋へ滑り込んだ。

高校生の部屋か……。茜は自分の実家の居室を思い出しそうになったが、余計な思いにとらわれる暇はない。

「先生。実はさっきから、アップした写真と動画が消えちゃってるんです」

　さつきは、少し不安そうにしていた。

　警察署では、茜の調書は受理された。痴漢の捜査はしなければならなくなるだろう。さつきのフェイスブックから写真と動画が流出したから、地元中学校の問題教員が痴漢事件を起こして捕まったことは、明日には町中の人が知ることになる。

「警察が、何らかの手を回して写真を消したんだろう。でも心配いらないよ。もうコピーされて拡散して、警察にもどうしようもないから、あの防犯課長がさつきに悪さをしたりは出来ないよ」

　茜は「安心しな」とさつきの肩を叩いた。橋本空将補が、後ろ盾になってくれることも話した。第六航空団司令は地元では名士だ。前に空将補本人が、知事主催の宴会で県警本部長と並んで座った、と言っていた。

「それよりも。写真とかは消されても、さつきのフェイスブックのアカウントそのものは無事だね」

「は、はい」

「ちょっと頼みがある」茜は、携帯の画面を出した。「急で済まないけど、そのために来たんだ。ついさっき、コンビニの駐車場でWi-Fiを繋いで検索した。そうしたら、これが出て来た」

「フェイスブック――のページですね。誰かの」

「そうだ」


茜は、さつきと一緒にそのページをもう一度見た。

それは『山種滋蔵《やまたねしげぞう》』という名のフェイスブック。フロントページの写真は、日に焼けた禿げ頭の男性だ。緑の山々を背景に、快活そうに笑っている。

そのすぐ下の、一番新しい記事。

「――午後二時頃、営林署の見回りで尾根の山道を歩いていたら。突然、尾根の向こう側から灰色のジェット戦闘機が飛びだしてきて、肝をつぶした――肝をつぶす、ってびっくりするっていうことですよね？」

さつきは画面を読んで言う。

「そうだ」

茜はうなずく。

「この記事のアップされた時刻は、今日の夕方だ。つまりここで言う午後二時頃っていうのは、おそらく今日の午後」

「このページが、どういう……？」

「さつきは、ずっと私と一緒だったからニュースも見ていないだろうけど。今日の昼過ぎに、うちの基地の戦闘機が一機、訓練中に事故で行方不明になってる」

「え……」

「救難信号は出ているのに、海面に機体が発見できない。パイロットも見つからない。考えてみれば、ちょっと変なんだ。F15の機体はAAM3にもし直撃されたとしても、弾頭の二キロの炸薬《さくやく》くらいで粉々に消し飛ぶとは——」

「……？」

「だからそのページを見て、ちょっと引っかかった。続きを読んでみて」

「はい」

さつきはページを指でスクロールさせる。

「雲は低かった。静かな野山に、いきなり雷鳴のような爆音が響いて——営林署の人間以外に、ほとんど人のいない土地ではあるけれど、凄い騒音だった。自衛隊が、何か低空飛行の訓練でもしていたのか。日本海の方から谷間を低く飛んで来て、稜線よりも低く飛んで南の尾根の向こうへ消えた。墜落するんじゃないか、と心配したけれど、ひらっひらっと障害物をかわしながら飛んでいったから、やっぱり何かの訓練だったのだろう。しかしびっくりさせる、迷惑な話だ……って」

「写真が載ってる。その谷間のものらしい」

「でも先生、飛行機は写っていません」

「撮る暇なんか、なかったんだろう」

「でも先生、これが何か」

「日本海の方から飛んで来たって、書いてるよね」

「はい」

「この場所が、どこなのか分からないけど——海岸に近い山地で、谷がある。人はあまり住んでいないらしい。もしも」

「?」

「もしも、海面でなく、あの機が陸地へ低空でたどり着いて不時着したとしたら……」

茜は、頭に浮かんだ〈仮説〉を確かめるように口に出した。

でも「いや、待てよ」と口ごもる。

救難電波が海面から出ていて、どうして戦闘機が陸地の上を飛んでいく……?

ＥＬＴ（救難電波発信筒）は、コクピットの射出座席に内蔵されている。機体が水に突っ込むか、パイロットが座席ごと脱出して着水しないと、ＥＬＴは働かない。

「……考えてると、わけが分からなくなる」

茜はつぶやいた。

「でも、あの〈事故〉の発生後、すべての訓練飛行が差し止められてる。救難ヘリの出ていくのを見かけたのが、確か一時半頃……。私の知らない低空地形追随飛行の訓練がもし組まれていたとしても、今日の午後、この人が目撃をした時間帯に日本海に面した海岸線を超低空で空自機が飛ぶことはない。いや、イーグルが超低空訓練なんてそもそもやらないし――でもこの人はジェット戦闘機って書いてる。兵器に詳しくなくても、陸自のヘリと戦闘機を見間違うことはないよ。アメリカ海兵隊のオスプレイもよく勝手に低空訓練をやるらしいけど、あれもプロペラだ。ジェットじゃない」

「――――」

「灰色のジェット戦闘機と書いてる。だから築城《ついき》の第七航空団のF2でもない。F2なら青い。よく低空訓練をする偵察飛行隊のRF4Eは迷彩色だ。あれは緑に見える。灰色じゃない」

「先生？」

さつきは、考えを整理するようにつぶやく茜を見上げた。

「それで、わたしに頼みって」

「そうだ、済まない。実は確かめたいんだ」

茜はうなずいた。

「この人に、連絡を取って確かめてみたいんだけど――フェイスブックは、実名を出すことが条件らしいけれど、その代わりにコンタクトを取り合えるのは同じフェイスブックのアカウントを持つ者同士に限られる。確か、そうだよね」

「そうです」

さつきはうなずく。

「実名と、年齢と、職業も出します。住所は秘密でいいんですけど」

「私は自衛官だから、フェイスブックとか、ソーシャル・ネットワークは駄目なんだ。明確に禁止されてはいないけど、国の機密を取り扱うからアカウントが持てない。それに、自衛官だと明かして連絡を取ろうとすると、この人に警戒されてしまう」

「そうですね。多分」

「だから。さつき、悪いんだけど、私の代わりにこの人が戦闘機を目撃したこの谷間がどこなのか、訊《き》き出してくれないか。飛行機好きの女子とか装って、何とか」

「——分かりました」

さつきは、頭の回転が速い。

「でも先生。この写真がどこで撮られたのか、場所を特定するなら今すぐ出来ますよ」

「えっ」

「来て下さい」

さつきは勉強机に茜を招くと、卓上に自分のノートパソコンを広げた。

「フェイスブックでは、写真を撮った携帯にＧＰＳ機能がついていれば、画像そのものに

『ジオタグ』という緯度・経度のデータが入るんです」

「本当？」

「特別に、それを秘密にするガードをかけていなければ――」

さつきはノートパソコンに同じ人物のページを呼び出すと、鮮やかに撮られた緑の谷の写真にカーソルを当てた。何か操作する。

「――エックス・グーグルマップのソフトに、写真を読み込ませてみます。出ました。写真の場所」

パッ
驚いた。

PCの画面が一瞬で切り替わって、地図になった。

「これは」

茜は現れた地図に、目を見開く。

オレンジ色の風船のようなマークが、何も無い山地の只中にポツンと浮いている。

「ここはどこだろう」

「少し、地図をズーム・バックしてみます」

さつきのマウスの操作で、地図全体の縮尺が変わる。長方形のフレームの中に広範囲の地形が入る。上の方に海岸線が出て来る。

「もっとズーム・バック」

カチ、カチッ
海岸線の形が、はっきりと出る。

「上が日本海――ここは山陰だよね。鳥取……？」

「いいえ、兵庫《ひょうご》県です。鳥取に近い兵庫の海岸。確か、リアス式海岸で有名なところ」

さつきは勉強机の書棚から、地図帖を摑み出す。卓上に開く。

「グーグルマップでは、等高線とか出ないから。ええと、ここです。近くに有名な余部《あまるべ》の鉄橋がある。切り立った険しい谷ですね。海岸線には道路も街もない」

「ここか」

茜は地図帖のその部分を、指でたどった。

「海岸から、切り立った峡谷へ直接入る――超低空で海面を這《は》って来て、稜線よりも低い高度で飛んだらレーダーに映らない……う」

混乱して来た。

眩暈のようなものを感じる。

「どうしました？　先生」

さつきが心配そうに、横顔をのぞき込む。

自分なら、どうする……？

茜は想像した。

至近距離で、ミサイルが爆発。機の電子機器や、アンテナをやられて無線が使えない。でも片方のエンジンが生きていて、ぎりぎり低空飛行は出来る。なら何とかして、私なら基地へ帰ろうとする……

（………）

目を閉じた。

昼間の海上の気象を思い出す。低空は雲が覆《おお》っていた。計器をやられていたら、雲中を手探りで飛ぶのは危険だから、海面上を低く行くだろう。〈事故〉のあった鳥取沖から、小松の方向へ海岸伝いに戻ると――

目を開けて、指で地図の上をたどった。被弾した戦闘機パイロットがまず考えるのは、一般市民に迷惑をかけないこと。だから人の住んでいる漁港や、車の通る海岸沿いの国道へは、なるべく近づかないようにする。海岸線を自分の右手に見ながら、ざっと二〇〇マイルを低空を這って戻ることになる。こうやって飛ぶと……。

G空域西部から、小松の間には。島根、鳥取、兵庫県、京都府、福井県の海岸線。福井県の入り組んだ半島部には原発が多く立地している。有名な〈もんじゅ〉もあると聞いている。

（……原発の近くも、避けるはずだ）

こうやって、何とか海岸伝いに低空を戻って来た。右手に見えるのは、リアス式海岸の屏風《びょうぶ》のような崖《がけ》の連なりだ……。その時――ついに何らかの理由で、飛行を続けることが出来なくなったら。

その時、崖が一か所だけ切れていて、海岸から直接入って行けそうな谷間の空間を見つけたら……？

「……いや」

茜は頭を振る。

「私なら、それでも着水を選ぶ」

「先生？」

「分からないよ。あのパイロットが、何を考えているのか」

どうして、こんな峡谷へ入った……？

オレンジ色の風船の印がついたのは、この辺りか。

茜は戦闘機が目撃された場所と、その峡谷が海に向かって入口を空けている場所を指でつついた。この入口から、谷に沿って真南へ飛ぶ――谷はどこへ続いている……？

指でたどろうとすると。

カタカタカタッ
ふいに勉強机が、細かく震動した。

「……？」

「あっ」

さつきが声を上げ、勉強机の前のカーテンを手で除《よ》けた。

同時に頭上からボトボトボトッ、と空気を強く打つような音。

（……何だ？）

キィイインッ、というタービン・エンジンの排気音も混じる。天井を爆音で打つようにして、何か黒っぽい物体が窓の上に現れた。

ヴォンッ
低い。

ほんの一瞬しか、その姿は見えなかった。たちまち並ぶ家々の屋根の向こうへ消える。

短い両翼を前方へ突き出すような独特のシルエットが、住宅街の灯りに照らされ一瞬だけ見えた。

「――オスプレイだ」

茜は直感し、つぶやいた。

「灯火をつけてない。それにこんな低空……」

つぶやきをかき消すように、もう一機。

ボトボトボトボトッ
窓ガラスが震える。アメリカ海兵隊の新型輸送機V22オスプレイは、音がうるさいとは聞いていたが……。

頭上を通過し、屋根の向こうへ一瞬で飛び去る。

「今の、何ですか」

「オスプレイだ。海兵隊」

「海兵隊？」

「米軍が岩国《いわくに》に置いているやつ。小松基地の方へ飛んで行った——でも市街地の上をあんな超低空で……それにここは正規のトラフィック・パターンじゃないぞ」

アメリカ海兵隊が、何かの用事で小松へ飛来したのだろうか。でもあまりに非常識じゃないか。市街地の真上だというのは分かっているはずだ。しかも無灯火……。

茜は眉をひそめる。

「先生」

代わって机上の地図を覗き込んでいたさつきが、声を上げた。

「これ、何でしょう」

●小松市内　住宅街

「これ、何でしょう。飛行機みたいな印」

「えっ」

茜は我に返ると、さつきの指す地図を見やった。

机上に広げたのは、中学生向けの地図帖だ。『中国・北陸地方』という見開きで、兵庫県の日本海側の海岸から瀬戸内海側までがページの上下に収まっている。

飛行機の印……？

確かに、中国山地の只中に、小さな飛行機の印がある。

低空で飛ぶ戦闘機が目撃された峡谷は、蛇行しながら真南へ続き、やがて円《まる》い形の盆地のような場所に繋がって終わっている。その小さな盆地に、飛行機の印があるのだ。

そのマークに目を吸い寄せられた。

だが

「こんなところに、空港はあるはずない。山奥だ」

「そうですよね」

それとも、小型機用の滑走路でもあるのか……？

さつきが「そうだ」とうなずき、またパソコンに戻る。

「グーグルマップは等高線は出ませんけど、拡大が出来るから。ちょっと待って」

さつきのマウスの操作で、山中の盆地が拡大される。兵庫県中北部の中国山地で、その周辺には高速道路も国道も何も通っていない。

「出た」

「……!?」

飛行機のマーク。一杯に拡大すると、その脇に農道らしきものが直線になっていて——おそらく数百メートルか、その部分だけまるで小規模の滑走路のように見える……。いや、実際に飛行場を示すマークがついているのだ。

現われた地名をさつきが読む。

「二見《ふたみ》農道空港」

「農道——空港？」

「検索してみます」

さつきは手早いキー操作で、グーグルの検索に『二見農道空港』を打ち込んだ。

すぐ結果が出る。ウィキペディアにも載っていた。

「——二見農道空港。一九九二年に、高付加価値の農産物を生産地から都市圏へ小型機を使って輸送する農水省の全国モデル・プロジェクト〈農道空港〉の一つとして整備。実際にはほとんど需要が無く、三年後に閉鎖。バブル期の遺産の一つと呼ばれている」

「写真は」

「あります」

小規模の滑走路から単発や双発の小型機が飛び立つ様子が、白黒の写真で現れる。報道写真を使ったのか。開場式の『クス玉割り』の様子もある。年代は、茜が生まれて間もない頃だ。バブル時代の無駄な公共事業、というやつか。

上空から撮影した滑走路の全景写真も出てきた。

「……！」

茜は目を見開く。

「先生、どうしました」

「……降りられる」思わず、つぶやいていた。「私なら降ろせる。この長さがあれば」

反射的に携帯を手に取った。

可能性は、少ないかも知れない。でもひょっとしたら――

「何とか、無事でいてくれるかも知れない。司令に知らせなくちゃ」

だが

「――出ない」

橋本空将補の携帯は、電波が届かないか電源が入っていない、というメッセージだけが返って来る。

さっきは話せたのに。

急な会議でも、しているのだろうか。

有川班長の携帯へもかけてみるが、同じだ。

「変だな」

●東京　横田基地

アメリカ軍将校クラブ

「――いったい、どうなっているんだ……⁉」

がらんとした将校クラブのレストランを見回し、工藤慎一郎は唸《うな》った。

白いクロスをかけた円型のテーブルが見渡すかぎり並ぶが、座っている――いや座らされているのは自分たちだけだ。

ほかに人影は無い。

いや、いることはいる――

出口をちらと見やると、小銃を手にした兵士が立っている。在日アメリカ軍司令部直属の保安隊員だ。ＣＮＮのニュース映像に出て来るような米兵の戦闘服。工藤の視線に気づくと、見返して来る。小銃は両手で斜めに保持したままだ。

「くそ」工藤はまた唸った。「こんな場所へ無理やり連れて来て、押し込みやがって」

「何か異常ですね」

テーブルの隣の席で、笹一尉がうなずく。

「総隊司令部の入口が、行ってみると米兵に固められていて――これではまるでアメリカ軍が自衛隊を……あ」

「ん」

笹の見る方向を、工藤も見ると。

ガチャ

レストランの庭に面した両開き扉が押し開けられ、制服の士官が入って来る。この将校クラブレストランは、大規模なパーティーも催せる飲食施設だ。工藤も笹も、アメリカ軍司令部との懇親会などで数回、来たことがある。日本の自衛官も、幹部であれば予約をして食事することが出来る。昼間であれば、ガラス張りの外に緑の芝生が広がっているのが見えるはずだ――

「クドウ三佐」

白人の将校は、両脇に武装した兵員二名を従えている。コツ、コツと足音を立てて床を歩み寄って来る。

「不愉快な思いをさせ、すまないな」

英語で話しかけて来た。肩の階級章は少佐。

「あなたか」

工藤は立ち上がると、英語で言い返した。

この白人将校の顔は、見たことがある――昔の映画俳優のスティーブ・マックィーンに少し似ている。懇親パーティーで一度紹介された、確か在日アメリカ軍司令部の保安部門の幹部だ。

「我々をこんなところへ押し込んで、いったいどういう積もりなんだ――ゲラー少佐」

そうだ、ブルース・ゲラー。確かそういう名前だった。

「上からの命令だ。仕方がない」

白人将校は、立ち止まると肩をすくめた。

「私にも、情況はよく分からないのだよ、クドウ。しかしこれは、日米安保条約に基づく行動だ。アメリカ軍は現在、安保条約に基づいて行動している」

「何だと」

## 9

●東京　横田基地
　アメリカ軍将校クラブ

「日米安保条約に基づく行動……!?　総隊司令部のベース・オペレーションを保安隊員に制圧させることがかっ」

　工藤は、白人士官を睨《にら》み返した。

「何だとっ」


　思い出す。

　つい十分ほど前のこと。

　場内道路で十台近いハマー――米軍の軍用車両に追い越された後、工藤は笹と共に総隊司令部のベース・オペレーションに着いた。

　ベース・オペレーション、すなわち総隊司令部棟は、基地の自衛隊専用エプロンに面している（総隊飛行隊と呼ばれる、主に連絡任務につく専属飛行隊を擁している）。

司令部棟の地下は深く、地下四階の大空間には中央指揮所（ＣＣＰ）がある。言うまでもなく、日本のすべての防空の要《かなめ》だ。

だが

「ナウ、ヒアリズ・オフリミット、サー（ここは立入禁止です）」

工藤が司令部棟前に車を止めた時には、すでに軍用車両ハマーの幅広い車体が建物の前にずらりと並んで、戦闘服の兵士たちが内部へ突入した後だった。司令部棟の正面入口を背にして立った兵士（横田基地の米軍保安隊員らしい）が、小銃を斜めに携えたまま工藤の前に立ちふさがった。

「この建物への人員の出入りは、たった今、一切禁止されました」

「な、何だと」

工藤は驚いて、武装した保安隊員と、目の前にそそり立つ司令部棟を見比べた。

「どういうことだ」

「イッツ・オーダー（命令です）」

「命令――って」

地上三階建ての司令部棟には、半分ほどの窓に灯がついているが。内部で何か、せわしなく動き回る気配がする。遠慮のない足音の気配も。

「いったい、何をしている？」

「答えられません」

「何だと」

工藤は保安隊員(階級章は曹長だった)を睨みつけ、押しのけようとした。

「どけっ。俺は中へ入――うわ」

最後まで言い終えぬうち、強く押し返された。工藤は後ろ向きに倒れそうになるところを、笹に受け止められる。

「な、何をする⁉」

笹も声を上げる。

「将校はいないのか。説明を聞かせろっ」

いったい、何が起きているのか。

ここは自衛隊施設だ。米軍基地の中とは言え……。米軍の保安隊が大挙して押し寄せ、建物をまるで制圧――

「CPの幹部の方か」

その時、後ろで声がして、同じように戦闘服を着た若い白人の男がやってきた。ハマーの一台の中で、指揮をとっていたのか。階級章は中尉。

「自衛隊の方々。あなた方を、中へ入れるわけにはいかない」

「いったいどういうことなんだ、中尉」

「アイ・ドント・ノー（分からない）」

工藤の問いに、若い中尉は頭を振る。

「上からの命令です。我々保安隊は、ここを押さえる。あなた方も、帰すわけには行きません」

「な」

「ご同行頂きます。だが幹部の方を倉庫へ押し込むわけにはいかない。我々の将校クラブを閉店させ、場所を確保しました。しばらくそこで待機して頂く――おい、連れて行け」

それが十分前。


「信じて欲しいんだが」

ゲラー少佐――映画俳優に似た白人将校は、向き合った工藤に言った。

「今夜のこれは、安保条約に基づく行動だ。我々はトモダチとして、君たちの日本を護るためにやっている」

トモダチ、という言葉だけ日本語だ。

工藤はわけが分からない。

「ゲラー、わけが分からないぞ。本来、自衛隊の施設も護るはずの米軍保安隊が、武装して我々のベース・オペレーションへ突入しているじゃないか。中で何をしている。地下のCCPは今どうなっているんだ⁉」

「それなんだが、クドウ」

ゲラー少佐は言った。

「私とともに、今からCCPへ降りてくれないか。日本側の先任士官として、中の人員を掌握《しょうあく》してもらいたい」

「？」

「つまり、これ以上無用な抵抗をせずにおとなしくしているよう、皆を諭《さと》して欲しい。君のことは知っている。信頼出来る幹部だと思っているから頼んでいる」

「先任士官として掌握――って……」

CCPには鋤先二佐がいるはずだ。

鋤先二佐はどうしたんだ……？

「とにかく、来てくれ。ササ一尉、君もだ」

●総隊司令部

待機していたハマーに乗せられ、工藤は笹と共に総隊司令部のベース・オペレーションへ戻った。

車を降りる。ゲラー少佐が先導して行くと、正面入口を固めている武装保安隊員が今度は敬礼して通す。

入口を入る。

（……！）

工藤は目を剝いた。

通路には十メートルおきに、銃を抱えた保安隊員が立っている。日本人の自衛官の姿は見えない。今の時刻でも夜勤の事務官たちが地上棟にはいるはずだ。

（まさか倉庫……）

考える暇もなく、地下へ向かうエレベーターの前へ来た。

米軍の武装保安隊員が二名、立っている。

「ここの警備隊員は」工藤は見回した。「うちの警備の連中はどうしたんだ？」

「君は考えなくていい」

「何だと」

「とにかく下へ降りようクドウ。ＣＣＰへ行く」

●総隊司令部　地下

中央指揮所

チン

エレベーターが地下四階に着き、扉を開くと。

（………）

工藤はまた目を剝く。

湾曲《わんきょく》して続く地下通路にも、黒い銃をバンドで肩から下げた米兵だ。

ゲラー少佐に続いて行くと、敬礼して道を空ける。

「入ろう」

白人将校は、映画館のホールへ入る時のような重たい両開き扉を引く。映画館の扉は防音のために厚いのだろうが、このCPの扉が厚いのは防弾のためだ。しかし――

扉が開き、ざわざわとざわめく広大な地下空間へ足を踏み入れる。いつも勤務についている空間だ。しかし空気が違う。

何だ……？

異様なものが見える。壁際、幾列も並ぶ管制卓の隙間に、黒いものが立ち並んでいる。銃を抱えた影だ。そして、空間の奥を占める正面大スクリーン。

「うっ」

一目見て、息を呑んだ。

オレンジ——

オレンジ色の小さな三角形が、日本列島の上に無数に散っている。

あれは何だ……⁉


「あ、工藤三佐」

そばで声がした。

空間の暗さに、まだ目が慣れない。だが声は、知っている情報担当の若い管制官だ。

「来て下さいましたか」

「いったい、何が起きているんだ。鋤先二佐は」

「首席は——」

「よし、運び出せ」

後ろでゲラー少佐の英語が遮った。

「代わりの先任士官を連れて来た。彼はもう運び出せ。丁重にな」

「……？」

気づくと、先任指令官席の脇の狭い通路に、何かが転がされている。人か……⁉　通路の前後では、黒い影が銃を周囲へ向け、誰も近づけないようにしている。

驚く間もなく、さらに二名の保安隊員が背後から来ると、担架《たんか》を開いて床に倒れた人影を載せ、運び出す。

「おい――」

「大丈夫だクドウ、彼は死んじゃいない」

「な」

「し、首席は」そばで若い管制官が言った。「保安隊員にやられたのです。あれらの『アンノン』に対して、スクランブルを命じようとして」

「何」

はっ、として目を上げる。

薄暗がりにようやく目が慣れる。

ざわめきが、いつしか静まっている。

CCPの劇場のような空間……。工藤が来たことに気づき、幾列もの管制卓から要撃管制官たちが振り向いて視線を向ける。頬《ほお》に視線の集中を感じる。すべて緊張のまなざしで、声を上げる者はない。腰を浮かせ立ち上がろうとする者があると、米兵の銃がチャッ、と向けられる。各管制卓のすぐ横で保安隊員たちが小銃を構え、全員が席から動けないよう牽制《けんせい》しているのか。その向こうの正面スクリーンで、オレンジ色の小さな三角形の群れが日本列島各地へ散っていく。

（――――）

何だ、あれは。

工藤の感覚では、オレンジ色は列島の外側にあるものだ。中へ入れないようにするのが自分の任務だった。しかも外から一度にやって来るのは一つか二つ……。だが今、こうも無数のオレンジ色が列島の真上へ撒《ま》いたように――これはまるでガン患者のガンが全身に転移して、手遅れになっているみたいじゃないか。

「あの無数の『アンノン』は、海兵隊のオスプレイです。一部はヘリもあります」

「――何だと？」

「岩国と、沖縄の普天間《ふてんま》から全国へ……。すでに那覇《なは》、新田原、築城、小松の各基地へは降り始めました。百里はもう間もなく、千歳も時間の問題です。陸自の各ヘリコプター基地へも向かっている」

「どういうことだ」

「わけが分かりません」

「おいっ」

工藤は振り向くと、白人将校を睨んだ。

「ゲラー、これはどういうことなんだ!?」

「言ったろう、クドウ。これは安保条約に基づく行動だ。我々は日本の安全を護るため、君たち自衛隊の行動能力を一時的に制限する」

●永田町　総理官邸

同時刻

バンは、都心部の夜間道路工事で幾度か止められた後、交通量の少ない千代田《ちよだ》区内を再び疾走し、警察の警備する門から総理官邸前庭へ滑り込んだ。

政策第二班の横河は、数分前に霞《かすみ》が関《せき》近くの路上でバンを止めさせ、下車した。まだ急ぎの仕事があると言う。気づくと後方に黒塗りの公用車が一台、ついて来ていた。横河を乗せるとたちまち走り去った。

障子有美は、それから官邸につくまでの間、広い後部座席で独り考え込んだ。

今、日本の安全が危機にさらされている……。

このバンは、総理からの呼び出しだと言う。何の用件なのか、警護官は明らかにしない。行ってみなければ分からないだろう。ついでに、たった今横河から指摘された件についても総理へ報告するのが良いだろうか。

横河の言う条件に該当する幹部自衛官について調べるには、市ケ谷の防衛省情報本部へ出向かなければならない。在日米軍が、何らかの動きを見せる前に調査しなくてはならないだろうが——しかし電話は使わない方がいい、鏑木があんな目に遭ったばかりだ……。

そうだ、鏑木君の事件について続報は……？

日本海での空自訓練機の遭難についても、捜索に進展はないか。

有美はバンに備えつけの小型ＴＶをつけてみるが。ＮＨＫは国連本部からの事務総長の記者会見の中継、民放各局も『韓国が戦勝国になりました』という報道ばかりだ。民放は大八洲《おおやしま》ＴＶだけが『こんなのでたらめですよ。見てご覧なさい、韓国を戦勝国と認めるのに賛成票を投じたのはアフリカと中南米の国々だけですよ。先進国では中国以外、一国も認めていない。ベトナムもフィリピンも怒っていますよ』と、コメンテーターに批判的な意見をしゃべらせている。またＮＨＫに戻すと

『——歴史が正しく認識される時代が、ようやく来たということだ』

三インチの小さな画面に、彫りの深い東洋人のアップが出た。

フラッシュが焚かれている。

ダークスーツにクセのある英語。縁なしの眼鏡《めがね》。六十をとうに過ぎているのだろうが、エネルギッシュというか、年齢を感じさせない容貌だ。

『今回、間違った歴史を正しい歴史に修正することが出来たのは、喜ばしいことだ』

「——」

これがパク・ギムルか……？

資料写真で、一度は見たことがあるはずだ――こんな顔だったか。

会見の中継映像をもう少し見て、確かめたかったが。

車は前庭に停止し、バンのスライディング・ドアが外側から開かれた。

「障子情報官、総理がお待ちです。お急ぎを」

●総理官邸　総理執務室

『これからも私は事務総長として、過去の戦争で行われた悪事をもっと暴き、正しい歴史認識によって世界を正しい方向へと導いていく。戦争で悪事を働いたものは、その責任を取ることになるだろう』

『事務総長』

画面手前の記者席から、質問の手が上がる。

彫りの深い東洋人の事務総長は『どうぞ』と応じる。

『日本の中央新聞です。事務総長は、今回韓国が戦勝国となったことで、一九六五年に日本と韓国の間で結ばれたいわゆる〈日韓協定〉は無効になったと考えられますか？』

「――――」

常念寺貴明は、執務机から応接セットのTV画面を眺めていた。

頬杖をついたまま、つぶやいた。

「へたくそな英語だ」

『あくまで、当事国同士で決めることだが』

韓国人の事務総長は、映画に出て来る熟年の二枚目俳優のように憂いのこもった表情でうなずく。

『韓国が戦勝国、日本が敗戦国と決まった以上、両国の関係は変わらざるを――いや正しく修正されざるを得ないだろう』

「おい」

常念寺はTVを見やったまま、そばの秘書官に訊いた。

「ところでパク・ギムルって、こんな二枚目俳優みたいないい男だったか……？　まるで韓流アラン・ドロンじゃないか」

「私も気になって、今調べてみました」

秘書官は、すでにノートパソコンの画面を開いている。

「総理、ご覧下さい。これがパク・ギムル事務総長の十五年前の韓国外交通商部長官時代の写真。こっちは韓国陸軍の青年将校として、ベトナム戦争へ従軍した頃の写真です」

「おい、若い頃のはともかくとして、十五年前の顔とも似ても似つかないぞ。この針みたいに細い眼が、どうしてアラン・ドロンそっくりになるんだ」

「過去の記録を見てみますと、パク・ギムル氏は十五年前から一年ごとに少しずつ、顔の形が変わっています。国民に違和感を持たれないよう、少しずつ毎年整形していたものと思われます」

「何でそんな……」

『事務総長』

画面でアメリカ人記者が手を上げる。

『事務総長、あなたは正しいことをやると言われるが。では国連の職員に、あなたの親戚の韓国人ばかりを採用しているのは正しいことなのか』

『そうだ。まさにその通り』熟年の二枚目事務総長は、大きくうなずく。『韓国人が多く採用されているのは、まさに韓国人が優秀であるということが世界に認められているからにほかならない。非常に正しいことだ』

「………」

常念寺が絶句していると。

横で秘書官の胸ポケットが震動した。「あ、総理」秘書官は携帯を取り出し、面《おもて》を見やって言う。「防衛大臣からです」

「防衛大臣？」

「はい」

「俺が直接出る。貸せ」

そこへ
「総理、NSCの障子情報官が参りました」

もう一人の秘書官が執務室の扉を開いて告げた。

「通してよろしいですか」

●総理執務室

有美が若い秘書官に「どうぞ」と促され、執務室へ入って行くと。

ちょうど執務机で、四十代の総理大臣が秘書官から渡された携帯を耳に当てるところだった。常念寺貴明は有美の来室を見て、手ぶりで『ソファにかけろ』と示した。

有美はうなずき、一度はソファに腰を下ろす。

だが
「――防衛大臣か。私だ。どうした」

常念寺のよく通る声を耳にして、腰が浮いた。

防衛大臣から……？

急な連絡なのか。常念寺の声色と表情を見れば分かる。

（何か、起きたの）

●横田基地

総隊司令部　中央指揮所

「あんたたちは何をするつもりだ」

工藤は、着席したまま注目して来る要撃管制官たちを代表するように、白人の米軍将校へ問い質《ただ》した。

「海兵隊のオスプレイの大群が、ああやって全国の空自の基地へ押し寄せて行く。事前の予告もない、未確認機として扱うしかない行動だ。しかもあんたたちは――」

工藤は、担架に載せられ運び出された人影を目で捜した。

もちろん、すでにＣＣＰから出てエレベーターに乗ったのだろう。さっき、通路にぐったりと倒れていたのが鋤先二佐であったのは間違いない――おそらく米軍保安隊が大挙して押しかける中、スクリーンの中に舞い上がった無数のオスプレイに対してスクランブルを命じようとして……。

ＣＣＰが発令しなくては、日本国内のすべての基地はスクランブル発進をしない。いや出来ない。各基地の勝手な判断で要撃行動を取ることはない。今は防衛出動も発令されていない平時だ。

しかし、見ると要撃管制官たちは全員、通信用ヘッドセットを頭から外していた。担当の席についてはいるが、管制卓のスイッチ類から手を離し、触らないように両手を膝の上に置いている。保安隊の武装兵たちに『そうしろ』と強要されたのか。

さまざまな管制卓で、赤いランプが明滅している。全国の各航空団司令部との連絡回線のランプだ。

「あんたたちは我々に、ここで何もするなと言うのか」

「そうだ、クドウ」

ゲラー少佐はうなずく。

「君たちは、何もするな。上からの命令だ。許可なく通信の呼び出しに答えてもいけない。我々が別命を受けてここを引き揚げるまでの間、おとなしくしていてもらう。繰り返して言うが、これは日米安保条約に基づく『日本を護るための措置』だ」

「…………」

工藤は、睨み返すしかない。

総隊司令部は、米軍横田基地の中に同居している。つまり基地内の治安を維持する任務は在日アメリカ軍司令部が担っていて、自衛隊側には自前の地上戦闘部隊など無い。ごく軽武装の警備隊員がいるだけだ。こんなふうに米軍に銃で押し込まれたら、手を上げる以外にどうしようもない。

「海兵隊の連中は、何をするつもりなんだ」

「私には知らされていない」ゲラーは頭を振る。「すまないクドウ、私が受けている命令を今説明した。それ以上のことは、私にも分からない。ただ、自分たちをラッキーだったと思ってくれ」

「ラッキー……？」

「そうだ」将校はうなずく。「これから航空自衛隊の戦闘機・攻撃機を発進させる能力のある基地は、三沢《みさわ》を除いてすべて海兵隊緊急展開部隊の手で制圧される。だが君たちは、ここでわが保安隊の手で制圧されたから、海兵隊——あのようなクレイジーな荒くれたちの相手をしないで済むんだ。クドウ」

# 第Ⅲ章　〈もんじゅ〉占領

## 1

●石川県　小松

「はぁっ、はぁっ」

基地に近い県道。

舞島茜は再び自転車をこぎ、夜道を走った。

この時刻になれば交通量はほとんどない。立花さつきの家を出て、市街地から田園の中のまっすぐな道路へ出ると、あとは小松基地の正門までほとんど何もない景色だ。

夜風と、聞こえるのは自分の息ばかりだ。

橋本空将補に電話が繋《つな》がらない。基地のほかの人たちへ試しても、駄目だった。

なぜ電話が通じないのか分からないが――それならば一刻も早く自分で走って行って、知らせるしかない。

行方不明のイーグル――891号機が、海岸から峡谷をくぐり抜け、山間の農道空港へ不時着しているかも知れない……。

もしも無線が使えず、パイロットが負傷しているとしたら救援を求める連絡は来ないだろう。農道空港周辺は、バブル時代は知らないが現在は過疎地域だ。助けを求めようにも、周囲に人家もなかったとしたら――

(だけど)

あの『SAKAZUME』というネームの一尉は。

あの人は、農道空港の存在を知っていたのだろうか……？　そして、なぜ途中で峡谷の崖《がけ》に激突するかも知れないリスクをあえて覚悟して、とりあえず生命は助かる着水よりも谷へ入るのを選んだのか……？

いや、それ以前にどうして日本海の海面から救難電波が出ているのか。

(――考えていると、分からないことだらけだ……)

でもこのことを知らせれば。有川班長や、白矢や、それにあの人も。いろいろな人たちを助けられるかも知れない。私が基地へ行って、分かったことを知らせれば……。

「……!?」

茜はペダルの脚を止め、背後を振り向いた。

ポニーテールのうなじに感じた。また爆音――

ボトボトボトッ
振り仰《あお》ぐと、夜空がそこだけ真っ黒く、星が無い――猛禽類《もうきんるい》が翼を広げたような形。来た。

背後からその黒いシルエットが、茜を追い越すようにやって来る。やはり灯火を点《つ》けていない……低空。

ヴォオッ
「う」

プロペラの吹き下ろしに、首をすくめた。

周囲の田畑がざざっ、と鳴る。V22オスプレイはすぐ下から見ると巨大だ。大型トレーラーのようなボックス型胴体が一瞬、風圧を叩《たた》きつけて頭上を追い越すと、前方の基地の方へ行く。

「降りるのか――基地に」

これで三機目か？　私が気づいていないだけで、ひょっとしたらもっと多くの機が来ているかも知れない。

アメリカ海兵隊が、どうして小松基地に――？

「とにかく急ごう」

●小松基地　司令部

（三機目のオスプレイか――？）

白矢英一は、会議室の窓のブラインドを指で押し分け、外を覗《のぞ》いた。

司令部棟の屋根の上にボトボトッという重たい爆音がかぶさると、窓の外が白い光であふれた。また、あれが来たのか。

三階の窓だ。覗くと、ちょうど白矢の目の高さに舞い降りて来たV22オスプレイがホヴァリングしながら回頭し、機首がこちらへ向く。着陸灯の光芒《こうぼう》がまともに当たる。

「う」

思わず、目をすがめる。

オスプレイは両翼のエンジンを真上に向けた形態で、真下へ降下し始める。窓ガラスがビリビリ震える。この会議室は防音になっているが、外では凄《すご》い騒音だろう。

「また来たか」

「はい」

背後の声に、白矢は振り向いてうなずく。

「司令部前エプロンに、降りるようです」

「ボスのお出ましかも知れんな」

腕組みをして息をつくのは、小柄な飛行服姿。

亘理二佐だ。


「ボス――ですか?」

白矢が訊き返すと。

三十代後半のエリート幹部は「そうだ」とうなずき、鋭い目で会議室の出口を指す。

「最初に、オスプレイ二機で押し込んで来た連中。見たところ先頭で指揮を執っていたのは中尉だ。佐官がいない」

「――――」

白矢も、会議室の出口を見る。

銃を携えた迷彩戦闘服の兵士が立っている。白矢と並ぶ身長だが、ついている筋肉の重みが違うのは、一目見て分かった。その姿勢はさっきから微動だにしない。

海兵隊か。

会議室を見回す。

ここは、司令部棟最上階の航空団司令部会議室だ。

三十分ほど前までは、横田からやって来た事故調査班が借り切って、白矢への『取り調べ』を行っていたのだった。

調査班は、総隊司令部の看板を背負っているので、基地で一番いい部屋を当然のようにパイロットの聴取のため使った（ほかにも一階の大会議室が整備隊の聴取のため使われているようだ）。白矢は日が暮れても帰してもらえず、総隊司令部の調査官に対して、訓練飛行の始まりから〈事故〉に至るまでの過程をすべて細かく話すよう求められた。

マスター・アームスイッチを〈ＯＦＦ〉にしていたのは確かだ。自信はある。でも空気はまるで、犯罪の取り調べでもされているようで、落ち着かなかった。

二機のオスプレイが飛来したのは『取り調べ』が始まって数時間が経《た》ってからだ。夜も更《ふ》けていた。

それを奇異に感じたのは、爆音の聞こえて来た『方角』だ。

航空管制などまるで無視するかのように、通常の有視界トラフィック・パターンとは全然違う方角から低く爆音がして来た。おかしい、と顔を上げると、たちまち会議室の天井の真上に特徴あるボトボトというプロペラ音が覆《おお》いかぶさった。

変です、と調査官に申告し、許可を得て立ち上がって窓の外を見ると。

目を疑った。オスプレイだった。二機いた。一機が司令部前、そしてもう一機が少し離れたアラート・ハンガー前の狭いエプロンに、猛禽が翼を広げて舞い降りるようにふわっ、と同時に降着した。さらに驚いたのは、降りると同時に後部胴体のドアがスライドして、左右にぱらぱらっ、と人影が散開したことだ。

何だ、あれは——

白矢の目の間違いでなければ、海兵隊員たちだった。戦闘装備で銃を構え、横へ広がって素早く足下へ——司令部棟の一階へ押し寄せて来る。

それが三十分前。

「いったい、何が起きているのです」

夜の十時を回っていれば、夜間飛行訓練の無い今日のような日はパイロットはみな官舎へ帰宅してしまい、司令部棟には仕事で残っている幹部と少数の事務官、屋上の管制塔に当直管制官が数名いるだけだ。

一階には整備隊の主だった者もいたようだが——とにかく司令部の上部階にいた全員が銃を突きつけられ、この会議室へ追いやられ軟禁されるまでに十数分かからなかった。

唯一、二十四時間態勢でいつでも出動出来るよう待機しているアラート・ハンガーにも、シェルター式格納庫の出口を塞《ふさ》ぐかのようにオスプレイが着陸し、海兵隊員たちが内部へ跳び込んで行った。今頃、同じような情況だろう。

「わからん」

亘理二佐は頭を振る。

会議室の椅子《いす》やテーブルは、壁際へ片づけさせられ、集められた幹部たちは床に座るしかなかった。武装した海兵隊員二名が出口を塞ぐように立った。何を質問しても、海兵隊員は答えない。おそらく一階の大会議室でも、同じように整備員たちが集められ軟禁されているのだろう。夜間でも保安隊の隊員が基地内を巡回しているが、彼らがどうなったかは分からない。

「友軍であるはずのアメリカ軍が、こうして突然我々の基地を襲い、機能を止めてしまう。何が起きているのか分からない。私の憶測だが、あいつら海兵隊も末端の下士官クラスは、何のために行動しているのか知らされていないだろう」

「はぁ」

「外へ連絡を取ろうとしても――」

「はい」

白矢は、亘理とともに飛行服の胸ポケットから自分の携帯を取り出す。

駄目だ。今までに何度も試した。依然として〈圏外〉だ……。携帯は通話出来ない。海兵隊が突入して来た後、ずっとこうだ。

「あいつらは、我々から携帯などの個人用通信ツールを取り上げようとしない。つまり、そんなことをしなくても妨害が出来ているんだ。海兵隊なら、その地域で民間の携帯電話や無線LANを無効化してしまう電子妨害装備くらい持っている。そのほかのマイクロウエーブや有線の通信回線は、飛行隊のオペレーション・ルームや地下の要撃管制室、アラート・ハンガーへ行かなければ使えない。当然それらの場所もすでに制圧されている」

「電子妨害――あの機の中からですか」

「分からんが、多分そうだろう」

亘理は腕組みをする。

その飛行服の二の腕に、見慣れぬパッチが一枚縫《ぬ》いつけられている。〈T38〉という機種名とともに、針のように鋭い機首を持ったジェット機のシルエット。

（――――）

そうか。白矢は理解する。

この人は『米国委託訓練コース』か――

T38タロンは、アメリカ空軍で使われていた練習機だ。

航空自衛隊の戦闘機パイロット養成コースには、国内で空自がみずから訓練して鍛える本来のコースのほかに、アメリカ空軍へ訓練を委託するコースがある。少数だが、アメリカへ留学して飛行訓練を受けるのだ。

そのコースには、主に防大出身の幹部候補生が選ばれて行く。アメリカ側の同年代の士官と起居を共にし、切瑳琢磨《せっさたくま》するため、向こうに知己を得る者が多いという。防衛省も日米連携の強化のため、それを狙っているのだろう。『米国委託訓練コース』から帰国した幹部はたいてい英語がぺらぺらになる。

さっきも皆の先頭に立ち、海兵隊員に英語で問いかけていたのが亘理だった。

「――イリジウムなら、あるいは通じるかも知れんが」

亘理はぼそりと言った。

「イリジウム――？」

「衛星電話だ。南極観測隊とかが使う。アメリカで海兵隊の演習を見学したが、あいつらは衛星回線を通信に使っている。だからイリジウムなら使えるかも知れないが」

「あるんですか」

「残念ながらここには――」

亘理が言いかけた時

ゴッ、ゴッと足音がして、会議室の扉が外から開けられた。

「――」

「――」

軟禁されている十数人の幹部たち――その中央に座っているのが橋本空将補だ――が一斉に顔を上げ注目する。

のそり
新たに現れたシルエットは三つ。

出口を固めていた二名が、脇に下がって敬礼する。

戦闘装備に着膨《きぶく》れた海兵隊員は、シルエットがまるで熊のようだ。

橋本空将補が、それらに立ち向かうかのように立ち上がると、続いて全員が立ち上がった。入室して来た三つのシルエットと間合い数メートル、対峙《たいじ》するように人垣を作る。

白矢も、亘理と共に人垣の中へ戻る。

「――エヴリバディ（諸君）」

先頭に立つ男が、口を開く。中佐の階級章を戦闘服につけている。ヘルメットのひさしを指で持ち上げ、向き合った全員をねめ回すようにする。

（……!?）

白矢は驚く。細い眼。意外に若い――白人ではない、東洋人だ。

「私は、イ・ナムギル。アメリカ海兵隊中佐だ。今回の〈トモダチの平和〉作戦の前進基地司令官である」

英語で言った。クセはあるが、白矢にもだいたい聞き取れる。

何という名だ……？　中国系ではない、韓国系か。

それに今、何という作戦と……⁉

●東京　総理官邸
総理執務室

「分かった、防衛大臣」

常念寺貴明は、手にした携帯にうなずいた。

執務室の絨緞《じゅうたん》の上に、立ったままだ。

ソファで腰を浮かしかけている有美の方を、ちらと見返して『分かっている、待ってろ』という顔をした。

『大臣。とんでもない事態のようだが概略は分かった。深呼吸して、もう一度詳しく聞きたい。ここにちょうどNSC戦略班の障子情報官が来ている。彼女にも聞こえるように、スピーカーにするぞ」

電話の向こうで防衛大臣は了承したらしい。常念寺は手にした携帯をスピーカーフォンにし、ソファにかけると応接セットの低いテーブルに置いた。

『――総理。つい五分前です。私のところに、市ケ谷の統合幕僚監部から緊急連絡が入りました』

声は、確かにあの口髭《くちひげ》をはやした佐野防衛大臣だ。

佐野大臣は、自身も昔、陸上自衛隊の幹部だったという。

『航空自衛隊の総隊司令部を、同じ横田基地の米軍保安隊が襲って占拠。わが自衛隊からスクランブルを上げる能力を奪うと同時に、岩国・普天間の両基地から海兵隊の垂直離着陸輸送機オスプレイが大挙して出動、分かっているだけで那覇、新田原、築城、小松、百里の各基地が海兵隊に占拠されました。三沢は同居している米軍の保安隊によって占拠、陸上自衛隊の対戦車ヘリコプターを擁する各駐屯地へもオスプレイが降りた模様です』

何だって。

(……!?)

有美は耳を疑う。

同時に
「ふざけるな。ただちに在日米軍司令部へ、市ケ谷を通じて抗議を入れろ」

常念寺が険しい声を出す。

「何をやっているんだ。同盟国だからといって、何を始めるつもりだアメリカは」

『それが総理』

佐野大臣は困った声を出す。

『すでに、抗議は致しましたが。在日米軍司令部からは「日本側の了承は得ている」との返答が――』

有美はまた耳を疑う。

了承を与えた……？

「ば、馬鹿なっ」

常念寺も叫ぶ。

「我が政府がそんな馬鹿なことを了承した覚えはない」

『しかし総理、本日、駐日米国大使から「日米安保条約に基づく行動を取ること」について総理ご本人に連絡したところ、総理は「よろしく頼む」と』

「――な」

（……？）

絶句する常念寺を見て、有美は「どうしたのだ」と思った。

起き得るたいていの事態に対して、常に対処する腹案を持っているような男だ。

常念寺貴明が、驚いて絶句するとは……。

いや、それよりも何が起きている。全国の空自の基地を、海兵隊が押さえた――!?

（……まさか）

『総理。「よろしく頼む」と言われたのは本当ですか』

「う――」

『とにかく、米軍は何をするつもりなのか。向こうが「安保条約に基づく行動」と主張する以上、わが国と国民を攻撃する意図は無いはずですが』

「うぅ、分かった佐野大臣、とりあえず市ケ谷の地下に入り、全自衛隊を統率してくれ。君は元陸自の一佐だ、現場のことは誰より分かる」

『承知しました』

「私はこれから官邸地下のオペレーション・ルームで情報を集め、指揮を執る。以後の連絡は、防衛通信回線を使うぞ」

常念寺はいったん通話を切ると秘書官へ返し、立ち上がる。

立ち上がりながら自分の上着の内ポケットから携帯を取り出し、有美に言った。

「不幸中の幸いだ、障子情報官。君がちょうど来てくれていて良かった。オペレーション・ルームへ降りるぞ」

「は、はい」

「それから首席秘書官、彼女に辞令を渡してくれ。辞令」

●総理官邸・廊下

「今宵《こよい》お呼び立てしたのは、これをお渡しするためだったのです」

エレベーターへ向かう官邸五階の廊下を、常念寺を先頭に有美と二名の秘書官、それにSP三名が続く。常念寺は早足で歩きながら、耳に携帯を当てている、どこかを呼び出しているのか。

首席秘書官が、横を歩きながら有美に大きな封筒を手渡す。

「鏑木情報官のことは、無念でしたが──」

「これは？」

「あなたへ辞令です。障子情報官、本日付けで内閣府危機管理監を兼務して頂きます」

「──えっ⁉」

有美は目を見開く。

聞いてない。

いや──

そういえば昼間、門篤郎がそのようなことを……。

「ど、どういうこと？」

わたしに危機管理監を……⁉

大役じゃないか。

「総理が、山辺危機管理監を午後付けで警察庁長官へ異動させました。後任は、あなたにさせよと」

「でも、どうしてわたし――」

「障子情報官」

首席秘書官は声を小さくして言う。

「総理は、あなたを気にいられた」

「気にいられた、って……」

「歴史観です。あなたは今日の昼、何と口にされました。『日本軍は満州事変以来、国際法を守って正しく戦った』――総理は、日本を大戦に巻き込んだ近衛文麿の失敗を研究する過程で、あの時代を詳しく勉強されたんです」

「そ、そう……」

キンコン

独特のチャイムを鳴らし、エレベーターのドアが開く。

「むう、いっこうに出ないな。キャサリンのやつめ」

常念寺は唸《うな》って、携帯を上着へしまう。

振り向いて、有美を見やる。

「障子情報官、いや危機管理監。辞令は受け取ったか」

「は、はい」

「鏑木君の弔《とむら》いをやるのは、後だ。大変な事態になっている。オペレーション・ルームで現場の指揮を執ってくれ。国の安全がかかっているぞ」

2

●小松基地　司令部

「エヴリバディ」

イ・ナムギル中佐と名乗った戦闘服の男――韓国系アメリカ人らしい海兵隊指揮官は、会議室の幹部たちを見回して言った。

「驚いたろうが、我慢してもらいたい。これは日米安保条約に基づき、君たち日本人の安全を護るための行動だ」

何だって……？

（……!?）

白矢は耳を疑った。

俺の、ヒアリングがまずいのか。

しかし
「安保条約に基づく行動？」

隣で亘理が、即座に英語で訊《き》き返す。

白矢の聞き間違いでは無かった。

「そうだ」

「これのどこが安保だ。同盟する我々の基地を武装兵で制圧するとは」

「今に分かる」


イ・ナムギルと亘理俊郎は、年齢が近いようだ。階級も同じ。対等の感じで話す。

白矢は、向き合って立つ熊のような海兵隊員たちに視線を走らせ、チェックした。

（指揮官が韓国系――ほかにもアジア系とアフリカ系、ヒスパニック系に見える者と……白人は半分程度か）

現在のアメリカ合衆国の、出身民族別の人口構成に近いか……。ただ海兵隊員たちは民族は違うが、いかつい熊のような印象と、漂わせる空気が同じだ。何と言うか、プロレスラーの集団が目の前にいるような――

　その中で中央に立つイ・ナムギル中佐は、戦闘装備に着膨《きぶく》れていてもスマートに見えた。白矢と同じ長身。きつい目をしているが顔は整っていて、映画に出て来る韓国人俳優のようだ。

「中佐」

　こちら側の人垣の中央で、橋本空将補が口を開いた。

「君たちは、この基地を武力で掌握《しょうあく》したと言うのか」

「その通りです、ジェネラル」

　イ・ナムギルは、対立していても上官には敬意を払う感じで、慇懃《いんぎん》に答えた。

　一本気そうなやつだ、と白矢は感じた。

「この基地は、これより〈トモダチの平和〉作戦の中心となる」

「『トモダチの平和』ならば、なぜ武力で制圧する。いいか、先ほどの君たちの突入に対し、基地の保安隊が抵抗をしたはずだ。彼らをどうした」

「我々に銃を向け、妨害しようと企《くわだ》てた者は、残念だが安全な任務の遂行のため、我々の交戦規定に基づき処置した」

「何」

　空将補は気色ばんだ。

「撃ったのか⁉」

「犬を連れた歩哨《ほしょう》ごときを沈めるのに、銃声を響かせるような間抜けはうちの隊にはおりません」

「な――」

そこへ
「ち、中佐」

別の海兵隊員が通路を後方からやって来て、告げた。

「う、上の管制塔、管制塔、通信機材設置、設置完了。完了」

何だこいつは……？

白矢は眉をひそめた。

でかい――

巨漢だ。ほかの海兵隊員が熊なら、現れたこいつはトドかセイウチ……。色あせた金髪に赤ら顔。白人だが顔の凹凸は少なく、そばかすだらけ。目が髪の毛のように細くてのっぺりした印象だ。おそらく元は色白で、日焼けしても黒くならないのか。

報告をしながらゼイ、ゼイと呼吸する音が、白矢のところまで聞こえて来る。

「よし」

イ・ナムギルはうなずく。

「見張りを交代しろ軍曹」

「了解、了解」

ゼイ、ゼイと呼吸しながら凹凸のない顔が薄笑いを浮かべた（ように見えた）。

白矢は異様な感じを受けたが、韓国系の指揮官は変わったものを見る表情ではない。

こいつは、これが普通なのか……？

「ジェネラル・ハシモト」

イ・ナムギルは空将補に言う。

「あなた方は、こちらでおとなしくしていて頂く。すべてが終わるまでに四十八時間もあればいい。用が済んだら、基地はお返しする」

行こうとするが
「待ってくれ」

亘理の声が止めた。

白矢の隣から、亘理俊郎は進み出ると、橋本空将補に「私が交渉します」と言った。

空将補がうなずくと、飛行服姿の防衛部長は韓国系アメリカ人の指揮官に向いた。

「君たちが何をしようとしているのか知らないが。我々は軟禁されて一時間だ。生理的な欲求もある。この会議室の中だけでなく、通路の向こうの洗面所までは自由に行き来させてくれ」

「うむ――」

イ・ナムギルは数秒考え、うなずいた。

「いいだろう。便宜をはかろう」

●東京　永田町
総理官邸地下　オペレーション・ルーム

チン
エレベーターの扉が開くと。

薄暗いオペレーション・ルームの空間には、すでに常駐のスタッフが数名、緊急連絡を受けて待機していた。

「障子危機管理監」

常念寺が、ドーナツ型テーブルの自分の席に着きながら言った。

「彼ら内閣情報集約センターのスタッフは、只今より君の指揮下に入る。ＮＳＣ国家安全保障局も君の指示に従う。ただちに情況を把握《はあく》し報告してくれ」

「わ、分かりました」

有美は、常念寺と斜めに向き合う危機管理監席につくと、深呼吸した。

（――――）

目を閉じて、肩を上下させる。

おちつけ。

エレベーターがここへ降りるまでの間、考えていた。

在日米軍の、強硬な行動――

何かが起きている。

まさか……。

「――通信オペレーター」目を開けると、有美はスタッフに指示した。「市ケ谷との間に防衛通信回線を開いて」

暗がりの向こうで技術スタッフが「はい」とうなずき、管制卓を操作すると。

地下空間のスクリーンに、防衛省の青い地球を抱き込むようなエンブレムが浮かび上がった。『MINISTRY OF DEFENCE』――

「航空自衛隊の、防空レーダー情報は出せますか?」

「はい、リンク出来ます。総隊司令部中央指揮所と同じ画像です」

「出して」

スクリーンが息をつく。

テーブルでは常念寺が、それを見上げながら懐《ふところ》からまた携帯を出す。

秘書官の一人がそこへ駆け寄り「やはり大使館、応答しません。アドミニストレーションの番号はすべて案内テープになっています」と報告する。

もう一人の秘書官が「官房長官は急行中です。間もなく到着されます」と報告する。

常念寺は携帯を耳に当てたままうなずく。携帯でかけている相手は、出ないようだ。

パッ
スクリーンが黒い背景に代わり、ピンク色に日本列島の姿が浮かび上がる。

一瞬遅れてデータがつけ加えられ、上体を起こした龍のような列島の上に、無数のオレンジ色の針のようなものが散った。

「――――」

有美は目を見開く。

おぉ、おう、とうめきに似た声が上がる。

(アンノンが、無数に――)どういうこと……!?

スクリーンのサイズが横田のCCPよりも小さいので、オレンジ色の群れはぎゅっ、と凝縮して無数の小さな針に見えるが、実際は飛行物体を表わす三角形だ。

有美は、息を吸い込んだ。

　未確認機が数十機――

「これらは、防衛大臣の報告されていたオスプレイの群れ？」

「おそらく」

　オペレーターがうなずく。

「飛行計画を提出せず、全国を飛び回っています。スクリーンに各自衛隊の基地・駐屯地をシンボルで重ねますか」

「――いいえちょっと」

　有美は手を挙げ『待って』とジェスチャーする。

　在日米軍の一斉行動――『安保条約に基づいている』という詭弁《きべん》……。

　そうか。

「いい。自衛隊基地はいいわ。オペレーター、福井県の海岸線を拡大して」

「は？」

「福井県。敦賀《つるが》半島を」

●小松基地　司令部

（――――）

何だ、こいつは……。

白矢は、皆と共に再び会議室中央の床に座ったが。

落ち着かない。

二名の熊のような海兵隊員に代わり、会議室の出口に立ったのはセイウチのような巨漢だった。軍曹の階級章をつけ、年齢はよく分からないが二十代の終わりくらいか。迷彩の戦闘服が壁のようだ——立っているだけでもゼイ、ゼイという呼吸音が聞こえて来る。

イ・ナムギル中佐は、白矢たちに外の通路の洗面所へ行くことを許可し、二名の見張りの立つ位置を変更した。一名を通路の洗面所前、もう一名が会議室出口に立つように指示をして、どこかへ行ってしまった。

おそらく管制塔か——

にやっ
(……!?)

セイウチのような巨漢は、髪の毛のように細い眼だ。その眼が笑ったように見えた。

な、何だ……。

同時に、座る白矢の背後に、誰かが身を隠すように入り込むのが分かった。

「?」

「す、すみません」

か細い声。女性だ。

事務官の高好依子《よりこ》三尉だった。

「今あいつ、わたしのこと見て笑いました」

「えっ」

白矢は、驚いて出口の巨漢を見やる。

と

しゅらっ

セイウチのような巨漢の海兵隊員は、両足を開いて直立した姿勢のまま、右手で腰から何か抜き取った。蛍光灯に刃が光る。

全員が息を呑《の》む。

（……ナイフ？）

白矢は目を疑った。反り返った、包丁くらいのサイズ。巨漢はナイフを立てて自分の顔に近づけると、舌を出して嘗《な》めた。

ペロッ

裂け目のような口から、軟体動物のような異様に長い舌がにゅるっ、と出て、顔の前に立てた刃を嘗め上げた。糸を引く唾液。嘗めながら髪の毛のように細い眼が、こちらを見た。

「——う」

「おちつけ」

隣で小声がした。

亘理二佐だ。

「あいつは、海兵隊の中では普通だ」

「え」

「私は、アメリカで実際に見たことがある。海兵隊員というのは人間じゃないんだ」

●総理官邸地下　オペレーション・ルーム

「敦賀半島、拡大します」

龍のような姿勢の日本列島、その背の部分がスクリーンの中で拡大され、さらに窪《くぼ》んだ若狭湾《わかさ》がズームアップされる。

若狭湾の中で、下から上へ突き出す形が見える。砲弾か、あるいは胃壁から突き出すガンのポリープのような形——

「半島、出ました」

だが、その周囲にオレンジ色の三角形は無い。

「時間を巻き戻して」

有美は指示する。

「とりあえず三十分前から、現在まで――アンノンの動きをプレイバックして」

「はい」

オペレーション・ルームのスクリーンでは、天気画像で雲の動きを再生するように、レーダー画像の飛行物体の動きを過去の時点に戻してプレイバック出来る。画面下にタイム・カウンターが現れ、瞬時に三十分前の時刻へ飛ぶ。

「タイムカウント、マイナス一八〇〇秒。ここから三〇倍速で再生します」

すると。

砲弾型の半島の左上部――海岸線の一画に、画面左下からオレンジ色の三角形が三個、ツツツッ、と近づくと次々に吸い込まれるように消えた。着陸したのか。

あんなところに、自衛隊の基地などない。

「――やはり」

有美は思わずつぶやいた。

「やはりあそこを」

「……〈もんじゅ〉か」

常念寺が察したように声を出す。

「〈もんじゅ〉へ降りたのかっ」

「そうです、総理」

有美はうなずくと、オペレーターに問うた。

「いつ降りた？」

「五分前です」

「〈もんじゅ〉の現地映像は。リアルタイムで出ますか」

「少々お待ち下さい、文部科学省の回線をリンクします」

「あそこには、民間警備員しかいないのだ」常念寺が唸《うな》った。「敷地内に海兵隊が強行着陸したら手も足も出──」

言いかけた常念寺の手のひらで、握《にぎ》ったままの携帯が震動した。

●小松基地　正門前

（──何だ……？）

茜は眉《まゆ》をひそめる。

異様な感じは、夜気の中、自転車で近づいていく途中から伝わって来た。

ワンワン、と犬の吠える声がして、唐突に途切れたのだ。

さっきから基地のフェンスに沿って走っている。間もなく正門だ。

この辺りで、吠える犬と言えば――保安隊の使っている警備犬しかいないだろう。ワンワンッ、という叫びは途切れる直前、キャインッという鳴き声になった。

（どうしたんだろう。警備犬は訓練されているから、何も異状がなければ鳴かないはずだ……）

フェンスの中は暗い。金網のすぐ内側は草地で、中の様子が直接には見えないように植樹してある。駐機場や滑走路、基地の建物などはフェンスからは離れていて昼間でも見えない。それでも妙に暗い――普通なら駐機場を照らしている水銀灯の光が、植え込みの向こうから漏《も》れて来るのに……。

キイッ

正門の数十メートル手前で、自転車を止めた。

遮断機の下りたゲートがある。しかし変だ。いつもならヘルメットに防弾ベストの保安隊員が詰め所に待機しているはずだ。出入りする者を二十四時間、チェックするのだ。

遮断機の詰め所に、人影はある。しかし保安隊員ではない――シルエットが熊のように大きい。

変だけど、行かなくちゃ。

だが

「――☆▼△XX※！」

茜が近づくと、熊のような大柄なシルエットが詰め所から出て来て、叫んだ。よく聞き取れない。スラング混じりの英語か。

英語……!?

「えっ、何？」

訊き返そうとすると
チャッ
黒い小銃の銃身が、こちらへ向けられた。

(嘘《うそ》)

思わず、足をついて自転車を止める。

「▼XX※！」

●小松基地　司令部　会議室

「人間じゃないって、どういうことです」

白矢は、亘理の言葉を確かめようと小声で訊き返した。

海兵隊は、人間じゃない……？

「そうだ」

亘理はうなずく。

「私は留学時代、海兵隊の演習を視察した。カリフォルニアの砂浜を、海中から吠えながら上陸していく。その様子は――〈ハルク〉っていう映画があるだろう。あんな感じだった。そのとき同行してくれたアメリカ空軍の友人から聞いた。彼に言わせればマリーンズ・アー・ノット・ヒューマン――『海兵隊は人間じゃない』そうだ」

「…………」

ノット・ヒューマン……。

「本物の戦争を、日常的にやっているからだ」

「本物の、戦争……？」

「そうだ。彼らは本物の戦争をしている。それも防御の戦いは一切ない、全部が『侵攻』だ。命令されれば、未知の土地へヘリや海中から力ずくで突入する。生命《いのち》がけの制圧任務だ。自分たちに抵抗するもの、迎え撃って来るものは逆に殲滅《せんめつ》し、時には皆殺しにする。そうしないと自分たちが皆殺しにされる」

「…………」

「世界中のどこへでも、大統領の命令一つで攻撃に出かけていく。そして多くの場合、戦う相手は自分たちの常識が通用しない異民族・異教徒だ。殺さなければ殺される。降伏しても殺される――そういう戦いを何度も何度も繰り返していくうち、だんだん人間ではなくなっていく。我々自衛官のように『国を護るために戦う』とかじゃない。彼らはアメリカの国家戦略の道具として、アメリカが言いがかりをつけたどこの国、どの勢力とでも戦わされる。本人たちに理由も教えられず『行け、嚙《か》み付け、殺せ』と命じられる」

亘理は、会議室の出口に立つ巨体をちら、と見やった。

「国を護るという大義もない。殺されかけては相手を殺し、また殺されかけては殺し、とやっているとある者は発狂、ある者は麻薬漬《づ》けになり、そうならずに残る者も、だんだんまともな意味での人間でなくなっていく。海岸で吠えていた半獣人たち――あの中には、あいつのようなのがたくさんいた。アメリカでは陸海空軍の精強な兵士が、海兵隊員を魔物のように恐れる。酒場で見かけると逃げるそうだ」

「…………」

絶句する白矢の視界の端で

ぺろっ

セイウチのような巨漢が、ナイフの刃を縦に嘗め上げた。その舌が切れ、血が出る。

（……!?）

白矢は息を止める。

巨漢はケヒヒ、と笑うと、自分の舌から出た鮮血を、自分の薄い唇に擦《こす》りつけて真っ赤にした。そしてうまそうに嘗め始めた。
ピチャピチャ
白矢の背中で高好三尉が「ひっ」と小さく悲鳴を上げた。

「よし、まず私が行こう」

亘理はうなずくと、立ち上がった。

「どこへ行くのです」

「洗面所だ」亘理は見回して言う。「みんな固まってしまっている。まず、私があいつに交渉して、洗面所まで行って来る。戻ったら、一人ずつ順番に行くようにしよう」

●小松基地　正門前

「！」

茜はのけぞった。

いきなり銃を向ける……!?

「▼X X※！」

遮断機の前で、黒い熊のようなシルエットが何か叫んだ。ゲット・アウト、とか言ったのか。来るな撃つぞ――そういう意味か……?

「あ、あの」茜は自分を指す。「私は、ここの隊員――」

だが
「××※!」

チャッ
銃が構えられた。

何こいつ、アメリカ兵……!?

米兵だ。迷彩の戦闘服は自衛隊とは色が全然違う。

ヘルメットの下、闇の中に眼光がひらめく。

「――――」

茜は絶句する。

本気で、こちらを睨《にら》んでいる……?

身分を明らかにしろ、とか言うのではない。ただゲット・アウト――『あっちへ行け』と言う。

(急な合同演習でも始まったのか!?)

全然、そんな話は聞いていない。

しかし、ジーンズ姿で自転車に乗った茜を、熊のようなアメリカ兵は銃口で『あっちへ行け、来た方へ戻れ』と促す。

「あ、あの、アイ・アム——」

「シャラップ！　▼XX※！」

黙れ、撃つぞと言うのか。

ゲートが、アメリカ兵によって封鎖されている——こんなことは自衛隊に入ってから初めてだ。電話も通じないし……。基地は、何か特異な情況に置かれたのか。

「XX※！」

仕方ない。

銃を持った米兵が『通さない』と言っているのでは、中へ入りようがない。

（——くそ）

とりあえず、自転車をターンさせ正門から道路へ戻った。

茜が振り返ると、遮断機の詰め所は常夜灯に照らされ、中にあの熊のようなシルエットが見える。まるでRPGのゲームで、ダンジョンへ入る門に番人がいるみたいだ。

（そうだ、官舎）

官舎へ戻ろう。誰か、情況を知っているかも知れない。

茜はフェンスに沿った道路へ向け、ペダルを踏んだ。

●総理官邸地下　オペレーション・ルーム

「――キャサリンか。私だ」

スクリーンに、白黒の粗《あら》い動画が現れるのと、常念寺が手にしていた携帯が震動したのは同時だった。

有美は、四十代の若い総理大臣が「やっと向こうからかけて来た」とつぶやくのを聞いたが。それよりも正面スクリーンに浮かび上がった映像に目を奪われた。

何だ……。

(…………?)

発電所の、屋外の監視カメラの映像か。

画面の奥に、ぼうっ、と白っぽいモスクのような半球形の構造物。夜間でも見えるように高感度のカメラらしい。そのせいで、強い光源があるとそこだけ白く抜けてしまう。画面手前が白くハレーションのようになって良く見えない。

「文部科学省の回線を経由した、〈もんじゅ〉の監視カメラ映像です。中継です」

「感度を、調整出来ますか」

「やってみます」

だが
「障子危機管理監。一緒に聞いてくれ」

常念寺は携帯のマイク部分を手で塞《ふさ》ぐと、早口で促した。

「駐日アメリカ大使が、向こうからかけて来た。何を言うのか一緒に聞け」

「は、はい」

「あぁ、キャサリン何が起きている。君たちは何をするつもりだ」

常念寺はスピーカーフォンにした携帯をテーブルに立てて置き、話しかけた。

「わが国をまた占領するつもりかっ」

すると
『言ったはずよ、常念寺』

低い女性の声――キャサリン・ベネディクトか。

（……………）

有美は思い浮かべた。日本でも雑誌の表紙になった駐日アメリカ大使……。アメリカの名門の一族で、米民主党政権の重鎮の一人でもある。見かけは女優のような美人だが凄腕《すごうで》らしい。

そのアメリカ大使が、何を言って来たのか。

『アメリカと日本の間には安保条約がある』低い女性の声は続けた。『いざとなれば日本を護るため、アメリカは軍を動かして必要な措置を取ります』

「それとこれとどういう――」

『いいこと。中国共産党首脳部が、日本に対して〈敵国条項〉を適用し、〈もんじゅ〉のプルトニウムを強制的に接収する準備に入りました。CIAがその動きを摑《つか》んだ。当然、そうなればツルガ半島は占領される。最近、ロシアがウクライナの一部を占領してから、大国が周辺国の領土を食らうのが「あり」になって来ている。私たちは、同盟国である日本を護らなくてはなりません。でも中国の動きが〈敵国条項〉に基づくものである以上、私たちは常任理事国として、その行為を止《や》めさせることは出来ません。ならば方法はただ一つ――中国が来る前に、私たちアメリカの手であなた方のプルトニウムを接収してしまう』

「な、何っ」

『そうなれば、大義名分が無くなるから中国は来られなくなる』

「主権侵害だ」

常念寺は唸るが
『これしか、方法はないのよ常念寺』

「分かっているのか。〈もんじゅ〉のプルトニウムをわが国から無理やり取り上げれば、奴らは今度は尖閣へ来るぞ」

『そんな先のことを、心配しても仕方がない。無人島と、ツルガ半島と、どちらが深刻なのですか。中国は、ニイガタ沖の海底にむき出しのメタンハイドレートが眠っていることもすでに知っているわ。だから占領行政府はニイガタに置く。東シナ海の天然ガスに加えて日本海のメタンハイドレートも中国に取られるつもり？』

「う、うぅ――」

『第二段階として、ほかの原発にも核兵器開発施設があると言いがかりをつけられ、ワカサ湾全域が占領される。〈敵国条項〉に基づいて行動すれば、人民解放軍は「国連軍」を名乗ることが出来る。だからワカサ湾の占領は、中国の侵略ではなくて、UNが平和維持のために「国連軍」を駐留させ支配するという言い訳が立つ。日本が抵抗すれば、「国連軍」に逆らったことにされる。そうなったらもう、あなた方はおしまいよ常念寺』

「だからといって、わが自衛隊の基地を海兵隊に制圧させる理由はないだろう。君は日本を護るためと言いながら、わが国をもう一度占領するつもりなんじゃないのかっ」

『違うわ、常念寺』

スピーカーフォンの向こうで、金髪女性が頭を振るようだ。

『分かって頂戴《ちょうだい》。私たちが海兵隊を使い、航空自衛隊の戦闘機と陸上自衛隊の攻撃ヘリを全機飛べないようにしたのは、テロ――中国の工作員による破壊活動を防ぐためよ』

「何」

3

●総理官邸地下　オペレーション・ルーム

「何っ」

常念寺が訊き返した。

「テロを防ぐため……!?」

『そうよ常念寺』

スピーカーフォンの向こうで、駐日アメリカ大使が応《こた》える。

（テロ――？）

そのやり取りを聞きながらも、障子有美はオペレーション・ルームの正面スクリーンに映し出される白黒の動画に注目していた。

技術スタッフの調整で、画面がトーン・ダウンする。

その瞬間
（……！）

有美の目に飛び込んで来たのは、投光器に照らされる広場のような空間だった。広い。

〈もんじゅ〉は敦賀半島の崖を削《けず》り取って建設したと聞いているが――海に向かって広い前庭のようなスペースを取っているのか。

広場はよく見ると、山肌を削り取った高い崖に囲まれ、半球形の巨大なモスクのような構造物が画面の奥に鎮座している。そして広場の中央には……。

オスプレイだ――

双発のプロペラを真上に向け、角ばった胴体の航空機がうずくまるように駐機する。スペースを分け合うように三機……。それらの周囲を、迷彩戦闘服だろうか、グレーの影の群れが動き廻っている。各機の胴体のカーゴ・ドアが開かれ、何か大きな物体が降ろされていくが、強い照明の陰になっていてよく――

パパッ

目を凝らそうとした瞬間、一つの影がこちらへ棒のような物を向け、スクリーンの動画はノイズと共に途切れてしまった。

（……くそっ）

技術スタッフが「ほかのカメラに切り替えます」と言うが、情況を摑むにはとりあえず十分だ。

危惧《きぐ》は当たった――〈もんじゅ〉に海兵隊が強行着陸した。そして、何か特殊な機材を降ろして作業の準備にかかっている。

『常念寺。日本の自衛隊は、これまで在日アメリカ軍と第七艦隊を補完する部隊として、優秀な能力を発揮してくれている。でも思い出して』

ドーナツ型テーブルの上で、白人女性の声は続く。

『アメリカの財産であるイージス艦やミサイルの機密情報が、あなた方の自衛官を通してどれだけ中国やロシアへ流出したか。あなたは特定秘密保護法を成立させ、ようやく国家規模での防諜と、インテリジェンス組織の立ち上げに手をつけたけれど、遅いわ。中国の影響力は日本の政治家・官僚・警察そして自衛隊に相当に浸透している。私たちのＣＩＡも、中国の特殊工作員が何人くらい日本へ入り込んでいるかは摑んでいる。でも、自衛隊幹部の誰がハニートラップにやられているかまでは、摑みようがありません』

「――――」

常念寺は苦い表情で、腕組みをする。

『今、海兵隊が技術者を連れて、〈もんじゅ〉に入りました。炉心からブランケット燃料を抜き出す作業に十二時間。抜き出した高純度のプルトニウムは二つに分け、特殊キャニスター二基に封入して一基ずつオスプレイに吊《つ》るして小松基地へ運びます。小松には間もなく空軍のＣ５Ａ輸送機がＦ22に護衛されて到着する。キャニスターは、Ｃ５Ａに積載して本国へ運びます』

Ｃ５Ａ……。

有美は航空機の写真を思い浮かべる。

ギャラクシーか。アメリカ空軍の一番大きい輸送機だ。それをF22で護衛するのか。

『一番危険なのは、〈もんじゅ〉前庭でキャニスターをオスプレイで吊《つ》り上げる時と、小松でC5Aに載せ替える時です。いずれも海兵隊が警護するので生身でのテロ——破壊工作は困難でしょう。しかし、戦闘機や攻撃ヘリによって上空から急襲されたら』

「——」

『中国は、私たちがプルトニウムを運び出すのを黙って見ていません。工作員を使って、必ずテロを仕掛けて来る。中国の手先となった自衛隊の幹部や隊員が、突然目の前にある戦闘機や攻撃ヘリを奪い取って、〈もんじゅ〉や小松へ襲いかかって来たら。ミサイルや機関砲でキャニスターが爆破され、中身が飛び散ったら。分かるでしょう常念寺。あなたの政権は、そこで終わりになるのよ』

「——う、ううむ……」

『内閣総辞職か解散総選挙か。あなたはどちらかを選ばなくてはならなくなる。そして、総選挙の後に日本を支配するのはたぶん主権在民党になるでしょう。そうなれば中国は、尖閣諸島を攻める必要もなくなる——選挙権を持った移民が、合法的に日本を占領するでしょう。防ぐには方法は一つしかありません。すべての自衛隊の戦闘機と攻撃ヘリを、輸送任務が無事完了するまでの間、強制的に飛べない状態にする。誰がハニートラップにやられているか分からない以上、こうするしかないのよ常念寺』

●小松基地　司令部

コツ、コツ

会議室を出た通路に、足音が反響する。

静かだ。視界に見える人影は、通路の前方、洗面所の入口に立つ迷彩戦闘服のシルエットだけだ。

亘理俊郎は両手を上げたまま、洗面所の前へ辿《たど》り着くと英語で「中へ入っていいか？」と訊いた。

「――――」

見張りに立つ海兵隊員は黙ってうなずき、手で『入れ』と促した。

「俺が用を足すのを見たいか？」

「――――」

熊のような海兵隊員は黙ったまま、肩をすくめた。

亘理は男子洗面所へ歩み入ると、つき当たりの個室の扉を開けた。

中へ入る。

扉をロックし、耳で周囲の気配を探り、見張りの海兵隊員が確かに入って来ないのを確かめると、慎重な手つきで水タンクの蓋《ふた》をずらした。

ゴトッ
右手を、中へ差し入れる。タンクの内側に、防水ビニールに包まれた物体が張り付けてあった。粘着テープを手探りではがし、取り出す。

中身は、黒い携帯電話だ。最新のスマートフォンに比べると外形はごつくて大きく、棒のようなアンテナがついている。〈WIDE STARⅡ〉という製品名が型押しされている。

ビニールから取り出してスイッチを入れると、緑ランプが点灯する。

よし――

鋭い目で、亘理はうなずいて棒状のアンテナを壁の小窓に向ける。あらかじめセットされていた番号を、短縮操作で呼び出す。

情報の通りだ……。海兵隊は、みずからが衛星電話を連絡に使うため、衛星通信の周波帯までは電子妨害をかけていない。

耳につけると、呼出トーンが控えめに鳴り、やがてカチッ、と相手に繋がった。

「――私だ」

亘理はつぶやくような小さな声で言う。

「こちらは、予想した通りの事態になっている。そちらはどうか」

『予定通りの場所に着陸し、機体を隠しました』

低い声が、簡潔に答えた。

亘理はうなずくと、目を上げて天井を見た。

「管制塔の音声と映像は、届いているか」

『届いています。良好です』

「よし」

亘理は個室の中で振り向くと、入口の気配を探った。誰かが来る様子はない。一人ずつ交代で洗面所へ行く――という指示が守られている。あのセイウチのような巨漢の軍曹も、一人ずつ行くことしか許可しなかった。

「時が来るまで、待機しろ。私にもしものことがあれば、独自の判断で行動しろ」

『分かっています』

「頼む」

亘理は通話を切ると、黒い携帯を飛行服の脚のポケットへ滑り込ませ、ジッパーを閉じた。

それから個室を出て、小便器の前で今度は本当に用を足した。

●小松基地　フェンスの外

(――何だ……?)

茜は基地のフェンスに沿って、さらに自転車を走らせていた。

基地の隊員の住む官舎が、この先にある。自分の部屋もそこにある。畑の中に三棟の団地のような建物があって、そこまでは一本道だ。

しかし

キッ

妙な物音を耳にした(気がした)。今夜は、変質者と格闘したりしたせいか。周囲の気配に過敏になっているみたいだ……。嫌な感じがした。そのまま急ごうとも思ったが、確かめたくなって自転車を止めた。

何だろう。

ぽきっ、ぱきっ、じゅるるっ

聞こえる――フェンスの内側からだ。

何の音だ。金網の向こうに草むらがある。目隠しのための植樹がされているから、ちょっとした森のようだ。その中で、黒い影が動いている。

(……?)

茜は目を凝らした。夜間視力は優れている(目の鍛錬は、習慣として続けている)。草むらの中の黒い影は——熊のようなシルエット。迷彩の戦闘服だ。膝《ひざ》をつき、かがみ込んで地面に置いた何かを両手で引き裂いては、口に……。

「え」

茜は、息を呑んだ。

何をやっているんだ——

影は、何かを口に運んでは、むさぼっている。くちゃくちゃという音。液体でぬらぬら濡《ぬ》れた顔面が、茜の視線に気づいたのか、こちらに向く。その口の端からピンク色の細長い物がだらりと垂れ下がる。

じゅるっ

口が、ちぎれた腸をすすり込んで呑み込む。ごくっ、という嚥下《えんげ》の音まで聞こえた気がした。

「……い、犬を」

犬を食ってる……⁉

茜は目を見開き、反射的にペダルを踏んでいた。

●小松基地　官舎

「――はぁっ、はぁっ」

必死にペダルを踏んで、茜は灯の点く三棟の官舎の敷地へ滑《すべ》り込んだ。

な、何だったんだ、今のは……。

アメリカ海兵隊にも、変質者がいるのだろうか。暗がりだったから、はっきりとは見えなかったが――仰向けにされ、腹を裂かれていたのは茶色い警備犬の死骸《しがい》だった。

基地のフェンスの内側は、海兵隊によって掌握《しょうあく》されているのか――？　警備犬が警戒して吠えようとしたら殺され、ついでに食われてしまった……？

（そう考えるより、ないけど――）

茜は、敷地の入口の駐輪場に自転車を止めた。

並んで立つ官舎は昭和時代の古い造りで、四階建てだがエレベーターはない。半分ほどの住戸に、まばらに灯が点いている。

（とりあえず、部屋へ戻ろう。それから有川班長か、整備隊の年長者のお宅へ行って……まだ起きていたら基地の様子について訊いてみ――）

考えつつ歩き出す脚が、止まる。

「う」

声を呑み込む。

いる……。

最初に目に入ったのは、一号棟の前に止められた黒っぽい車体だ。73式小型トラック、三菱パジェロの軍用タイプだ。基地から走って来たのだろう。

その背後、団地のような古い鉄筋造りの棟の入口に、黒い影が立っている。白熱電球の明かりが逆光になっている。

熊のような大柄のシルエット。肩からバンドで吊しているのは――さっきも自分に向けられた、あれはM16突撃銃だ。

茜は身体の動きを止めた。

見つかったか。

だが同時に、カンカンという靴音がして、コンクリートの階段を誰かが降りて来る。

海兵隊員は足音に気づくと、背後を振り向き、明かりの漏れる階段から降りて来た人影を『通せんぼ』した。

（……乾一尉？）

飛行服の人影は、短く刈り込んだ髪。遠くからでも分かる。飛行班長の乾一尉だ。

大柄な海兵隊員が両手を広げて『出るな』とゼスチャーする。

乾一尉は、何か英語で抗議する。『何だお前は、通せ』と言っているのか。

（そうか――オスプレイが飛来して、基地の様子が変だから、見に行かれようとしているのか……）

パイロットは翌朝の勤務に備え、就寝が早い。オスプレイの飛来に気づかずに寝ている者もいるだろう。しかし乾一尉のように「おかしい」と感じて、見に出ようとしている人もいる。

だが海兵隊は、官舎から出るなと言うのか。隊員は何か早口の英語で説明し、上の方を指す。自宅へ戻れ、と言っているのか。

何の権限があって、そんな指示をする――乾は英語で抗議している。

（やっぱり、合同演習じゃない……）

これは変だ。

アメリカ軍の、何か緊急の作戦でも展開されているのか。そのために小松基地が、臨時に接収されるみたいにして、使われているのだろうか――？

茜は、海兵隊員が乾の抗議に応えている間、そろそろと横向きに移動した。足音を立てぬようにして、官舎の駐車場へ駆け込んだ。

一台の車の陰に滑り込み、車体に背中をつけて隠れた。

ポケットから携帯を出す。

(やっぱり、ここもまだ〈圏外〉……)

自分の部屋へは、帰れない。整備隊の人たちの家に、情況を訊きに行くのも駄目だ。海兵隊に見つかったら『自宅へ入れ』と強要され、おそらく外出させてもらえない。

「米軍が、何をしているのか知らないけど」

茜は小さくつぶやき、周囲を見回した。

そうだ、白のBMW──あの車はどこだ。白くて古い、白矢の愛車は……。

「私は、不時着した機体を助けないと」

こうなれば。

自分で行動するのには車が必要だ。

白矢英一も、この同じ官舎に住んでいる。白矢は車を持っている。航空学生時代に買った、中古のBMWの3シリーズだ。四つの円《まる》い目玉のようなライトが特徴の、二十年以上昔のドイツ車だ。

航空基地はたいてい辺鄙《へんぴ》な場所にあるから、同期生が車を持っていると便利だった。茜も時々使わせてもらっていた。

(……あった)

茜は姿勢を低くし、砂利の敷《し》かれた駐車場の一角へ走った。

「ここか」

その白いBMW320iは、確か三十万円くらいで白矢が買ったのだ。屋根は黒い幌《ほろ》になっていて、一応オープンカーらしい（開けて走ったことはない）。

いいか、もしもキーをおとして無くしたりしたら、ここを手で探るんだ――

初めて貸してくれる時、白矢は教えてくれた。スペア・キーが、フロント・バンパーの裏側にガムテープで張り付けてあると言う。出先でキーホルダーを万一無くしても、これがあれば帰って来られる。パイロットは非常時の用意をいつもしていないとな――

（――あった）

指で探ると。言われたとおりの位置に、ガムテープで何か張り付けてある。爪ではがし取って、手のひらに載せると、確かに車のキーだ。

「白矢――ありがとう、借りるよ」

音を立てぬようにドアを開けた。左側の運転席へ滑り込む。ミッションがオートマチックなのは助かる。車は、あまり運転したことがない。

一回で、かかってくれ。

キーをひねると、キュィイイッというセルモーターの音がひどく大きく鳴った。しかし整備は良い。エンジンは一回でかかり、ドロロロッという重い排気音が響いた。

すかさずシフトレバーを〈D〉に入れ、パーキング・ブレーキを外した。アクセルを踏み込む。ぐうっ、と加速がかかり砂利を蹴るようにして発進した。

(行けっ)

ザザザッ
ライトは点《つ》けない。目は慣れている、そのままハンドルを回して駐車場の出口を出る。さっき来たばかりの道路へ走り出た。一本道だ。フェンス沿いに、戻るしかない。

加速。

ブォオオオッ
追って来るか……?

いや、一応大丈夫だ。

バックミラーには何も映らない。

海兵隊員は、官舎にいる幹部や隊員を外へ出すな、とだけ命じられているのか……?

アクセルを踏み込んだ。正門の前も、一瞬で通過した。

「とにかく、いったん基地から離れよう」

4

●小松市　市内

ブォオオッ

基地を背中に、県道を無灯火のままアクセルを踏みっぱなしで飛ばした。

最初に見えて来た交差点の信号の手前で、ライトを点けた。

交差点を曲がり、ようやく普通にトラックが行き交う国道へ出ると、異様な空間から現実の世界へ帰って来た、という感じがした。白い光をまき散らすコンビニを見かけると、思わずその駐車場へ車を入れた。

「――はぁ、はぁっ」

茜はＢＭＷを止め、運転席で呼吸を整えた。

最初に、何をする……？

（そうだ）

知らせなくちゃ。

イーグルの８９１号機が、山中に不時着しているかも知れない。そのことを知らせないと。

基地が駄目なら――

「そうだ防衛省」

携帯を取り出す。防衛省の本省にかければ、適切な部署へ繋いでくれるだろう。救難隊を出してもらわなくては。

しかし本省のホームページで番号を調べ、かけてみても、案内テープが流れるだけだ。防衛省には一般からの通報を二十四時間受けつけるような窓口は、無い。本省の情報本部のような特別な部局の直通番号は、公開されていないし茜には分からない。

「そうだ、燕木三佐」

はっ、と気づいた。

千歳基地にいる燕木三佐にかけてみたらどうか。今は特別輸送隊で政府専用機の機長をしている、茜の訓練生時代の教官だ。

だが

（……繋がらない？）

携帯に登録した番号にかけても、『電波が届かないか電源が入っていない』という案内音声が流れる。三佐は夜間のフライトに出ているのか。あるいは一年半前に登録した番号だから、変わっているのかも知れない。

ひかるにもかけてみる。だがこっちも駄目だ。同じ案内音声だ。訓練生は、たぶん宿舎で集団生活だから、消灯時刻を過ぎたら携帯は切るだろう。

茜は一応、ひかる宛てのＬＩＮＥに『目が覚めたら連絡して』と短く入れた。

「くっそ」

千歳の人たちも、あてにならない。

ならば。

山中に不時着している機体とパイロットを、助けてもらうのだから――

（――山岳救助の要請、か）

山種滋蔵という営林署の人のフェイスブックには『谷を抜けて行く灰色の戦闘機を目撃した』とあった。峡谷を抜けた先に農道空港が存在することは、地図で知ったが。８９１号機がそこまで辿り着けた、という確証は無い。途中の峡谷の崖に引っかかって……。

頭を振る。あまりそのような想像はしたくない。

「山岳救助――どこへ連絡するんだ」

コンビニの駐車場はWi-Fiが入る。検索は素早く出来る。ネットで調べると、山で遭難して携帯で救助を求めるのならば一一〇番をしろ、とある。

（――――）

そうか――思い出した。山で遭難して一一〇番へ救助を求めると、まず地元の県警の山岳救助隊へ連絡が行って、警察で手に負えないと分かると、自衛隊の救難隊へ出動要請がされる。そういう仕組みになっているはずだ。

一一〇番をすれば、最後は救難隊へ通報が行くのか。

茜は、携帯の面《おもて》を見た。

一一〇番……。

警察か。

さっき、警察署で嫌な思いをしたばかりだ。

(でも、そんなこと言っていられない)

不時着しているはずのイーグルとパイロットを、助けなければならない。それが有川や白矢を助けることにもなる。

目を上げると、コンビニの店先に緑色の公衆電話がある。

そうだ、あの電話機の赤いボタンを押せば、硬貨やテレホンカードが無くても警察や消防へ緊急連絡出来るのだ。

自分の携帯からかけるのが、何となく嫌だったので、茜はＢＭＷのドアを開けて駐車場へ降りた。

緑の公衆電話は、普段はほとんど使われることも無いのだろう、店先にぽつんと立っている。

「―――」

茜は緑色の受話器を取り、左手で赤いボタンを押そうとするが。

待てよ。

手を止めた。

一一〇番――警察への助けの求め方を、昔、聞かされた。そのことを思い出した。

（確か――一度通報したら、こちらからは切れないんだ）

唇を嘗めた。

思い出す。

小学五年のとき。

ひかるが、襲われた。茜の上げた悲鳴で変質者の男は逃げた。しかしひかるは――

その事件の後。現場の検証に連れて行かれ、その場で茜は警察官から教えられた。子供用の携帯電話というものがあるから、親に頼んで持たせてもらうといい。そしてもしも危ない目に遭《あ》ったら、一一〇番を押しなさい。その時は、しゃべれなくてもいい。一一〇番さえ押せば警察に繋がる。もし犯人がその直後に取り上げて電話を切っても、実は通報した側から通話を『切る』ことは出来なくて、回線は警察に繋がったままになる。警察は、何か事件が起きたと判断して、電話の位置を割り出して捜査員を急行させる。だから危険な目に遭ったら、何とかして一一〇番だけは押しなさい。

「――――」

茜は少し考えると、赤いボタンを押さずに受話器を戻した。

その場で携帯のマップを出す。指で地図を横に動かして、拡大し、〈二見農道空港〉を探し出すと、マークした。そして現在位置からマークした位置への経路を検索する。

最近のスマホのマップ機能は凄い、カーナビの代わりになるんだ――前に白矢が、そう言っていた。

（出た）

マップ上に現れたブルーの経路。

目的地へは、ここから途中まで北陸自動車道経由で――三二〇キロメートル、所要時間は五時間二六分……。

時計を見た。

どうせ、月の無い闇夜ではヘリは山岳地帯を飛べない。夜が明けるまで、空からの捜索は無理だ。車で飛ばして行けば、夜が明ける寸前くらいに向こうへ着く。

「よし」

茜はうなずいて、自分の携帯の面をタップしてキーパッドを出し、一一〇番を押した。

短い呼出音の後、すぐオペレーターが出た。

『事件ですか、事故ですか』

「あの——通報したいことがあります」

茜は唾《つば》を呑み込んで、頭の中を整理しながら言う。

「今日の日中に、日本海の島根県沖で消息を絶った航空自衛隊のF15戦闘機が、兵庫県の山中に不時着している可能性があります。捜索と、救助をお願いします」

『——？』

電話の向こうで、女性警察官らしいオペレーターが絶句するのが分かった。

いきなり言われた意味が、分からないのだろう。

「いいです、あなたが分からなくてもいい、どうせこの通話は録音されているんでしょう。上の方の、しかるべき部署の人に伝えて。私は航空自衛隊第六航空団、小松基地整備隊所属の舞島茜一等空曹。行方不明になっているF15の891号機は、海面でなく山中にいます。不時着している可能性があるのは、兵庫県の日本海沿岸、余部付近から内陸へ続く峡谷のどこか、あるいは峡谷の終点にある盆地の〈二見農道空港〉です。無線連絡が無いから、機体が損傷しているかパイロットが負傷している可能性が大きい。私もこれから現地へ向かいます。私がこの電話を切っても、そちらで操作しなければ回線自体は切れないんでしょ。切らないでおいて、私の後を追いかけて兵庫県警の山岳救助隊か、航空自衛隊の救難隊を寄越してくれたらいい。いいですか？」

『え、あ、あの――』

「悪戯《いたずら》じゃありません。上の人に伝えて」

茜はそれだけ告げると、電話を切った。

携帯をポケットへしまい、少し考えてコンビニの店内へ入った。

ロング・ドライブになる。携帯の応急充電器と、何か食べる物と飲み水を買おう。

●東京　永田町
総理官邸　オペレーション・ルーム

「くそ」

常念寺貴明は、駐日アメリカ大使との通話が終わった携帯を目の前に置いて、腕組みをした。

「こんな簡単なことに、今まで気づかなかったとは――」

「簡単なこと、ですか」

障子有美は、防衛省情報本部とも回線を開き、機密が護られる通話で必要な調査を依頼していた。先ほど横河副班長から指摘された、潜在的にテロを起こす可能性のある自衛隊幹部を洗い出す作業の依頼だ。

海兵隊がすべての自衛隊機を押さえてしまったのなら、戦闘機や攻撃ヘリであそこを狙われる危険性は無くなったわけだが――

正面スクリーンには、〈もんじゅ〉の建屋内部の様子が、白黒の動画で浮かび上がっている。もはや海兵隊は炉心での作業が忙しいのか、すべての監視カメラをいちいち潰すのも止めてしまい、おおっぴらに作業を続けている。高い天井でクレーンが動いている。背の高い白衣の技術者が走り回り、日本人の研究所員らしき姿はまったく見えない。

勝手に作業……。たぶんIAEA経由で図面を手に入れたか。

「普段からアメリカ海兵隊をあれだけ大勢、国内に駐留させておくことは、母屋をやくざに貸すようなものだった」

「――――」

「外から来るやくざを追い返してくれるかも知れないと思って、知り合いのやくざを住まわせていたら、その知り合いのやくざにいきなり縛《しば》り上げられてしまった。くそっ、やくざはしょせんやくざだ」

そこへ

「総理」

エレベーターの扉が開き、古市官房長官が秘書たちを引きつれて駆け込んで来た。

「遅くなりました。お聞きした事態は、本当なのですか」

続いてNSC各班の要員たちも階段を使って、どっと駆け込んで来る。たちまちオペレーション・ルームは騒がしくなる。

「話は本当だ」

常念寺は、着席する官房長官へうなずく。

「わが国は、これまでは長くアメリカ組の組長の愛人として、組長のシマで商売をしてそれなりに栄えて来た。しかしその組長は、ある日愛人が自分で自分の家を護ろうとしたら、子分に命じていきなり縛り上げて来た」

「?」

「組長の、愛人——」常念寺は腕組みをしたまま息をつく。「二七〇〇年も続いた、誇りあるわが国のすることじゃなかった——上の様子はどうだ」

「は、それが深夜ということもあるのか、マスコミはまだ何も」

「そうか」

「NHKを始めTV各局は特番を組んで、韓国が戦勝国になったと、そればかりです」

●若狭湾沿い　北陸自動車道

一時間後。

『――この度の国連の決定で、私たちはあらためて敗戦国として、戦勝国である韓国と向き合っていかなければならなくなりましたが。高木さん、どう思われますか』

山の陰に入ることが多い海沿いの高速道路では、安定して受信出来るラジオ局はNHKしかない。何か新しいニュースはないかとAMラジオをつけっ放しにしていたが、NHKラジオは〈報道特別番組〉と称して、さっきから同じ内容を繰り返している。

『はい、私たち日本人は、反省と謝罪が足りなかったことを深く認識し、あらためて韓国の人たちに謝らなくてはいけないということです』

『七〇年前の戦争で、韓国が日本と戦って勝ったということになりますと、当然、賠償の問題がクローズアップされます』

ほかのニュース、やらないかなぁ――

茜は運転しながら、ラジオのスイッチパネルに眉をひそめた。

今、アメリカの海兵隊が小松基地をほとんど封鎖状態にしている。何か、特別な軍事行動がされているに違いないのに……。

と

ピロロロッ
ラジオの下の物入れに置いた携帯が、画面を明るくして鳴った。

(────)

名前が浮かび上がる。

さつきか……。

独特のコール音は電話回線ではなく、LINEの通話機能だ。画面の表示を一瞥《いちべつ》した茜は、顔を上げる。ちょうど前方に、小さなパーキング・エリアがある。緑色の看板が迫って来る。

「止まろう」


パーキング・エリアに車を入れて止めると、深夜のせいか人けも無い。潮風と、波の音が漂って来る。

コール音は切れてしまっていたが、画面でLINEのアプリを選び、こちらからかけ直した。

「さつき──?　どうした」

『あっ、先生』

十二時をとうに過ぎているが、女子高生は興奮した声だ。

『携帯が繋がらないから、ＬＩＮＥでかけてみたんだけど』

「うん、どうした」

電話回線は、たぶん警察に繋がったままの状態だ。

さつきに詳しく説明している暇は無いが——

『フェイスブックが、消えているんです』

「フェイスブックが……？　警察が悪さをしたかな」

『いいえ』電話の向こうで頭を振る気配。『わたしのじゃなくて、山種滋蔵さんの』

「——えっ」

茜は目をしばたたく。

あの営林署の人のか。

『わたしは環境問題に興味があるから。だから自衛隊や米軍の低空飛行訓練は、怖いですよね、どんな感じでしたかって「友達申請」して訊いてみたんです。そうしたら、他にも昼間のことを問い合わせて来ている人がいて』

「————」

『しばらくしたら、ページ自体がもう繋げないんです』

「そうか」

茜は、その年配の男性のフェイスブックを捜し当てた時のことを思い出した。日本海、戦闘機、低空、墜落とキーワードを入れたら、トップに出て来たのだ。同じような捜し方をしている者がいれば……。

でも、どうしてページが消えたのだろう。

「分かった、さつき」茜は安心させるように、努めて明るい声を出した。「ありがとう、もう寝るんだ。私は、直接現地へ行ってみることにした。何かあったら知らせる」

通話を切り、停めたついでに車を降りて、身体を伸ばした。

今夜はハードだ——勤務を終えた後で変質者と格闘し、自転車を十数キロもこいで、次は夜通しの運転……。

（ここ、どの辺だろう——）

月の無い夜だ。

北陸自動車道の本線の向こう側は、海岸だ。若狭湾の入口あたりまで来ただろうか。

ここからは湾に沿って、敦賀半島の根本を横断するようにして西へ向かう。夜の日本海を右手に見ながら福井県から京都府を通って、兵庫県に入る。

問題の峡谷の入口になっている、リアス式海岸には道路が無い。なので京都府からは舞鶴若狭自動車道で内陸へ入り、さらに福知山《ふくちやま》から播但《ばんたん》連絡道路に入る。その終点くらいまでは道路がいい。比較的早いだろう。だがその先の山道が大変だ——目指す盆地へは山を越えて行く。〈二見農道空港〉へは、明け方に着ければいいだろう。

運転席へ戻り、エンジンをかけようとすると。

ボトボトボトッ
闇夜の空気を叩きながら、轟音《ごうおん》が頭上を通過した。

（……オスプレイ？）

ヴォッ
見上げると、灯火をつけていない黒い影が車の屋根をすれすれに通過した。速度は速い
──パーキング・エリアの真上から海上へ抜け、みるみる小さくなる。

敦賀半島の方へ行く……。こんなところも飛んでいるのか。

「米軍……何をやっている」

視界のずっと奥、水平線から真っ黒く突き出すようなシルエットがある。山がちの半島だ。原発が多く立地するという──

（……！）

はっ、と思いついた。

オスプレイが、何かの作戦行動であちこちの低空を飛び回っている。

北海道の千歳基地は、どうなっているだろう。

「まさか」

茜はもう一度携帯を取り出すと、ＬＩＮＥのアプリを起動した。

●東京　総理官邸
　オペレーション・ルーム

「四機目のオスプレイです」

　すでにオペレーション・ルームには、参集したＮＳＣの各班員たちが席につき、各方面からの情報収集と分析にかかっていた。

　正面スクリーンの映像に、声を上げたのは戦略班員の湯川雅彦だ。

　スクリーンは、別の角度から〈もんじゅ〉の前庭を映し出している。海兵隊員たちは、もう監視カメラの存在など気にも留めないように忙しく叫びあって作業している。

　たった今飛来し、着陸したオスプレイのカーゴ・ドアが開き、何か銀色に光る物体が引き出される。長い物だ。

「湯川君、あれは」

　障子有美が訊くと。

「おそらくキャニスターでしょう」湯川は指摘する。「あそこで組み立てるのです。プルトニウム運搬用の密閉格納容器です」

「ずいぶん大きなものだな」

常念寺が言う。

たちまち組み立てられていく銀色の物体に、眉をひそめる。

「ジンベイザメでも入れる水槽みたいだ」

「容器は、あのように大きくなります。ブランケット燃料に含まれるプルトニウム239は、六二キログラムですが。〈もんじゅ〉の内部で加工して成形することは出来ません。おそらく彼らは燃料棒の形でそのまま持ち出します。燃料棒数十本を、周囲を包んでいるナトリウム溶液ごと空気に触れないように取り出して封入し、あのキャニスターに収めます。嵩《かさ》は大きくなるし、大量の溶液に漬かっているので重量は一基当たり一〇トンはくだらない」

「一〇トン？」

「そんなにか」

「オスプレイでも、吊して運ぶしかありません。そしてあれだけ大きい、一基一〇トンのキャニスターを二基積んで、太平洋を横断出来る輸送機といえば米空軍のC5Aギャラクシーだけでしょう。しかし一番の問題は――」

その時、首席秘書官が常念寺に駆け寄ると報告した。

「総理。外務大臣が電話回線で繋がりました。これで一応、市ケ谷の防衛大臣と合わせ、四大臣がそろいましたので『電話閣議による内閣安全保障会議』が成立します」

「よし」

常念寺はうなずいた。

「ただ今よりこの場を、〈内閣安全保障会議〉とする。障子危機管理監、現在の情況をもう一度整理し報告してくれ」

●北海道　千歳市
航空自衛隊　千歳基地

同時刻。


新千歳空港に隣接する千歳基地は、広大な闇のフィールドだ。

南北に延びる二本の専用滑走路を挟み、西側にＦ15Ｊ戦闘機を擁する第二航空団の格納庫とエプロン。そして東側には政府専用機を運用する特別輸送隊の格納庫とエプロンが、一キロ半の間隔で向き合って配置されている。

民間の新千歳空港とは接続誘導路で結ばれているが、五キロ離れている。二つの飛行場は実際には隣町と言えるくらい離れていて、深夜でも発着便のある民間ターミナルの喧騒《けんそう》はここまで漂って来ない。

夜間の飛行訓練がなく、スクランブルも上がらないと、広大なフィールドは蒼い誘導路灯がポツポツと並ぶ闇の空間になる。

東側エプロンの格納庫の陰を、ほっそりしたシルエットが走っている。

息を切らしている。

空色のブラウスに、スカートの制服姿。略帽を被っている。

「はっ、はっ」

舞島ひかるは、必死に走っていた。ひかるを走らせているのは恐怖だった。背中を振り向きたくても振り向けない。たった今、特輪隊の隊舎で目にした光景が、頭に焼きついている。

どこへ、隠れる……⁉

今この瞬間、考えられるのはそれだけだ。脳裏《のうり》にたった今の光景が浮かぶと、背中がぞくっとした。幼い頃、心の奥の奥に焼きつけられた〈あの恐怖〉が、蘇《よみがえ》る感じだった。

異変は、異様な爆音とともに始まった。

いったい何が起きているのか。

分からない、でも逃げなくては。

「はぁっ、はぁっ」

専用機——

格納庫の横を走って来たひかるは、足を止める。この先はエプロンだ。巨大な四発機のシルエットがたたずんでいる。

「——はぁ、はぁっ、はぁっ」

格納庫の縁に隠れ、壁に背中をつけて覗いた。

政府専用機・ボーイング７４７‐４００は、すべてのドアを閉じた状態で駐機している。昼間、小松基地まで訓練で飛んだ機体だが、今は人けが無い。

隠れ場所は……。

そうっ、と見回す。

左手、一〇〇メートルほど離れて特輸隊の司令部を兼ねた隊舎がある。

迫《せま》り来る修了試験の『資料委員』に当たってしまったひかるは、同期の訓練生みなのために、ギャレー・ワークの試験の資料を作らなくてはならなかった。特別に許可を取り、夕食後に格納庫の資料室へこもって独り作業をしていた。そろそろ戻ろうか、と思っていた矢先にボトボトという異様な爆音を聞いたのだった。

オスプレイがいる……。

隊舎の前に一機——そして滑走路を挟んで反対側の第二航空団のエプロンにも、複数機が降りたようだ。あれらがアメリカ海兵隊の新型輸送機だ、ということしか知らない。茜姉ちゃんほど、飛行機に詳しくはない。

つい、十分前。出来上がった資料を抱えて、歩いて隊舎へ戻ろうとした時だった。前方を黒い影の群れが横切って隊舎へ『突入』して行くのが見えたのだ。

（…………）

あれは、何だったんだ……？　黒い群れは、プロペラを上に向けて止まったオスプレイの機体から飛び出して来た。隊舎の窓の明かりで、黒い影は灰色まだら模様の迷彩服だと分かった。全員がヘルメット、そして小銃を手にしていて――

ひかるは思い出す。

何だろう、と思って近づいて行くと、悲鳴が湧《わ》いた。

同期の訓練生、そして先輩客室乗員たちの悲鳴――

一階のオペレーション・ルームの窓に明かりがついていて、内部で影が入り乱れて動くのが見えた。

ひかるは背中がぞくっ、とした。

「――――」

目をつぶる。駄目だ、さっき窓から覗《のぞ》いた内部の光景は、思い出したくない。

いったい何が起きているのか分からない。

でも、身を隠さなければ。あの群れに見つかってしまったら――わたしも包丁のようなサイズのナイフでブラウスを裂かれる……。

数分前。異様な空気を肌で感じたひかるが、そろそろと窓に近づき、中を覗くと。

オペレーション・ルームの中央に、特輸隊の客室乗員たちが集められて、周囲から銃を突きつけられていた。ガラスが防音だから声は聞こえない。迷彩服の群れは、どれも異様に大柄に見えた。まるで熊だ――二十名あまりの女性自衛官たちに銃口を向けて『おとなしく座れ』とでも命じたのか。驚きに目を見開くような客室乗員たちがおずおずと腰を下ろすと、中で客室班長の一尉だけが座らずに、迷彩服のリーダー格に向き合って毅然《きぜん》とした感じで口を動かした。『あなたたちは何？　馬鹿な真似はやめなさい』とでも言ったのか。だが迷彩服のリーダー格はやおら腰から大型のナイフを抜くと、一尉のブラウスの襟《えり》を掴んで鋭い刃を上から下へ動かした。

（…………）

ひかるは唇を噛み、頭を振る。

アメリカ軍が、何を始めたのか。

分からない。

でも今は、隠れなくては……。

身体の奥に刻みつけられている〈恐怖〉が、『逃げろ』と教えている。

目を上げる。駐機している大型四発機――747の機体の周囲に、人影は無い。

格納庫の中では駄目だ、資料室も含めてひらけた場所ばかりだ。

（隠れ場所は――あそこしか）

ひかるは目をしばたたき、うなずくと息を止めて地面を蹴った。

5

●千歳基地　特輸隊エプロン

「はっ、はっ」

普段ならばエプロンを照らしている照明塔の水銀灯が、切られている。走り出してから気づいた。

真っ暗だ。前方の大型四発機――747の機体も電源が入っていないのか、外部灯火がすべて消えていて真っ黒いシルエットだ。

ひかるは走った。機体が巨大だから、走っても走っても、近づいて来る感じがしない。

ようやく尾翼の下から胴体の下へ――頭上を圧する量感だ。四本のメイン着陸脚の合計十六個のタイヤの間をすり抜け、流線形の機首の下へ。

「はぁっ、はぁっ」

どこだ。

目で探した。

どこだ、床下電子機器室のハッチ――


特別輸送隊の訓練が始まって、最初に機体の見学をしたとき整備士から教わった。もしも海外の見知らぬ飛行場へ予定外の着陸をして、地上にタラップなどの乗降設備が無かったら。この７４７には左側2番ドアに内蔵式タラップがあるが、それも故障して使えなかったら、最後の手段として、ここからも乗り降りが出来る。

「これは床下電子機器室へ出入りする、整備作業用のハッチだ。前車輪の少し後ろのこの位置、機首の胴体下面に、四角いハッチがある」

整備士は、ずらり並んで話を聞く新人客室乗員訓練生たちを前に、実際に機体下面のハッチを開けて見せた。

「このように、機体表面に埋め込んであるハンドルを摑み出して、手前に引き、回す。するとこうやって――」

どこだ、どこだハンドル……。

ひかるは背伸びをして、滑らかな機首下面の胴体表面を触って進んだ。指先に、何かが引っかかった。角の円い、四角いハッチの縁だ。

（あった）

指先で探ってハンドルを起こし、手前へ引く。ガクッ、と手応えがある。回す。

ばくんっ

思ったより大きな物音に、びくっとする。

周囲を見回す。明かりのついた隊舎が一〇〇メートルほど離れた背後にある。窓に大柄な黒い影が複数立っている。こちらを見られたか……？　分からない。

ひかるはハッチ開口部の縁に手をかける。結構な高さだ。だが鉄棒の要領で、身体を何とか引き上げた。細いのに筋力はあるんだな、と入隊時の体力測定で驚かれた。それはそうだ、やりたくもないのに何年も実家の道場で稽古させられた。

内部の空間へ、転がり込む。素早く腹ばいになり、右手を伸ばしハッチを引き上げて、閉じる。

「――はぁっ、はぁっ」

真っ暗だ。

見回す。何も見えない。

明かりは――

（そうだ、携帯）

ブラウスの胸ポケットからスマートフォンを取り出して、スイッチを入れた。数秒して画面が目覚めると、それだけで周囲が明るくなった。

「――――」

顔を上げ、見回す。ここは三メートル四方くらいの狭い空間だ。天井がある――高さは二メートルくらい。床から天井まで、書棚のようなラックが立ち並んでいる。

ひかるは、ラックの隙間に寝転ぶ形だ。床下電子機器室と言っていた。機体を制御するコンピュータなどの本体が、何列ものラックに収まっているのか。

（梯子《はしご》が、ある）

目の前に梯子があって、天井へ届いている。目を上げると、天井にも四角い蓋《ふた》のようなハッチがある。非常の際の乗り降りに使える、というのは、あれで客室内へ上がれるということか……。

「そうだ」

手のひらの携帯を見た。

誰かに、連絡を取って――

何が起きているのか。分からない、でも誰かに知らせないと。

特輸隊は、二十四時間待機するような任務ではないので、夜のフライトが無い日はパイロットも運航担当者も整備の人たちも、基地の外に自宅がある人はみな帰ってしまう。隊舎に残っているのは、若い単身の客室乗員ばかりだ。

「――駄目だ、〈圏外〉」

教官の燕木三佐へかけようとすると、画面の表示が〈圏外〉だった。電波が来ていないのか……？

と

コツ、コツ

（……!?）

ひかるは固まる。暗闇にずっといたせいか、聴覚が敏感になっていた。機体の外板構造を通して外の物音が伝わって来る。

足音……？

隊舎のある方角からだ。近づいて来る。重い体重、早足の感じ。複数だ。

こっちへ来る。

どうしよう――

固まって、数秒を無駄にしてしまった。

人の声がした。すぐ機体の外――男だ。大声の英語で、何かしゃべり合っている。
そう感じた瞬間。
ガクッ
すぐ目の前で、ハッチのハンドルが沈み込んだ。
外側から操作されてる……!?
「ひっ」
息を呑んだ。
ハンドルがひとりでに動き、回転して、ラッチの外れる音がした。
ガチン
ばくんっ

ハッチが下側へ開き、腹ばいになったひかるのすぐ目の前に四角い『穴』が開いた。

(――うっ)

どうしようもない。動けない……!

(はっ、そうだ携帯)

慌《あわ》てて手にしたスマートフォンをブラウスの胸の下に隠した。明かりが漏れたら見つかる……。

ひかるはアルミ合金の床面に腹ばいの身体を密着させ、じっとするしかなかった。

何か臭《にお》いがする。男のきつい体臭──

ぬうっ
目の前に、真っ黒い影が『穴』から突き出すように現れた。

上がって来た。

「オーライ、ディス・イズ・エレクトロニック・イクイプメント・センター」

唸るような声。

アメリカ人か。

「ヤー」

もう一人の声が、下の方でする。

「ゴー・トゥ・アップワード」

「ＯＫ」

大柄な影は、完全に内部へ上がると、ひかるの方は見ずに梯子を上った。

（────）

ひかるは、固まってじっとしているしかない。

呼吸も止め、ただ目を見開いていた。

ぬうっ
もう一つの熊のような人影が『穴』から上がって来る。きつい体臭をまき散らし「オーライ、レッツ・クローズ・ヒア」と言いながらハッチを引き上げて閉める。

ガチン
「OK、ウィ・キャン・ゴーアップ」

梯子を上がりかけた影が、天井の蓋のようなハッチのハンドルを回し、押し上げた。

天井の出口が開く。

「レッツ・エスタブリッシュ・エレクトリカルパワー、アット・コクピット」

「OK」

声がでかい。

まるで二匹の熊が、頭の上で吠え合っているようだ。

頭上にばかり関心があるのか。床に密着して固まっているひかるには、気づかない。

わたしが隠れるところを見とがめて、捕まえに来たんじゃないのか……。

次第に、暗闇に目が慣れる。後から上がって来た熊のような男——海兵隊員だろうか。灰色まだら模様の迷彩服の腕に分厚いバインダーのような物を抱えている。先に入った男を促し『上へ行こう』と言っているのか。

たちまち、海兵隊員は二名とも梯子を上り、頭上のハッチの向こうへ消えた。

「――」

ひかるは、息をついた。

見上げる。

天井の出口は、開いたままだ。

(ここにいたんじゃ、見つかる)

あの海兵隊員は、どこへ行ったのか。彼らの会話で『コクピット』という単語があった。二階客室の最前方にある操縦室へ行ったのだろうか。

ならば。

(上がっても、大丈夫か……?)

ここは外部との通り道だ。さらに後から、彼らの仲間が来るかも知れない。今は運よく見つからずに済んだが――

上がらなくては。

●747-400　機内

梯子を上り、四角い開口部からそうっ、と覗いた。

ここは一階客室の床面だ。照明灯がまったく点いていないので、暗い。
人の気配が無いのを耳で確かめ、手をついて音を立てぬよう開口部を出た。
中腰で床に立つ。機首のコンパートメントだ。ひかるのいる位置は1番ドアよりも前方
——通常の旅客機で言えばファースト・クラスのキャビンになる。後方へ向かって一直線
に通路が延びている。
（どこか、隠れる場所——）
見回しかけた時。
ぱぱっ
ぱっ
突然、息をつくように天井灯が点灯した。周囲が真っ白になる。
「うっ」
眩《まぶ》しさに目をすがめる。
電源が入った……!?
あの男たちが、コクピットで操作したのか。
同時に
ピロロッ
ひかるの胸で携帯が鳴った。

ピロッ

（うわ）

ものすごく大きい音に感じた。

何で、こんな時に……！

慌てて胸を押さえ、隠れる場所を探す。座席の列の間——あそこしかない。走る。

左側1番ドアの後方、ビジネスクラス仕様のシートを並べた一角へ駆けると、シートの間へ転がり込んだ。胸ポケットから携帯をつまみ出し、震える指でマナー・モードに切り替えようとするが、スイッチが小さいので爪が滑る。

ピ——

また鳴ろうとするのを止めるのと、頭上で階段がギシッ、と鳴るのは同時だった。

呼吸の音がしないように、必死で息を止める。

上半身を起こし、シートの隙間から覗く。二階客室への連絡階段に迷彩服の脚——海兵隊員が姿を現し、一階の空間を見回している。

「——ホワッツ？」

二階の空間の奥から、別の声が訊く。

「アイ・ドント・ノウ。サムシング・サウンズ・デア」

後は早口のスラングで何か言い合う。

（――――）

ひかるが固まっていると。

海兵隊員は、階段を降りてまで見に来ることはなく、また二階客室へ姿を消した。

「――はぁっ」

ひかるは息をつくと、注意深く立ち上がってシートの間を出た。音を立てぬように通路を後方へ走り、訓練で使い慣れた客室中央のギャレーへ駆け込んだ。後ろ手にカーテンを引き、並んだオーブンと冷蔵庫に背中をつけて座り込む。

「はぁっ、はぁっ」

胸ポケットの携帯を出す。

さっきの音は、ＬＩＮＥのメッセージ着信を知らせるアラームだ。

画面を見る。いつの間にか〈圏外〉でなく、Wi-Fiの受信を示す扇形のマークに変わっている。

（そうか）

機体に電源が入って、衛星回線のアンテナが自動的に働き始めたんだ……。政府専用機の機内は、衛星経由のWi-Fi環境になっているから――

画面に浮き出た『着信の知らせ』は、ＬＩＮＥのメッセージが二件。いずれも姉の茜からだ。

暗証番号をタッチして、画面を開く。

『目が覚めたら連絡して』

そして
『ひかる、千歳はどうなってる。小松には海兵隊が来て、私は基地へ入れない。通話が出来たら様子を知らせて』

ひかるは目をしばたたく。

「――お姉ちゃん……」

●京都府内　高速道路

ピロロロッ
深夜の舞鶴若狭自動車道は、交通量が少ない。ごくたまに深夜便の長距離トラックとすれ違うくらいだ。
ＢＭＷの前照灯の光芒が闇の中へ伸びる。アクセルを踏み続ける茜の横で、助手席に置いた携帯が鳴った。

(——ひかる……!?)

横目で画面を一瞥し、茜はアクセルを戻すと車を路側帯へ寄せた。停車すると、携帯をタッチして耳に当てた。LINEの通話だ。

「ひかる。ひかる大丈夫か」

『——』

スピーカーの向こうの妹は、すぐには声が出ないようだった。はぁ、はぁという呼吸の音だけがする。

「ひかる、どうした」

『——お、お姉ちゃん、わけが分からないよ』

「どうした」

●東京　総理官邸　地下
オペレーション・ルーム

『現在、航空自衛隊は横田基地地下の総隊司令部中央指揮所を、同居している米軍の保安隊に占拠され、指揮機能を停止させられています。作戦機が運用出来る全国の各基地には米海兵隊が緊急展開して制圧、スクランブルも含めすべての航空機が発進出来ません。また横須賀《よこすか》にある海上自衛隊の自衛艦隊司令部も、同じく米軍保安隊が占拠して機能を停止。事実上航空・海上両自衛隊は作戦行動能力を失いました』

オペレーション・ルームのスクリーンには、市ケ谷の防衛省統合指揮所に詰めて現場の指揮に当たっている佐野防衛大臣が大写しになっている。

ＴＶ電話を使った〈内閣安全保障会議〉が始まっていた。

『陸上自衛隊の攻撃ヘリコプターを擁する各駐屯地にも海兵隊が降下しました。陸自駐屯地ではにらみ合いとなりましたが、私の一存で無用の衝突を避けるように指示し、現在は攻撃ヘリコプターの機体を格納庫に入れて封鎖することで合意しています。日米安保条約による行動だというアメリカ側からの通告を、一応尊重しての措置です』

「──分かった」

腕組みをした常念寺がうなずく。

「うむ……防衛大臣。これはもしもの話だが、本事態をアメリカからの侵略と判断し、自衛隊に防衛出動を命じたら戦えるか？　つまり〈もんじゅ〉の海兵隊を逆に我々で制圧して、プルトニウムの運び出しを阻止《そし》出来るか」

『無理です』

防衛大臣は頭を振る。

『ただちに〈もんじゅ〉を逆制圧するには、習志野《ならしの》の第一空挺師団をC1輸送機に載せて空中降下させるしかありませんが——C1輸送機も押さえられています。本土上空の制空権もありません。部隊を陸路で向かわせるには時間がかかり過ぎます』

「そうか」

『そ、総理』

スクリーンの片側に映っている仁科《にしな》外務大臣が『とんでもない』という表情をする。

『無茶を言われるのは止めて下さい』


（————）


障子有美は、やり取りを見ながら唇を噛む。

常念寺の悔しさは伝わって来る。

防衛力、自衛隊……。日本の『戦力』は世界有数だと言う。でも同盟国のはずのアメリカがちょっと裏切ったら、この始末だ。

「総理。こうなってしまっては、〈もんじゅ〉で戦闘になるのは好ましくありません」

戦略班の湯川雅彦が発言した。

「今、前庭で組み立てられているキャニスター——プルトニウム燃料棒を封入して運ぶ運搬容器は、強化特殊合金製ですが。その内部はナトリウム溶液で満たされるはずです。実は液体ナトリウムは水や空気に触れると、爆発的に反応するのです。つまり戦闘が起きて、もしもキャニスター本体に銃弾が当たり貫通するようなことがあったら――銃弾くらいは防ぐ構造になっているはずですが、機関砲やロケット砲に耐えられるはずはありません。穴が開いて中身が空気に触れたら、その瞬間大爆発です」

「何」

「プルトニウムが、文字通り爆発的に拡散してしまいます」

『何』

『な、何』

ピピッ

大臣たちや官房長官が驚きの声を上げるのと同時に、有美の席の情報画面にメッセージが入った。

（――情報本部から……？）

メールを開くと。

名簿のような一覧表が出て来た。メッセージが添えられている。『ご依頼の件・過去にアメリカへ留学、もしくは駐在武官として赴任した経験を持つ陸海空自衛隊幹部のリストです』――

これか。

(何百人もいるな……)

もう一通、メールが入っている。『空自戦闘機の日本海における遭難調査の途中経過』という表題だ。

そうか、そういう〈事故〉も起きていたな……。

●京都府内　高速道路

「ひかる」

茜は、妹の震えるような声に、背中がぞっとするのを覚えた。

昔聞いた悲鳴が一瞬、脳裏《のうり》をかすめたのだ。

「ひかる、どうした」

『海兵隊が来た』

「えっ」

『オスプレイで飛んで来て——特輸隊の隊舎には、客室の女子しかいなくて。みんな銃を突きつけられて、逆らうとナイフで』

「おちついて、順を追って説明するんだ。何が起きた。ひかるは無事なのか」

『何が起きているのか分からない。わたしだけ、たまたま外にいたから、逃げて来た。専用機の機内にいる。ギャレーに隠れてる。ここだけ携帯が通じるみたい』

「分かった」

茜はうなずいた。

「無事なら、そこに隠れているんだ。アメリカは敵じゃないんだから、きっと何か理由があって動いているんだ。そのうちに、何が起きているのか分かる」

言いながら、唇を嚐めた。

敵じゃない……。

本当に、そうなのか。

# 第Ⅳ章　チェイサー91

## 1

●兵庫県　山中

六時間後。

キキッ

ハンドルを切ったまま、横Gをこらえる。すぐ反対側へ切る。

片側一車線の道路がへアピン・カーブを繰り返しながら下り坂になると。

ようやく夜が明け、周囲の景色が見えてきた。東側の峠《とうげ》から盆地へ下って行く。朝日が見えるとしても、自分の背中の方向だが――太陽が見える感じはしない。緑の山に囲われた盆地の頭上を、灰色の天井のような雲が覆《おお》っている。

(昨日と、変わらない天気か……)

また反対側へハンドルを切りつつ、茜は思う。

ずっと運転している。

三時間くらい前、播但連絡道路の朝来《あさご》という出口で、セルフ・スタンドで給油をした時に車を降りた。休憩《きゅうけい》といえばそれきりだ。

千歳にいるひかるが心配だが——

今はどうすることも出来ない。公衆電話も見当たらないし——茜の携帯はＬＩＮＥ以外は通話出来ない状態だ。

警察では、私の通報はしかるべき部署へ伝えられたのだろうか……？　電話が使えない状態なのは、一一〇番にかけて以来、回線が向こう側から切られていないしるしだ。かけられたとしても。燕木三佐に電話をしても、千歳の官舎が小松と同じ状態だったら
——

「——う」

茜はハッ、としてブレーキを踏んだ。

キキキッ

前方を、茶色い影が跳ぶように横切った。

（ウサギか……）

ハンドルに手を置いて、息をついた。

ばんっ
ＢＭＷを降りて、ドアを閉じ、伸びをした。ここは山の斜面の中腹か——振り返ると、自分がたった今降りて来た山がそびえている。行く手へ目を戻すと、ヘアピン・カーブの連続が白い朝靄《あさもや》の下へ消えている。

あの靄の下に、本当に飛行場があるのか……？

あの辺りは、人がいなくてね。

山に入る前のセルフ・スタンドで、確かめるように道を聞くと。深夜の店番をしていたアルバイトの青年が言った。

「五年前に台風が来たでしょう。地滑《じすべ》りが起きて、集落が一つ、無くなったんですよ」

「地図に〈農道空港〉って出てるけど、二見には飛行場があるの？」

単に興味があるから尋ねている感じで、茜が訊《き》くと。

「あぁ、バブル時代のやつ——」

青年は、自分には関係のない遺跡の話題でも振られたような顔をした。

「どうなっているんだろうねぇ」

（集落が無くなった……）

茜は唇を嚙《か》む。

他人事じゃ、ないような気がする――

完全に夜が明けて気温が上昇すれば、盆地の底を覆う朝靄は消失するはずだ。だが今は白い水蒸気に覆われ、様子が見えない。

「……とにかく、降りて行って見るしかないか」

●二見村

ヘアピン・カーブが終わると、道はまっすぐ、平坦になった。

盆地の底――二見という地名の場所へ達したのか。

乳白色の靄で、視界は数百メートルだ。時々ワイパーを使った。道路の左側に、壊れかけた『別荘地』という看板が現れ、すぐ後方へ消える。

山に入って以来、対向車とは一回も出会っていない。

（――――）

視界の奥に白いものが見えた。また看板か……？　何か見えて来た。

アクセルを戻し、ゆっくり近づく。

金網のフェンスが、前方視界を横切っている。道路はフェンスにつき当たる手前で右へ直角に曲がっていた。

キッ
フェンスの手前でＢＭＷを止めた。

路肩へ寄せようとしたが、草が茜の腰よりも高く、ぎっしり生《は》えているので道路の縁が分からなかった。

エンジンを切り、降りてみた。

フェンスの内側――金網の向こうも同じような感じだ。乳白色の靄の奥まで、ぎっしりと草が埋《う》めている。白い看板は『二見農道空港』とあった。遠くから見ると白かったが、あちこち錆《さ》びている。そのすぐ横に『立入禁止　兵庫県』という黄色い貼り紙。

白い看板の横は両開きのゲートのようだが、鎖《くさり》が巻いてある。

（――――）

茜は見回すが、人けはない。

とりあえず、目的地はここのようだ――

しかし。

ざっと見渡したところで、Ｆ15なんかどこにあるんだ――？　という感じだ。それらしいシルエットはない。

目を上げると、周囲三六〇度のほとんどが山――北に当たる方角だけ、山が切れ込んで峡谷になっている。低い雲が天井のように塞《ふさ》いでいる。

どこか、場内へ入れるところはないか……。

フェンスは茜の背丈よりも高いが、登って越えられないことはない。滑走路があるとしたら、この草ぼうぼうの向こうだろう。舗装《ほそう》されているから、滑走路自体が雑草に完全に隠れるはずはない。この位置から路面が見えないだけだ。

他に、背の高い円筒状の建物がある。倉庫のような――サイロというのか。

（イーグルの垂直尾翼は高いから。もし機体があれば、この草でも見えるはずだけどでも分からない。自分が思ったとおりに８９１号機はここへ不時着して、ちょうどあのサイロの陰に止まっているのかも知れない。

やっぱり、フェンスを乗り越えて確かめるしかないか。

その時。

「…………」

茜は、視界の中に違和感を覚えた。

何だろう。

最初は、何なのか分からなかった。

間違い探しパズルのように視界を見直し、ようやく気づいた。サイロの壁の二階くらいの高さの位置に、何か機器が取りつけてある。真新しい感じ。

それが、こちらを見ているような気がしたのだ。

(……監視カメラ?)

茜の二・〇の視力で見ると、小さな赤ランプが点《とも》っている。カメラは稼働している。

県が、警備会社にでも委託して管理しているのかな。どこか遠隔地で、集中的に管理をしているところがあって——

「——」

考えかけて、ふと気づいた。

振り向いて、フェンスのゲートをもう一度見やった。鎖をかけられた両開きのゲート。

その下の地面——

(——タイヤの跡。新しい……)

さっきも目に入っていたのに、気づかなかった。

歩み戻った。

膝《ひざ》をつき、自分の走って来た道路の路面と、閉ざされたゲートを見比べた。二本の太い轍《わだち》がまっすぐに、中へ延びて消えている。比較的大型の――オフロード4WDのような車だろうか、最近あっちから来て、ゲートの中へ入ったようだ。

「誰か中に、いるのかな」

茜は車に戻ると、運転席のシガー・ライターで充電していた携帯をシャツのポケットに入れた。画面はいつの間にか〈圏外〉になっていた。LTEどころか3Gも来ていない。でも場所によって、電波が入るかも知れない。

何か、役に立つ物はないか――？　後部トランクを開けて探すと、軍手が出てきた。白矢が車を整備するとき使うのだろう。手を保護するために、借りてはめた。

もしもF15がサイロの向こうに止まっていて、パイロットが意識を失っていたら。応急手当が必要かも知れないが、操縦席の下の脱出用エマージェンシー・キットを開ければ、中に救急箱がある。

もしも、機体がここに無かったら。

その時は、あそこに見えている峡谷のどこかか……。

（――――）

そうなったら、自分の手には負えそうにないが。

考えても仕方がない。

茜は頭を振った。

「よし、行こう」

●小松基地　司令部

『——政府はまだ何も発表していませんが』

会議室の床に持ち込まれた大型TVが、ニュースを映している。

『韓国が戦勝国となった以上、国内に在住している戦勝国民である在日韓国・朝鮮人の人たちの持つ権利は、大幅に変えられるでしょう』

『なるほど』

NHKの女性キャスターが、解説する政治記者に笑顔でうなずいている。

『例えば選挙で投票をしたり、立候補したりする権利ですね』

『その通りです。まず第一に、参政権が挙げられます』

亘理二佐が洗面所への行き来を自由に出来るようにさせた後。

夜通し会議室に拘束《こうそく》されている司令部人員たちの待遇改善に努力したのは、橋本空将補だった。

様子を見に来た海兵隊の将校に交渉し、全員に毛布と飲料水を支給させた。司令官室にある大型TVを会議室へ移動させることもした。

だが
「――――」

「――――」

TVで外の様子が分かるかと、一時は期待した幹部たちは、一様に信じられないような表情だ。

アメリカ海兵隊に基地が占拠され、自衛官が人質のようにされているのに――NHKも民放も、この〈事件〉の発生自体を知らないのか。夜通しやっていた〈報道特別番組〉は『韓国が戦勝国になりました』それ一色だった。

朝のニュースでも、まだやっている。

『それでは、次の総選挙が行われる数年後には在日韓国・朝鮮人の人たちから国会議員が誕生するわけですね』

『いえ、数年もかからず、すぐ誕生するかも知れません。というのは、現在の主権在民党や平和世界党の国会議員には、日本人に帰化して政治家になった人も多いので、それらの人たちがこれを機に「国籍を元に戻す」と宣言すれば、すぐにでも在日韓国・朝鮮人議員が誕生するわけです』

『なるほど』女性キャスターは笑顔でうなずく。『日本がこれからあらためて謝罪と賠償《ばいしょう》をしていく中で、両国の大きなかけ橋となることが期待されますね』

『そうですね』

「――そうですね、って……」

白矢英一は画面を見たままつぶやいた。

「いったい、どこの国の」

どこの国のＴＶ局なんだ……？

そう思った時。

会議室の扉が開き、金髪の海兵隊中尉が姿を現した。

「ジェネラル・ハシモト」

入口を固めている海兵隊員が、ガムをくちゃくちゃ嚙みながら脇にどいて敬礼する。

見張りの隊員は、三時間ほど前にセイウチのような巨漢から浅黒い中米系の白人の男に替わったが。この男も普通ではない。ガムを嚙みながら、ときどき意味も無く片腕を上げて力こぶを作っては、うっとりと眺《なが》めている。

「何だ」

橋本空将補が立ち上がる。

「我々を解放するのか」

「残念ながら、もう少し時間がかかる」中尉は頭を振った。「その前に、上の管制塔で前線指揮官のイ中佐がお話しになるそうだ。私と一緒に来てもらいたい」

「分かった」

空将補はうなずく。

同時に、亘理俊郎が立ち上がる。

「司令」

「うむ」

橋本空将補はうなずくと
「中尉。防衛部長と飛行隊の代表者を、伴わせてもらいたい。情況を把握《はあく》させたい」

「いいでしょう」

中尉がうなずくと。

「白矢三尉」

ふいに橋本空将補が呼んだ。

「――は？」

白矢は面食らう。

「三尉。飛行隊長の代理で一緒に来たまえ」

空将補は言った。

「私が、ですか?」

「そうだ」ブルドッグのような将官はうなずく。「現場の飛行隊パイロットは、ここでは君だけだ。君が隊長の代わりだ」

●東京　総理官邸　地下
オペレーション・ルーム

「よくも、これだけ短時間で」

再び〈もんじゅ〉前庭を映し出しているスクリーンを見上げ、常念寺がつぶやいた。

「液体ナトリウムを一切空気に触れさせることなく、プルトニウム燃料棒を炉心から取り出してみせるものだ」

何か大きな物体が運ばれている。

画面では、白いモスクを思わせる建屋から、銀色のパイプ——円筒状の密封容器らしき物が台車に載せられて引き出されて来る。それらは前庭で、直方体のキャニスターの中へ次々に収められていく。

「アメリカは核兵器を造り続けて七十五年。やはり技術の蓄積が違います」

眼鏡《めがね》の下の目を赤くした湯川雅彦が、スクリーンを指して言う。

「私も実物は初めて見ます。あれは真空搬送チューブ――あのパイプ状の一本一本に、プルトニウム燃料棒がナトリウム溶液ごと数本収まっています。キャニスター一台につき搬送チューブを十本ほど入れ、あれでしっかり保護をして吊《つ》り上げていくんでしょう」

「――――」

障子有美は、自分の席の情報画面の時刻表示で、外が朝になったのだと知った。

深夜を廻ってから、事態にあまり進展が無い。

アメリカに留学や駐在をした経験を持つ幹部自衛官のリストを眺めていても、眠くなるばかりだ。

「オスプレイで吊り上げて、小松へ運ぶわけか」

「そうです」

「小松からはアメリカ本土へ直行か」

常念寺と湯川の会話を聞きながら、有美は『小松か』と思った。

（あそこの防衛部長は、誰だったかな……）

各航空団の防衛部長には、有美の防大時代の少し上級生の先輩たちがついていることが多い。

「障子危機管理監」

常念寺が呼んだ。

「は、はい」

「米空軍のC5Aは、小松へ飛来したのか」

「はい。今し方」

有美はうなずく。

タッチして、画面に航空自衛隊の防空レーダー情報を呼び出す。CCPの大スクリーンの縮小版だ。黒を背景にピンク色の日本列島。

一時期、オレンジ色の砂を撒《ま》いたようだった画面は、今はおちついている。海兵隊のオスプレイやヘリは、各目的地へ着陸して兵員を降ろしたのだろう。

代わって、沖縄の嘉手納《かでな》基地から北東方向へ飛ぶオレンジの三角形が一つ、先ほどまで浮かんでいた。駐日アメリカ大使の言っていたC5Aギャラクシー輸送機だろう。護衛をするF22は、たぶん随伴していたのだろうが、レーダーに映っていなかった。オレンジ色の三角形は能登半島の西側の付け根あたりで消えた。

ひょっとしたら敦賀半島の上空にも、F22が警戒滞空しているのかも知れない。ロシアや中国が万一にも、襲って来ないとは限らない。レーダーに映らないから、想像するしかないが――

「嘉手納から離陸したC5Aらしき飛行物体は、先ほど小松基地へ着陸した模様です」

「そうか」

「総理」

古市官房長官が、顔を上げて発言した。

「情けない話ですが。我々としては一刻も早くこの事態が終息し、通常の状態へ戻ってくれるのを願うばかりです。表ではマスコミが、『韓国は国連で戦勝国と認められたのだからもう一回賠償をしろ』と、大キャンペーンを張り始めているのです」

「ううむ――」

常念寺が唸《うな》った時。

有美の上着の内ポケットで携帯が震動した。

（――門君……？）

取り出して表示を一瞥《いちべつ》すると、そのまま席で通話に出た。

「はい、障子危機管理監」

『言った通りになったか』

開口一番、あの痩《や》せた長身の男は電話の向こうで苦笑した。

『似合うよ。その役名』

「からかわないで」

有美はたしなめた。

「門情報官、今どこにいるのですか」

『捜査の途中だ』

門篤郎は疲れたようなかすれた声で、素《そ》っ気《け》なく言った。

『途中だが、あんたにだけは伝えておこうと思った。いいか、鏑木をやったのは中国じゃない。アメリカでもない』

「――え?」

『現場の遺留品。外事警察で調べさせた。ダンプカーの発火装置、その他もろもろ、中国の工作員が使う物ではない。それどころか。国内の中国共産党工作員たちが、いま次々に何者かにやられている』

「えっ?」

『やられているんだ。俺たちのマークしていた中国の工作員が、次々に。何か第三の勢力が動いている。アメリカにプルトニウムを接収させることで得をする。中国にテロを起こさせないことで得をする』

「――」

『障子さん、あんた油断するな。何か企《たくら》んでいる連中がいるぞ。今回の事態は、このままでは終わらない』

「あの、門君――門情報官、出来たらここへ寄って報告を」

『忙しい、じゃな』

プツッ

●兵庫県　二見農道空港

がさっ

金網のフェンスを登って、反対側へ飛び降りた。

腰どころか、茜の胸まであるような草むらだ。

「うわ」

何年、放置されていたのか――

顔がちくちくする。十数メートル先に、閉じたゲートから円筒状のサイロへ向かって車の通ったらしい跡がある。その辺りだけ草が低い。茜は軍手で草をかき分け、車の通り道へ出た。

（――――）

ここだけ、草がなぎ倒されて歩きやすい――ゲートからサイロへの通り道をあらためて見回す。元から、ここが車の進入路らしい。

サイロ、大きいな……。

見上げる。農道空港は、高い値のつく野菜を都市部へ小型機で出荷する、という構想だったらしい。農産物を集積する目的で建てられたのが円筒状サイロだろう。基部は直径三〇メートルくらい、高さはどのくらいだろう――

サイロの基部には、窓ガラスの嵌《は》まった箱形の建物がついている。事務所だろうか。

「――――」

サイロの向こう側に滑走路があるのかな……。

行ってみよう。

歩いて行くと。円筒の壁に取りつけられたカバー付き監視カメラが、こちらを見ている気がした。いや、実際にゲートから入って来る者を監視する目的だろう。

（でも、別に泥棒に入るわけじゃないし）

茜は気にしないことにして進んだ。

事務所らしき部分に、出入り口の扉がある。その前は開けた空間になっていて、小型のパワーショベルが置かれている。雑草がなぎ倒され固められて、人が普通に歩けるようにされている。

タイヤの跡をつけた車は、どこにあるんだろう。

オフロード4WDのような車体は、見える範囲に姿が無い。

と
「誰だ」

低い声がした。

（…………）

茜は足を止める。

ぎしっ、と金属のきしむ音がして事務所とおぼしき扉が開いた。

見返すと、茶色いつなぎの作業服を着た男が現れた。髭面《ひげづら》。

「誰だ。ここは立入禁止だ。見なかったか」

黄色い貼り紙を見なかったか――そういう意味か。

茜は唇を嘗《な》める。

「あ、あの」

男は三十代か。長身で、鋭い印象だ。いぶかしげな視線を向けて来る。

しかし

この人……?

どこかで会ったかな。受ける印象に既視感がある。

「あの、私は自衛隊の者です」

「?」

男は、さらに不審なものを見る目つきになる。

「航空自衛隊です。小松の方から来ました。あの、ひょっとしてここに自衛隊の飛行機が不時着して来ませんでしたか?」

すると
「――――」

男は、目を剝《む》いた。

2

●兵庫県　山中
二見農道空港
「貴様、何者だ」

男が低い声で問うと同時に。
その手に黒い物体が現れた。作業服の腰の後ろから抜いたのだ。
（…………）
茜は、目を見開く。
これは——
だが
「動くな」
男は言う。
「おもちゃではない。射撃の訓練もしている。動くと、死ぬことになるぞ」
茶色い作業服の男。
その手に現れたのは一丁の自動拳銃だった。
しかも
（……見覚えが、ある……？）
息を呑《の》む。
黒い拳銃に見覚えがあった。シグザウエルＰ２２８。型式名が言える。自分も体験で、
一度撃たせてもらったことがある。

自衛隊制式銃——F15Jイーグルのエマージェンシー・キットに入っている非常用装備の拳銃と同じ物だ。

「坂爪」

男は茜に銃をポイントしたまま、左手で喉《のど》を押さえるようにして言った。声帯に張り付けるタイプの無線マイクか。よく見ると、片耳にイヤフォンを入れている。

「こいつの仲間が見えるか」

どこかと通話している。

イヤフォンに返答があったのか、うなずく。

「わかった、とりあえず連れて入る」

●二見農道空港　サイロ

「こんな場所で」

眉《まゆ》の濃《こ》いパイロットは、腕組みをして言った。

「また君に会うとはな」

「————」

茜は、息を呑んで見返すばかりだ。

拳銃を向けられ、入るよう促された扉の中で迎えたのは。

あのぎょろりとした目のパイロットだった。胸のウイングマーク。一尉の階級章。

「なぜここが分かった。舞島一曹」

「私の、名前を……？」

茜は飛行服の男を見返した。


がらんとしたサイロの事務室。

壁の白板に『運航予定』という文字。日付がひどく古い。一九九〇年代だ。

茜は室内の中央で、木の円椅子《まるいす》に座らされた。

目の前に立つのは二人の男だ。茶色の作業服の男と、オリーブ・グリーンの飛行服の男――『SAKAZUME』というネームは昨日見たままだ。二人とも事務机にもたれる形で立っている。作業服の男の拳銃は、まだ茜に向けられている。

幅広の事務机には液晶モニターが何面も並ぶ。白黒の映像で、雑草の埋めつくす周囲の様子が様々な角度から俯瞰《ふかん》されている。茜が目にしたものの他にも、監視カメラが数台設置されているのか。

「君には感謝しているんだ、舞島一曹。だから名前も覚えてしまった」

飛行服の男は腕組みをして、目を伏せた。

「計画を急に実行することになり、十分な準備も出来なかった。君と、有川班長が承諾してくれなかったら。あの機に改造を施《ほどこ》すことは出来なかった」

「…………」

何を言うのだろう。

SAKAZUMEは、坂爪と書くらしい――分かったのはそれきりだ。

この人たちは……。

いったいここで、何をしている。

分からない。

どうしてピストルを向けられる――？

いや、それよりも。

気になるのは事務所のもう一方の壁だ。ガラスが嵌まっていて、サイロの内側の空間が見通せるようになっている。茜の座らされている位置は低いので、その窓からは空間の上の方しか見えない。薄暗いし――でもグレーの角ばった板状のものがちらっ、と見えるのだ。

あれはまさか。

（垂直尾翼……？）

茜が視線を向けるのを見て

「君の推測の通りだ」

坂爪はうなずいた。

「舞島一曹。私がここに着陸したことが、なぜ分かった」

「あの」

茜は唇を嘗める。

「いろいろ調べて──ここじゃないかって思いました」

「救難電波は海面から出ていたはずだ。救難隊は海面を捜索する」

「機が谷を抜けて行くのを見た人が、フェイスブックに書いていて。それで」

「──」

「──」

二人の男は、顔を見合わせる。

軽い驚きの表情。

坂爪は、ぎょろりとした目を茜に向ける。

「一曹。君以外に、基地の誰が知っている。ここに891号機が着陸していることを」

「誰も」

「?」

「そんなことはないだろう」拳銃を持つ男が、目つきを険しくした。「誰が知っている。

言え」

「本当に、誰も」

茜は頭を振る。

「フェイスブックのことを知らせようとしたら、司令にも班長にも電話は通じないし、基地へ戻ろうとしたら海兵隊がいて」

「――――」

「――――」

「アメリカの海兵隊が、基地のゲートを封鎖《ふうさ》していて入れてくれなかったんです。仕方がなく、独りで確かめに」


茜が「海兵隊」と口にした時。

二人の男は互いに目を鋭く見交わした。

そして、同時に事務机の端を見やった。

一台のノートパソコンが開かれたままになっている。

(あれは――)

監視カメラの、モニターではない……？　液晶画面がずらりと並ぶ中、その一台だけがキーボードのあるパソコンだ。ボディーの横からＵＳＢのケーブルが延び、窓際に置かれた大型の携帯電話のような物に接続されている。太い棒のようなアンテナが、窓ガラスの隙間《すきま》から外へ出されている。

映し出される映像も、よく見ると監視カメラとは違う。

同じ白黒だが――


「――――」


はっ、とした。

その画面は、どこかの室内空間を天井に近い位置から撮っている。広い展望窓がある。外からの逆光で黒いシルエットに塗《ぬ》りつぶされているが、人影がいくつか立っている。画面の大半を占める展望窓からは外の光景を俯瞰出来る。滑走路のような帯が見える。飛行場か……？

これは。

「まさか、管制塔の中……？」

茜がつぶやくのと、画面に動きが出て、数人の後ろ姿がフレームの下の方から現れるのは同時だった。

『――ヒアリズ、ジェネラル。サー』

ＰＣのスピーカーから声。

「動きが出た。少し待て」

作業服の男が拳銃を置き、ＰＣに向かって何か操作した。

「夜が明けて、外が明るくなった。輝度《きど》を調整する」

画面の輝度が調整され、黒く塗りつぶされていた人影に色が戻る。迷彩服のまだら模様があらわになる。同時にスピーカーの音が大きくなる。足音が響く。

「録画は？」

「している」

『ウェルカム。ジェネラル・ハシモト』

低い声がした。

「………………」

茜は目を凝《こ》らす。

●小松基地　管制塔

同時刻。

「ウェルカム。ジェネラル・ハシモト」

金髪の中尉に先導され、管制塔へ上がった。小松基地の管制塔は第六航空団の司令部棟の屋上に、通信アンテナの林立する展望室が載る形だ。

白矢英一が、橋本空将補と亘理二佐に続いて、螺旋《らせん》階段を上がっていくと。

管制室の窓際に立っていた迷彩服の長身が振り向いた。

あの男――イ・ナムギルと言ったか。

韓国系アメリカ人の中佐。指揮官だと言うが、年齢が亘理と同じくらい。エリートなのだろう。

「不快な思いをさせ、申し訳なかった。謝罪する」

ソーリー・フォー・ユア・インコンビニエンス、という英語。スラング混《ま》じりではないので、白矢にも聞き取れる。

「では説明してもらおうか」

橋本空将補も英語で言い返す。

「君たちは、いったい何をしているのだ」

「あれを見て頂きたい」

するとイ中佐はうなずき、顎《あご》で展望窓の外を指した。

曇り空だが、夜が明け切って外界は明るい。

見ると司令部前から少し離れたエプロンに、ずんぐりした巨大なシルエットがうずくまるように駐機している。T字型尾翼の高さが、管制塔の目の高さと同じだ。

あれは——？

（C5Aじゃないか）

ギャラクシーだ。

アメリカ空軍の超大型輸送機だ。いつの間に飛来した……？　俺はうたた寝していて、爆音を聞きのがしたか。

「言っておくが」

イ中佐は続ける。

「これは〈トモダチの平和〉作戦だ。我々はあくまで、この地域の安全のため、同盟国の安全のために思いやりを持って行動している」

「——」

「——」

空将補と亘理二佐が見返す。

思いやり……？

変なことを、と白矢は思う。

「我々が、この基地を封鎖し、全作戦機を発進できなくしたのはテロを防ぐためだ」

●二見農道空港　サイロ

『現在、我々の別働隊があなた方の国の〈もんじゅ〉という原子炉からプルトニウムを抜き出して接収作業中だ。これは中国がUNにおける〈敵国条項〉を適用し、ツルガ半島を占領しようとするのを防ぐためにほかならない』

パソコンのスピーカーから、ゆっくりした英語の音声。

画面は粗《あら》い映像だが。

目を凝らすと、まだら模様の戦闘服の人影がフレームの右端に立って、後ろ姿の数人を迎えて話している。後ろ姿は三人――真ん中の一人は自衛隊幹部の制服、両脇の小柄な一人と背の高い一人は、飛行服だ。

『〈もんじゅ〉のプルトニウムを接収だと』

「…………」

茜は目を見開く。

この声は、橋本空将補……!?

では、映っているのは――

小松の管制塔か。

『そうだ』

戦闘服の男はうなずく。

英語を使うが、白人ではない。発音にクセはあるが茜にも聞き取れる。

『あなた方の国は、原子力発電をもう止めると宣言したにもかかわらず、プルトニウムを保有し続けている。これは核兵器を開発して再び我々戦勝国に逆らおうとしているしるしだ――戦勝国側にはそう考える者が多い。中でも中国は、〈敵国条項〉をあなた方の国に対して適用し、〈もんじゅ〉へ乗り込んでその周辺を占領するプランを練り始めた。我々はあなた方の友人として、そうなる前にプルトニウムを接収することにした。プルトニウムさえなくなれば〈敵国条項〉を発動する根拠がなくなる。邪魔をされないよう、全国の自衛隊の基地の機能を一時的に制限させてもらった』

「――――」

聞き取れはするが。何の話をしている。

茜にはよく分からない。『モンジュ』『プロトニアム』という単語……。

「米軍が今、敦賀半島の〈もんじゅ〉からプルトニウムを奪取している」

坂爪が、説明を加えるように言った。

「わが国に未来永劫《えいごう》、核武装をさせないためだ。航空総隊の中央指揮所も、横須賀の自衛艦隊司令部も在日米軍と同居させられている。彼らがその気になれば、銃を持った保安隊でたやすく占拠出来る。中央から指令が行かなくなればスクランブルも上がれない、同時に一斉に海兵隊が全国の主要な自衛隊基地をオスプレイで強襲、占拠してしまう。夜間なら我が方の人員も少ない。あっという間に全国の基地は機能停止だ。航空自衛隊の作戦機は今、一機も上がれない」

「………」

茜は坂爪を見返す。

この人は、何を言っているんだ。本当なのか……？

でも昨夜オスプレイが飛来してから、小松はあんな状態だ。ひかるのいる千歳も――

「こうなることが分かったから、我々は急いで計画を実行した」

「……計画？」

『間もなくツルガ半島から』

スピーカーの声が続く。

『プルトニウム燃料が二基のキャニスターに収められ、オスプレイに吊《つ》されてここコマツへ運ばれて来る。我々は二基の密封容器をC５Aに積み換えて、本国へ発送する。無事にC５Aが離陸すれば、我々はあなた方の拘束を解き、同時に全国の基地からも撤収する。

だが最も恐れなければならないのは』

●小松基地　管制塔

「だが最も恐れなければならないのは、中国主導によるテロが行われることだ。中国は工作員によるハニートラップで、多くの自衛隊員や幹部を影響下に置いている。自衛隊の中の誰がハニートラップにやられているのか、ＣＩＡでも分からない。中国の手先となった幹部が突然目の前の戦闘機を奪い、キャニスターを積み換えている現場に襲いかかったら防ぐのは難しい。我々も警戒しているが」

イ・ナムギルは展望窓の頭上を指した。

（…………）

白矢は指す方を見やってハッ、とした。

基地の上空を、二機が旋回している。戦闘機らしいシルエットだが――Ｆ15じゃない、あれはＦ22だ……。

「嘉手納からＦ22を連れて来ている。空中給油機もいる。ＡＷＡＣＳも上空で監視に当たっている。これらの勢力で積み換えから本国への輸送まで護衛し切る予定だが。何事にもパーフェクトというものはない」

「そうだな。パーフェクトということはない」

亘理が口を開き、うなずいた。

「イ中佐。君の話が本当だとして、例えば一機のＦ15が奪われて低空を高速で来襲したとしたらどうする。二機のＦ22では、防ぎ切れないぞ」

「分かっている」イ・ナムギルは頭を振る。「ちゃんと、F22は四機連れて来ている」

「そうか、四機か」

亘理はうなずく。

「四機いれば、あるいは大丈夫かも知れないが」

●二見農道空港　サイロ

『だがパーフェクトな備えを目指すとすれば』

パソコンのスピーカーから声は続く。

『方法は一つだ。攻撃能力のあるすべての自衛隊機を、C5Aが離陸し日本を離れるまで一切飛べないようにしておくことだ』

イ中佐と呼ばれた戦闘服の男は、画面で言う。

名前からすると韓国系か。

（――――）

茜は画面を注視する。あの男が、海兵隊の指揮官……。

『そうすれば、中国の手先がテロを起こしたくても動きようがない』

『小松の救難隊まで飛べないようにする必要はないだろう』

画面の手前から橋本空将補が抗議する。

『人命救助が任務の部隊については、今すぐ拘束を解いてくれ』

『いや。あなた方の国には伝統的にスイサイド・アタックという攻撃法がある。念のためですよジェネラル。それに救難活動が出来ないのは短時間にしか過ぎない』

「――――」

「――――」

会話の行われる画面を、二人の男は立ったまま見ている。

坂爪も作業服の男も険しい表情。

プルトニウム、中国、テロ……。

茜は、頭が混乱しそうだ。昨夜もそばを通った敦賀半島――あそこに〈もんじゅ〉と呼ばれる原子炉があって、プルトニウムが存在しているらしいとは知っているが……。

アメリカが、日本のプルトニウムを取り上げようとしている……。日本に駐留するアメリカ海兵隊が各地の自衛隊基地を占拠したのは。中国の手先になっている自衛官がいて、プルトニウム運び出しの現場を狙って捨て身のテロ攻撃をして来るかも知れない、それを未然に防ぐためだと言うのか――？

『イ中佐。君たちの意図は解ったが。私は防衛部長として部下たちの統率をとらなくてはならない。彼らは不満もかなり溜《たま》っている。中国の手先でなくても、拘束されていることに我慢し切れず不用意な行動に走る者が出るとも限らない』

冷静な口調で主張するのは亘理二佐だ。

『いつまで我慢すればよいのか――つまりオスプレイがプルトニウムをここへ運び込んで、C5Aに載せ替えて出発するのは何時頃になるのか、教えてもらえないか』

『よかろう』

イ中佐は腕時計を見た。

『〈もんじゅ〉からキャニスターを運ぶオスプレイの一番機は、間もなく向こうを出る。二基ともC5Aに積み換えてここを出発するのは、今のところ日本時間の一一三〇だ』

『分かった』

亘理はうなずくと、横顔を見せ、こちらをちらと振り返るようにした。

一瞬だったが。

（………）

茜は、まるで亘理がこの画面を撮影しているカメラを見たように感じた。

あの管制室の天井付近に、隠しカメラが仕掛けてあるのだろうか。どうやってここへ映像と音声を送っているのだろう。

画像を映し出すパソコンに繋がれ、窓の外へ太いアンテナを出している大型の携帯は、特殊な電話――例えば僻地でも使える衛星電話か。

(……この人たちは)

茜は坂爪と、作業服の男を見た。

作業服の男が机上の紙に『一一三〇』とボールペンで書きなぐると、坂爪がそれを見てうなずく。

この人たちはいったい——

そう思いかけた時。


『あっ』

画面の中で別の声がした。

ちょっと抜けたような、若い男の声。

『専用機が降りて来るぞ』

日本語だ。

(……白矢?)

●東京　総理官邸　地下
オペレーション・ルーム

「一機目のオスプレイが上がります」

湯川雅彦が言った。

正面スクリーンでは、すっかり朝になった〈もんじゅ〉の前庭から、真上に向けたティルト・ローターを回転させ一機目のオスプレイが上昇を始める。

ワイヤーで繋《つな》がれた銀色の筆箱のような形状の容器――キャニスターが、吊られて地面を離れ、少しずつ浮く。

慎重な様子で、オスプレイは前進を開始する。従来のＣＨ46バートル大型ヘリコプターと比べ、三倍の重量を運搬出来るという垂直離着陸輸送機だ。

「中国が、配備を嫌がるわけだな。大した能力だ」

常念寺がつぶやく。

「――――」

障子有美は、スタッフたちに交代で仮眠を取らせ、自分は危機管理監の席で画面に書類を出して眺《なが》めていた。

プルトニウムは、オスプレイで小松へ搬送してＣ５Ａに載せるところがセキュリティー上は最も脆弱《ぜいじゃく》だが、アメリカの危機管理は徹底している。すべての自衛隊作戦機を海兵隊が押さえてしまえば、たとえ中国の手先となった自衛官がいたとしても、テロ攻撃のかけようが無い――

（プルトニウムを取られてしまうことは別として。対テロ対策としてだけは、今のところ万全か……）

小松基地の情報を自分の画面に出して見る。実景も見てみよう。

国土交通省所管の全国防災カメラ網というのがあり、その映像が出せると分かった（いきなり引き継ぎもなしで危機管理監に就任したので、手探りでやるしかない）。〈小松空港〉という欄をクリックすると、パッと何か映る。民間ターミナル側から滑走路を挟んで遠望した、小松基地の全景か。やや遠いが様子は分かる。

ずんぐりしたグレーの巨大輸送機がT字型尾翼をこちらへ向け、駐機している。あれがC5Aか。

（小松基地の第六航空団――団司令は橋本繁晴空将補、防衛部長は亘理俊郎二佐……）

亘理俊郎……。

先輩にいただろうか。

「あ」

あの人か。

思い出した。

小柄で、目の鋭い男。防大で二期先輩だ。

（確か、私が防大をやめて東大へ入り直したい、と言ったら『ぜひ頑張れ』と言ってくれたんだ。あの先輩だ）

小振りのナイフのような印象だった。日本を護ろうとする信念の固い——

あの先輩が、今小松基地の防衛部長なのか。学生の頃はファイター・パイロット志望と言っていたから、戦闘機の操縦資格も取っているのか。

亘理俊郎の経歴を出して見てみる。防大を卒業後、飛行幹部候補生として米国留学。ウイングマークはアメリカ空軍で取得している。その後、F15Jのパイロットとして二年間の実戦部隊勤務——

（——米国留学、か）

待てよ。

有美が眉をひそめた時。

小松基地の遠景を映す画面に、動きがあった。白い大型機が滑走路に着いて、フレームの視界を左から右へ横切った。民間エアラインの定期便か、と思ったが違う。今どき四発のジャンボ機を国内線に就航させている航空会社は無い。

（——政府専用機……？）

間違いないか。

だが白地に赤の一本ストライプ、梅干しを想起させる垂直尾翼の日の丸は特徴的だ。目で確かめようとするが、着陸した機影はフレームから外れていったん見えなくなる。しかしすぐ、右手から誘導路を引き返して来た。確かにボーイング747だ。小松基地のエプロンへ進入し、尾部をこちらへ向けるようにターンする。C5Aの隣に、肩を並べるようだ。

「総理」

有美は顔を上げた。

「特別輸送隊の、政府専用機が動いています。誰が飛ばしているのですか」

だが同時に

「おかしいな」

湯川が声を上げた。

「あれを。前庭で三基目のキャニスターが組み立てられています。キャニスターが、三基ある」

3

●兵庫県　山中

二見農道空港

「政府専用機が来た」

作業服の男が、髭面の横顔でパソコン画面を睨《にら》む。

「司令部前エプロンに停まるようだ」

「うむ」

飛行服の坂爪がうなずく。

険しい表情でうなずき合う男たちの間で、パソコン画面の奥に、白い流線形の機首が映り込む。こちらへ来る——管制塔正面の駐機場へ入って来るところが、隠しカメラの視野に映っているのだ。

（…………）

背の高い三人目が白矢らしい、ということよりも。

茜は、突然現れた政府専用機ボーイング７４７の機首のシルエットに目を見開いた。

千歳にいるはずの……。

なぜ小松に。

はっ、と気づいてシャツの胸ポケットを押さえる。

（いつから〈圏外〉だった……？）

　夜中の通話で『ギャレーに隠れている』と言った。ひかるは、あの後どうなったんだ。

　まさか――

「まさか、あの中に」


「やはり」

　坂爪が腕組みをする。

「例のシナリオの通りか」

「うむ」

「ならば」

「あぁ、奴らが『決行』するのは間もなくだ」

●小松基地　管制塔

「驚いただろうが。あれは我々で徴用した」

　白い機首をお辞儀させるようにして、ボーイング７４７‐４００が司令部前のエプロンに停止すると。

イ・ナムギルは三名の日本人に対して、解説するように言った。

「C5Aに、もし技術的問題——つまり万一の故障が起きて、離陸を延期せざるを得なくなった場合に備え、予備機として用意したのだ」

「何だと」

橋本空将補が抗議する。

「あれが、プルトニウム輸送の予備機だと——？　君たちは特別輸送隊のパイロットを脅して使ったのか⁉」

「違う」

イ・ナムギルは頭を振る。

展望窓の外で、四発のエンジン音が静まっていく。

ボーイング747か——

（…………）

白矢が首を伸ばし、見下ろすと。迷彩戦闘服の海兵隊員たちが白い機体に駆け寄り、基地のタンクローリーを勝手に動かして来て、燃料補給の準備を始める。

あれは昨日、訓練で飛んで来ていた機体か……。

「チトセに展開した私の部下が、飛ばして来たのだ」

イ・ナムギルは説明した。

「我々は所属する輸送機パイロットに、このような事態に備えて民間ボーイング旅客機の操縦も出来るようライセンスを取らせている。ペーパー・ドライバーのようなものだが、いざという時は役に立つ」

「民間機徴用のため、か」

亘理が言う。

「世界中どこでても、民間旅客機を奪い取って使えるわけだ」

「その通り」韓国系アメリカ人の中佐はうなずく。「この私も、ライセンスを持っている。軍のパイロット資格があれば、フロリダの訓練会社で授業料を払って旅客機のシミュレーター訓練が受けられる。例の9・11のニューヨークのテロ事件があってから、身元の審査は厳しくなったがね。さて」

「――――」

「――――」

見返す三名の日本人自衛官に、イ中佐は言った。

「そろそろ会議室へ、お戻り頂こう」

そこへ
「中佐」

展望窓の脇に立つ隊員が、双眼鏡を顔から外して外を指した。

「一機目のコウノトリが来ます」

●小松基地　エプロン

ボトボトボトッ

オスプレイが来た。

グレーのティルト・ローター機は旋回しながら、駐機するC5Aギャラクシーの機体の脇に位置を定め、ホヴァリングに入る。双発のプロペラが上を向く。

ワイヤーで吊り下がった銀色の筆箱――プルトニウムを密封したキャニスターは、遠心力で旋回の外側へ振られるが、すぐ揺れながら真下におちつく。

パドルを持った迷彩服の隊員が、エプロンの前方に立ち、手信号で誘導する。

キイイイインッ
タービン・エンジンの回転を上げ、完全に空中停止したオスプレイは、位置を調節しながら徐々に真下へ降下する。

●二見農道空港　サイロ

「目黒《めぐろ》、カメラを切り替えろ」

坂爪が言うと。

作業服の男がうなずき、マウスを操作する。

パソコンの画面が切り替わる。


「…………」

茜は、新しく映し出された光景に息を呑む。

小松基地のエプロンだ……。でも駐まっているのは見上げるような巨大輸送機と、白い垂直尾翼に日の丸を染めぬいたボーイング７４７だ。

隠しカメラは、小松基地内の数か所に設置してあるのか。そしてどういう方法でか、映像と音声を衛星電話回線で、あの窓際の携帯へ送って来るのか。

(この人たちは、何をするつもりなんだ)

画面は、エプロンの様子を司令部棟の一階からの目線で捉えている。建物の雨樋《あまどい》か窓枠——一階のどこかにカメラを仕掛けたのか。いつやったのか……。

「…………」

茜は胸ポケットを押さえた。
目で、事務机の上に置かれた黒い拳銃と、サイロ内を覗くガラス窓を見やった。
政府専用機が小松に来ている……。〈圏外〉ではLINEのメッセージも届かないか
ら、ひかるが何か知らせようとしても、私のこの携帯には届かない。あの子は747の機
内へ入り込んで『ギャレーに隠れている』と言っていた。
あの747が千歳を出たのは、おそらく一時間と少し前だ。
（あの中に、いるのか。ひかる）
画面では、フレームの上方から何かが降りて来る。銀色の直方体――コンテナのような
物。ワイヤーで吊られている。コンテナを吊り下げているオスプレイ自体も、上から画面
に映り込んで来る。銀の直方体の真下に、横から何かが入り込む。暗緑色の、荷台がプラ
ットフォームのようになった特殊な車両だ。あれは基地には無い。米軍のものか――
「――――」
見ていると、銀の直方体は特殊車両のプラットフォーム上に降ろされる。ワイヤーが切
り離され、オスプレイは頭上へ離脱する。
「来たな。一基目のキャニスターだ」
「――あれは、何なのです」
茜は坂爪に思わず訊《き》いていた。

「あの銀色の」

●東京　総理官邸　地下
　オペレーション・ルーム

「小松に一基目のキャニスターが着きました。映像をスクリーンに出します」

障子有美は告げると、危機管理監席の端末を操作し、自分の情報画面の映像を正面スクリーンに出した。

市ケ谷に詰めている佐野防衛大臣への照会で、千歳基地の第二航空団も特別輸送隊も、依然として連絡はつかぬ状態であると分かった。あの政府専用機を誰が動かしているのかは不明だ。

〈もんじゅ〉の前庭で、三つ目の密封容器が組み立てられていることも気がかりではあった。駐日アメリカ大使の発言では『キャニスターは二基』だったからだ。

予定外に、三基が必要となったので、C５A一機では積み切れないから海兵隊が急きょ日本の政府専用機を徴用した――そう分析することは可能だが……。

とりあえず、小松の様子を見ることだ。

「ハイリフト・ローダーを使うようです」

戦略班の分析スタッフが、補助席から指摘した。

スクリーンの遠景では、オスプレイが吊しているキャニスターを、何か平たい車両の背のプラットフォームへ降ろした。

「あれは、重量物を大型機の貨物室へ積み込む機材です。十二輪のタイヤで動く。彼らがC5Aで持ち込んだのでしょう」

「――」

「――」

常念寺や官房長官が注目する。

「いったいあとどのくらいで、奴らは作業を終えて出て行ってくれる」

官房長官が訊く。

「この情況が二十四時間も続くことがあれば、わが国の体面はもたなくなるぞ」

「このペースで進めば、おそらく午前中一杯で二基のキャニスターをC5Aに積み換え、離陸出来るでしょう」

「マスコミはどうなっている。これだけの異常事態が各地で起きているんだ」

「は、それが」

内閣情報収集センターのスタッフが、情報収集席から報告する。

「海兵隊のオスプレイが主要自衛隊基地へ降りて、基地内部と連絡が取れなくなっている現在の情況につきまして、ＮＨＫを始めＴＶ局各社は気づいていないのか、全く報道していません」

「本当か？」

常念寺が訝《いぶか》しそうにする。

「信じられんな。ちょうど朝のニュースやワイドショーの時間だ。ＴＶ各局の映像を順に流してみてくれ」

「は」

パッ
正面スクリーンが、小松基地の遠景から、地上波放送の映像に切り替わる。

『――戦勝国となって一夜明けた韓国では、各地でお祝いの行事が行われています』

ＮＨＫニュースは、韓国の重要文化財である木造の門が塗り直され、その前で対日戦勝記念式典が行われていると報じていた。

「国内の重大事態より、韓国の門が塗り直されたことの方が重要なのか？」

常念寺が唸る。

「民放に替えてみてくれ」

スクリーンの映像が切り替わる。

民放は、朝のワイドショーの時間だ。その中では大八洲TV一局だけが『今回の国連の議決は〈一日名誉村長〉の称号を与えたようなもので、公的な実効性は一切ない』とコメンテーターに論陣を張らせていたが、ほかの各局は一様に、ある記者会見の様子を中継している。

フラッシュが盛んに焚《た》かれている。

演壇にスーツ姿の二人の女性。

記者会見は、民放四局ともほぼ同じアングルの映像だ。並んでいるのは日頃TVでも頻繁に目にする野党の女性国会議員。二人とも興奮した表情で、カメラへ視線を上げる。

『宣言します。私たちは、過去に日本へ帰化して選挙に当選し、国会議員となりました。しかし祖国が戦勝国と認められた今、これを機会に元の国籍へ戻ります』

『それでは、国会議員は辞職するのですか』

記者が訊く。

だが

『いいえ、辞めません』

三十代の女性議員は頭を振る。トレードマークなのか、よく目立つ水色のスーツ。画面に〈主権在民党衆議院議員　水鳥《みずとり》あかね〉とテロップが出ている。

『辞める必要はありません。なぜなら間もなく、〈外国人国政参政権〉法案がわが主民党によって国会に提出されるからです。祖国が戦勝国と認められました。いま正しい歴史が、地球の市民みんなの心に正しく認識されつつあるのです。国際世論と市民の声とマスコミの強い後押しで、政府は日本に住む日本人以外のすべての人にも平等に参政権を付与するでしょう』

『そうです』

もう一人の女性議員も涙目になって言う。

『私たちは、今こそアジアの平和のかけ橋として、働く時が来たのです』

再び盛んにフラッシュが焚かれる。

「…………」

「…………」

常念寺と官房長官が、一瞬絶句して見上げる。

ピピッ

その時、障子有美の情報端末にメールが着信した。防衛省情報本部からだ。

(──先ほどの問い合わせに、早速返答か)

気になることを至急調べてくれるよう、情報本部へ頼んでいた。

メールを開く。本文が目に飛び込む。『To：障子危機管理監　ご照会の件です。昨日の日本海訓練空域における空自戦闘機の誤射事件についてですが、ＡＡＭ３を過って発射したＦ15の８８９号機は、その訓練の前の午前中のフライトで速度計の系統に〈異状〉が報告され、昼に格納庫で修理作業が行われています。その修理の際に、火器管制システムの配線がミスあるいは故意によって繋ぎ替えられ、誤射に繋がった可能性も示唆《しさ》されているのは前回の報告書の通りです。さて危機管理監のご照会への回答ですが、当該８８９号機に午前中に搭乗し、速度計系統の〈異状〉を報告したパイロットは、記録によると第六航空団防衛部長の亘理俊郎二佐となっています。また、現場海域では舞鶴地方隊の海自護衛艦による捜索は続いていますが、いまだに撃墜されたと見られる８９１号機の機体は発見されておらず――』

「…………」

最後まで読み終わらず、有美は携帯を取った。

さっきかけてきた門篤郎の番号が、履歴のトップにある。選んでタップする。

だが留守電だ。

「くっ」

舌打ちし、電子音がするのを待って有美は口元を隠し、早口で伝言を吹き込んだ。

「門君、わたし。お願い。第六航空団防衛部長の亘理俊郎二佐の身辺を、至急調べて。行方不明のままのイーグル戦闘機が何かやらかすかも知れない。お願い、これを聞いたらすぐ連絡して」

●二見農道空港　サイロ

「あれはプルトニウムを密封して運搬するキャニスターだ、舞島一曹」

坂爪が、画面を指して言った。

「重量約一〇トン。中には特殊合金製のチューブが複数収まっている。チューブの中は、ナトリウム溶液に漬かったプルトニウム燃料棒だ」

「あれがプルトニウム……」

放射性物質――

茜は、画面の中でプラットフォーム車両に載せられ、C5Aの後部貨物室扉へ運ばれる銀色のコンテナを凝視した。

画面のフレームにはC5Aとボーイング747が、機首をこちらへ向けて並んでいる。超大型輸送機の後部貨物扉へ搬入される様子は、機体の陰になり直接は見えない。

「そうだ」坂爪がうなずく。「燃料棒を包んでいるナトリウム溶液は、少しでも空気に触れると爆発的に反応する。つまり、もしあれに機関砲弾一発でも当たれば、穴が開いてキャニスターは大爆発を起こし中身は爆散する。小松基地内にいる人間は強度の放射線を浴《あ》びてほとんど即死するだろう。プルトニウムは海からの強い偏西風に乗り拡散して、首都圏も含む本州の三分の一は人が住めなくなる」

「………」

茜は、息が止まった。

「……人が」

住めなくなる——

——『お姉ちゃん』

なぜか。

ひかるの小さい頃の声が、一瞬耳をかすめた。

画面のボーイング747の白い機首。そのシルエットに重なって聞こえた。

妹の面倒を見るのよ。お姉ちゃんでしょう——

（——————）

これは。

母さんの声……？

みんな死んで、いなくなった。家族は、私とひかるだけだ。

「坂爪。お前が発進するまでの間、こいつは縛《しば》り上げよう」

茶色の作業服の男──目黒と呼ばれていたか──が言った。

「俺は支援の作業で手一杯になる。こいつは整備員だ、フリーにしておいたら何をされるか分からん」

「いや、それは」

坂爪は渋い表情になった。

「女の子の整備員を、縛り上げるのは──」

「鍵《かぎ》のかかる倉庫のようなものが、ここにはない。仕方がないだろう」

「いや目黒。俺が話す。舞島一曹には俺たちの計画についてちゃんと話して──」

「待って」

茜は思わず、立ち上がって声を出していた。

「待ってください」


いつの間にか、肩で息をしていた。大声を出すと息が切れるようだ。

「あなたたちは、何をするつもりですか」

茜はサイロの内部を指すと、怒鳴った。

「戦闘機を、こんなところに隠して。何をするつもりなんですかっ」

「聞いてくれ」

坂爪は、茜を押し止めるように両手を挙げた。

「舞島一曹。説明する。確かに今我々がしているのは非合法な行為だ。しかしこれは日本の未来を護るため、絶対に必要なことで」

「何がっ」

茜は事務机を見る。

ずらりと並べられた監視カメラの映像。そしてパソコン画面の光景。

プルトニウム密封容器が爆発すれば、あそこにいる人たちは全員――

「何が必要なことなの」

「坂爪、駄目だ。こいつは興奮している、説得は無理だ」

目黒と呼ばれた男は机上の拳銃を取り、茜に向けた。

「俺が銃を向けている。お前が縛れ」

「しかし」

「なら。俺がやる」

作業服の男は銃を机上に置くと、壁に掛けられたナイロン・ロープの束を取った。

「野菜の梱包《こんぽう》用ロープで縛り上げるのは可哀想《かわいそう》だが――動くな」

私を、縛る……?

作業服の男は「動くな」と繰り返すと、ロープを両手に正面から近づいて来た。

私が、すくむとでも思ったか。

(――――)

一瞬で動きを読んだ。するっ、と身体が反射的に動き、茜は男の左脇をくぐるようにすれ違った。

「うぉ!?」

目の前からかき消えたように見えたのだろう、驚きの声が背中でするのと、茜が跳躍して事務机の上から右手で拳銃をひっさらうのは同時だった。

がたんっ

二人が相手だ。背中に壁が要る――

そう思うのと同時に身体は反応し、床を蹴《け》った。後ろ向きに跳んだ。事務室の反対側の壁を背にして、男二人に銃を向けた。

チャッ

「動かないで。撃ったことはある」

「――――」

「――――」

「安全装置も外れてる。私もこの銃、扱ったことがある。殺すつもりはないわ、でも」

茜は、目を見開いて固まっている男二人に、交互に銃口を向けた。

「脚だけ撃つことは出来る。義務感で、本当に撃ってしまうかも知れない」

「待ってくれ」

「貴様」

坂爪は驚いただけだったが、目黒という男は表情を歪《ゆが》ませた。

「まさか貴様、北の工作員かっ」

「え⁉」

何を言うんだ。

茜は、パソコン画面と、ガラスの向こうのサイロ内部を交互に素早く見た。

あそこにプルトニウムがある。

そして、ここにＦ15。

ここから飛び立って峡谷を抜け、海面すれすれを音速で飛べば――

（小松まで超低空で、五分もかからない）

ちらと、画面のＣ５Ａギャラクシーとその周辺を見る。ちょうど二機目のオスプレイがフレームの上端に現れ、銀色の筆箱のような形の密封容器が揺れながら降ろされる。

地上の標的はほとんど動かないし、よく目立つ――

上空でAWACSが監視していても。発見され警戒滞空中の戦闘機を差し向けられて撃墜されるまでの間に、私ならあの容器をガンで撃ち抜ける。目的のために、死ぬのを厭《いと》わないなら……。

「その動き――貴様、我々を阻止《そし》しにやって来たか⁉」

目黒は、茜を本気で睨んでいた。

今までは、半分は身内を見るような目だったが。視線が完全に冷たくなっている。

「そうはさせん」

「えっ？」

「坂爪。俺が身体でこいつを止める。お前は、その間に独りで発進しろ」

「目黒」

「奴らに『決行』させてしまったら、日本は終わりだ。俺が今から差し違えてでも、この工作員を止める」

「目黒」

「発進が早まれば危険は増すが、やむを得ん。行け坂爪」

（……え？）

茜は眉をひそめる。

何を、言っているんだ。

だが目黒という男は、今度は油断無い動作で構えをした。自衛隊徒手格闘術の構え。

そのままズリッ、と擦り足で近づく。

「近づかないで」

茜はシグザウエルP228を両手で構え、目黒と坂爪に交互に向けた。

「動かないで。本当に脚を撃つわよ」

「舞島一曹」

坂爪が言った。

「いいか正直に話してくれ。君は、本当に北朝鮮の工作員か？」

「えっ」

茜は瞬《まばた》きをする。

何の話だ。

「どういうこと？」

「俺たちを阻止しに来たのか。奴らの仲間か」

奴ら……？

「私はそんなのじゃない。動かないで」

「だが、その身のこなしは」

「私はただ」合気道六段なだけよ――そう口にしようとした時。

視界に、動きが見えた。

何だ。

外部を監視する液晶モニターの一つだ。ちょうど茜が乗り越えて入ったフェンスの向こう側に、一台の車がやって来て止まる。白と黒。屋根にパトライトが載っている。

あれは。

（……パトカー――!?）

そうかっ。

茜は目を見開く。

一一〇番にかけて、そのままにしてあった。山道の途中から携帯は〈圏外〉になったが『二見農道空港』という地名は口にした。現地の県警に指令が行って、様子を見に来てくれたのかも知れない……。

画面では防弾ベストの出動服姿が二つ、パトカーを降り、フェンスの向こうからこちらを窺《うかが》っている。

（早く来て）

二名の警官は、互いに視線を交わして相談するような様子だ。機体はサイロに隠されているのだ。

外からは、F15が降りているようにはまったく見えない。おそらくオフロード車をトラクターの代わりに使って――

こっちへ来て。

思わず念じて、その瞬間だけ注意が目の前の相手から逸《そ》れた。

「うぉりゃっ」

目黒は隙を見逃さなかった。跳びかかって来た。

作業服の肘《ひじ》が目の前に大きくなる。しまった、顔を肘打ちされる――とっさに身を屈《かが》め、肘を摑《つか》みとって後ろへ投げようとするが両手にピストルを持っていた。銃を放り捨てる二分の一秒だけタイミングが遅れた。摑み切れない、駄目だぶつかる……！

がんっ

どささっ

「きゃっ」

覆いかぶさられ、床に叩《たた》きつけられるように押し倒された。

「ぐっ」

カラカラッ

拳銃が滑って転がる。

# 4

●兵庫県　山中
二見農道空港

カラカラッ

体当たりを食らい、押し倒される寸前手放した拳銃が床を滑って転がる。

（――くっ……！）

背中を、思い切り床に叩きつけられた。息ができない。重い……！　喉輪をはめられ、押しつけられた。目がくらむ。これは柔道の寝技を応用した固め技……!?　この男も自衛隊員には違いない、この格闘術は陸自か。

私を、本気で絞《し》め殺すつもりかっ。

「今のうちだ、行け坂爪っ」

茜の真上で、男が怒鳴った。

「俺が押さえているうちに」

「すまんっ」

どこかで声がして、靴音が床を蹴る。それが茜の頰《ほお》に伝わって来る。
まずい。
小松を、襲うつもりか。
（………）
茜はもがき、男の下から手足を抜こうとするが。
ぐっ
すかさず両手首を、男に摑み取られた。床に押しつけられ、固定される。
「そうはさせるか、これで隠しナイフは使えまいっ」
隠しナイフ……？
何を言っているんだ。
私を、本当にどこか外国の工作員だと……？
「い――」いい加減にしてくれっ……！
もがく。男は茜の手首を、軍手ごと摑んでいた。何かの拍子に右の軍手だけスルッ、と
脱げた。
手が抜けた。
今だ。
「――えやっ」

茜は右肘を一閃《いっせん》させ、覆いかぶさる男の脇腹を突いた。

「ぐぉ」

男がうめき、一瞬拘束の力がゆるむ。

一瞬の隙を逃さず、茜は身を捻った。寝技をかける男の下から回転して脱した。

床を転がり、黒い拳銃を掴み取って上半身を起こすのと、男が再度襲いかかろうとして構えるのは同時だった。

チャッ
銃口を向け、男の動きを制した。引き金に指をかけた。

「こ、来ないで」

肩で息をする。胸を上下させて空気をむさぼった。

「こ――」

その時
ガラガラガラ
どこかで、重たい機械の作動音。

ガラガラッ
これは――

ゆっくりと、サイロ内部を覗くガラス窓が明るくなる。

茜は壁を背にして床に座る形だ。内部は見えないが。

シャッターか。サイロのシャッターが上がっていく……⁉

「来ないで」

横へ注意を向けた茜に、再び襲いかかろうとする男を銃口で牽制する。二度も、やられてたまるか。

「これから坂爪が行く」

男も肩を上下させながら、茜を睨んで言った。

「タイミングは、悪い。今行けばF22四機の餌食《えじき》だ。だがそうなる前に、あいつは政府専用機を飛行不能にするだろう。あいつは死にに行く、俺はそれを」

「何を言ってるの」

「俺は生命に代えても、あいつに実行――」

じりっ、と男が迫る。

「黙ってっ」

茜はちらと、事務机の上の監視画面に目をやる。

二つの影――出動服の警官二人は、フェンスを乗り越えて草むらへ入って来た。シャッターの上がる作動音が聞こえたのだろう、立ち止まり、注意を向ける様子。

（こっちへ、来て……！）

茜がそう念じる隙をつき、男が飛びかかるモーションに入る。撃たれても構わぬという動き。

「くっ」

茜は唇を嚙み、銃口を天井へ向けると引き金を引き絞った。

パンッ

男が飛びかかって来て再び押し倒されるのと、発射した銃弾が天井を穿《うが》つのは同時だった。衝撃とともに、背を壁と床に叩きつけられた。

ぐっ……！

全力で体当たりされた——目がくらむ。押し倒され、手から銃を奪い取られた。

「うぐ」

「動くなスパイめっ」

だがほとんど同時に、事務所の入口扉が外側から蹴破られた。

だんっ、という響き。

「——な!?」

男は奪い取った銃を手にしたまま、茜にのしかかった姿勢で入口を振り向くが

パンッ
銃声がして、衝撃波とともに男の上半身が茜の上から吹っ飛んで転がった。
パ、パンッ
連続して発射音。

（――――）

壁に押しつけられた姿勢のまま、茜は衝撃波と同時に銃弾が男――床に転がった目黒という男の肉体に突き刺さるズブ、ズブッという鈍い響きも耳にした。

（しゃ）

射殺……!?

茜は、壁に背をつけ、固まったまま肩で息をした。

目を上げると。

入口に立った出動服の警官が、床に転がった茶色い作業服へ銃口を向け続けている。

リボルバー式の拳銃。

男がもう動かないと知ると、ゆっくり銃口を降ろした。

だが同時に
パ、パンッ

壁の向こう、サイロの内側で銃声がした。

（…………）

あっちでも発砲……!?

茜が視線を向けると、警官もそちらを見た。表情は無い。ガラスの向こうの気配に、微《かす》かにうなずく感じ。それからリボルバー拳銃をだらりと下げたまま、警官は茜を見た。

何だ。

私の、天井へ向けて撃った銃声を聞いて、突入してくれたのだろう。

でも妙に、おちついた感じ——

一人をたった今射殺したのに。

何だ、この違和感……。

「お前は」

警官は三十代か。表情の無い細い眼で、茜を見下ろして問うた。

「ここの管理の者か」

「……え？」

茜は、目をしばたたく。

警官は、サイロの内部を見渡せるガラス窓に近寄ると、中を覗《のぞ》いた。「やはりここか」

とつぶやく。

それから事務机に並ぶモニター、床に散乱した梱包用ロープと、銃を手にしたまま吹っ飛んで倒れている作業服の目黒を眺め渡す。

(――そうか)

私が、ここの飛行場の管理人で、侵入したテロリストの男に縛られた。ところが拘束を解いて逃げようとしたので、馬乗りにされ銃を突きつけられて――そんなふうに解釈したのか。

私のことをアルバイトの管理人とでも思ったか。

警官はリボルバー式の拳銃を腰のホルスターへ戻すと、コツ、コツとゆっくり歩いて、仰向けに倒れた目黒の死体にかがみ込んだ。

死体……。

鋭い両目は、信じられぬような表情で宙を睨んだままだ。

警官は目黒の右手の指を開いて、黒い自動拳銃を外し取る。素早い動作でグリップの弾倉を抜き、残弾を確かめると叩くようにグリップへ戻し、遊底をガチャッ、とスライドさせる。

「あの、私は」

茜はようやく呼吸を整えると、警官を見上げて言った。

だが同時に警官は、何かに呼ばれたように左耳を指で押さえた。拳銃を握った右手を上げ『黙れ』とでも言うように茜を制した。

よく見ると、片耳にイヤフォンを入れている。拳銃を持たない方の左手で、警官は防弾ベストの胸に掛けたマイクを摑む。

ベストに白い文字。〈兵庫県警〉

「――あぁ、その通りだ」

どこかに応える。

無線機か――警察無線は、僻地でも届くようにアンテナを配置しているのか。

「そうだナンバーはその通りだ、石川ナンバー。車種は白の」

「あの、私は舞島茜。自衛官です」

茜は待ち切れずに、はっきりした声で警官に告げた。

だが

「！」

警官はマイクの送信ボタンを放し、茜を睨んだ。まるで茜の声がマイクに一緒に入ってしまったことを咎《とが》めるような感じ。

（どうしたんだ……？）

一一〇番通報をしたのは自分だ。早くそれを知らせたい。

「――そうだ。車種は、白のBMW320だ」

警官はマイクを口元へ戻し、続きを言う。

すぐ、イヤフォンに何か返答が来たらしい。また耳を押さえる。兵庫県警の本部か、通信センターとでも通話しているのか。

白のBMW、というのは私の乗って来た車か……？

表の道路に置いた車のナンバーを、県警本部に照会していたのか。小松基地の官舎に住む白矢英一の車だと分かったのだろう。

「――そうだ」

冷静な低い声を、わずかに苛立《いらだ》たしげにして、警官はマイクに返答する。

通話しながら茜を細い横眼で睨む。

「その通報者らしき本人が、ここにいる。そうだ、今聞いた通り、我々と一緒にいる」

（…………）

何を苛立ったのだろう。

茜は、違和感が増すのを覚えた。無線に応えている警官の右手に握られたシグザウエル――黒い自動拳銃に目が行く。よく見ると、警官は素手ではない。透明な、薄手のフィルムのような手袋で手の表面を覆っている。まるで外科医が使うような……。

何だ……？

「飛行場の様子は、これから調べる。再度報告する――以上」


「舞島、茜さん――だね」

警官は通話を終えるとマイクを胸に掛け、茜を見た。

「一一〇番通報をしてくれた」

「……は、はい」

「自衛隊の整備士には見えなかった。ここの管理人かと思ったよ」

「そ、そうですか」

「この男たちは」警官は倒れた目黒を顎で指す。「あそこにある自衛隊の戦闘機を、事故に見せかけて奪い取り、大規模なテロを起こそうとしていた。我々も機体を探していたが、見つからなくてね。通報に感謝する」

「………」

「ところで、君のその電話だが。通報に使われたものか確かめたい。ちょっと貸してくれないか」

警官は、茜のシャツの胸ポケットに収まっている携帯を見やって言った。

茜は眉をひそめる。

この警官、応援を呼ばないのか……？

さらに違和感を覚える。それに、無線に何と言った。これから調べる……？

たった今、犯人を撃ち殺したのだ。真っ先に本部にそのことを報告するのではないか。

だがナンバーの照会に事務的に応えただけだ。ドラマや映画なら、緊急事態が通報されパトカーの大群が捜査員たちを乗せて駆けつけるはずだが……。

「……私の、携帯ですか？」

茜は、胸ポケットから携帯を取り出す。画面は〈圏外〉のまま。

「そうだ。確かめさせてくれ」

警官は左手を差し出す。

そこへ
「パイロットは始末した」
サイロ内側へ繋がる扉は、坂爪が開けていったままだった。そこからもう一人の警官が姿を現した。リボルバー拳銃を手にしている。表のシャッターの入口から廻り込んだのか
……抑揚のない低い声は、似たような印象。
「ん――どうした」
「しっ」

警官は振り向いて、もう一人の相方に黙るよう促した。

もう一人の警官は、仰向けに倒れて絶命している目黒と茜を見た。表情も変えない。

(何か、変だ……)

茜は壁に背をつけて座った姿勢のまま、目の前にいる警官と、もう一人の警官、そして事務所の外側への出口を見た。

だが
「舞島茜さん」

警官は茜に手を差し出す。

「こちらで回線をリセットしてあげないと、その携帯は通話が出来ない。貸してくれ」

「は——」はい、とうなずく前に、茜の手のひらからスマートフォンが素早く取り去られる。

「よし、いい子だ」

「あの」

茜は警官を見上げて問う。

「応援は、呼ばないのですか」

「呼ぶさ。すぐに大勢来る」

言うと、警官は手にしたシグザウエルの銃口を上げた。

●二見農道空港　サイロ

警官はシグザウエルの銃口を上げると、茜の目の前で右腕を大きく伸ばし、事務所の出口――外から蹴り開けられたままの扉付近へ向けた。

引き金を絞った。

パンッ
パン、パンッと連続して発砲。

（……撃った……!?）

パン、パンッ
茜は思わず耳を塞《ふさ》ぐ。扉と、周囲の壁に次々に着弾し、窓ガラスが割れて吹っ飛ぶ。

カチ
弾丸が尽きた。

何をするんだ……!?

茜は壁を背に座ったまま、目を見開くしかない。

目黒の手にしていた銃で、警官は入口扉の周辺を意味も無く撃ったのだ。銃弾を全部、使ってしまった。

「フン」

警官は鼻で息をつくと、コッコッと編上げワークブーツを鳴らして事務机に歩み寄った。ずらりと並ぶ液晶モニターを眺め渡し、開かれたノートパソコンに気づくと、画面を覗き込んだ。

「小松基地の様子を、ここで盗み見ていたか」

画面には積載作業を受けるC５Aギャラクシーが、こちらへ機首を向けて映っている。その隣に白い７４７。

「フンッ」

警官はパソコンの横に伸びるＵＳＢケーブルを掴むと、引いた。ＰＣの本体と、繋がれていた窓際の衛星携帯電話らしきものが引きずられ床におちた。大きな音。

（………………）

茜は目を剝いた。

警官が黒い頑丈なワークブーツで踏みつけると、携帯電話は壊れ、同時に転がったＰＣの画面から映像がザッ、と途切れた。

「な、何を」

茜はようやく、口を開いた。

この人たちは、テロを起こそうとしていた坂爪と目黒の二人組から自分を救出してくれたのではないのか……？

何か、変だ。

「何をしているんですか。あなたたちは警官ですか⁉」

「そうだよ」

警官は、今度は倒れた目黒の死体に歩み寄ると、その動かぬ右手に再びシグザウエルを握らせた。そして自分の手にはめていたフィルム状の薄い手袋をはがし取った。

「れっきとした、兵庫県警の警察官だ。ちゃんと防犯と治安の維持で日本社会に貢献している。〈本来の任務〉が無い時はね」

「――」

「もっとも、犯罪を犯した人間の出身民族によっては、赦《ゆる》してやったりしているが」

「――」

何を言っているんだ。

わけが、分からない。

「こいつは処分しないのか」

背後から、もう一人の警官が訊いた。

「いや。するさ」

警官は腰からリボルバー拳銃を引き抜くと、いきなり茜の眉間《みけん》に向けた。

(――――)

目を見開く暇もなく。

一挙動で引き金が引かれた。

パンッ！


同時刻。

●アメリカ　ニューヨーク
国連本部　事務総長執務室

「事務総長」

若い男の秘書官が入室して来ると、厚い絨緞《じゅうたん》の上で威儀をただした。

「おめでとうございます。現在、ソウルの街は『わが祖国は戦勝国』と喜びで沸き返っております」

「――――」

ニューヨークは深夜になりつつある。

　三十六階の執務室だ。

　巨大な執務机の背後は、壁一面がほとんどガラス張りになっており、イーストリバーと摩天楼の夜景が見渡せる。

「ほんの気休めだ」

　仕立ての良いスーツに身を包んだ、六十代後半の男――パク・ギムルは夜景を見下ろしたままにこりともしない。

「わが民族の問題解決にはならん」

「しかし、早くも次の大統領はパク・ギムルだと、民衆の期待は盛り上がっています」

「次の韓国大統領……？」ふん、とパク・ギムルは鼻を鳴らした。「私の望み――いやビジョンは、そんなちっぽけなものではない」

「は？」

「ヒョンジュン」

「はい」

「お前は国連に職を得て、こちらへ来たばかりだが――お前の大学の同級生で、まともに就職出来た者は何人いる」

「は……？」

「まともに企業へ就職したのは何人だ」

事務総長が訊くと。

若い秘書官は「ええと」と目を天井へやって数える仕草をした。

「私は大伯父様――いえ事務総長のご援助で国連職員になれましたが。同じ学部の同級生では、S社に一人、L社に一人、後はH自動車に一人……」

「そのほかは」

「は、はい。そのほか五十六人は、今年は無しのようです。もちろん、非正規でどこかで働いている者は多くいると思いますが」

「わが祖国の前年の失業率は公称で二パーセントだった。だがこれは統計上の操作による数字であり、実際の失業者は三四〇万人もいた。失業率は一六パーセントだ」

パク・ギムルは夜景を見下ろしたまま、腕組みをした。

「一方、わが祖国の経済成長率は、前年で三・七パーセントだった。これは日本の二倍半にもなる数字だ」

「はい。誇らしい成果です」

「だが首都ソウルには駅前に一万人のホームレスがたむろし、テント村を作っている。なぜだ。経済成長率が日本の二倍半もあって、なぜ国民が貧困化する」

「…………」

若い秘書官は、ガラスの向こうの夜景を見やって、自分にはあまり関係ないや――という表情になるが
「ヒョンジュン」

「は、はい」

「いいか」パク・ギムルは背中で言う。「それは、わが祖国のGDPの実に八割近くを、財閥系大企業十社で稼いでいるからだ。S社一社だけでも二二パーセントだ。財閥系大企業は株式の過半数を外国人に持たれている外資系だ。いわゆるグローバル企業というやつだ。そしてその利益の大半は財閥一族と外国人株主――つまりアメリカ人が持っていく。大企業が外資に乗っ取られているだけではない、わが祖国は銀行までが一行を除いてすべて外資系だ。アメリカ人のものだ。韓国人労働者を安く使い捨てながら、アメリカ人投資家が利益の大部分を国外へ持っていってしまう。これが現在のわが祖国の実態なのだ」

「………」

「たとえS社やL社に入れた者も、四十八歳までに大部分が人員整理され、解雇されてしまう。人件費を抑《おさ》えるためだ。六十五歳以上の高齢者の貧困率はOECD加盟国中最悪に近い。自殺者数は十万人あたり実に三十三人――これのどこが先進国だ。経済大国だ」

がん、とパク・ギムルはガラスを叩いた。

マンハッタンの夜景を苦々しげに見渡した。

「わが祖国は――今やこのアメリカの経済植民地なのだ」

「……お、大伯父様。ですから」若い秘書官はおずおずと言う。「今こそ大伯父様が次期大統領になられて――」

「私が大統領になったくらいでは、何も変わらんよ」

パク・ギムルは室内を振り向いた。

「すまなかったなヒョンジュン。それで、アメリカ政府から私への回答文は来たか」

「はい」

秘書官は、手にしていた革製のバインダーを開いた。

「アメリカ政府から、UN事務総長の問合わせに対する正式回答です。読みます。『アメリカ政府は本日、東部標準時未明より在日アメリカ軍を米日安保条約に基づき日本国内に展開、〈トモダチの平和〉作戦を開始した。日本政府の所有していた兵器級プルトニウムは、間もなくアメリカ政府が全て接収する見込みである。なお、本作戦の実施に先立ち、UN事務総長よりなされた建議と助言に関しては心より謝意を表する』――以上です」

「ふむ」

事務総長はうなずく。

「それだけか」

「はい。今のところ、これだけです」

「うん、もういい下がれ」

親戚から採用した秘書官を下がらせると。

パク・ギムルは執務机に着席した。軍隊時代は陸軍大佐だった。体格は大柄で、椅子がギィと鳴った。

机上には愛用のノートパソコンと、数葉の写真を並べて収めた写真立てがある。家族の写真、ベトナムに従軍した青年将校時代の記念写真もある。勲章をつけている。

「――――」

白人のように整った顔をした事務総長は、机の引き出しを開いた。

中に、一台の携帯電話がある。スマートフォンではない、ごついデザインで大型だ。太いアンテナがついている。

「――建議と助言に、謝意を表する……か」

息をつくと、パク・ギムルは大型携帯電話を取り出し、デスクの上に立てて置いた。

●日本　石川県
小松基地

同時刻。


「イ中佐」

ギャラクシーは積載作業を終えるところだ。

左右にぱっくりと開いた後部貨物室扉がゆっくりクローズする。

C5Aの機首左側面には折り畳み式乗降タラップが出ていた。機内からの階段を早足で降り、恰幅《かっぷく》の良い白人将校が姿を現した。

同じ迷彩戦闘服だが、ヘルメットに星が並んでいる。

巨人輸送機の周囲で出発準備作業をしていた隊員たちが、手を止めて威儀をただし敬礼する。

「ご苦労だ、中佐。ローディングが予定よりも早いではないか」

「お言葉、光栄であります、コンウェル准将」

イ・ナムギルがエプロンに立ち、敬礼で迎えた。背後に数人の部下を従えている。

キャニスター二基をC5Aに搬入し終わり、荷台を空にしたハイリフト・ローダーが後方を通過する。

「お陰様で、順調に搬入を終えました。後は、合衆国まで運んで頂くだけであります」

「うむ」

　コンウェルと呼ばれた将官は五十代の白人。沖縄に司令部を置く在日アメリカ軍海兵隊の副司令官であった。

「うまくやったようだな、イ中佐」

「は。今のところ、目立った抵抗はありません。日本人は協力的です」

「うむ、君の功績だ。君を前線指揮官に任命して正解だった」

　コンウェルはうなずく。

「もしも、私のような人間がここで指揮を執れば、制圧された日本人たちから『またアメリカに占領されるのか』と大きく反感を買っただろう。だから君のような、優秀なアジア系士官を指揮官に選んだ」

「は」

「君とこれまで実戦を共にし、意思をよく通じている隊員も多く選んだ。どうも作戦前に『そのようにしたらどうか』と、UNの事務総長から政府へアドバイスがあったらしい。慧眼《けいがん》だな」

「は」

　イ・ナムギルは光栄そうに威儀をただす。

「しかし准将、アメリカ本土まで輸送される任務こそ、困難かつ重要であります」

「そこは任せてくれ」

白人の将官は、イの肩を両手で叩いた。

「私があのC5Aを指揮して、これから本土まで飛ぶ。キャニスター二基、必ず送り届けよう」

「はっ」

韓国系アメリカ人の中佐は一礼して、上目遣《うわめづか》いにコンウェル准将を見た。

「よろしくお願いいたします」

●東京　総理官邸　地下
オペレーション・ルーム

『それは出来んな、障子危機管理監』

スクリーンの中で佐野防衛大臣が頭を振る。

『米軍に頼んで、第六航空団の亘理二佐を拘束させ、尋問させろと言うのか？』

「その通りです、防衛大臣」

障子有美は危機管理監席で自分の情報画面にうなずく。

TV電話で通話中の防衛大臣の顔が、正面スクリーンにも映し出されている。

「二佐はテロを首謀しているか、深く関わっている疑いがあります。事故に見せかけて、F15を一機行方不明にし、密《ひそ》かに山陰地方の海岸線に不時着させて隠す。そしてプルトニウムを積んで飛び上がろうとするC5Aに襲いかかる——中国が裏で糸を引き、そうさせようとしているに違いありません」

『違いありません——って、全部君の憶測だろう』

「しかし」

『確たる証拠も無いのに、こともあろうに部下の幹部を米軍に逮捕させろと言うのか』

内閣安全保障会議の場となったオペレーション・ルームでは、有美と、市ケ谷に詰めている防衛大臣が喧嘩していた。

有美は、亘理二佐が中国のハニートラップにやられており、小松でプルトニウム入りのキャニスターを爆破するテロを画策していると推理した。

小松基地は今、アメリカ海兵隊の制圧下にある。亘理二佐を直接調べるには、海兵隊に頼んで拘束してもらうしかない。

しかし有美が要請すると、元陸自一佐でみずから部隊を率いていた佐野大臣は怒った。情報官僚一人の憶測で、部下の幹部を米軍に逮捕させることなど出来ないと言う。

亘理を拘束させるには、市ケ谷の自衛隊統合幕僚監部から横田の在日アメリカ軍司令部へ通報して要請し、そこから沖縄の海兵隊司令部経由で小松の現地指揮官へ伝達してもらうのが一番速いのだが（それでも時間は相当かかってしまう）……。

「防衛大臣、かつて指揮官であったあなたの気持ちは、分かる」

常念寺がスクリーンを見上げて言った。

「しかし危難の可能性が提示された以上、私は総理として対処しなければならない。間違いだったら、後で私から謝罪する。亘理二佐を拘束して尋問するよう、在日アメリカ軍司令部へ要請してくれ」

「――分かりました。総理がそう言われるなら」

防衛大臣は向こうからTV通話を切り、スクリーンは小松の遠景に戻る。

「障子危機管理監」

常念寺は有美に向いた。

「テロの芽は、潰《つぶ》さなくてはいけない。この国の政権を、またわけの分からぬ連中に渡すわけにはいかないんだ。出来ることはやろう」

「ありがとうございます、総理」

「駐日アメリカ大使にも、だめ押しで私から要請してみる。もっとも、大使からでは本国政府経由になるから、現地の海兵隊への伝達にはさらに時間を要するが」

「総理。それでしたら、横田のＣＰの機能の復活と、小松および北九州の築城基地からスクランブルを上げられるようにするよう頼んで下さい」

有美は頼んだ。

「テロ機がどこかから上がってきたら、わが国の手ですぐ撃ちおとせるように」

「分かった」


『駄目』

だが、電話に出たキャサリン・ベネディクト駐日大使は、一言の下に却下した。

『話にならないわ常念寺。それこそ中国の思うつぼよ。あなたは中国に踊らされているのが分からないの？』

「しかし、キャサリン。地上に足止めしてある戦闘機のほかに、テロリストの隠した機体がどこかにあるかも知れないんだ」

『だからといって、コマツとツイキの戦闘機を飛べるようにするなんて本末転倒だわ。スクランブル機のパイロットがハニートラップにやられていたらどうするのです』

「しかし――ではせめて、横田の総隊司令部の中央指揮所だけでも機能を返してくれ」

『それも駄目』

「しかし」

『心配して下さらなくて結構、C5Aは、AWACSとF22四機でガードします。あなた方の手を借りる必要はありません』

プツッ、と常念寺の目の前でスピーカーフォンは切られてしまった。

5

●兵庫県　山中
二見農道空港

(――はっ……！)

茜は目を開いた。

途端に

「――うっ」

激しい頭痛が襲った。

何だ。頭蓋骨《ずがいこつ》が割れる――

「ふぐ」

顔をしかめ、声を上げようとして、口から息が吸えないのに気づいた。

な、何だ……⁉

口が塞がれている。何か貼り付けられている。はがそうとすると手が動かない。両腕を背中に回され、左右の手首を縛り合わされている――上半身も、足首も縛られている。

（……身動きが、取れない⁉）

鼻から必死に、息を吸い込んだ。酸素が脳に廻り、頭痛も沸きあがるが意識もはっきりする。白黒画像のような感じで、ものが見えて来る。

ここは――

目を凝らす。右の頬に冷たい硬い感触。どこか、コンクリートのようなものの上に転がされている――衣服はそのまま。ポニーテールも解けていない。

その代わり頭が、まだがんがん痛む。

「――くっ」

眼球を動かし、周囲を見上げて探った。薄暗い空間だ。

（………）

頭上に、何かある――

コツ

その時。硬い靴音が頰《ほお》にじかに伝わった。

コツ、コツ
何か来る。

茜は、縛られて横向きに寝かされていた。

海老のようにもがいて、足音の方を見ようとした。

(――私は……)

そうだ。

頭を、撃たれた。そうだ思い出した。いきなり銃を顔に向けられて……。

「………」

何かが目に入り、身体の動きを止めた。

頭上を覆うようなシルエット――見覚えがある……どころではない。

(……F15J――!?)

イーグルだ。頭の上に日の丸がある。自分は、イーグルの機体のそばに転がされているのか。そうか、サイロの中か――

鼻から息を吸うと、ケロシン燃料の燃焼した後の臭《にお》いがまだする。横向きに転がされた目の前に、メイン・ランディングギアのタイヤ。強くブレーキングしたのかゴムの臭いもする。目で探る。自分は、左の主翼の真下に転がされているのだと分かる。まだ死んでいない。さっきは至近距離を弾丸が擦過して、頭に強い衝撃波を食らって失神したのだ。

（その間に、縛られたのか——う）

目をしばたたいた。機体の向こう側に足音の音源——複数の黒いワークブーツが見えた。機体の後方を回り込んで、こちらへ来る。

「——返答待ちか」

「そうだ」

話し声がする。

あの二人の警官か……？

（——————）

様子を探れ。

茜の中で、〈勘〉のようなものが言う。

動かずに、敵の様子を探れ。

「………」

茜は目を閉じた。身体を動かさず、意識が戻っていない振りをした。

足音は、すぐ近づいて来た。

さっきの警官の声だ。

「無線に、こいつの声が入ってしまった。県警本部で録音された。まずいことに、この女子整備員は俺たちで保護したことにされてしまった。いったん保護した市民が『テロ犯人との銃撃戦に巻き込まれて死んだ』となると、俺たちの責任にされる。県警上層部に呼ばれ、詳しく経過を説明させられるだろう。現場検証も厳密にやられる。さっきやった程度の工作は、すぐにばれる」

「どうするんだ」

「最悪の場合、この制服を脱ぎ捨てて脱出し、本国へ帰らなければならなくなる――そうすると今後、兵庫県の海岸線で工作員を上陸支援する要員が減る」

「殺して埋めればいいだろう。表にパワーショベルがある」

「パワーショベルで掘った真新しい穴は、鑑識が見たら一発で怪しむ。駄目だ」

「俺は、日本生まれなんだ。本国の飯は、食いたくない」

「俺だってそうだ」

コッ
足音が止まる。

見下ろされている――

気配で分かる。

「ったく」あの警官が頭上で舌打ちする。「運のいい娘だ。無難に済ますには、工作船に載せて本国へ送ってしまうことだが」

「それには〈上〉の許可がいる。返答を待つしか無いな」

「あぁ」

「応援は？」

「間もなく来る。山陰地区のリーダーが急行中だ」

何を話しているんだ……？

いったい、この警官二人は何者なんだ……⁉

（本国……）

耳を澄《す》ませていると
「あっちへ運んでおこう」

一人が言った。

「リーダーが来た時に、説明しやすい。向こうのと、一緒に並べておく」

「分かった」

「戦闘機を見つけて制圧したのは手柄だ。手柄は、認めてもらう」

「うむ」

「そっちを持て」

縛られて一つにまとめられた足首を、摑まれて持ち上げられた。同時に背中へ回した両手首もロープごと摑まれる。

警官は二人がかりで、茜を荷物のように引きずって運んだ。

ずるずるっ

（――――）

擦《こす》れて痛い。ロープは、さっきの事務所にあった梱包用のナイロン・ロープか……。表面が滑らかで結び目は滑りやすい――でも、拘束は簡単には解けそうにない。しっかり縛られている。気を失った振りをし続けて、運ばれるしかない。

あれから、どれくらい時間が経ったんだ……。

引きずられながら、うっすら目を開いた。ちょうど顔の向きに、サイロの出口がある。斜めになって、長方形の開口部が揺れている。外からの光――イーグルの機首が外へ向いている。オフロード4WDの車体が、開口部の外にちらと見える。機体を押すためのバーが、フロント・バンパーに取りつけられている。やはりあの4WD車で、機体をサイロへ押し込んだか……。

流線形の機首が開口部へ向いている。機首ナンバーは『891』。コクピットのキャノピーが撥《は》ね上げられ、搭乗に使う梯子が掛けられて、前面風防の窓枠に赤いヘルメットと酸素マスクがすぐ使える感じで引っかけてある――

(――そうだ)

あの人は、どうなったんだ……。

坂爪一尉は。

あの人は中国の工作員だったのか……？　どうなんだろう、私に話そうとした言葉は、日本を憂えるような語調だった。目黒という男もだ。真剣そうだった。私のことを『北朝鮮の工作員』と勘違いして、本気で止めようとして襲いかかって来た……。

(……それでは、この警官たちは)

茜が考えかけた時。

ごろっ
放り出されるように、コンクリート面に置かれた。

警官――警官と呼べるのならだが――はうなずき合うと、また行ってしまう。足音が事務所の方へ遠ざかる。

「――――」

茜はうっすらと目を開けるが。

(――ひっ⁉)

思わず、声を出しそうになった。粘着テープで口を塞がれていなければ、声が出ただろう。

坂爪一尉……!?

すぐ横に、オリーブ・グリーンの飛行服が横たわっている。黒い水溜りの中に転がされている――そう思いかけて、すぐ違うと分かる。

（血だ）

出血した血溜りの中に、転がされているのだった。仰向けだ。濃い眉の整った顔が、こちらを向いている。さっき、もう一人の警官に拳銃で撃たれ、機体に駆け寄って搭乗する前に倒されたのか。

（…………）

よく見ると、まだ頰に血の気がある。走っているところを撃たれ、急所を外れたのか。倒れて大量に出血しているが、まだ微かに飛行服の胸が上下している。

坂爪一尉。

茜は声が出ない。呼びかけたいのだが、話せない。

話して欲しい。教えて下さい、いったい何が起きているの。

すると

「……う」

●東京　総理官邸　地下
　オペレーション・ルーム

「C5Aが離陸します」

障子有美が、自分の情報画面を見て言った。小松基地を遠望するカメラの映像だ。

同じ映像が、正面スクリーンにも拡大されている。

ギャラクシーが離陸する。

音は聞こえて来ないが、空気が震えている。暗色の巨人輸送機が重そうに機首を上げ、
護衛する戦闘機はどこかにいるのだろうが、画面には映らない。

滑走路を離れていく。

「――――」

「――――」

オペレーション・ルーム内の全員が、息を呑むようにして注目する。

スクリーンの機影はフレームからすぐに飛び出し、見えなくなる。

「何事も起きないぞ」常念寺が言う。「今のところは」

「わたしの憶測が、外れていると良いのですが」

有美は、自分の情報画面を防空レーダー情報に切り替えた。横田のＣＣＰでスクリーンに投影されるものと同じ映像だ。

オレンジの三角形が、能登半島の付け根にポツンと現れる。Ｃ５Ａは日本側へ飛行計画など提出していないのだろう、画面では未確認機の表示だ。護衛しているというＦ22四機はまったく映っていない。

「変なものが何も、出て来ないことを……」

出てきても、たぶんＦ15が一機だ。Ｆ22が四機で護っていれば……。

「積んで行ったキャニスターは何基だ」

常念寺が訊く。

「二基です」湯川が言う。「あのギャラクシーは二基しか積んでいません。いえ、三基目はまだ小松に到着していません」

「連中はどうするつもりだ？　あと一基の輸送は、政府専用機を使うつもりなのか」

「分かりません、現状では――」

有美が画面から目を離さず、言いかけると。

「障子危機管理監」

そこへ内閣情報収集センターのスタッフが、控えめな声で呼んだ。

「ひとつ、アイディアがあるのですが」

「……アイディア？」

「横田の中央指揮所と、連絡を取れるかも知れません。意外と簡単に」

「どうやって」有美は防空レーダーの情報画面から目を離さず、訊き返す。「簡単な――って、まさか個人の携帯が通じるとか？」

「いいえ。そうではありませんが、実は現在ＣＣＰへの正規の通信回線はいくら呼びかけても応答がありません。おそらく、横田基地の在日アメリカ軍司令部保安隊が、管制官たちに通話に出るのを禁じているのです。外部との通信は、全部」

「そのようね。さっきの駐日大使の話からしても」

「でも、館内インターフォンなら、受話器を取らせてくれるでしょう」

「館内インターフォン……？」

有美は目を上げる。

「そうです」

スタッフはうなずく。

「設計書によると、総隊司令部の地上棟から地下を呼べるインターフォンが存在します。飲料水は足りているか、とかそういう連絡はされているはずです」

「なるほど」

常念寺がうなずいた。

「ここから、横田の総隊司令部の館内インターフォンへ、アクセス出来るというのか」

「今、回線を調べました。何か所か経由して、気づかれないように繋げそうです」

「――」

「――」


全員が、技術スタッフに注目していた。

「すぐにやって」

有美は言った。

「CCPに、事態を知らせたい。おそらくあっちは、何も分かっていないはずよ」

●横田基地　地下
総隊司令部　中央指揮所

「先任」

連絡担当管制官が、振り向いて呼んだ。

手に、館内インターフォンの白い受話器を握っている。

「地上から、館内連絡です。飲料水は足りているか、と訊いています」

「飲料水……？」

工藤慎一郎は、先任指令官席で腕組みを解いた。

息をつく。

今、何時だろう。

巨大な正面スクリーン。あれは、日本の空を護るためのものだ。

だが昨夜から、工藤は日本列島上空をオレンジの三角形が好き勝手に飛び回るのを、ただこの席で眺めさせられていた。

三時間ほど前、千歳から政府専用機らしき機影が飛び立った時も、呼び出して確認することは出来なかった。

飛行計画を提出していなくても、自衛隊所属機ならば、防空レーダーの質問波に機上の敵味方識別装置（ＩＦＦ）が自動的に応答する。専用機は離陸直後、スクリーンに現れた時はオレンジの三角形だったのが、すぐ緑に変わって『ＳＧＮＳ01』という識別コードが表示された。

自衛隊機はまったく飛行出来ていないのに、政府専用機一機だけ動き出した――？

どういうことなのか、確かめようと思ったが、ＣＣＰの各列の間に銃を手にして立っている保安隊員たちが許さない。通信をしてはならない、の一点張りだ。

「水なら、適当に」

工藤が面倒くさそうに言うと
「カツ丼はいるか、と訊いております」

連絡担当管制官は言う。

今日の未明、地上の司令部棟では事務職の隊員が拘束を解かれた。ＣＣＰ要員に対する水の補給などが許可されるようになった。受話器も館内インターフォンだけは、取るのを容認される。

「カツ丼……？」

「永田町の、常念寺軒のカツ丼が、冷凍で一〇〇人分あるんだそうです」

言いながら、管制官は目で訴える。

「カツ丼か」

工藤は、分かった、というようにうなずく。

急に頭が冴《さ》えてくる。

「おい」

工藤は、そばに立つ保安隊のリーダーに英語で言った。

「地上の総務隊員が、軽食はいらないかと心配してくれている。インターフォンに出てもいいか？」

「アズ・ユー・ライク」

なぜＣＣＰを制圧しなければいけないのか。横田のアメリカ軍保安隊員たちは、理由を何も知らされていないようだった。わけが分からないのは工藤と一緒だ。命令だからやっているのだった。交替はするが、夜通し銃を手にして立っていれば嫌気もさすだろう。

好きにしろ、というようにリーダーは手で示した。

「こちら先任指令官だ」

工藤は、自分の席の白い受話器を取りあげた。

「カツ丼は腹にもたれる。もっと朝飯らしいメニューはないのか」

『こちらは総理官邸オペレーション・ルーム。私は内閣府危機管理監の障子です』

「――――」

工藤は絶句する。

こ、この声は……。

この人は、昨日の午前中、ここで一緒に話したばかりだ。

どこからかけて来ている……？

「そ、そうだ、障子三曹。障子三曹だな。私は先任の工藤だ」

『その席にいるのは工藤君なの』

「あぁ、そうだ。その通りだカツ丼は徹夜明けには腹にもたれる。サンドウィッチにして頂きたい」

『ちょうどいいわ。官邸から回線を繋いで、館内電話に割り込んでいます。今から情況を簡潔に説明する。聞いて』

「何、在庫を確認する……？　あぁ分かった、待っているから確認してくれ」

●二見農道空港　サイロ

「……う」

茜の念が、通じたのか。

仰向けに転がされたまま、眉の濃い男はうっすらと目を開いた。

茜は「うぅっ」と声を出して、なるべく坂爪の注意を引く。今にも消えそうな目の光が茜の姿をとらえたのか、焦点を結ぶ。

「……無念だ」

男の唇が動いた。

「政府専用機の発進を、阻止《そし》しなければ――げほっ」

何を言っている……？

（坂爪一尉）

いったい、何が起きているのですか。

茜は目で問う。

すると
「……君か」

坂爪は、目の前に縛られ転がされているのが茜だと、認識したようだった。

「巻き込んで、すまな――げほっ」


今、何時だ――

茜は血溜りの中で仰向けになった男と、薄暗いサイロの内部を素早く目で見回した。

頭を至近距離で撃たれ、気を失わされてから、どのくらい時間が経った……?

小松のC5A輸送機は、もう発進したのだろうか。

そしてこの人は、イーグルをここに隠して、本当にテロをやろうとしていたのか?

「……聞いてくれ」

坂爪は、苦しげに続けた。

仰向けの身体は、もう動かないようだ。顔だけをかろうじて茜の方へ向け、話した。

息を吸おうとするたびにひゅう、ひゅうという音。

「死ぬ前に、君には詫びなくてはいけない――事情を話す」

「……………」

茜は、口はきけないがうなずき、目で『話して』と頼んだ。

聞きたい。そういえば、さっきから目黒も坂爪も『政府専用機』と口にする。C5A輸送機が彼らの標的ではないのか……？　頭の中でつじつまが合わない。あの専用機の中には、ひかるがいるかも知れないのだ。

「……きっかけは、亘理二佐の無二の親友だ――日本人ではない、彼はアメリカ空軍士官だ。訓練生時代に寝食を共にした仲だと言う……その士官から得るアメリカ国内の情報は、たぶん日本政府よりも早く、正確――ごほっ」

坂爪は血を吐いた。

苦しげだ。

（くっ）

それを見て茜は、背中に回された両手首を擦り合わせた。何とか、少しでも介抱したい。この人は災難を持ち込んだテロリストかも知れないが……。

少しずつ手首のナイロン・ロープは緩むように感じるが――まだ手首は抜けない。

「ごほっ――そ、その士官に妹がいた。歳の離れた妹だ……その子が、国連の求人に応募した。ハーバードの大学院にいた優秀な子だった。だが最終選考でおとされた。その子の代わりに職員に採用されたのは、英語もろくに出来ないような韓国人の青年だった」

「…………」

「おかしい、とその妹は憤《いきどお》った。不正行為が行われている。韓国人の事務総長が、コネで自分の親戚を採用したのかもしれない――その妹はＩＴの専門家だった。不正採用を疑って、証拠を摑んで暴いてやろうと、国連事務総長の個人ＰＣをハッキングして侵入した。そこで」ごほごほっ、と坂爪は血を吐いた。

茜は、必死に手首のいましめを解こうと手を動かす。もどかしい、抜けない。

くそっ……。

「そこで、彼女はとんでもない〈計画〉のファイルを見つけてしまった。その妹と、亘理二佐の親友の空軍士官は、ファイルの内容を公表しようとして――ごほっ」

●小松基地

「行ったな」

四発のエンジンから排気煙を曳《ひ》き、巨人輸送機が曇空の中へ完全に消えてしまうまで、イ・ナムギルは見送った。

そのまま、まだしばらくエプロンに立っていた。その隣に金髪の中尉、背後には七名の迷彩服の下士官が並んでいる。

「もう、戻っては来ないな」

「そうですね」

中尉がうなずくと。

「――――」

俳優のような容姿のイ・ナムギルは、無言で戦闘服の腰ベルトから黒い携帯電話を引き抜いた。太い棒状のアンテナがついている。短縮番号を親指で押した。

●ニューヨーク
国連本部　事務総長執務室

ブルルッ
執務机の上に立っている、黒い衛星携帯電話が振動した。

「――私だ」

韓国人の事務総長――六十代後半の男は椅子をギィ、と鳴らすと携帯を耳に当てた。

「首尾はどうか」

『こちら無慈悲なムササビ』

低い声が告げた。

衛星経由の音声だ。ホワイトノイズのほかに、広い場所にいるような風の音がする。

『只今より、決行します。すべては〈計画〉の通りに』

「分かった」

パク・ギムルは短い通話を終えると、切った携帯を内ポケットへ入れ、執務机から立ち上がった。

卓上のインターフォンのコール・ボタンから、一つ選んで押す。

『はい、事務局総務課です』

「私だ。至急だが、事務総長専用機をラガーディアに用意させてくれ。行き先はパイロットに直接伝える」

『専用機を、すぐですか』

「そうだ」

『かしこまりました。専用機をただちにラガーディア空港に用意します』

「燃料を満載して待つように言ってくれ」

『はい事務総長』

パク・ギムルはインターフォンを切ると、コート掛けから帽子を取り、早足で執務室のドアを開けた。

　続きの秘書室では、秘書官のパク・ヒョンジュンが携帯を手に、どこかとにやけながら話していた。ギムルがいきなりドアを開けて出て来たので、跳ね起きるように椅子から立ち上がった。

「じ、事務総長。お出かけですか」

「一緒に来い、ヒョンジュン」ギムルは歩を止めずに出口へ向かう。「ラガーディアから飛ぶ。階下にリムジンを用意させろ」

「は、はい」

　若い秘書官は慌てた様子で館内電話を取るが
「あ、あの大伯父様。出来れば僕は今夜は、もう帰りたいのですが」

「かまわんが」ギムルはちらっ、とだけ振り向いて言う。「私と一緒に来なければ、お前はアメリカ人たちに殺されるぞ」

「え――えっ？」

「早く来い」

●小松基地

「ところで中尉」

イ・ナムギルは黒い携帯をベルトに戻しながら言った。

「君は、後ろの連中とは違って、私と作戦に従事するのは初めてのようだな」

「はい」金髪の中尉はうなずく。「中佐の手腕には勉強させられます。イラクでの戦功については耳にしていましたが」

「そうか」

韓国系アメリカ人の中佐は、両手を腰に置いて空を見上げた。

「連れて行けないのは残念だよ、中尉」

「……は？　それ」それはどういうことですか――？　と口にし終わる暇もなかった。

ザクッ
真後ろから銀色のひらめきが一閃し、金髪青年のヘルメットと襟の隙間の首筋を横一線にかき切った。噴き出た血が赤い水玉のように散る。

「……うぐ」

どさり
海兵隊中尉が前のめりに倒れると、すぐ背後に、セイウチのような巨漢が反ったナイフを逆手に振り抜いて立っていた。

「ぐへへ、ぐへへ」

赤いペイントを塗ったような刃を顔の前に持って来ると、口をニヤッとさせた。

ぺろ
「食うなよ、軍曹。仕事があるのだ」

イ・ナムギルは振り向いてたしなめると、ヘルメットの通話マイクを口元へ引いた。

「私だ、メンバー全員に伝える。只今より〈作戦〉を決行する。始めろ」

6

●小松基地　エプロン

「始めろ」

イ・ナムギルは野戦通話機の細いマイクに命じた。

足下には、金髪の中尉が倒れているが、もはや注意を向ける素振りもない。

エプロンに立ったまま、広大な小松基地を見渡す。すでにＣ５Ａの姿は無い。ナムギルの立つ背後には、機首に日の丸と『日本国』という文字を丸ゴシック体で描き込んだボーイング７４７が駐機している。

「――――」

ナムギルは、白地に赤の一本ストライプを入れた巨大な機体を振り仰いだ。

同時に、今までどこに隠れていたのか。一機の灰色のオスプレイがボトボトという特徴的な爆音を響かせ、基地の頭上へ現れる。

その機体の下には、銀色に光る直方体を一基、ワイヤーで吊している。

「よし」ナムギルはうなずく。「A班、積載作業準備。B班、自衛隊戦闘機に追撃されたら面倒だ、格納庫にはすべて爆薬をセットせよ。アラート・ハンガーもだ」

『了解』

『了解』

『こちらC班』

部下の声が呼んできた。

『隊長、拘束している日本人自衛官たちは、どうしますか』

「訊くまでもない、始末しろ」

『了解』

ふん、とナムギルは司令部棟を見やって息をついた。

「アメリカの妾に、成り下がりおって」

つぶやくと、きびすを返して歩き始めた。

白地に赤ストライプの機体へ——その747の機首では左側2番ドアが開き、折り畳み式簡易タラップが降ろされている。

●政府専用機747‐400　機内

「…………」

舞島ひかるは、左側2番ドアの扉の陰に、反射的に身を隠した。

駄目だ、出られない。

(こっちへ来る……?)

壁に背をつけた状態で、そうっともう一度外を覗《のぞ》くと。

まだら模様の戦闘服が一つ、簡易乗降タラップの下へまっすぐ近づいて来る。

長身の影。それにつき従うように、七つの大柄な熊のようなシルエットが続く。七つの中の一つは、熊というよりセイウチのようにでかい。

それらが後にするエプロンのコンクリート上には、たった今血しぶきを噴いて倒れた戦闘服の一人が転がされている。

ひかるは、その瞬間を目撃した。

真横に止まっていたアメリカ軍の巨大輸送機が出発していなくなり、エプロンの機体の周囲の海兵隊員がまばらになったので、何とかして降りようとしたのだ。

ずっと後部客室に隠れていた。数時間前、エンジンが突然始動して、７４７の機体が千歳の駐機場を動き出した時には驚いたがどうしようもなかった。７４７は千歳基地を離陸して、一時間ほど飛行した後着陸した。隠れていたギャレーから這い出して窓を覗くと、見覚えのある飛行場だ。小松基地へ来たのだ、と分かった。

茜姉ちゃんのいる基地だ――

政府専用機の機内は、衛星経由のWi-Fi環境だ。千歳で機体が動き出した時から、何度か姉の茜にＬＩＮＥでメッセージを送った。でも返答はなかった。今度も『小松基地に着いたみたい』と送ったが、メッセージは『既読』にならない。

外を見ると、海兵隊だらけだった。隣にもう一機、暗色の巨大輸送機がいて、大勢のまだら模様の戦闘服たちが動き回っていた。頭上をボトボトという爆音をさせオスプレイが飛び回っていた。吊られて降ろされた銀色の筆箱のような形の物体が、輸送機に積まれていくのを目撃した。

何が行われているのか。分からない、でも小松のエプロンには日本人の自衛隊員の姿はひとつも見えない。海兵隊が、大規模に何か作戦をしている。自分はそれに巻き込まれているのだ。姉から応答がないのは、小松も千歳と同様に、海兵隊に占拠されているのだ。

でも──

この機体から降りないと、次はどこへ連れて行かれるか……。

見つかれば、たぶん拘束される。何をされるか分からない。出来る限り見つからずに、専用機の機体を降り、どこかへ身を隠せないだろうか。

幸い、客室内に人けはない。この747は、あの二名の海兵隊員──昨夜床下で鉢合わせしかかった二名によって操縦され、小松まで飛行して来たらしい。しかし誰かが客室内へ乗り込んで来る気配は今のところない。ひかるは注意深く、通路を前方へ戻った。海兵隊員が現れたら、すかさず座席の陰に隠れるつもりだった。

前方客室へ戻ると、すでにコクピットからの操作で、左側2番ドアがオープンし簡易乗降タラップが降ろされていた。あそこから出るか、再び床下電子機器室へ降りて、ハッチから出るか……。迷ったが、機首下面のハッチには窓がないので、開けた瞬間に地上で作業している海兵隊員と鉢合わせするかも知れない。

左側2番ドアは吹きさらしで地上から丸見えだが、こちらからも周囲の様子が見える。ひかるは2番ドアの近くで身をかがめて外の様子をうかがい、一気に駆け降りるチャンスを待っていた。暗色の巨人輸送機はエプロンを出て行き、轟音《ごうおん》を上げて離陸し、作業していた人員がまばらになる。今か──そう思った瞬間。

一〇〇メートルほど離れたエプロンで、並んで立っていた海兵隊員──遠くから見てもセイウチのように巨大な体躯《たいく》の戦闘服だ——がいきなり前に立っていた隊員に背後から襲いかかり、目にも留まらぬ動きでナイフを一閃、首をかき切ってしまった。

ひかるは目を疑った。

信じられない……。何をするんだ。しかし周囲に立つ戦闘服たちは、それをさも当然、というように見ている様子だ。そして、皆でこちらへ——政府専用機の左側2番ドアから延びるタラップに向かって、歩いて来る。

身体の芯がぶるっ、と震えた。

（ど、どうしよう……）

あいつらは乗って来るつもりだろうか——？

先頭を歩いて来る戦闘服——指揮官らしき男は、タラップの下で一度立ち止まると、振り向いて何か指図をした。後に続いていた隊員たちは敬礼し、うち五名が機体の後方へ走って行く。

残った二名を引きつれ、指揮官の男はタラップを上がって来る。

カン、カン
（やばい）

隠れる場所……。ひかるは周囲を見回す。前方客室へ走って、床のハッチから電子機器室へ降りるか……？　いや間に合わない、ハッチを開けている間に乗って来る――

仕方ない、後部客室へ戻ろう。

「くっ」

ひかるは姿勢を低くしたまま、小走りに客室通路を機内後方へ戻ろうとした。

だが

ギシッ

二階客室へ上がる直線階段が鳴った。体重の重い誰かが、降りて来る……⁉

（まずい）

鉢合わせしてしまう。ひかるはとっさに、また座席の列の間へ跳び込んで伏せた。

身を隠すと同時に、大柄な海兵隊員がギシギシと階段を鳴らして降りて来る。二名。

「ウェルカム・アボード、サー」

今までコクピットにいたのだろう、この専用機を小松まで飛ばして来た二名の隊員は、そろって敬礼をした。

（…………）

ひかるが、身を低くして座席の隙間から客室前方を振り向いて覗くと。

カツ

足音をさせ、たった今左側２番ドアから乗り込んで来たのだろう、長身の戦闘服が立ち止まり、ピシッとした動作で答礼をした。あの指揮官の男だ。

「ベリー・ウェル、ジェントルメン」

低い声。

よくやったご苦労、とでも言ったのか。

よく見ると指揮官の男は、長身だが白人ではない。

（ちょっと癖のある韓国人俳優――のような……？）

しかし次の瞬間。

ひかるは息が止まった。

指揮官の男は素早い動作で腰から拳銃を抜くと、一挙動で撃った。

パン、パンッ
（――――）

ひかるの髪を、衝撃波がなぶった。銃弾がすぐ目の前を通過し、二名の海兵隊員の防弾ベストにブス、ブスッと突き刺さった。

「オゥ」

「ノッ」

二名がのけぞって倒れる。片方は『信じられぬ』という表情で、自分の腰の拳銃を抜こうとするが。

その時、ぶんっ、と巨大なものが宙を跳んで、銃を抜こうとする隊員に襲いかかった。

ひかるは頭を低くし、座席の陰に伏せるしかない。

シュラッ

何か金属のようなものが一閃されるのが、目の端に見えたかと思うと。

ばしゃっ

真っ赤な生温かいものが、飛び散って通路にぶちまけられた。ひかるのすぐ目の前にもボトッ、と赤いかたまりがおちる。

（――――）

見上げると、首を変な角度に曲げられ、血潮《ちしお》を噴き出しながら大柄な海兵隊員が倒れていく。

どささっ

床が震動する。

「――う」

ひかるは声を出しかけ、慌てて自分の口を手で塞いだ。セイウチのような巨漢が、三日月のように反った形の大型ナイフを振り抜いていた。

な、なんてこと……。

「ぐへへっ、ぐへ」

巨漢はヘルメットからかすれた色の金髪をはみ出させ、ぐへへと笑うともう一人の隊員を片手で持ちあげた。悲鳴を上げ、何か叫ぶ隊員。「よせ」とでも言ったのか。だが

ぼきっ

木材の折れるような響き。

続いて

ぶしゃぁっ

何か革袋のようなものが裂ける音。

ひかるは思わず、目をつぶる。

な、何だ。何をしているんだ……⁉

「ドント・イート・ヒム、サージャント。ウィ・ハブ・デューティ」

指揮官の冷静な声。

おそるおそる目を開けると。指揮官の男は、二階客室への階段を上って行く。顔色一つ変えていない。セイウチのような巨漢が「ぐへへ、ぐへへ」と呼吸音をさせながら続く。三人目は、これも慣れた景色を見るような感じで、驚いた様子もなく続いて階段を上がって行く。片腕に分厚いバインダーのような物を抱えている。金文字が表紙に見える。

〈OPERATION MANUAL BOEING747-400〉

あれは……。

あの三人は、二階のコクピットへ行くのか……？

「はぁ、はぁ」

ひかるはようやく肩で息をして、三名の消えた階段と、通路の床を見回した。

「うっ」

吐きそうになるのを、手で押さえた。

に、逃げなくては。

ここから降りなくては……！


ひかるは、座席の陰から立ち上がった。タイトスカートの制服の脚で床を蹴り、通路を前方へ駆け出すが
「あうっ」

血で滑って、転んだ。

ブラウスの胸がべちゃっ、と真っ赤に染まった。

「き――」

い、一秒でもここにいたくない。

顔をしかめ、立ち上がろうとすると。
ウィンウィンウィ
前方の床下で、モーターの駆動する音。
(……えっ⁉)
通路の前方、外向きに開いていた左側2番ドアが、まるで透明人間に操作されたように
ひとりでに閉まってしまう。
バクンッ
「……嘘《うそ》」
折り畳み式タラップが、床下へ収納される震動が伝わって来る。コクピットで操作され
て、出口がクローズされてしまった……⁉
「で」出られない……。ひかるは言葉を吞み込むしかない。
(いや、まだ出口は)
出口はある。
あんな、化け物みたいな連中と一緒に、世界のどこかへ飛ばされるなんて。
冗談ではない。
ひかるは立ち上がり、さらに通路を前方へ走る。

## ●747・400　コクピット

「目的地への航路を入力しろ」

二階客室デッキの最前方、コクピットへ踏み込んだイ・ナムギルは左側操縦席につき、ただちに出発準備にかかった。

自分たちの乗り込んで来たエントリー・ドアを遠隔操作で閉めると、右側操縦席についた隊員に命じた。

「目的地へは、東海の洋上を斜め一直線に横切るぞ」

「了解しました」

隊員は膝の上にマニュアルを開き、フライトマネージメント・コンピュータのキーボードに指を走らせ始める。

「燃料は」

「は。時間の許す限り、タンクローリーから注入しました。目的地までは十分です」

「うむ」

ナムギルはうなずくと、頭上のオーバーヘッド・パネルに手を伸ばし、後部貨物室扉の開閉スイッチを〈ＯＰＥＮ〉位置に入れた。気密ロックの外れる黄色い警告灯が点《つ》く。正常に作動し始めた様子を確認し、野戦通話機のマイクを口元へ引き寄せた。

「A班、後部貨物室の扉を開く。積載にかかれ」

『了解』


「ん？」

オーバーヘッド・パネルに黄色い警告灯がもう一つ点いた。後部貨物室扉のほかに、気密ロックの外れているハッチが一つある。

「床下電子機器室の気密ロックが外れかかっている。強制ロックだ」

ナムギルは整備用ハッチの遠隔強制ロックスイッチを押すが、警告灯は消えない。

「軍曹、床下電子機器室の整備用ハッチのロックが、外れかかっている。見て来い」

「ぐへへっ」

セイウチのような巨体はうなずくと、コクピットから二階客室通路を後方へ向かった。

ドス、ドスという足音が遠ざかる。

「――――」

ナムギルは、オーバーヘッド・パネルの各扉操作スイッチの横にある外部監視カメラのスイッチを、〈AFT　LEFT〉位置に入れた。

パッ

左右の操縦席の間にある液晶画面の下側の一枚が、燃料システムの様子を示す図解表示から、後方外部カメラの実景に変わる。

７４７の左側後部で貨物室扉が外向きにオープンし、ハイリフト・ローダーが銀色の直方体を載せてプラットフォームをせり上げて行く。

外部カメラを〈ＬＥＦＴ〉に切り替えると、横方向のエプロンに降りて駐機したオスプレイ三機が、タンクローリーから燃料補給を受けている。

その様子を見て、ナムギルは鋭い目を細めた。

野戦通話機のマイクを、また口元に引き寄せる。

「同志諸君。聞け」

韓国系アメリカ人の中佐は、目を閉じると、言葉を区切った。

少し考える表情になり、続けた。

「聞け、同志諸君。今から私は君たちメンバー全員を同志と呼ぼう。私は約束した通り、これから諸君を地上の楽園へ連れて行く。我々は歓迎される。向こうでは一生、貴族のような暮らしが待っているぞ。各員、一秒でも早い出発に向け奮励せよ」

●東京　総理官邸　地下

オペレーション・ルーム

「三基目のキャニスターです」

障子有美が、小松の遠景を見て言った。

「やはり専用機に積むようです」

三基目のキャニスターを吊したオスプレイは、ずいぶん遅れてやってきた。まるで、C5Aが飛び去るのをどこかで待っていたかのようなタイミングだ。

今、ハイリフト・ローダーが747の後部胴体に横づけし、銀色の直方体を載せたプラットフォームを持ち上げて行く。遠景なので、海兵隊員たちが作業している様子までは分からない――人間の細かい動きまでは、国土交通省の防災カメラだから拡大も利《き》かず、判別出来ないのだ。

（…………）

有美は唇を噛む。

先ほど、横田のCCPにいる後輩の工藤慎一郎と連絡がついた。有美は情況を説明し、もしも山陰地区のどこかから航空自衛隊のF15が突然飛び上がるようなことがあれば、それはテロ機の可能性が強いのですぐ知らせてくれるよう頼んだ。オペレーション・ルームの電話回線を一本、CCPの館内インターフォンと常時繋ぎっぱなしにすることにした。

電話がかかってきて「水を頼む」と告げられたら、それはテロ機の現れたしるしだ。

（しかし、どうなっている……）

アメリカ軍は、あの政府専用機もF22で護衛するのだろうか。しかしキャサリン・ベネディクトは、AWACSも空中給油機も四機のF22も、さっきのC5Aに随伴して飛んで行ってしまうように言っていなかったか……？

総理に頼んで、もう一度アメリカ側へ照会した方が——

そう思った時。


「も、〈もんじゅ〉が大変なことになっています！」

湯川雅彦が、突然自分の情報画面を見て声を上げた。

「正面に出します、見て下さい」

パッ
正面スクリーンが、〈もんじゅ〉前庭——夜通し搬出作業の行われていた広場の、監視カメラ映像に切り替わる。

「…………」

途端に
「…………」

オペレーション・ルームの全員が、息を呑んだ。

「こ、これは」

常念寺が目を剝《む》く。

「これは銃撃戦でも行われたのかっ」

スクリーンに浮かび上がったのは。

まず駐機したまま炎上する一機のオスプレイだった。その残骸の周囲に、倒れたまだら模様の戦闘服が、地面を埋めるように転がっている。白い放射線防護服姿も多数、倒れている。海兵隊が連れて来た技術者だろうか――

「――どういうこと……⁉」

有美は息を呑む。

三基目のキャニスターが吊り上げられ、運び出されてから、オペレーション・ルームの関心は小松基地の方に向けられていた。

C５Aが発進したのに、三基目を吊したオスプレイがなかなか来ない、変だ――皆がそう思いながら小松基地の遠景をウォッチしていたのだ。

「湯川君、いつこうなった」

「分かりません」

湯川は頭を振る。

「私も、一時間くらい〈もんじゅ〉の方は見ていませんでした」

「仲間割れか？」

常念寺が言う。

「あの前庭には、入れ替わりでオスプレイがいつも三、四機いたが――ほかの機はどこへ行った。いったい何が起きたんだ」

「わ、分かりません」

「総理。駐日大使へ問い合わせを」

官房長官が言う。

「何か異常事態です」


「障子危機管理監」

そこへ後方の補助席から、情報班の班員が小走りにやって来た。

「お目にかけたい情報が」

「何？」

有美は正面スクリーンから目を離せず、訊き返す。ＮＳＣ情報班は、門篤郎の率いるチームだが――肝心の門がどこへ行ったのか分からない。

「門情報官から何か言ってきた？」

「いえ、そうではなくて」

警察庁からの出向らしい若い情報班員は、プリントアウトを一枚、手にしている。

「実は、昨夜から自衛隊主要基地が海兵隊に占拠されたので、周辺地域に悪影響が出ていないか、各基地近隣の一一〇番通報の内容をチェックしていたのです。そうしたら、この通報が」

「――――」

有美は、渡されたA4用紙を手に取る。警察では一一〇番通報の内容を自動的にテキスト化して、データベースにしているらしい。検索も出来るのだろう。

テキストを流し読みした有美の目が、止まる。

『石川県警：通報受付記録　第八九九―〇四三二二号』

内容は。

思わず、要所を声に出して読む。

「――小松基地整備隊所属の、舞島茜一等空曹……。行方不明になっているF15の891号機は海面でなく山中に……兵庫県の、二見農道空港」

これは――

通報は昨夜。受け付けたのは石川県警だ。テキストにタイム・スタンプがついている。

はっ、として有美は自分の腕時計を見る。今、何時だ……？　この通報が一人の空自女子整備員とみられる人物によってされてから、情報がここへ届くまで──

「くっ」

どうして、こんなに時間がかかった……!?

有美が顔を上げ、睨み返したので若い情報班員はびっくりしたように後ずさった。

「門情報官は、どこ」

「え」

「重要なことよ。教えて」

「我々にも、実は班長の行動先は正確には分かりません。ただ、西日本での北朝鮮工作員同士の通信が急増しているので、おそらく調査のためヘリで西日本へ」

ヘリ……。どうりで携帯が通じない。

「この通報への対応は？」

「記録では、石川県警から兵庫県警へ伝達され、担当地域の警ら係へ伝えられたとあります。そこまでです」

「兵庫県警本部へ連絡して。至急、この農道空港を調べさせて結果を報告」

言いながら、有美は自分の情報画面にグーグルマップを呼び出す。

兵庫県、二見農道空港……。何てことだ、こんな山の中か。

舌打ちして、声を上げた。

「総理、報告します」

●小松基地　司令部棟
会議室

（……何だ？）

白矢英一は、管制塔から戻って、また皆と一緒に会議室の床に座らされていた。

橋本空将補、亘理二佐も室内の前方にいる。

C5Aは出発した模様だ。外も静かになった。解放は近いか――

そう思いながら周囲を見ていた。

出口を背に、室内を見渡す位置で銃を手にする海兵隊員はさっきと同じ男だ。ガムをくちゃくちゃと嚙んでいる。

だが。その中米系と思われる男は、ガムを嚙みながら突然ニヤッとした。ヘルメットの下につけた野戦通話機のイヤフォンに、何か連絡が入った様子だ。

何だろう。

「――イエス・サー」

何か命令が下りたのか。口元のマイクに応えると、男はいきなり手にした自動小銃をガチャッ、と鳴らして室内へ向けた。

安全装置を解除……？

口髭のある浅黒い顔がみるみる笑顔の形になり、ひゃはははっと嬌声《きょうせい》を上げた。

「ひゃははは」

「な」

白矢は目を剝いた。まさか、撃つつもりか……!?

無線で『皆殺しにしろ』とでも命ぜられたか。

馬鹿な、身構える暇も無い、会議室に三十人が押し込められている。撃たれたら逃げる場所もない……！

「ひゃは」

だがその時。

白矢には、まるで映画のCG処理の『瞬間移動』のように見えた。男の動きに呼応して橋本空将補が立ち上がると、中米系の海兵隊員が構えて撃とうとした銃口をパッ、と摑み取ったのだ。銃口を片手で塞いでしまう。

「ひゃ——!?」

「撃つのなら、まず私を撃て」

ブルドッグのような風貌の橋本繁晴が言うと。

「ひゃーっ、ひゃっひゃっ」

中米系の海兵隊員は嬌声を上げ、楽しそうに目を剝くと、銃口を塞ぐ日本人の手を振り払おうとした。体格の差は二倍、腕の太さも倍近い。

だが次の瞬間。

ぶわっ
思い切り腕を振り払うモーションがそのまま利用され、いったいどうやったのか、迷彩戦闘服の海兵隊員は宙に吹っ飛んで回転した。

女子幹部が「きゃあっ」と悲鳴を上げ、全員が後ずさって露出した床に、ヘルメットの頭から落下し叩きつけられた。

「ぐぎゃっ」

「全員かかれ」

橋本空将補がすかさず号令した。

「全員で取り押さえろっ」

わっ、と司令部要員の三十名が押し寄せて、のしかかり、海兵隊員を押さえつけた。

小銃がカラカラッ、と床を滑って行く。

しかし投げ飛ばされ、頭から落下しても海兵隊員は悶絶《もんぜつ》することはなかった。ぐふぁおっ、と唸り声を上げるとのしかかった日本人数人を紙人形のように吹っ飛ばし、頭を振りながら立ち上がる。その形相《ぎょうそう》――まだ笑っている。

「ひ、ひひゃはははっ」

しゅらっ
腰からナイフを抜く。

「きゃあぁっ」

高好依子三尉が、たまたま立ち上がった海兵隊員の真ん前にいた。悲鳴を上げすくみ上がった。

「ひひゃははっ」

「きゃあっ」

まずい……！

白矢はナイフを振り上げるモーションを目にして、とっさに床へ跳んだ。転がっている自動小銃――M16突撃銃だ。床に片手をつき、片手で拾い上げてそのまま転がるなり両腕に抱え、寝転がった姿勢からまだら模様の戦闘服へ銃口を向けた。

「高好三尉、伏せろっ」

ナイフが斜めに振り下ろされるのと、女子幹部が身をかがめるのと白矢が引き金を引くのは同時だった。
タタッ
タタタタッ
反動を、両腕で受け止めた。バースト射撃の弾丸をほぼ全部顔面に浴びて、海兵隊員は後ろ向きに吹っ飛んだ。吹っ飛ぶ瞬間はまだ笑顔だった。
ずだだっ
体重と装備の重みで、床が震えた。

「はぁっ、はぁっ」

白矢は小銃を杖のようにして、立ち上がった。

「だ、大丈夫か」

「いい腕だ、白矢三尉」

橋本空将補が言う。

「だが情況はおかしいぞ、間もなく解放するとか言っておいて、我々を全員殺せという命令が——」

空将補が言いかけた時。

キィイイ——

ふいにジェットエンジンの始動回転音が、窓の外から伝わってきて重なった。

## 7

●小松基地　司令部

「このエンジン音は」

白矢英一が口に出すと同時に
「――――」

「！」

橋本空将補と亘理二佐が反応し、ブラインドの下ろされた窓へ駆け寄った。

白矢も走った。

みだりに外を見ないように、と下ろされていたブラインドだが、もう咎める海兵隊員もいない。

亘理が一番に駆け寄り、引き開けた。

途端に
（エンジンを、回している……⁉）

眼下の光景に目を見開いた。

こちらへ白い機首を向けて駐機したボーイング747——その右翼の4番エンジンと3番エンジンが、回転を始めている。ファンがグルグル廻る様子がこの窓からでも見える。4番は燃料に着火している。このジェット音は4番エンジンからだ。

さらに3番も着火——ジェット音が重なる。同時に左翼サイドで後部胴体の貨物室扉が下向きにクローズし、積載作業を終えたらしいローダー車がプラットフォームを下げながら後退する。機体を離れる。

海兵隊が『徴用』したという政府専用機——どこかへ向かうのか……？

「まずい！」

亘理が鋭くつぶやくと、飛行服の脚ポケットのジッパーを開き、何か取り出した。

黒い携帯電話のようだ。

短縮番号を操作する手つき。

「——坂爪」

何をしているんだ。

亘理の様子に、白矢は眉をひそめる。ここでは携帯は通じないはずでは……？

だが

「坂爪、専用機が出る。聞こえるか」

どこかを呼んでいる。

「おい聞こえるかっ」

「亘理二佐、何をしている」

橋本空将補も不審そうにするが。

亘理は通話相手が出ないのか、携帯を睨み「くそっ」と言う。

「亘理二佐？」

「団司令」

亘理は不審に思われるのも気にせぬ素振りで、窓の外を指す。

「あの７４７はプルトニウムを積んでいます」

「プルトニウムなら、さっきＣ５Ａが——」

「いいえ」亘理は頭を振る。「ギャラクシーに載せたキャニスターの片方は贋物《にせもの》です。本物の一つは隠しておき、Ｃ５Ａが出発した後でここへ運び込んだ。奴らの〈計画〉はそうなっている」

「…………」

「？」

「そして、あの政府専用機の目的地はアメリカじゃありません」

「どういうことだ」

「ゆっくり説明している暇は――」

亘理は言いながら、室内を振り返る。

何か見つけたのか、取って返す。床の自動小銃を拾い上げる。

何をするんだ……!?

驚いて見ている白矢に、亘理は戻って来て携帯電話を押しつけた。

「これを、リダイヤルで呼び続けろ。相手が出たら知らせろ」

「……は？」

「いいからやれ」

言うが早いか、亘理は小銃を振り上げ、銃把の底の部分を窓ガラスに叩きつけた。

ガシャンッ
ガラスが割れ、風と爆音が吹き込む。

な、何をするんだ――!?

白矢は目を剝くが
「あれの発進を阻止する」亘理は銃口を下へ向ける。「コクピットの風防を撃ち抜けば、飛び上がれ――」

だが亘理が斜め下方を狙おうとした時。

ドカンッ！

突如衝撃が襲った。真下から突き上げ、会議室のフロアにあった人も物もいっしょくたに宙へ放り上げた。

「うわぁっ」

「きゃあっ」

ドズーンッ
建物が震える。パリパリパリッ、とすべての窓ガラスが一瞬で吹っ飛び、吹雪のように横なぐりに降り注いだ。

「うわっ」

白矢は床に投げ出され、顔をかばって伏せるしかない。外に面した窓にオレンジ色の閃光がひらめいた。

どこか、爆破された……!?

●東京　総理官邸　地下
オペレーション・ルーム

「小松基地で爆発……!?」

障子有美は目を剝いた。

基地の遠景を映すスクリーンで、いきなりオレンジ色の閃光と共に火の手が上がるのが見えた。

駐機している白い747の向こう側だ。真っ赤な火焰《かえん》が立ち上る。

「ど、どういうこと」

「分かりません、爆発しているのは格納庫のようです」

湯川が言う。

「格納庫が――次々に爆発している」

●747-400　コクピット

『こちらB班、格納庫の爆破を完了』

イ・ナムギルの野戦通話機に声が入った。

『続いてアラート・ハンガーも爆破します』

「了解」

ドドンッ、と腹の底に響く衝撃波がコクピットに伝わる。まだ誘爆が続いている。

ナムギルは左側操縦席でうなずくと、中央計器パネルで2番エンジンと1番エンジンのスタート・スイッチを〈RUN〉に入れた。

カチ
カチ
左右の操縦席の間にある上側の液晶画面で、四つ並んだ棒グラフ状のエンジン出力表示のうち〈1〉と〈2〉が上向きに伸び始める。すでに〈4〉と〈3〉は、緑の棒が十分に伸びてアイドリングに安定している。

前面風防の向こうでは四棟の大型格納庫が次々に爆発し、オレンジ色の火焔を噴く。さらにまた爆発——空気を伝わる衝撃波でコクピットの窓枠がピシッ、と鳴る。

「出すぞ」

イ・ナムギルは中央計器パネルに四本並んだスロットル・レバーのうち右側の二本を握ると、前方へ押した。

キィイイ——

高まるエンジン音と共に〈4〉と〈3〉の棒グラフがさらに伸びる。

「中佐、まだ1番と2番が」

「滑走中にアイドリングになればいい、右サイドを確認しろ」

「は、はっ」

「パーキング・ブレーキを外す」

ナムギルはラダー・ペダルを両足で踏み込み、ブレーキを外すと左手に握った前輪操向ハンドルを右へ一杯に切った。

●747・400　床下電子機器室

(飛行機が——動き出した……!?)

身体に回転のモーメントを感じた。

地面へ出られるハッチのハンドルを、何とかして回そうとしていたひかるは暗闇の中で顔を上げた。動いている——

いったい、どうなっている——さっきの爆発のような衝撃は、何だったんだ。

外が見えないので、何も分からない。何の爆発だったのだ——?

だがかまう様子も無く、エンジン音が高まると、ぐんっと機体全体は動き始めた。右の方向へ旋回する——駐機場を出るのか。

またどこかへ、連れて行かれるのか。

あの化け物と一緒にどこかへ飛ばされるなんて。

「どうして、開かない」

もう、地面へ出た瞬間に誰かと鉢合わせしたってかまうものか……。しかし整備用ハッチを開くハンドルは、少し浮いたところで固着したように止まってしまった。

どうして——

考えている暇もなく。

（……誰か来る⁉）

暗闇で耳が鋭敏になっているのか、天井の上——一階客室の通路を、重い体重の足音がドス、ドス、ドスと近づくのが感じ取れた。


やばい。

ひかるは、暗闇の立方体のような空間の中を横跳びして、電子機器ラックの陰へ転がり込んだ。

伏せて身を隠すと同時に。天井にドス、ドスという足音は止まり、一階客室へ通じる天井の蓋《ふた》が開かれた。光が射し込む。

ハッチのハンドルが中途半端な位置で固着している。すべての気密ドアやハッチが完全にロックされていないと、コクピットでは警告灯が点くらしい——教育された知識を思い出す。

しまった、誰かがハッチの様子を見に来たか。

ぷはっ
ぷはっ
荒い呼吸音と共に梯子《はしご》を降りて来たのは、灰色のまだら模様に包まれた肉塊《にくかい》だった。

「う――」

ひかるは口を押さえる。

でかい。

天井の蓋の開口部から光が射し、梯子の下だけが明るい。降り立ったのは、セイウチのように巨大な体軀《たいく》の海兵隊員だ。ぷはぁっ、と息をつく。

（――）

ひかるはラックの陰に伏せ、息を止める。

ラックの陰だけは暗闇だ。

くん、くんと巨軀の海兵隊員は空気の匂いをかぐようにする。その腰ベルトに、半月形の大振りのナイフ。

あいつだ……。

さっきの化け物――

ひかるはぶるっ、と身体の芯が震えるのを感じた。幼い頃にしみついた〈恐怖〉が、また意識の底から蘇《よみがえ》りそうになる。

必死に、震えるのをこらえる。

セイウチのような海兵隊員は、機器室の底にあるハッチの存在に気づくと、巨軀をかがめて顔を近づけた。動物が獲物を検分するかのように、しげしげと眺めてから丸太のような腕を伸ばし、浮きかけたハッチのハンドルを握った。どれだけの怪力か、ガチッ、と金属音がしてハンドルが閉鎖位置に戻った。

それからまたくん、くんと空気の匂いをかいだ。

●747-400　コクピット

「中佐。床下電子機器室の気密ロックがかかりました」

右席の隊員が、オーバーヘッド・パネルを見て言った。すべての警告灯が消えた。

「正常に離陸出来ます。1番、2番エンジンもアイドリングに安定」

「よし」

イ・ナムギルはうなずくと、右手をスロットルから離し、機内放送のマイクを取った。機はアイドリングでも十分に走る。左手は前輪操向ハンドルを握っている。

コクピットの前面視界には、高い視点から、すでに誘導路の終端が見えている。黄色いセンターラインに沿って右へ曲がれば滑走路24に進入出来る。

「軍曹、よくやった戻れ。間もなく離陸する。目的地との通信回線を急ぎ開く必要がある。アッパーデッキへ戻って急いで作業にかかれ」

●747・400　床下電子機器室

『グッドジョブ。リターン・トゥ・アッパーデッキ、サージャント』

頭上――一階客室から機内放送の声がする。低い男の声。

セイウチのような巨軀の海兵隊員は「ぐへっ」と頭上を仰《あお》ぐと、命令は絶対なのか、周囲をかぎ廻るのは止めて梯子を上り始めた。

「――はぁっ」

巨軀が蓋の向こうへ見えなくなり、ドス、ドスという足音が遠ざかると。

ひかるは身を起こし、深く息をついた。

（…………）

誰か、助けて。

ぺたんと閉じたスカートの膝の下で、ゴロゴロと前車輪が回っている。ふいに、ぐっと横向きの力がかかる。ひかるはラックにつかまり身体を支える。７４７の機体はさらにターンをして、向きを変えている……このままでは滑走路に入って離陸してしまう。

平然と、仲間を斬り殺した海兵隊員たち——この政府専用機を奪った連中は、これから何をするつもりなのか。

「……姉ちゃん」

口をついて、その言葉が出た。

「お姉ちゃん助けて」

自分で口にしてから、はっと思い出した。

ここは姉の茜のいる基地だ。

わたしがここにいることを、何とかして——

制服のブラウスの胸ポケットに手をやる。生地は血まみれだが、携帯はそこにあった。

LINEの画面を出す。駄目だ、昨夜から送ったメッセージは一つも『既読』になっていない。

●747‐400　コクピット

「同志諸君」

イ・ナムギルは四発エンジンの巨大な機体をターンさせ、滑走路24へラインナップさせる。操縦席の高さはビル五階に相当するので、二五〇〇メートルの滑走路が末端まで楽に見通せる。白いセンターラインに機軸を合わせると、左手を前輪操向ハンドルから操縦桿に持ち替え、野戦通話機のマイクに言った。

「諸君、私は先に離陸する。A班・B班・C班は基地の後始末が済み次第、オスプレイに分乗し目的地へ向かえ。ご苦労だった、歓迎晩餐《ばんさん》会で会おう」

『了解』

『了解』

「よし、離陸だ」

鋭い目の男はうなずくと、右手で四本のスロットル・レバーを掴むと一気に前方へ押し進めた。

「テイクオフ」
●小松基地　司令部
「あの政府専用機を、何とかして止めなくては」

亘理が小銃を手に、先頭を切って廊下を走っていく。

四階の通路の窓ガラスはすべて吹っ飛んでなくなっている。

走りながら外を見やると、白地に赤いストライプのジャンボが離陸滑走を始めるところだ。

いったい、どういうことなんだ……!?

白矢は追いかけて走る。

リダイヤルし続けろと指示されたごつい携帯電話は、さっきの爆発で爆風に持っていかれ、壁にぶつかって壊れてしまった。ならば管制塔へ行く、と亘理は言う。くわしい説明は後でするから手伝え、と言われたが――

「亘理二佐、あの専用機はどこへ」向かっているのですか、と訊こうとしたが。

同時に通路の曲がり角の向こうから、迷彩戦闘服がふらりと現れた。

白矢はのけぞりかける。

（うっ……！）

亘理が銃を構えるが、その必要もなく、迷彩戦闘服のシルエットは自分からぱたり、と倒れた。

何だ。

白矢は亘理に続いて走る。

「待て」

橋本空将補が追いついて、亘理と白矢に待つよう言うと、倒れた戦闘服の海兵隊員に駆け寄って検分した。

「これを見ろ」

　空将補は、俯せに倒れた海兵隊員の首筋を示した。

　ボウガンの矢のような物が、横から深くうなじに突き刺さっている。

「仲間に、やられたな」

　亘理がつぶやく。

　仲間に……？

　白矢がいぶかしんで訊く前に、今度は橋本空将補が問うた。

「亘理二佐、仲間にやられたとは、どういうことだ」

「団司令。奴らの〈計画〉を実行するメンバーは、『無慈悲なムササビ』と呼ばれる海兵隊士官とその子飼いの部下だけです」亘理は応える。「小松と〈もんじゅ〉で〈トモダチの平和〉作戦に従事するほかの一般士官や隊員、技術者などはすべて処分されます。彼らが脱出する時――」

　言い終わらぬうち、ギィイインッという四発機の爆音がフィールドに轟《とどろ》いた。

　政府専用機が離陸……。

　白矢は機影を窓に追う。昨日に引き続き雲が低い。機首を引き起こした巨人機は急角度で上昇し、すぐ雲に呑み込まれるように見えなくなる。

続いて司令部前のエプロンで、並んだ三機のオスプレイが真上に向けたティルト・ローターの回転を次々に上げる。タービン・エンジンのキィイインッ、という音。

「まずい、〈トモダチの平和〉作戦は前線指揮官――つまりあのイ・ナムギルが『任務終了』を宣言しないと終わらない。全国の在日アメリカ軍は、自衛隊の機能を押さえたままだ」

「えっ――?」

「管制塔へ上がります。私の部下に連絡しなくては」

亘理は立ち上がる。

「このままでは、北朝鮮に三一キログラムの兵器級プルトニウムが渡ってしまう」

「えっ」

●東京　横田基地
総隊司令部　中央指揮所
「政府専用機が上がったぞ……?」
工藤は、思わずつぶやいた。

能登半島の付け根、小松基地のある場所からオレンジの三角形が現れると、すぐに敵味方識別装置が働いて『SGNS01』の識別コードが表示され、緑に変わった。

「今度は、どこへ向かうんだ」

つぶやくが、ずらりと並んだ米兵たちに「何もするな」と強要されている。

先任指令官席から見渡すと、各列の管制卓につく要撃管制官たちも、政府専用機の離陸に気づいてざわつき始めている。

と、工藤の席の白いインターフォン受話器に呼出しランプが点いた。

『工藤君、わたし』

障子有美が、館内インターフォンに無理やり割込ませた回線経由でコールして来た。

『小松の実景を見ています。格納庫が大爆発を起こして、政府専用機が離陸した』

「――えっ⁉」

『専用機はプルトニウムを積んでる。どこへ向かうのか、追跡して』

「プ――」工藤は慌てて口元を押さえた。「プリンをつけてくれるのは、有り難いが」

●ニューヨーク
イーストリバー沿い　路上

同時刻。

ブルルッ

黒塗りのストレッチド・リムジンの後部座席は、事務総長と秘書官が向き合って座れるように広く造られている。

UN本部ビルからラガーディア空港へ向かう川沿いの道筋は、深夜でも交通量が多い。黄色いタクシーが行き交っている。

「────」

上着の内ポケットが振動した。

パク・ギムルは、胸から衛星携帯電話を取り出すと、アンテナを窓の外へ向けるようにしながら耳につけた。

「私だ」

衛星経由でコールして来た相手と短く通話する大伯父を、さしむかいの席でパク・ヒョンジュンが不思議そうに眺めている。

なぜ連れ出されたのか、わけが分からない表情だ。

「──離陸したか。分かった、よくやった」

六十代後半の韓国人事務総長は、うなずいて電話を切ると、窓の夜空を見上げた。感慨深い、という感じで息をつく。

「あの。ご家族からですか」

ヒョンジュンが問うた。

「……いいや」

パク・ギムルは空を見たまま、頭を振る。

「そうではない」

「そんな感じで話されていましたので」

「そうかな」

リムジンはマンハッタンからラガーディア空港へ向かう川底のトンネルへ滑り込む。

ごぉおおっ
夜空は見えなくなった。

「ヒョンジュン」

しばらく沈黙してから、ギムルは口を開いた。

「お前は、私のUN事務総長としての国際的評価を知っているだろう」

「は――」

「気にしなくてもいい。UN史上、歴代最低の使えない事務総長――それが私だ」

「――――」

「だが」

「は?」

「その評判は、今日この日のために、わざと作ったものだ。私はわが民族のために世間の後ろ指にも耐えて来た」

「意味が……よく分かりません」


「うむ」

パク・ギムルが目で車内のミニバーを指すと。

若い秘書官は「は」とうなずき、大伯父の事務総長のためにグラスに眞露《ジンロ》を注いだ。

ギムルはグラスを受け取ると、透明な液体を一口含んだ。

「ヒョンジュン。私は、この日のためにずっと『馬鹿で使えない、次期韓国大統領になることしか頭に無い無能な事務総長』を演じて来たのだ。遠大な〈計画〉があってのことだ。私は、大国の馬鹿どもが私を利用しようとして引っかかるのを待っていた」

「………」

8

●ニューヨーク　クイーンズ区
ラガーディア空港通り

トンネルを抜けたリムジンは、ニューヨーク市北東部のクイーンズ区へ入る。

夜の街路を走り続ける。

「まず中国が引っかかった」

パク・ギムルは話し続けた。

リムジンの後部座席は完全防音で盗聴対策もされ、助手席に座る警護官にも会話の内容は聞かれない。

リムジンの後方に続くUNの警護車に対しても同様だ。

プライベートな急用、と言ってある。空港から専用機に添乗して来るのは、パク・ギムルが自分で雇った私的警護官だけだ。

「中国は、私を使って日本から高純度プルトニウムを取りあげようと画策した。中国は日本が高速増殖炉の中に保有しているプルトニウムが怖い。思惑通りだった。私は餌《えさ》をもらって喜んだ振りをし、安保理に建議をした。一方アメリカは、このままでは中国が日本に対して〈敵国条項〉を使うに違いないと焦った。自分たちの手で、中国が手を出す前に日本のプルトニウムを接収しようと動いた。私の描いた絵の通りになった。海兵隊が日本の各地を押さえ、プルトニウムを原子炉から取り出してくれた」

「………」

がたん、とリムジンが段差を乗り越える。

夜間の工事がされている。リムジンは片側通行の街路をゆっくりと通過する。

道の脇に〈ＡＩＲＰＯＲＴ〉という矢印。

「大伯父様は――」パク・ヒョンジュンは目を見開いて訊く。「いえ事務総長は、遠大な〈計画〉のもとに今回の安保理への建議をされたと言われるのですか」

「そうだ」パク・ギムルはうなずく。「だが、あの男の協力なくして、私のこのビジョンは実現しなかった」

「男……？」

「そうだ」

「一人の男がいる」

事務総長は透明な酒を口に含み、遠いどこかを見るような表情をした。

「私が韓国陸軍の大佐だった頃、アメリカに駐在武官として赴任した。その公使館に韓国系アメリカ人の少年が床磨きのアルバイトで来ていた。廊下で一目見て、妙に親近感のわく少年だった。訊けば親は無く、天涯《てんがい》孤独で貧乏だという。私はなぜかそうしたくなり、彼に資金を援助して大学まで出してやった。彼は海兵隊に入隊し、優秀な将校になった。彼は、この私が韓国陸軍の軍人だったから、自分も軍人になりたいと思った――そう言ってくれた。私には娘しかいなかったのだが、彼は息子のような存在だ」

「…………」

「私は彼に、自分のビジョンを話した。すると彼は協力を誓《ちか》ってくれた。『生命に代えてぜひやらせてください』と言った。たとえアメリカ国籍であっても、祖国を思う気持ちは同じです――そう言ってくれた。わが民族のために働く、と」

「…………」

「これまでわが朝鮮は、永く中国の属国にされ、ロシアに占領されかけ、日本に併合され現在はアメリカの『植民地』だ。いつもいつも、戦乱の通り道にされて来た。あっちの大国、こっちの大国にぺこぺこしなければ生きては来られなかった。もうたくさんだ。そう思わないかヒョンジュン」

「は……はい」

「三〇キログラムの高純度プルトニウムがあれば、一五発の核弾頭が造れる。これまでに保有したものと合わせ二〇発——総勢二〇発の核弾頭をもって、偉大なる首領様のもとに結集すれば。わが朝鮮は、歴史上初めて『真の独立国』になれる。わが同胞はもう中国にぺこぺこする必要はない。アメリカに搾取されることもない、ましてやあの日本ごときにでかい顔をされることもない。アジア随一の核強国として、誰からも指図されることなく、誇りをもって生きていけるのだ。二〇発の核弾頭が、わが民族に地上の楽園を与えてくれるのだよ、ヒョンジュン」

「…………」

「それを今から、あの男がやってくれるのだ」

●小松基地　管制塔

「天井のボードをはがす」

螺旋階段を駆け上がり、展望窓から飛行場を見晴らせる管制室へ駆け込むと。

「脚立を持ってこい」

「は、はい」

亘理は空間の隅を指し、配線作業用の脚立を持って来るよう指示した。

白矢が急いで脚立を開いて据えると、亘理は跳び上がるように上って、また銃の台尻を振るい天井の石膏《せっこう》ボードを一気に砕いた。

「ここだ」

パリッ

何をしているんだ……？

白矢は首をかしげる。

管制塔の管制室の天井なんか、どうしてはがすんだ――？

しかし亘理がボードの破口に手を突っ込んで、中から黒い携帯電話を取り出すと、目を見開いた。どうしてそんなところに。

「あそこに隠しカメラがある」

亘理は、天井の一角を指した。

白矢はそちらを見やるが。

ちょっと見ただけでは、何があるのか分からない。

「この携帯は、あそこに隠したCCDカメラの映像を衛星経由で飛ばすためのものだ。一緒に計画を実行する私の仲間が、機体の『隠し場所』からここを監視出来るように」

「…………」

「どういうことだ亘理二佐」

橋本空将補は、さすがに憤った表情になる。
しかし
「お待ち下さい」

亘理は一礼すると、まず携帯の短縮呼出しボタンを押した。

「――やはり駄目だ。向こうの端末が応答しない。壊されたかも知れない」

「亘理二佐」

「お話しします」

亘理は早口に、橋本空将補へ説明をした。ついさっき政府専用機の飛び去った空を指して言った。

「団司令。実は、韓国人の国連事務総長が主導して、中国とアメリカを騙《だま》し、わが国が〈もんじゅ〉の中に保有する高純度プルトニウムを奪い取って北朝鮮へ持ち去る〈計画〉が立てられていました。偶然にその〈計画〉を察知したアメリカ人の私の親友は殺された。私にファイルを転送するのがやっとでした。私は――時間もなかった、何とかしてその〈計画〉を阻止しようと、海兵隊に制圧されない場所に戦闘機を一機だけ隠し、〈計画〉で彼らに『徴用』されるであろう政府専用機の発進を阻止するか、あるいは最悪の場合でも北朝鮮へ逃げ去る前に撃墜出来るようにしようとした」

「――」

「………」

「私の独断で、信頼出来る後輩や部下に呼びかけて準備した。白矢三尉には、はからずも迷惑をかけることになってしまったが」

「亘理二佐。なぜ私に相談しなかった」

「申し訳ありません、しかし組織決定で正式に戦闘機をどこかへ隠せば、ばれてしまいます。味方を欺《あざむ》くくらい秘密にしなくては」

「――ううむ」

「そうは思ったのですが。やはりどこかから情報が漏れ、戦闘機を隠した農道空港は北朝鮮工作員に襲われた可能性が高い。坂爪一尉と、連絡が出来ません」

「とにかく」空将補は言った。「あの政府専用機が北朝鮮へ向かったのであれば」

「はい」

「その衛星携帯を貸してくれ二佐。市ケ谷の幕僚監部に私が直接話す」

●東京　横田
総隊司令部中央指揮所

「北西へ、まっすぐに向かっているぞ……?」

工藤は、正面スクリーンの本州の背中、日本海の洋上を斜め左上へ少しずつ進む緑色の三角形を睨んだ。能登半島の沖、もう陸岸から三〇マイル離れた。

識別コード『SGNS01』

高度表示:一五〇上昇中。速度表示:三〇〇。

あれがプルトニウムを載せている……?

プルトニウムって——障子さんの話の通りならば、〈もんじゅ〉から奪い取られたっていう高純度プルトニウムか。

政府専用機のボーイング747。操縦は特輸隊パイロットではなく、海兵隊らしい。

いったい何をするつもりだ……!?

「この方角へまっすぐ飛べば——」

三角形の向かう先は。

(………)

思わず、工藤は通話ヘッドセットを頭に掛け直そうとした。

チャッ
途端に、そばに立つ保安隊員が銃口を向けて来た。

「お、おい大変なんだ。通信をさせてくれ」

「ノー」

米兵はヘルメットの頭を振る。

「ノー・コミュニケーション、ノー・オペレーション。イッツ・オーダー！」

命令は依然として『何もさせるな』だ──保安隊員は工藤に英語で「ヘッドセットを置け」と強要した。

●永田町　総理官邸　地下
オペレーション・ルーム

『たった今、小松基地の第六航空団司令とダイレクトに連絡が回復、現地の詳しい情況が報告されました』

スクリーンに佐野防衛大臣が大写しになっている。

市ケ谷の防衛省から〈緊急〉として連絡してきたのだ。

『小松基地は、海兵隊の反乱兵により格納庫とアラート・ハンガーを爆破されました。第六航空団の所属戦闘機は全滅、発進不能です。政府専用機はその一味によって奪取され、〈もんじゅ〉から取り出された高純度プルトニウムのうち半分を載せて現在北朝鮮へ向け飛行中です』

「――」

「――」

全員が、絶句した。

(海兵隊の、反乱兵……!?)

有美は目を剝いた。

そうか――

『この報告を受け、わが統合幕僚監部はただちに在日アメリカ軍司令部に対し、自衛隊主要基地の制圧を解くよう要請しました』

「米軍側の返答は!?」

常念寺よりも先に、有美が問うた。

『いやそれが、在日アメリカ軍司令部は「現地の前線司令官からは反乱とかそのような報告はまったく無く、日本側からの不確かな情報だけで本国政府主導の〈トモダチの平和〉作戦をターミネイトすることは出来ない、と――』

「現地司令官が、反乱しているのです、たぶん」

『いや、日本側から訴えても、在日アメリカ軍司令部には現地の前線司令官から「作戦順調」という報告しか来ていない、と言うのだ。至急調べてほしいと要請したが』

「私に任せろ」

常念寺が言い、卓上の携帯を取った。

「駐日アメリカ大使に直接掛け合う。本国政府経由で、その〈トモダチなんとか〉を解除させる」

「急いで下さい、総理」

有美は言いながら、自分の情報画面に防空レーダー情報を出す。

緑の三角形『SGNS01』の位置——

斜め左上へ行く。間もなく日本海を三分の一も渡る……。

まずい。

「小松のF15が使えません。専用機を追撃するには北九州の築城基地からスクランブルを出すしかありません。ぐずぐずすると間に合わない」

●日本海上空
政府専用機747‐400

「ヨ、ヨコタの司令部へ、『作戦順調』と打電した」

コクピット後方の通信席で、横向きのサイド・パネルに向かった巨漢が報告した。

「コマツから発信したように見せかけた。ぐへへ」

「よくやった軍曹」

左側操縦席から、イ・ナムギルが振り向いてうなずく。

「これでしばらく〈トモダチの平和〉作戦による制圧命令は、解除されない。我々を追いかける日本の戦闘機は一機もないだろう」

「ぐへへ、ぐへ」

「平壌《ピョンヤン》への秘話回線も、開いておけ」

「りょ、了解」


ナムギルは、満足そうに操縦席へ向き直る。

すでに巡航高度へ上昇した。計器画面に表示される高度は四〇〇〇〇。速度表示はマッハ〇・八六。四発のエンジンも順調に回っている。

「日本の防空識別圏を出るまで、どのくらいだ」

「あと五十五分です」

右席の隊員が、フライトマネージメント・コンピュータの表示を見て言う。

「北朝鮮の領空に入るまでは一時間二十分」

「うむ」

韓国系アメリカ人の中佐はうなずく。

前方視界は、雲海の上に出ている。まぶしいばかりの蒼空《そうくう》だ。

風防の手前、計器パネルのグレアシールドの上に、黒い衛星携帯電話が載っている。

「……いや、まだだ」男はつぶやく。真の目的達成には――

「ち、中佐」

ふはっ、ふはっと息をさせながら通信席から巨漢が言った。

「秘話回線ひらいたら、ちょっと下へ行っていいだか」

「ん？」

「ネズミが、一匹乗ってる。下にいる。殺して食っていいか」

巨漢は芋虫のように太い指に、どこかで拾ったらしい髪の毛を一本、つまんでいた。

顔の前に近づけ、くんくんと嗅いだ。

「ぐへへ」

「いいだろう。褒美《ほうび》だ、好きにしろ」

●東京　横田
総隊司令部中央指揮所

「またランチの相談だ」

工藤の先任指令官席で、白いインターフォンに呼出しランプが点く。

そばに立つ米兵に断り、受話器を取る。

「先任だ」

『工藤君、聞いて』

障子有美の声は、せわしない。

慌てている？

この人らしくない──

だが
『さらに事実が分かった。政府専用機は海兵隊の反乱兵によって奪取されています。彼らはプルトニウムを持って北朝鮮へ行こうとしてる』

「は──」

インターフォンを介して伝えられた言葉に、工藤は絶句する。

反乱……？

横に立つ保安隊員がけげんな顔をする。

まずい。

いや、あの政府専用機の位置はもっとまずい……。今障子さん、何と言った。

（このままじゃ、日本海を半分渡ってしまうぞ）

北朝鮮へプルトニウムを持っていく……!?　本当か。しかし本当だとしたら、あの機を阻止するには、インターセプトして強制的に引き返させるには、小松の戦闘機をただちに上げないと――

だが

『小松基地が海兵隊に爆破され、小松のＦ15は使えません』障子有美の声は言う。『今、総理がアメリカ軍による制圧を解いて、築城のスクランブルを上げられるように交渉中。あなたは制圧が解除され次第、築城のＦ２を上げて専用機へ指向して』

「――――」

工藤はまた絶句した。

目で、正面スクリーンの緑の三角形の位置を測る。築城からだと目測で距離は――

「し、障子さん。一刻も早くやらないと、デリバリーは間に合わなくなりますよ」

●兵庫県　山中

二見農道空港　サイロ

同時刻。

（…………）

茜は、人の気配にハッ、と息を呑んだ。

「死体と一緒に埋めろ」

声がした。

「あれは居なかったことにする」

同時に、サイロの薄い壁の外のどこかで、ディーゼル機関の始動する唸り。

あれは――

ここへ来る前に外で見かけた、パワーショベルを動かしているのか。

目を上げても、壁しか見えない。

頬に足音が伝わって来る。

もがいて、視線を声の方へ向ける。サイロの空間の奥――事務所の扉から、ワークブーツの足が出て来る。複数。視線を上げる。青黒い戦闘服。

さっきの警官とは違う。

応援、と言っていた連中か――

「女の子、始末するんですか」

「そういう〈上〉の指示だ。どのみち、顔を見られたからな」

声が言う。

近づいて来る。

うっ、と茜は身体を緊張させる。

隣を見る。

飛行服を着た長身が、俯せに倒れている。流れ出た血液が半径一メートルの水溜りのように、黒く円形に広がっている。

（坂爪一尉……）

あの後。すべてを話してくれた後で、眉の濃い男は「何とか君を解放したい」と言い、仰向けの状態から腕を伸ばして茜の上半身を縛るロープを摑もうとした。だがとても手は届かず、そのまままた俯せになっただけで、血溜りの中に顔をつけ絶命した。

この人が息を引き取って、もう三十分くらい……？

自分も、こうなるのか。

（私が、ここにいるのが想定外だったから）

戦闘服の連中は、どこかから指示を受けるのに時間を要していただけか……？

コツ

足音が近づく。
二人。
どこかに、仲間はもっといるのだろう。でもサイロ内の空間に出て来たのは二人だ。
（――――）
茜は、姿勢はそのままに、背中の手首を擦り合わせる。
ありあわせのナイロン・ロープだ。
こんなジーンズ姿の細身の女子ひとり、大した抵抗もしないだろうと思ったか。
コツ、コツ
コツ
足音が近づく。
（くそ）
手首と、ロープの間にわずかな隙間が出来る。さっきからさんざん擦り合わせてきた。
少しずつ、緩む。
だが
コツッ
足音はすぐそばで止まり、何かが茜の頭へ向けられる気配がした。
「おい」

声が言った。

「娘。ここへ紛れ込んだのを、不運だったと思え」

カチ
頭上の声の主――戦闘服の男が手にしているのは自動拳銃だ。カチ、という微かな音は安全装置を外した音だ。

(――うっ)

茜は声が出せぬまま、斜め上から向けられる銃口に目を見開いた。

まっすぐ、自分の額へ向けられている。

男の顔と、その胸部の黒い防弾ベスト、そして拳銃を握る右腕がすぐ頭上に。

防弾ベストには白い文字がある。

鳥取県警。

く、くそっ……。

「…………」

茜は声を出そうとするが、口に貼られたテープのせいで唇が開かない。鼻で激しく息を吸い込むだけだ。

「では死ね」

革手袋の指が、すぐ頭上で引き金を引き絞る。

その時。

スルッ
手首が——抜けた……！

「くっ」

茜は動いた。銃口から目を離さず、身体を軸廻りに回転させた。ぱしっ、と右手のひらが自動拳銃を摑むのと引き金が引かれるのは同時だった。

パンッ
「な、何」

銃弾は茜の頭のすぐ上にそれ、コンクリートの床面をえぐり炸裂《さくれつ》した。同時に茜の縛られた両足首がエビのように振り上げられ男の後頭部へ襲いかかったが、戦闘服の男は驚きのあまりか、一瞬固まって気づかない。

ガツッ
「ぐわ」

つんのめる男の手から茜の手首が拳銃をもぎ取る。『短剣取り燕返《つばめがえ》し』だ。

そのまま回転、床を転がりながら両手で拳銃を握り直す。顔色を変え、摑みかかろうとする男へ銃口を向ける。のしかかって来る——粘着テープの中で歯を食い縛り、引き金を引く。
パンッ
「ぐわっ」
「何」
もう一人の戦闘服が声を上げ、慌てた動作で銃を抜こうとする。茜も銃を向ける。その
シルエットの真ん中を狙う。
パンッ
「ぎゃっ」
戦闘服は仰向けに吹っ飛ぶ。
どっちも防弾ベストだ、死にはすまい……！
茜は顔をしかめ、口を塞いでいた粘着テープをはがし取った。それから拳銃の銃口を、
自分の両足首を縛り上げたロープの結び目に押しつけた。
パンッ
「――くっ！」
ロープは破裂するように吹っ飛ぶが、衝撃波が骨に響く。
「はぁっ、はぁっ」
い、痛いじゃないかちくしょう。

「何だ」

「何だっ」

カッカッカッ、と足音が響く。大勢いる——

茜は息をつきながら、立ち上がる。よろける。

「——はぁっ、はぁっ、はぁっ」

自分の手にした銃を見る。

サイロの外を見る。

(ここから、逃げるには……)

脱出するには……!?

目がさまよう。サイロの出口の外側からも、銃声を聞きつけたか多数の気配。

「逃げるには」

搭乗梯子がある。十メートル先——891号機の機首に掛けられたままだ。風防に引っかけて置いた赤いヘルメット。坂爪一尉のものか。

左の主脚タイヤに噛まされた車輪止め。

(——————)

走れ。

何かが、茜の中で叱咤《しった》した。

9

●兵庫県　山中
二見農道空港

走れ……！

（くっ）

茜はコンクリートを蹴り、駆け出すが
「はっ」

たった今倒した男。外国工作員のリーダー格か、茜のことを『殺して埋めろ』と言っていた。〈鳥取県警〉と白文字の入った防弾ベスト姿で倒れている。その腰ベルト――

（衛星で通じる携帯……!?）

さっき事務所の机にあったのと同じ種類だ――太い棒のようなアンテナがついている。

とっさに茜は倒れた男の腰から摑み取ると、走った。

車輪止めを、外す……！

身をかがめ、Ｆ15Ｊの左主翼の下へ。左の主脚の車輪に嚙まされたゴム製の車輪止めを蹴った。外れた――そのまま走る。機首の下へ。衛星携帯をジーンズのヒップ・ポケットに突っ込み、梯子に取りつく。

「何だ」

「何だっ」

銃声と、男の悲鳴がしたことで異状に気づいたか。

サイロの事務所や、外の農道空港の敷地から大勢が駆けつける気配。外国工作員――

「――くっ」

少しふらつくが、身体の切れは戻った。茜は小猿のように梯子を駆け上ると、上方へキャノピーを開いた８９１号機のコクピットへ、跳び込んだ。

どさっ

同時に後足で梯子を蹴って外し、右手を計器パネル右下へ突っ込んでジェットフューエル・スターターの始動ハンドルを引く。

かかれ。

梯子が外側へ倒れ、コンクリートの床でカラカラッ、と鳴るのと大勢の足音がサイロ内へなだれ込むのは同時だった。

「キャノピー、クローズ」

左手でキャノピー操作レバーを叩くようにクローズ位置へ。風防に引っかけて置いてあるヘルメットと酸素マスクを、構わず自分の足下へはたきおとす。二本一体となった双発エンジンのスロットルを握る。
フィイイイッ
バッテリー駆動で、まず補助動力装置のジェットフューエル・スターターが廻り出す。かん高い回転音。なだれ込んで来た男たちの驚きの声も叫びもかき消してしまう。目の前にキャノピーが下がって来てプシッ、とクローズする。JFSの緑ランプが点く。目が自然に計器へ行く。身体に覚え込ませた手順は忘れてない——規定回転数。
(チェックやってる暇がない)
コクピット内の点検や、セットアップ手順をする暇はない。構わずスロットルを握った左手の中指で、左1番エンジンのフィンガー・リフトレバーを引き上げる。
左エンジン、始動。
ドンッ
キィイイインッ
P&W／IHI／F一〇〇エンジンが着火し廻り出す。
ぴしっ
前面風防の左側が一か所、音を立てて白くなった。拳銃で撃たれたのだ——と一秒かかって気づく。
はっ、と目を上げると青黒い戦闘服が機首の前方に並んで一斉に拳銃を構える。白い発射煙。
ぴしぴしっ
ぴしっ

「んなろっ」

茜は唸る。

左エンジン始動完了、スターターが自動的にカット・アウト、ジェネレーターが発電を始め、油圧ポンプが廻り出す。圧力が上がる、すかさず左手でマスター・アームスイッチを〈ON〉。スロットルの兵装選択スイッチを〈GUN〉へ。

戦闘服の一人が、左エンジンのインテーク（空気取入口）へ銃を向ける。

「そこをどけっ」

右手を操縦桿。発射トリガー。人差し指で握る。

途端に茜の左肩の後ろで、二〇ミリバルカン砲が作動し火焔を噴いた。

ヴヴァォオッ
土煙が上がるのだけ見えた。気がつくと目の前に並んでいた戦闘服の群れは吹っ飛び、どこかへ消えてしまった。

「馬鹿な」

「そ、そんな馬鹿なっ」

警察の出動服や戦闘服を着た十数人が驚きの声を上げる。

いったい、どうしてこのF15が動き出そうとしているのか。

パイロットは殺したはずだ。整備員だという小娘は、縛って転がしておいたのをたった今リーダーが射殺したはず――

だが

「おい、あの小娘だ」

左翼付け根から噴き出した火焔は、衝撃波とともにサイロ出口に立ちはだかった七、八人を一瞬で吹っ飛ばした。それをやったのは――

高いコクピットのキャノピーの中にいるのは、あろうことか縛っておいた小娘だ。

「し」

「信じられん」

「馬鹿な、やめさせろ」

「エンジンに何か放り込め」

●F15J　891号機コクピット

「長居は、無用だ」

茜は周囲を素早く見回した。

青黒い群れ。いったい、何人いるんだ。これが全部外国の工作員か――!?

もう右のエンジンを始動している暇はない。何か工具のような物を手に、機体の前方へ廻り込もうとする者もある。

「片っぽのエンジンで、飛び上がるしかない――」緊急発進だ。何か大事なことは抜けていないか。

私はスクランブルも、やったことないのに……!

計器パネルの右サイドで、航法管制パネルにいつの間にか緑ランプが点滅している。

慣性航法装置が、自立してる……?　機のポジションも入力していないのに。

はっ、と右下を見やる。

(坂爪一尉……あらかじめINSを立ち上げていてくれたのか)

茜の目の前で、ヘッドアップ・ディスプレーに緑色の姿勢表示と高度・速度のスケールが浮かんだ。

行ける。

茜は目を上げ、前方を睨むと両足を踏み込んだ。パーキング・ブレーキ解除。同時に左のスロットルを前へ。

キィイインッ
(跳び出せっ)

エンジン全開、スロットルをノッチを越えてさらに前へ。

アフターバーナー、点火。

●サイロ内

ドンッ
イーグルの左側エンジンのノズルが一瞬しぼんでから、真っ赤な火焔を噴いた。
ドカンッ
閉鎖された空間でアフターバーナーが点火した。衝撃波。立っていた人間は一人残らずなぎ倒され吹っ飛ばされ、壁に叩きつけられた。
「うわっ」
「ぎゃぁあっ」

キィイイインッ

双尾翼の戦闘機はパーキング・ブレーキを解除され、つんのめるような勢いでサイロを滑り出て行く。

●F15J　891号機コクピット

「滑走路、どっちだ。どっち——こっちかっ」

農道空港は伸び切った雑草にうずもれていたが、短い誘導路と、直角に接続する滑走路だけは舗装《ほそう》された路面が露出していた。

茜はいったん左スロットルをアイドルへ戻すと、右手の人差し指で操縦桿の前輪操向スイッチを握り、右脚でラダー・ペダルを踏み込んだ。

ぐうっ、と視界が廻る。F15Jは滑走路に入って、かすれた白いセンターラインが機首前方に延びる。ラインナップした。

「短い——なんて贅沢《ぜいたく》言ってられない」

農道空港の滑走路はおよそ四〇〇メートルか。だが外国工作員たちがどんな武器を持っているか分からない、追いかけて来るかも知れない。

右エンジンは空中でかければいい。

(燃料は、増槽内二〇〇〇ポンド、機体内タンク一三〇〇〇ポンド。主翼下にAAM3を二発――この重量なら何とか片発で上がれる)

行こう。

すぐそこに見える滑走路の末端に視線を集中、再び左エンジンのスロットルを最前方へ叩き込んだ。

アフターバーナー五段全開。

ドンッ

●東京　総理官邸　地下
オペレーション・ルーム

『キャサリン、嘘だと思ったら、今太平洋上を飛んでいるC5Aのカーゴルームを調べさせてみろっ』

常念寺が、携帯に声を張り上げている。

『片方のキャニスターは贋物だ。プルトニウムは入っていない、小松基地にいた君たちの前線指揮官が中身をすり替えたんだ』

「――――」

障子有美は、駐日アメリカ大使を説得しようとする総理大臣を、唇を嚙んで眺めた。

間に合いそうにない……。

自分の情報画面と、正面スクリーンにも防空レーダー情報を出している。

一頭の龍のような姿の日本列島――その腰にあたる本州北陸沿岸の遥か沖に、ぽつんと緑の三角形が浮かぶ。尖端を左上、北西方向へ向けじりりっ、じりりっと進んで行く。

「工藤君」

たまらずに、CCPへ通じている回線の受話器を取った。

「どうにか、ならないの。築城のスクランブルは上げられないの」

『出前は無理です』

地下空間で米兵に銃を突きつけられているらしい工藤は、声をひそめて応える。

『ここから、築城基地へスクランブル・オーダーの警報を鳴らせば、あるいは現地のパイロットたちが海兵隊員を振り切って、無理やり発進してくれるかも知れませんが』

「それをやって」

『無理やり上がっても距離が遠いので、戦闘機の機上レーダーで政府専用機を捉えられるところまで、ここから逐次誘導しないといけません。こんな状態では』

「危機管理監」

そこへ、NSC情報班の班員がまた紙を持って駆け寄った。

「ヘリの機上にいる門班長と、ただ今連絡がつきました。大阪へ降りずに、二見農道空港へ直接向かうそうです」

「——分かった」

有美は息をついて、受話器を置く。

今となっては、テロのために用意された戦闘機の機体を確保したところで——

「ねぇ。門情報官は『北朝鮮工作員の活動が活発化している』と言ったわね」

「はい」

班員はうなずく。

「以前から、西日本の山陰地方には、本国からの工作員の上陸を支援する大規模な組織が存在しているらしいのです。現地の警察の目をかいくぐって、工作員を自由自在に出入りさせる。工作船や本国とは、衛星電話を使って連絡しているらしい。警察もパトロールを強化しているのに、いっこうに捕まらないのは変なのです」

「そう」

「この事態に呼応して、彼らの組織の通信量が飛躍的に増えました。組織の実態が掴めるチャンスかと、班長はみずから西日本へ飛ばれたのです」

「この事態に、呼応して……」

有美はまた唇を噛む。

そうか……。

目を上げる。

緑の『SGNS01』はまたじりっ、と一ミリくらい朝鮮半島へ近づく。

三〇キログラムの、高純度プルトニウム。もしもそれがあの国に渡ったら。

(いったい、何が起きるんだ)

●横田基地　地下
総隊司令部　中央指揮所

「笹」

工藤は、独り言をつぶやくような感じで、隣席にも聞こえるように言った。

「俺は、これから築城の第八飛行隊にスクランブル・オーダーを出す」

「…………」

左隣の副指令官席から、笹一尉が息を呑むようにして見返す。

横目でそれを確認して、工藤は続ける。

「いいか。ヘディング三六〇、エンジェル四〇へバイゲイトで上がれと指示を出す。おそらくその時点で俺は撃たれる、後は頼む」

「……先任」

「あれを北へ行かせるわけにはいかん。後はお前たちがFを誘導し――場合によってはあれを撃墜しろ。法的根拠なんて考えている暇はない」

「………」

「あぁ、腹が減った」

工藤は、伸びをしながらわざと大きい声を出した。

そばの保安隊員を、ちらと見る。

「軽食のデリバリーは、まだかな。ったく遅い――」

言いながら、自分の卓上の通信ヘッドセットと、全国各基地のアラート・ハンガーへ個別に警報を発するSCシステムのコントロール・パネルへ手をやる。

だがその時。

「おう」

「おぉ」

CCPの地下空間の前の方で、驚いたような声がした。米兵に銃を突きつけられているので、控えめなさざめきだが――

「――」

工藤は手を止め、目を上げる。

何だ。

正面スクリーンを見やる。

管制官たちがざわついている。列の間に立った保安隊員たちが「ビー・クワイエット」

「ステイ・カーム」と苛立ったように強要する。

だが

（あれは、何だ……？）

工藤の目はスクリーンの一角に吸い寄せられる。若狭湾の少し左側――兵庫県の日本海に面した海岸線にポツリと、オレンジの三角形が浮かんだ。飛行場もないはずの場所から急に浮かぶように出現したのだ。しかも防空レーダーの質問波にすぐ反応し、オレンジは緑に変わり識別コードが表示される。『52―8891』

緑の三角形――高度表示：一〇〇上昇中、速度表示：四〇〇。

「何だ、あれは」

「自衛隊機です」

笹が言う。

「防空レーダーに、ＩＦＦが応答していない。飛行計画が提出されていないから、機体の登録番号が識別コードの代わりに表示されるんです」

「登録番号？」

「シャラップ！」

保安隊のリーダーが、工藤に銃口を向けた。

「コマンダー・クドウ、アイ・セイ・アゲイン。ノー・コミュニケーション、ノー・オペレーション。オーダー・イズ・スティル・イフェクティブ！」

●若狭湾上空
Ｆ15Ｊ　８９1号機　コクピット

「――はぁっ、はぁっ」

分厚い雲の層を突き抜け、目の前がふいに蒼一色になった。

「う」

まぶしさに、茜は目をすがめる。

雲海の上に出た。コクピットを揺さぶっていた気流の乱れがおさまり、一瞬、空中に止まっているかのような錯覚に陥る。

もう、水平でいい。

右手で操縦桿を押し、機首を下げる。身体が浮くようなマイナスGとともに前方視界が下向きに流れ、機首の下から雲の水平線が現れる。機首姿勢を水平に――ヘッドアップ・ディスプレーの高度スケールが一五〇〇〇で止まる。

上昇する間に、右のエンジンもスタートした。空中始動手順は、身体が覚えていた。

(新田原のシミュレーターで、さんざんやったもの)

操縦の勘も戻って来た気がする。飛ぶのは半年ぶりなのに――

こんなことで、またイーグルに乗るようになるなんて。

「――――」

呼吸を整えながら、シートベルトを締め直し、両肩のハーネスを着ける。ヘルメットを被り、酸素マスクを機の酸素系統に接続してから顔に着ける。吸う。乾いたエア――この味はひさしぶりだ。

(小松へ、戻るか……いや)

これからどうする。

坂爪一尉の話が本当であれば。

国連事務総長の策謀によって、在日アメリカ軍は自衛隊を動けないよう制圧しているはずだ。小松基地へ降りれば、海兵隊に捕まってしまう。

そうだ、ひかる――

海兵隊の一部の勢力が、アメリカ政府に贋物を掴ませ、プルトニウム密封容器の一つを政府専用機に載せて北朝鮮へ向かおうとしている。坂爪一尉はこの891号機を使って、それを阻止するはずだった。

あれから、どのくらい時間が経った……？

ひかるはどこにいるんだ。まだあの専用機の中にいるのか。

「あ」

茜はジーンズの後ろのポケットに固い物を入れたままなのに気づいた。

手を回し、取り出す。

黒い携帯電話。日本製だろうか。

(衛星電話なら、ここからでも通じるか)

茜はイーグルの姿勢が変わらぬよう、操縦桿のトリム・スイッチで平衡《へいこう》を取ると、妹の携帯の番号を思い出しながら押した。

「スピーカーフォンにするにはどうするんだ――こうか」

横のスイッチを操作すると、耳に当てなくてもコール音がスピーカーから出た。

コール音だ。

向こうに繋がってる——

『誰』

咎めるような低い声が、ノイズと共に出た。

●横田　総隊司令部中央指揮所

「あの機は何だ」

スクリーンに目をくぎづけにしながら、工藤が小声で訊《き》くと。

隣席の笹も銃を突きつけられているので、小声でつぶやくように言う。

米兵がさんざん「ビー・クワイエット」と脅かしたので、CCPの空間は静かだ。

「イーグルです、たぶん」

「何」

「あの登録番号は——」笹はスクリーンの緑の三角形を目で指す。「8891というのはF15Jです。たぶん小松所属の」

F15Jイーグル……⁉

小松基地所属のイーグルが単機で、なぜあんなところに現れ——いや。

（いや理由は、この際どうでもいい）

緑の三角形は、まるで若狭湾西方の山地を蹴って飛び出したように、機首を真北へ向け飛んでいる。高度一五〇〇〇フィート、四〇〇ノット。

工藤は現れたイーグルの位置と、日本海中央部を左上——北西へ進む『ＳＧＮＳ01』の緑の三角形の間合いを目で測った。

これは。

間に合う——

「————」

気づくと、反射的に卓上からヘッドセットを取っていた。

頭に被る。

横で保安隊リーダーが見とがめ「ノー」と銃を向けるが
「うるさい、撃つなら撃て」

工藤は睨み返し、怒鳴った。

しんとした空間に響き渡るのも構わず、気づいたら怒鳴っていた。

「俺は日本を護る。俺は自衛官だ、任務を果たす。俺を撃ちたければ撃てっ」

「…………」

途端に
ざざざっ
管制卓の各列で、要撃管制官たちが一斉に卓上のヘッドセットを取りあげた。ざざっ、と音を立てて一斉に頭につける。

ノー、ストップ、と英語の声も響くが、若い管制官たちはある者は睨み返し、ある者は無視して、だれも米兵の言うことは聞かない。

『先任、さっきから館内インターフォン盗み聞きしていました。すみません』

工藤のヘッドセットに、最前列の日本海第一セクター担当管制官の声が入る。

『情況は分かっています。あの小松のFを、シグナス〇一へ指向すれば良いのですね』

『先任、築城の第八飛行隊へのSC下令はどうしますかっ』

「――――」

工藤は、絶句する。

各列の間に立つ保安隊員たちが、今度は気圧されたようにリーダーの方を見て来る。

どうします、という表情。

「コマンダー・クドウ」

リーダーは唸《うな》るが

「聞いてくれ」

工藤は立ち上がると、在日アメリカ軍の戦闘服の少尉に向き合った。

「あのスクリーンを見てくれ。あそこにいるわが国の政府専用機は、あんたたちの海兵隊の反乱兵に乗っ取られている。奴らは、わが国の原子炉から奪い取ったプルトニウムを持って北朝鮮へ向かうつもりだ。俺は、今からそれを阻止する。俺の英語が分かるか⁉」

「………」

「分かったら、もう邪魔をするな」

## 10

●日本海上空

747-400　機内

(誰……⁉)

ひかるは、眉をひそめた。

床下電子機器室の暗がりで、携帯の画面に浮き上がったのは知らない番号——登録していない相手からのコールだ。

誰だろう。

機体が離陸してから、姉に自分の所在を知らせようと何度もコールした。だが茜の携帯は繋がらない。千歳基地の特輸隊の同期生や教官も駄目だ。

誰とも繋がらない。

しばらく、床下電子機器室のラックの陰で息をひそめていた。

膝を抱え、どうしよう——と思った。

(こういう時、駄目だわたし……)

自立して、強い女になろう、そう思ったりしたけれど。

航空機の客室乗務員は、意志が強くないと勤まらない。そういう立場に、憧れたりしていたけれど。

「小さい頃から、お姉ちゃんの後ばかり」

抱えた膝に、額をつけた。

ブラウスの胸で携帯が震えたのは、その時だった。

知らない番号からのコールだ……。眉をひそめながら着信ボタンを押した。

「誰」

『ひかる？』

微かなノイズと共に、耳につけたスマートフォンに響いたのは茜の声だった。

『ひかる、ひかるか。どこにいるんだ』

「お、お姉ちゃん……⁉」

ひかるは目を見開き、暗闇の中で身を起こした。

茜だ。

「わたし、今政府専用機の中にいる。飛んでる、どこかへ向かってる」

熱いものが、目の下からわき出しそうになる。

茜の声だ。

『ひかる、無事か』

「わたしは――」

『小松を離陸したのか。今どこを飛んでいるんだっ』

「お姉ちゃん助けて。化け物みたいな海兵隊が仲間を殺して」

プツッ
だが不意に、通話は途切れた。

「えっ……⁉」

見ると、画面が黒い。

電池切れ……。

「…………」

●日本海上空　若狭湾沖
F15J　891号機

「ひかる、ひかるどうしたっ」

助けて、化け物みたいな海兵隊が――そこまでひかるの声が聞こえた後、不意に通話は切れてしまった。

「……何だ？」

黒い携帯を見やる。

切れたのか。一度はひかるに通じたのに。

操縦桿を両膝に挟み、動かないようにして茜はリダイヤルするが
「――駄目か？」

その時
『F15、891号機』

ヘルメットのイヤフォンに、無線の声が入った。

『８８９１号機、聞こえるか。こちらは総隊司令部ＣＣＰだ』

「ちょっと黙ってて」

茜は、酸素マスクの内蔵マイクに反射的に言い返した。

「今、忙しい」

●横田基地　地下
総隊司令部中央指揮所

「――」

「――」

工藤は、隣の席の笹と思わず顔を見合わせた。

何と言った。

今、忙しい……？

「俺の耳の迷いか」

「いえ、確かにそう聞こえました。女の子の声です」

「８８９１号機、こちらはＣＣＰ。聞こえるか。聞こえたらアクノリッジせよ」

最前列で、日本海第一セクター担当管制官が呼び続ける。

すべての自衛隊戦闘機が飛べない中、たった一機、若狭湾沖に現れたＦ15Ｊ。

だがその機の操縦者と思われる声は、アルトの若い女性の声だった。

「８８９１号機、聞こえるか」

「日本海第一セクター」

工藤は命じた。

「以後、あの機との交信は天井スピーカーに出せ」

●総理官邸　地下
オペレーション・ルーム

「あれは何」

障子有美は、防空レーダー画面に突然ポツン、と現れた緑の三角形に目を見開いた。

識別コードの代わりに、登録番号が表示されている。つまりは自衛隊機だ。飛行計画を出していない自衛隊機……？

５２‐８８９１

「あの番号は」

どこかで見た。

「危機管理監、あれは何だ」

常念寺が訊《き》く。

キャサリン・ベネディクトは『C5Aの積み荷を調べさせる』と応えたきり、まだ返答を寄越さない。

「あれは自衛隊機か。真北へ向かうぞ」

「確認します」

有美はCCPへの直通回線の受話器を取る。

●日本海上空
747-400　機内

電池が切れた。

どうしよう……。

ひかるは、暗闇の天井を見上げた。

姉と、何とかして連絡を取る方法は。

「――」

手のひらの携帯を見る。画面が黒い。

電池……。そうだ。

ハッとする。

「上の客席へ、行けば」

一階客室の一般座席――ビジネスクラス仕様の座席には、携帯電話やパソコンの充電機能がある。上の客席へ行けば……。

天井を見上げ、ひかるは唇を噛む。目をつぶる。あの通路には死体が転がっている。

血の海だ――


「くっ」

頭を振る。

でも、行かなくちゃ。

姉ちゃんに連絡して、助けを呼んでもらわないと。
●747‐400　一階客室

「――――」

ひかるは、一階客室の床面に通じる蓋《ふた》を少し押し上げて隙間を作ると、通路の後方を見やった。

ゴォンゴォン――とエンジン音が響くばかりで、動くものは何もない。

「くっ」

蓋を押し開け、一気に床面に出た。

通路を小走りに、後方へ進んだ。なるべく前方の、空いている座席の列の間へ跳び込むと姿勢を低くした。誰かが――あの化け物が二階から階段を降りて来ても、すぐには見えないように。

あった、充電器……。

前の座席の背の部分にリセプタクルがあり、携帯を差し込んで充電出来るようになっている。考えてみれば、昨夜からずっと使っている。

スマートフォンを差し込んで、充電させた。

（そうだ）

前の座席の背には、Ａ４サイズの液晶画面がある。乗客用の個人エンタテインメント・システムだ。旅客機と同じ仕様のものが政府専用機にもついている。

画面をタッチすると、メニューが現れる。その中に『これからの飛行コースと現在の位置』というアイコンがある。

(姉ちゃんが『今どこを飛んでいるんだ?』って……)

ひかるにも、あの海兵隊指揮官の男がこの747をどこへ向けようとしているのか、分からない。

現在の位置を乗客に知らせるシステムは、機のフライトマネージメント・コンピュータからデータをもらってCGの地図上に表示する。

「――――」

アイコンを触ってみる。

ひと呼吸おいて、画面が出た。

日本海だ。石川県の小松から、斜めにまっすぐ航路が延びている。目的地は……。

(平壌……?)

だが

「あれ」

ひかるは首をかしげる。

いったん、朝鮮半島の北西部へまっすぐ延びる航路を描き出した画面は、ひかるが見ている前で息をつくと、変わった。

航路が描き直された。途中でコースが折れて水平方向へ——つまり真西へ進む。目的地の表示も変わる。

(何だろう、ここは)

眉をひそめた時。

ギシッ
頭上で、階段がきしんだ。

●日本海上空　若狭湾沖
F15J　891号機

『891号機のパイロット。君は誰だ』

茜が携帯をリダイヤルしていると、今度は別の声が無線で呼んで来た。

『私は工藤二佐。横田CCPの先任指令官だ』

「私は」

茜は、リダイヤルしたままの携帯を脇に置く。

横田のCCPか。情況を教えてもらえるかも知れない。

「私は舞島茜一曹、第六航空団第三〇八飛行隊、ただし整備隊です」

『……？』

無線の相手はけげんな感じになる。

説明するのが面倒だな――茜は唇を嘗《な》める。

「正規のパイロットではありませんが、一応ウイングマークは持っています。兵庫県の農道空港に隠されていた機体で、外国工作員による拘束から逃れてきました」

『………』

また相手は絶句しかけるが
『わ、分かった舞島一曹。いや良く分からんのだが、君が第六航空団の所属員で、F15Jを現に飛ばしている。今重要なのはそれだけだ。只今よりCCPの指揮下に入れ』

「あの、私は」

『政府専用機を追え』

畳みかけるように、工藤という先任指令官は言った。

『政府専用機が奪取された。日本海中部を北西へ向け飛行中。ただちに追いつき、これを捕捉せよ』

「せ、政府専用機ですか……!?」

『そうだ』

それを早く言って欲しい。

「了解しました」

茜は顔を上げ、前方を見る。

雲海の上に、蒼空が広がっている。

「ベクターに従います。誘導を」

『担当管制官に替わる、以後指示に従え』

「ラジャー」

『君のコールサインだが』工藤は言った。『こちらのスクリーンに登録番号しか出ない。末尾二桁《ふたけた》を取り、これより暫定《ざんてい》的に〈チェイサー九一〉と呼ぶ』

「了解」

●総理官邸　地下
オペレーション・ルーム
「操縦者は第六航空団の女子整備員……!?」
障子有美はCCPとの直通の受話器を握りながら、眉をひそめた。

「工藤君、それどういうこと」

『こちらでもただちに名簿と、人事記録を調べさせました。舞島茜一等空曹。航空学生として空自に入隊、戦闘機コースでウイングマークを取得。新田原でのF15Jへの機種転換訓練課程では優等賞を獲っています。半年前に健康上の理由で整備へ職種転換』

「舞島、茜……」

有美はハッ、とする。

自分の卓上にいつの間にか積み重なった、プリントアウトの束《たば》をめくる。

「舞島茜一等空曹、52-8891号機……」

『本人は、農道空港から上がって来た、とわけの分からないことを言っていますが』

「えっ」

『とりあえず〈チェイサー九一〉は燃料はどうにかある、超音速で追いかけさせます。十分か十五分で追いつく。わが国の防空識別圏の外縁ぎりぎりで追いつきます』

●日本海上空
F15J　891号機

ドンッ

双発のノズルから火焔を噴くと、日の丸をつけたイーグルは加速した。

加速しながら上昇する。

そのコクピット。

(――ひかる)

今、追いつく。

「待っていろ、ひかる」

アフターバーナーの燃焼は、コクピット全体をビリビリ震わせた。

ぐうっ、と加速Gが茜の細身をシートに押しつける。

「う」

そ、そうか、今日はGスーツを着てない。ジーンズにシャツだ。

『チェイサー九一、ベクター・トゥ・ターゲット。ヘディング三〇〇、クライム・トゥ・エンジェル四〇。超音速で行け』

「ラ、ラジャー」

ドンッ、と軽いショックと共に音速を超える。

ヘッドアップ・ディスプレーの速度スケールがみるみる増加しマッハ一・一、一・二。

加速する代わりに全開のアフターバーナーは燃料をがぶ呑みし、増槽のゲージがたちまちゼロに。

ちょうどいい、増槽投棄。

左手を伸ばし、レバー操作で胴体下の増槽を捨てる。増槽付きではマッハ一・四が制限速度だが、捨ててクリーン状態にすればマッハ二・五まで出せる。

「全開だ、行け——くっ」

加速Gが腹筋をえぐる。Gスーツなしで戦闘機に乗るなんて初めてだ——茜は歯を食い縛る。

●日本海上空
747‐400　機内

ギシッ

セイウチを思わせる巨漢は、まだら模様の戦闘服の体軀を左右に揺らし、ゆっくり一階客室への階段を降りた。

一仕事を終え、楽しみな『狩り』の時間がやって来たのだ。

「ぐへへへ」

くんくん、と低い鼻を鳴らしながら、階段を降りて行く。階下の通路には黒い染みが広がり、倒れて絶命した二名の海兵隊員がそのまま転がっている。

だが巨漢はそれらには目もくれず、鼻をくんくん動かしながら一階へ降り立つ。

この機内のどこかに、極上の『獲物』が潜《ひそ》んでいる……。

さっきからいい匂いがぷんぷんしているのだ。

と
ブルルッ
微《かす》かな震動音がした。
巨漢は音のする方へドス、ドスと歩いた。この動きからは、『獲物』に襲いかかる時の俊敏さは窺《うかが》い知れない。だが数度の外国での戦闘に生き残って来られたのは、その類稀《たぐいまれ》な戦闘力によるものだった。この巨漢にとって海兵隊はいい居場所だった。
ブルルッ
「…………」
震動音をさせているのは、一つの客席の背の充電器に差し込まれた携帯電話だった。
画面が明るくなり、番号が表示されている。
持ち主の姿は無い。

「ぐへへ」

巨漢は見回す。くん、くんと鼻を動かす。

客室中央のギャレーに目が行く。そのカーテンが、微かに揺れている。

「ぐへっ」

●747-400　コクピット

「もうすぐ日本の防空識別圏を出ます」

右席の隊員が、計器パネルのナビゲーション画面を見て言った。

「北朝鮮領空まで三十分——向こうでは王侯貴族の暮らしか。楽しみですね中佐」

「うむ。それなのだが」

イ・ナムギルは、左側操縦席で腕組みをしたまま前方を見ていたが。

ふいに腕組みを解くと、腰から拳銃を抜いた。

一挙動で真横へ向け、撃った。

パンッ
「——うぐ」

右席の隊員は一発で心臓を撃ち抜かれ、そのまま横向きに倒れて絶命した。

ナムギルは表情も変えず「すまんな。行けないのだ」とつぶやいた。
「実は、この機の目的地は別の場所だ」
言いながらナムギルは、フライトマネージメント・コンピュータのキーボードへ手を伸ばす。
ピッ
画面に文字が出る。『代替ルート選択　用意』
男は、グレアシールドの上に置いた黒い携帯を、ちらと見やる。
「真の目的を、遂げさせてもらおう」
男はＥＮＴＥＲキーを押す。
ピピッ
「コース変更」

●７４７－４００　機内

はぁ、はぁ。

ひかるは息を殺し、ギャレーの奥に並んだ冷蔵カートに背中をつけていた。やはり、あの化け物が降りてきた。

機内は閉鎖空間だ。

小さい頃、変質者に襲われた時は、危ないところで姉の茜が駆けつけてきた。それでも自分は――

一生、消えない傷を負った。

姉ちゃんを、責めるつもりはない。主体性が無くて、いつも後をくっついて歩いていたわたしだって悪いんだ。あの時、間に合わなかったけど、姉ちゃんは来てくれた……。

(……でも今度は、姉ちゃんも来てくれない。自分一人で、闘うしかないんだ。生き残りたければ)

そう考えた瞬間。

じゃらっ
カーテンが引き開けられた。まだら模様の灰色の壁――いや壁じゃない、巨体の化け物が出口を塞《ふさ》ぎ、押し入って来るのだ。

「ぐぇっへっへ」

髪の毛のように細い眼――こちらを見た、笑っているのか。

「きゃぁあっ」

悲鳴が出た。でも同時にひかるは両手に抱えたギャレー用ハロン消火器のレバーを思いきり引き絞っていた。

バシュウッ
爆発的な白煙が巨漢の頭部を包み込んだ。昨日の火災対処訓練で習った。窒息するから絶対に人に向けてはならないという、ハロンガス消火器だ。
だが
「ぶふぉおっ」
巨漢は吠えただけで、丸太のような腕が二本、頭上からひかるの上半身を掴み取ろうと襲いかかってきた。
「きゃあっ」
捕まる――！
だがその時
グラッ
ふいにギャレー全体が、大きく傾いた。何だ。
(機が旋回した……!?)
一瞬、巨漢がバランスを崩しよろめいた。
ひかるはとっさに床を転がり、巨漢の両足の下をくぐり抜ける。くぐり抜けざまに、手にしたアイスピックをくるぶしへ突き刺した。

グサッ

「ぎゃふぉっ」

「くっ」

立ち上がり、走った。

通路を前方へ。ビジネスクラスの座席、その一つの背から携帯を摑み取る。前方は駄目だ、行き止まりだ。

引き返して、左側の通路を後方へ。

●東京　横田基地

総隊司令部　中央指揮所

「政府専用機、左旋回。針路を変えます」

第一セクター担当管制官が声を上げるまでもなく。

正面スクリーンで、斜め左上――北西へ向かっていた緑の三角形が、ゆっくりと向きを変える。

「?」

「…………」

管制官たちが、顔を見合わせる。

「おい」

工藤が口に出すと
「はい」

笹も首をかしげる。

「先任、あれは」

「うん。真西へ向かうぞ……?」

「この針路では、韓国へ向かうことになります——ソウルへ東から一直線です」

11

●日本海上空
７４７‐４００コクピット

「こちら『無慈悲なムササビ』」

男は黒い携帯を手に取ると、短縮番号を押して相手を呼んだ。

電話の相手は、地球の裏側だ。衛星電話は便利だ。どこにいても声が届く。

『――首尾はどうだ。ナムギル』

六十代後半の、政治家――国連事務総長の声がした。

『首領様にプルトニウムはお届けしたか。わが民族に、地上の楽園は訪れたか』

だが

「そうは行きませんよ」

男は頭を振る。

「あなたの企《たくら》みの通りにはならない」

『……何？』

声はいぶかしむ。

『何を言っているのだナムギル』

「――――」

男は左側操縦席で目を閉じると、静かに開いた。

「あなたに話がある」

『?』

通話の相手は、何の話だ……? という息づかいだ。

背後に広場のざわめきのような雑音。

アナウンスが響いている。ラガーディア空港のターミナルか。

「俺は知っている」イ・ナムギルは続けた。「パク・ギムル。あなたは二十六歳の時、韓国軍少尉としてベトナム戦争に従軍し、現地のある村を襲った。一個小隊で村人を虐殺し、男は一人残らず殺し、女は――」

『……何』

「初めて明かそう、俺の生まれを。俺はライダイハンだ」

相手が絶句する。

ナムギルは続ける。

「三十九年前、俺はベトナムで生まれた。母親は俺を産んで、すぐに死んだ。父親は韓国兵だと聞いた。村をまるごと焼きはらって虐殺した韓国軍の隊長が父親だと……村で一番器量のよかった母を、その隊長が――」

『………』

「俺は、韓国兵が産ませた子として、ベトナムでひどいいじめを受け、密航してアメリカへ逃げた。他人の戸籍を奪い取って、韓国系アメリカ人となった。いつか、お前のような韓国軍人、いや韓国人すべてに復讐してやると誓《ちか》って、勉学に励《はげ》んだ」

『お、おい……』

「知らなかったのか」

イ・ナムギルは言葉を区切った。

目を前方へやる。

計器パネルのナビゲーション画面には、韓国東岸の海岸線の地形が映り始めている。

「俺が、何者であるのかを……。あなたのことは恨《うら》んでいたが――最後にこういう機会を与えてくれて、感謝していますよ。お父さん」

『――お、おいっ。ナムギル！』

カチ

男は通話を切った。

携帯は操縦席の後方へ放り投げ、捨ててしまう。

自動操縦に機のコントロールを任せ、座席にもたれると深く息を吸い、目を閉じた。

「間もなく、おそばへ参ります。お母さん」

その時。

『政府専用機に告ぐ』

国際緊急周波数に合わせてある無線の第二チャンネルに、声が入った。

スピーカーの声は、欧米人の感覚からすると少女のようなアルトだ。

『シグナス〇一に告ぐ。警告する。ただちに一八〇度ターンし針路を変えなさい。貴機を後方からレーダーで捉えている。こちらは航空自衛隊・チェイサー九一』

●日本海上空
F15J　891号機

「メイク・ワンエイティ・ターン、イミディイエイトリー！」

茜は、計器パネル左上の四角いレーダー画面に捉えた白い菱形――味方の識別コードを返して来るターゲットを睨みながら無線に告げた。

ゴォオオオッ
凄まじい風切り音だ。マッハ二・五で追いついていくのだ。

「ディス・イズ、チェイサー・ナインティワン、アイ・セイ・アゲイン――」

その時。

操縦席右横の後方パネルの上に、リダイヤルをかけたまま放り出してあった携帯がふいに声を出した。

『お姉ちゃん』

「――――」

茜は酸素マスクのマイクに警告を繰り返すのをやめ、携帯を見た。

ひかる……!?

素早く酸素マスクを外し、携帯を摑むと早口で告げた。

「ひかる、どこにいる。機内のどこだ。無事かっ」

話すと、すぐにマスクをかける。四〇〇〇〇フィートだ。F15のコクピットに与圧はほとんど無い、十秒以上酸素マスクを外していたら低酸素状態になり昏倒《こんとう》してしまう。

『お姉ちゃん、化け物に追われてる、殺される』

何だと……!?

化け物……？

小松で、犬を殺して食っていた海兵隊員の姿がちらと蘇《よみがえ》った。

(――う)

海兵隊の反乱兵に奪取された専用機……。

「見えた」

追いついた……！

茜は目を見開く。あれだ。真っ白い雲海の上、雲の水平線の上に、白く陽を反射してきらめくようなシルエット。

ボーイング７４７だ。

あの中だ。

「ひかる待ってろっ」

茜はまた酸素マスクを外すと、短く怒鳴った。

「いいか、どこにいるのか教えるんだっ」

●７４７‐４００　機内

「どこ——って……！」

ひかるは通路を走り、逃げた。

ドス、ドスと背後から足音は響いて来る。

アイスピックを刺したせいで、獣のような敏捷性《びんしょう》は失ったらしい。しかし走る速さは、ひかると同等以上だ。セイウチのような巨漢は「ぐへへ、ぐへへっ」とまるで楽しんでいるかのような声を上げ、追って来る。

シュラッ

不気味な音に、一瞬振り向くと。

巨漢のその手に、半月のようなナイフが出現している。

追い回したあげく殺すつもりか……!?

「くっ」

ひかるは走った。

殺されるなら、せめて最後にお姉ちゃんの声が聞きたい。

わたしによくしてくれたのに、学校を勝手にやめたりして――そのことは謝っておきたい。

だが

『いるところを、教えろっ』

携帯の向こうで姉の声は叫んだ。

どこにいるかって……!?

「どういうこと」

『姉ちゃんが、助けに行く』茜の声は叫んだ。『今から姉ちゃんがあんたを助ける。今度は絶対に助けるから、機内のどこにいるのか教えるんだっ』

「アッパーデッキに、今上がってるっ」

ひかるは二階客室への階段を、駆け上がった。

アイスピックを刺されて多少でも脚がもつれるなら、階段を上がるのは遅いだろう。

そう考えたのだが。

「あんまり、違わない！」

ひかるは二階客室の通路を、前方へ走った。狭い一本道だ、前へ逃げるしかない。

『ひかる、どこだ』

「二階客室っ」

『通路かっ』

「もう、追いつかれる」

『よし分かった』

「何が」

『いいか聞け』茜は叫んだ。『今から五つ数える間に、手近の座席に座ってベルトを締めろっ』

「――えぇっ⁉」

『言うとおりにするんだっ、きつく締めろ』

「――くっ」

もう、死ぬんだ。

せめて最後は、姉ちゃんの言うとおりにしてやろう。今まで言うこと聞かなくて、申し訳なかったし……！

ひかるは二階客室通路最前方の、非常脱出口に隣り合った客室乗員用のアテンダント・シートに滑り込んだ。後ろ向きについている座席だ。姉の言うとおりに、座席ベルトとショルダーハーネスをカチ、カチと締めた。

「三」

「ぐふぉおおっ」

セイウチのような巨漢が、二階客室の後方へ階段を上って現れ、すぐにひかるの姿に気づいた。一本道の通路を、ドスン、ドスンと巨体を揺らしながら突進して来る。

「四」

やられる。

そのにやけた細い眼と、半月のような大振りのナイフ――

（……！）

目を閉じた。

「五」

ドカンッ！

だがその時。

目を固くつぶったひかるの頭上で、何かが炸裂《さくれつ》した——いや天井を削《けず》り取った。

ぶわっ
爆発的な空気の奔流が、二階客室の固定されていないすべての物を吸い上げた。

「き——きゃぁあああっ」

何だ。

何が起きた……⁉

ひかるが悲鳴を上げながら目を開けると、セイウチのような巨漢が「ぶふぉおおっ！」と叫びながら天井のV字形破口から外気へ吸い出されていくところだった。巨体が破口に一瞬、栓《せん》のように引っかかるが凄《すさ》まじい気圧差で肉袋が破裂するように裂け、真っ赤に爆発して吹っ飛んだ。

ぶぉおおおっ
機内の空気が根こそぎ吸い出される。髪の毛が持っていかれる——悲鳴を上げるひかるの頭上から、緊急用の黄色い酸素マスクが自動的に落下して来る。

「はっ」

慌てて口に当て、吸う。

『ひかる』

右手に握り締めた携帯から、姉の声がした。

同時に

ゴォオオッ

ジェットエンジンの轟音がして、非常口扉の窓のすぐ外に、流麗な双尾翼の戦闘機が姿を現した。

涙滴型キャノピーが陽光を反射している。

『ひかる、大丈夫か』

ひかるは口に酸素マスクをしているので、外を見て顔だけで「うん」と応えた。

『ここからコクピットの窓に、倒れた人影が見える。携帯用酸素ボトルがあるだろう、マスクをつけてコクピットへ行ってみるんだ』

●７４７‐４００　コクピット

ひかるが客室乗員用の携帯酸素ボトルを肩からバンドで吊し、マスクをつけた装備でコクピットへ入って行くと。

「…………」

あの海兵隊の隊長が、左側の操縦席で昏倒していた。

パイロットなのに、窒息《ちっそく》している……？

何かを捜し求めるように両腕を伸ばしているが、その姿勢で前のめりに倒れている。鋭い目が『無念』と訴えるように宙を睨んでいる。気を失っているのか死んでいるのか、分からない。

「お姉ちゃん、海兵隊の隊長が倒れてる、どうしたんだろう」

飛行機は、自動操縦で平然と水平飛行を続けている。

７４７がまっすぐ飛んでいるだけだったので、舞島茜はバルカン砲で二階客室の屋根の一か所だけを吹っ飛ばすことが出来たのだが、そんな事実をひかるは知らない。

またイ・ナムギルがボーイング旅客機のライセンスを取得したフロリダの民間訓練会社のシミュレーターは古い物だったので、彼は政府専用機の新型パイロット用酸素マスクの使い方が分からなかったのだが、そんなこともひかるには想像は出来なかった。

『ひかる。その男をどかして、操縦席につくんだ』

コクピットの左サイドの窓の横に、Ｆ15Ｊが並んでいる。

キャノピーの中に座る赤いヘルメット。

姉の茜が、こちらを見ていた。

「わたしが、座るの？」

『ＣＣＰに聞いて、自動操縦の使い方を教える。一緒に日本へ帰ろう。ひかる』

# 第V章　蒼空《そうくう》の刺客《しかく》

1

●横田基地
総隊司令部　中央指揮所

『CP、こちらチェイサー九一。シグナス〇一のコクピットを確保。機内を急減圧させたため海兵隊反乱兵は昏倒しています』

「────」

「────」

要撃管制官と、保安隊員たちが見上げる正面スクリーンで、緑の三角形『SGNS01』の右隣にもう一つの三角形『52-8891』が並んでいる。

天井スピーカーから響くのは舞島茜一曹の声だ。息づかいが速い。

しかし
機内を、急減圧させた……⁉

「────」

「────」

工藤は笹と顔を見合わせる。

いったい、どうやって──

いや。それではあの７４７は、今どんな状態で飛んでいるのだ。

●日本海西方上空
F15J　８９1号機　コクピット

「自動操縦の使い方を」

茜は酸素マスクのマイクに告げた。

左手のスロットルで速度を合わせ、右手の操縦桿で高さを合わせる。７４７‐４００の白い機首と並んで飛んでいる。

その巨人旅客機のコクピットの窓──手前に見える右側操縦席も、奥の左側機長席も操縦士は倒れていて、今ひかるが苦労して大男の海兵隊長を引きずり出し、代わりに左席へ滑《すべ》り込むところだ。

「今、特輸隊の客室乗員が一名、操縦席について酸素マスクをつけます」茜はその様子を目で確かめながら言う。「至急、747の操縦資格者を。無線でオート・パイロットの使用法を教えて下さい」

●747‐400　コクピット

重い……！

「う」

ひかるは一杯に後方へスライドさせた操縦席から、大男の海兵隊長の両脇に手を入れ、引きずり出した。重い。かろうじて引き出せたのは、小さい頃から合気道の稽古《けいこ》で大柄な相手と組み合ったり、客室乗員の養成訓練で救急介助法を習ったりしたからだ。

左側操縦席につくと、右の窓の外を見た。

「――――」

姉ちゃんのF15――

日の丸をつけたイーグルは、ぴったりと真横に並んで飛んでいる。その光を反射するキヤノピーの中で、紅いヘルメットがうなずいて見せる。

『ひかる』膝に置いた携帯電話のスピーカーが言う。『操縦席の左脇の下に収納式の酸素マスクがある。赤いノブを摑《つか》んで、引くんだ』

ひかるはうなずいて、左下のサイドパネルを探した。それらしい物がある。しかし言われないと、酸素マスクが収納されているようには見えない。

顔につけていた携帯用マスクを外すと、ひかるは姉の言うとおりに赤いノブを摑み、パイロット用酸素マスクを引き出して頭に被った。

プシュッ
『無線を235メガヘルツに。国際緊急周波数だから、たぶんUHFの第二チャンネルにすでにセットされている。確認したら、操縦桿の送信ボタンを押して、返事するんだ』

●東京　総理官邸
オペレーション・ルーム
「総理。どうします」
オペレーション・ルームの正面スクリーンでは緑の三角形が二つ、並んだ状態で左真横へ——つまり真西へ向かって進んでいる。すでに日本海を三分の二も渡り、このままではちょうど北朝鮮と韓国が国境を接する辺りで、半島の海岸線へ当たるコースだ。

全員が息を呑んで見上げる中、古市官房長官が問う。

「あれに乗る海兵隊反乱兵が警告に応じず、反転しなければどうするのです」

「――――」

常念寺は腕組みをして、のけぞるような姿勢でスクリーンを見ている。

たった一機の空自のイーグル。

チェイサー九一というコールサインを与えられたF15は、追いつくことは追いついた。

しかし政府専用機を奪取した海兵隊反乱兵たちは、プルトニウムを北朝鮮へ届けるつもりだと言う。

どうして針路を、ぎりぎりになって真西へ変えたのか分からないが……。

（…………）

障子有美もスクリーンを見上げながら、唾《つば》を呑むしかなかった。

どうすればいいのだ……。

海兵隊反乱兵は、自衛隊機の警告に従うのか。

官邸では、洋上で舞島茜とひかるの間で交わされた通話は聞くことが出来ない。二人は携帯電話で話したからだ。

この間にも、舞島茜は７４７の操縦席についた妹から機内の情況を訊《き》き出していたが、その情報はまだ届かない。

オペレーション・ルームでは、まだ何が起きたのか分かっていない。ただスクリーン上で二機が並んでいる。その様子が見られるだけだ。

「……諸君」

常念寺が口を開いた。

「私は」

その時。

常念寺の目の前の卓上に置いた携帯が、震動した。

いまいましげに息をつき、四十五歳の総理大臣はスピーカーフォンを入れる。

「私だ」

『常念寺。Ｃ５Ａの積み荷を確認させたわ』

駐日アメリカ大使の声が、オペレーション・ルームに響く。

『あなたの言っていることが、正しかった。謝ります。ただちにアメリカ政府は〈トモダチの平和〉作戦に基づく自衛隊の行動制限を解きます。オキナワのアメリカ空軍では距離があり過ぎ、海兵隊反乱兵の乗っ取った７４７を追撃することは出来ません。常念寺、あなたがたの手でプルトニウムが北朝鮮へ渡るのを阻止《そし》して下さい』

「――――」

『常念寺、聞こえますか。常念――』

ばしっ、と常念寺が携帯を卓上から払いおとしたので、声は途切れた。

若い総理大臣は、肩で息をしていた。

「……遅いんだよ、ちくしょう」

「総理」

「総理っ」

全員が、思わずという感じで立ち上がり総理大臣に注目した。

「諸君」

常念寺は呼吸を整え、官房長官とスタッフたちを見渡した。

「諸君、聞いてくれ。あの機に載るプルトニウムが北へ渡れば、それに呼応して韓国国内で親北勢力が蜂起し、クーデターを起こす可能性がある。私が北の指導者ならそれを画策する。そうなれば、これを機におよそ二十発の核弾頭ミサイルを保有する〈統一反日朝鮮〉が、わが国のすぐ隣に出現する。これは悪夢だ」

「――――」

「――――」

「これを許せば、日本に平和な未来は来ない。あの政府専用機を北へ行かせるようなことがあれば、私は近衛文麿以上の大間違いをやらかすことになる。そのようなことは」

「――――」

「――――」

「防衛大臣、聞いているか」

『は』

回線でつながっている市ケ谷から、佐野防衛大臣の声が応えた。天井スピーカーだ。

『聞いております』

「命令する。警告に応じて反転をしない場合、あのF15に政府専用機を撃墜させろ」

「――――」

有美は息を呑む。

命令――

確かに総理大臣は、自衛隊の最高指揮官ではある。しかし常念寺は、専用機を北へ行かせぬ代わりにプルトニウムを日本海へぶちまけるつもりか……!?

だが

「異論を持つ者はあるだろう」常念寺は言う。「しかし撃墜しても、海中へおちたキャニスターは無事で済むかも知れない。一方で専用機を北へ行かせれば、確実にわが国は無事では済まない」

「────」

「────」

「諸君、分かってくれ」

『総理、お言葉ですが』

防衛大臣の声が応える。

『現行法の規定では、チェイサー九一に専用機を撃墜させることが出来ません』

「何」

●小松基地　地下

要撃管制室

「あれに整備隊の舞島一曹が乗っている……⁉　どういうことだ」

亘理が唸《うな》った。

「坂爪はどうしたんだ……？」

小松基地の地下要撃管制室は、爆破の被害をかろうじて免《まぬか》れ無事だった。

入口の瓦礫《がれき》をどけて、階段を駆け降り、亘理を先頭に橋本空将補、白矢が駆け込むと。

無人の管制室のスクリーンには日本海が拡大投影されていた。

ちょうど〈チェイサー九一〉というコールサインを割り振られた891号機が、CCPの誘導で政府専用機に追いつくところだった。

二つの緑の三角形が、真横に並んで数分。

『こちらチェイサー九一、舞島一曹』声が天井スピーカーに響く。『繰り返します。専用機のコクピットは奪還しました。特輸隊の舞島三曹が操縦席についています。機体は穴が開いて減圧しましたが無事。自動操縦は働いています。そうよね？　ひかる』

「――――」

白矢は息を呑んだ。

確かに舞島の声だ……。

どうして、あそこのイーグルに舞島が乗っているんだ。

それも俺が『撃墜』した891号機……？

わけが分からない。

『――は、はい』

別の声が管制室の天井スピーカーに入る。

舞島茜に比べると、やや幼く、舌たらずな印象。

『わたしは舞島ひかる三曹、特輸隊客室乗員訓練生です。今操縦席について、マスクをしています』

●総隊司令部　中央指揮所

「よ、よく分からんが、よくやった」

工藤は自分のヘッドセットのマイクで、頭上のスクリーンに浮かぶ緑の三角形へうなずいた。

二つの三角形は依然として真西へじり、じりと進んでいる。朝鮮半島の沿岸へ近づいて行く。

「747のエキスパートと、すぐ無線で話せるようにする。少し待て」

そこへ
「先任、官邸からです」

笹が館内インターフォンの受話器を差し出す。

「危機管理監から、緊急です」

『工藤君、聞いて』

インターフォンの受話器からは、障子有美の緊張した声だ。

『たった今、アメリカ軍による〈トモダチの平和〉作戦は終了しました。自衛隊への行動制限は解かれます。同時に〈内閣安全保障会議〉は政府専用機が奪取されたこの事案を、わが国に対する重大な武力脅威と判断、自衛隊に対して防衛出動命令を発出しました』

「――えっ⁉」

『繰り返します。防衛出動命令です。これにより政府専用機の北行きを阻止します。正当防衛、緊急避難などを考慮する必要はありません。専用機を奪取した反乱兵が警告に従わない場合、チェイサー九一に撃墜を命じて下さい』

「い、いや障子さん。その必要はない」

工藤は頭を振った。

「専用機のコクピットはたった今奪還した。これから７４７のエキスパートに無線で指示してもらい、自動操縦で引き返させ――」

だが工藤が言い終わる前に。

ざわっ

正面スクリーンを見上げる全員が、息を呑んだ。

日本海北西部を拡大する視野の中。左上にポツ、ポツとオレンジ色の三角形が出現した。尖端を斜め右下へ向けている。二つ、三つ、四つ――

「――おい、あれは何だっ」

工藤はインターフォンの受話器を放り出すようにして怒鳴った。

アンノンだ……。

それもターゲットが四つ……!?

●小松基地　要撃管制室

「まずいぞ」

亘理がまた唸った。

「専用機のコクピットを奪還したということは――」

黒板大のスクリーンには、横田のCCPと同じ日本海の情況が映し出されている。

日本海の三分の二以上を渡り、さらに朝鮮半島沿岸へ接近する二つの緑の三角形。それに対し、斜め左上――北西方向からオレンジの三角形が四個、尖端をまっすぐに向けて近づいて来る。

　デジタル表示は高度四〇〇、速度一二〇〇。

「あれは北朝鮮の――あの速度はおそらくミグ29だ。超音速を出してる」

　亘理のつぶやきに
「どういうことだ亘理二佐」

　橋本空将補が訊《き》く。

「北朝鮮のミグが襲って来るとでも言うのか？」

「その通りです団司令」

　亘理はうなずく。

「私の記憶が確かならば。国連事務総長のＰＣにあった〈計画〉では、最終段階でプルトニウムを積んだ政府専用機は北に対して秘話回線を開き、領空へ入る手前の決められたタイミングで暗号を送信します。暗号が送信されないと、専用機は敵方へ寝返ったか奪還されたと見なされ、北朝鮮はプルトニウムを奪い返されるのを阻止するため迎撃機を出してこれを撃墜します」

「なっ」

「何ですって」

「まずいぞ。暗号はまだ送信されていない可能性が強い。おまけになぜか平壌《ピョンヤン》へ向かうコースを外れた」

「ただちにＣＰへ知らせる」

橋本空将補が、みずからホットラインの赤い受話器を取りあげた。

●日本海西方上空
Ｆ15Ｊ　８９１号機　コクピット

ピッ
（……!?）

茜の前にする計器パネルの右上、円型のスコープ――ＴＥＷＳのスコープの右端近くに白い輝点が現れた。

ピピッ
（……ロックオンされた――!?）

計器パネル左上の四角いレーダー・ディスプレーを見やる。さっきから広域索敵モードにしているが……。

そうか。

茜は唾を呑む。

前方一二〇度の扇形の範囲よりも、真横に近い角度から何かが来るんだ。

　それも複数――

「ひかる」

　茜は並走する７４７の操縦席の窓を見て、酸素マスクのマイクに言った。

「ちょっと周辺の様子を見る。そばを離れるけど、そのまま飛ぶんだ」

『わ、わかった』

「ＣＣＰから指示があったら、従うんだ」

　同時に
『チェイサー九一、こちらＣＣＰ。大変なことになった』管制官の声がヘルメット・イヤフォンに届く。『ボギー多数、ツー・オクロック』

「チャンネルを替えて」妹が恐がるから――とつけ加えかけて、やめる。「指揮周波数にして下さい」

『了解した』


　茜は操縦桿を右へ倒す。雲海の水平線が機敏な動きで傾き、イーグルは右旋回に入る。水平直進する７４７の機体をたちまち背中にする。

　茜は右手を見やる。

と
「――――」

機首が北西を向く瞬間、四角いレーダー・ディスプレーに無数の菱形《ひしがた》（茜には無数に見えた）が重なってぐしゃっ、と現れた。北西方向――北朝鮮の方角から押し寄せる。

これらは。

こっちを、射撃管制レーダーでロックオンしている……!?

ＩＦＦに反応しない。

敵機……？

『舞島一曹、接近して来るのは北朝鮮機だ。速度から判断してミグ29。今、第六航空団から情報が寄せられた。政府専用機が決められた暗号を送信しないので、北朝鮮は〈計画〉の失敗を疑って専用機を撃墜処分するつもりだ』

「な――」

何だって。

茜はヘルメットの下で目を見開く。

前方は白い雲海。肉眼ではまだ何も見えない。レーダー・ディスプレー上の菱形の群れは全部オレンジ色に変わり、さらに近づいて来る。四つ。機首がまっすぐに向く。接近相対速度は音速の二倍以上――

ディスプレー上の距離は……六〇マイル、五五、五〇マイル——ぐんぐん近づく。

『舞島一曹、操縦席の舞島三曹に、暗号を送信させることは出来ないか』

「無理です、そんなの」

ひかるの話では、機内の海兵隊員は全部倒れている。

茜は送信のチャンネルを元の緊急周波数へ戻すと、怒鳴った。

「ひかる、ひかる聞いているか。操縦桿を握《にぎ》れ」

『——お姉ちゃん？』

「いいか、言うとおりにするんだ。今からその機を南へ向ける。操縦桿の握りのどこかに、自動操縦の解除スイッチがある。握ったまま押すんだ、自動操縦が外れる」

『や、やってみる』

『チェイサー九一、シグナス〇一、今千歳の特輸隊とつながった。７４７のエキスパートが間もなく無線に出られる』

「間に合わない」

茜は振り向いた。二枚の垂直尾翼の間——雲海の遥か後方に、白いシルエットが小さく見える。

「ひかる、外れたかっ」

『み、右のボタンを押したら、警報が鳴って操縦桿が動いた』

「左へ回せっ」

茜は叫んだ。

「いいか、思いきり左へ回せ。スロットルを摑んで手前へ全部絞って、機首を思いきり前へ突っ込めっ」

『姉ちゃん……!?』

「いいからやるんだっ。ミサイルは全部、姉ちゃんが防いでやる。急降下で逃げろ」

『えっ!?』


雲海の上で、白いシルエットがぎこちなく左へ傾く。傾いて小さくなる――それ以上、見ていることは出来ない。

茜は前を向く。

レーダー・ディスプレー。オレンジの菱形が近づいて来る。距離四〇マイル、三五――

四つの菱形がふいに分離して、八つになった。

(嘘《うそ》!?)

四機じゃなかった、二機編隊が四つだった……！

八機……!?

## 2

●横田基地
総隊司令部　中央指揮所

「敵は八機です、目標は二機編隊が四つだった。接近中のミグは八機！」

日本海第一セクター管制官の声に。

地下空間の全員が、息を呑んだ。


アメリカ軍の保安隊員までが、銃を降ろして注視している。

緑の三角形『SGNS01』は徐々に真下——南へ向きを変え、もう一つの緑の三角形は左上から襲い来るオレンジ色の群れに、単独で向かっていく。

「チェイサー九一、何をするつもりだ」

工藤は思わず、送信スイッチを握った。

「君も回避機動をしないか」

『私に引きつけます』

「——えっ？」

ＣＰの管制官全員が、互いに顔を見合わせる。

緑の三角形と、八つのオレンジの三角形は向き合ったまま たちまち近づく。

「先任、官邸からです」

笹が横から受話器を差し出す。

スクリーンを見上げながら受け取ると
『工藤君、わたし』

障子有美の声が言った。

『こちらでも情況を見ています。情報も入手しました。北朝鮮が専用機を撃墜するつもりなら、この際、それでいいわ』

「——な」

工藤は我に返ったように、目をしばたたくと受話器に応えた。

「何を言うんです障子さん」

『だって』

官邸のオペレーション・ルームでも同じ画面を見ているのだろう、人々の息を吞むような空気が伝わって来る。

『八機のミグを相手に、一機のイーグルで何をすると言うの』

「しかし」


「発射しました、発射しましたっ」

最前列の管制官が叫んだ。

「レーダー誘導の中距離ミサイル、チェイサー九一と専用機に向かいます。R27ミサイルと思われる、弾数八」

「千歳と繋がりました」

連絡担当管制官が声を上げる。

「千歳の地下要撃管制室に、特輸隊の主任パイロットが到着。情況を見ながらシグナス〇一へ指示が出せます」

●日本海西方上空
747-400

急降下している。

ピーッ

ピーッ
政府専用機747‐400にもTEWSが装備されていた。戦闘機の射撃管制レーダーにロックオンされると警報を鳴らすのだ。

「――――」

だが舞島ひかるには、何の警報が鳴っているか分からなかった。ただ姉の茜が指示した通りに、操縦桿を左へ傾けて前へ押し、四本まとまったスロットルを手前へ引き絞っていた。ミサイルが来る……⁉ 姉ちゃんはそう言ったのか。窓の外は雲海が大きく傾いて、たちまち眼前に迫って来る。

「き、きゃあっ」

ザザザッ
雲に突入した。機体ががくがく揺さぶられる。

『舞島三曹、舞島三曹、聞こえるかっ』

スピーカーに別の声がする。

この声は……。

「教官……⁉」

『舞島、燕木だ。聞こえるか。今、スクリーンでそちらの動きを見ている。いいぞ、そのまま急降下を続けろ』
「―――」
『後方からミサイルを撃たれた。しかし急降下して海面を背景にすれば、レーダー誘導のミサイルは極端に射程が短くなって誘導を失う。そのまま機首を下げ続け、海面近くまで降下するんだ』

●総隊司令部　中央指揮所

「チェイサー九一、回避しません」

最前列の管制官が声を上げた。

「ミサイルに向かって、まっすぐ突っ込みます」

「な―」

工藤は受話器を手にしたまま、あっけに取られてスクリーンを見上げた。

「何をするつもりだ」

●日本海西方上空

F15J・891号機のコクピット。

「くっ」

茜はTEWSのスコープを睨み、自分をロックオンする電波の発振源へ機首をまっすぐに向けると、左手でスロットルを最前方へ押し進めた。ノッチを越えて前へ——

ドンッ
アフターバーナー点火。途端に茜は背をシートに叩きつけられる。

「うぐ」

腹を殴られるような衝撃——そうか、しまった。今日はGスーツを着けてない……！

だが歯を食い縛《しば》り、計器パネル左のレーダー・ディスプレーを睨《にら》む。

オレンジの八つの菱形が急速に近づく。距離二〇マイル、一五——

菱形から分離した小物体が八つ。

さらに近づく。

(全部、こっちへ来い……！)

TEWSをちらと見る。ロックオンされてる。

相対速度は凄《すさま》じい——おそらく肉眼では何も分からない。

気配を、摑め。

茜は一瞬、目を閉じる。

ミサイルども、こっちへ来い、こっちだ、私の方だ——

額《ひたい》を何かに突かれるような気配。

(今だ)

茜は目を開くと、同時に手足をフルに動かした。

ぶわっ
天地が回転し、途端に何も分からなくなる。

「ぐわ」

音速近くで宙を突進していた灰色のF15は、クルッとひっくり返ると、その場から瞬間移動のようにいなくなった。

何もない空間を、次の瞬間真っ白い噴射炎を曳《ひ》いて数発のミサイルがすれ違った。

ブン
ブンッ
●総隊司令部　中央指揮所

「チェイサー九一、瞬間的に下方へ移動しましたっ」

管制官が驚きの声を上げる。

「ど、どうなっているんだ。一瞬で三〇〇〇フィートも高度が下がった」

「ミサイル、すり抜けます」

「専用機へ行くミサイルはっ」

思わず工藤が叫ぶ。

真下へ向かう緑の三角形を追う小物体はあるか……⁉

「ありません」別の管制官が応える。「シグナス〇一は一〇〇〇〇フィートまで降下。引き続き南へ離脱します」

「ミグの編隊、チェイサー九一とすれ違います」

「まずいです、先任」

笹が言う。

「第一波はチェイサー九一が自分に引きつけて、かわしましたが――」

「くそっ」

工藤は送信ボタンを握る。

「チェイサー九一、チェイサー九一聞こえるかっ」

●日本海西方上空
７４７‐４００

ブォオオオッ
凄じい風切り音が風防をなぶる。

さっきからキン、キンという別の警報音が鳴っている。それが設計制限速度を超えつつあることの警告だとは、ひかるには分からない。

「――くっ」

マイナス一〇度のピッチ姿勢を維持して、ひかるは操縦桿を前へ押し続けていた。

『速度がマッハ〇・九を超えたが、かまわなくていい、そのまま降下し続けろ』

天井スピーカーで燕木三佐の声が教える。

『スクリーンで見るとミグの編隊が追って来るが、大丈夫だ。海面すれすれへ降りて逃げ続けろ。たとえミサイルの第二波が来ても、その機には最後の防御手段がある』

「――――」

『高度が一〇〇〇〇フィートを切った、もう酸素マスクを外しても大丈夫だぞ』

は、はい。

ひかるはうなずくと、伸縮チューブで頭を覆って顔に張り付いていた酸素マスクを、右手で取りはずした。

「は、はぁっ、はぁっ」

前面風防の向こうで激しい水蒸気の奔流が途切れ、鉛色の海面が広がる。

『よし舞島三曹、少しずつ操縦桿を引いて、機首を起こすんだ』

「は、はい」

●F15J・891号機

『――チェイサー九一、チェイサー九一聞こえるかっ』

ヘルメット・イヤフォンに響く声で、茜は我に返った。

う――

途端に胃をえぐられるような苦痛。

「う、うぐっ」

吐きそうになる。何だ、一瞬だけ気を失ったのか……!?

高度は。

ヘッドアップ・ディスプレーが目に入る。緑色の数字は見える——

大丈夫だ、水平に飛んでいる……。

目をしばたたく。

水平線が見える。イーグルは姿勢を回復して、まっすぐに飛んでいた。

亜音速でフルスティック操作をして、機体をディパーチャーに入れてから……。そうか

回復操作は手足が自然にやってくれたのか。

「——はぁっ、はぁっ」

だが、頭ががんがんする。

『チェイサー九一、聞こえるか』

「き、聞こえます」

茜は顔をしかめながら酸素マスクのマイクに応える。

「ミグの、編隊は」

『君の頭上を、たった今すれ違った』

CCPの声は言う。

この人は先任指令官だったか……。

『ロックオンが一時的に外れ、君のことは見失ったようだ。舞島一曹』

「――」

茜は周囲を見回す。

自分はどっちを向いて飛んでいる……?

『いったい何をやったんだ』

「追いかけます」

茜はヘルメットの頭を振った。

「妹を――いえシグナス〇一を護る。追いかけます、ベクターして」

●総隊司令部　中央指揮所

「チェイサー九一、ベクター・トゥ・ボギー。ヘディング一八〇」

最前列の管制官が、舞島茜一曹のF15に誘導指示を出した。

機首方位一八〇度でまっすぐ南へ――

「チェイサー九一、ミグ編隊も降下して専用機を追っている。急いでくれ」

「あまり降下すると、こっちのレーダーに映らなくなるぞ」

工藤は、さらに海面へ向け緩く降下を続ける『SGNS01』の緑の三角形を見やって、唇を嚙んだ。

ＡＷＡＣＳが——Ｅ７６７早期警戒管制機が出動していないから、陸上レーダーの探索範囲に浮いている物体しか捉えることが出来ない。

今、五〇〇〇フィートまで降下した『ＳＧＮＳ01』の背後に、オレンジの三角形の群れが一五マイルまで間合いを詰めて迫るところだ。

「チェイサー九一、後方からロックオンして脅かせ。防衛出動命令が出ている、警告なしで撃墜してかまわない」

●日本海西方上空
Ｆ15Ｊ　８９１号機

「了解」

茜は機首を南へ向け、再び自分のレーダーにミグの群れを捉えると、スロットルをフルに入れてアフターバーナーに点火した。

ドンッ
「——ぐ」

軽い眩暈《めまい》がする。

Gスーツもなしで……。

（でも急がないと）

くそっ、もってくれ――

肩で息をしながら、左の中指でレーダーをスーパー・サーチモードに。

ピッ
もう微妙なレーダー操作を、していられる余裕が無い。スーパー・サーチモードにしておけば、目の前の視野に入る敵機を勝手にロックオンしてくれる。

左の親指で兵装選択を〈SRM〉に。茜が携行しているミサイルは、赤外線追尾方式のAAM3が二発だけだ。射程は三マイル。近距離に近づかないと撃てない。航空自衛隊はスクランブルで国籍不明機を目視で確認するのが任務だから、遠方の見えない目標をレーダー誘導で撃破する中距離ミサイルは、通常は携行しない。

「はぁっ、はぁっ」

やばい。

超音速に加速、ミグ29の編隊を追いかける。八機――

オレンジの菱形の群れの先に、白い菱形。

まずい、こいつらはまた中距離ミサイルを撃つぞ……。

ピッ

(――――)

目を上げる。編隊の中の一機をロックオンした。ヘッドアップ・ディスプレーに小さな四角形が浮かぶ。目標表示コンテナだ。その四角の中にロックオンした敵機がいる――

「見えた」

いる。前方一〇マイルあまり先、鉛色の海面を背景に褐色の影――見たことも無い形の双尾翼の戦闘機だ。群れをなして行く。

ゴォオオオッ

イーグルは追いついていく。だが四機ずつ二つの塊《かたまり》になった〈敵機〉は、前方の何かに軸線を合わせようとしている。

「……!」

視線を上げていくと。水平線の少し上に、白い四発機のシルエット。

くそっ。

「貴様ら」

茜は歯嚙《はが》みした。ロックオンした目標がまだ七マイル前方、AAM3の射程内に入っていないのを承知で、操縦桿のトリガーを引き絞った。

「私の妹に手を出すんじゃないっ」

バシュウッ

イーグルの左翼下から白い炎を曳いて、ＡＡＭ３が跳び出していった。

脅しの効果はある、後ろの四機はミサイルの発射を感知して、パッと弾かれたように編隊を解き散開した。だが先を行く四機が、それぞれの翼下から白い噴射炎を吐き出す。

「ひかるっ」

茜は叫んだ。

「ひかる、急旋回で逃げろっ」

●７４７‐４００

『まだだ、舞島三曹』

燕木の声は、ひかるに直進を命じた。

後ろから、またミサイルを撃たれたのか……⁉　でも分からない。旅客機は自分の後ろが見えない。

ひかるはただ、指示に従って慣れない操縦桿を握り続けるしかない。

『敵機が発射した。いいか専用機のアクティブ・ステルス装置は五秒間しか働かない。私が合図したら、センター・ペデスタルにある赤いガードのかかったスイッチを入れろ』

「――赤いスイッチ、ですか⁉」

『そうだ。〈ACTIVE〉と表示されているからすぐに分かる。よし、今だスイッチを入れろ。入れたら全力急旋回でミサイルを振り切る』

「はい――きゃっ」

だがその時。ひかるが操縦桿を左手で保持しながら、左右の操縦席の間にある計器パネルの赤いガード付きスイッチを押し入れた時。

がばっ
ふいに背後から戦闘服の逞しい腕が襲い、ひかるの首を操縦席のヘッドレストごと締め上げた。

「きゃあっ」

「うぅっ、うぅ」

言葉にならぬうめきのような息が、ひかるの耳に背後から吹きつけられた。

な、何だ。

まさか。

（息を、吹き返した……⁉）

横目で必死に見やると。

つり上がった鋭い目が、ひかるを睨《にら》んでいる。唸りを上げて、締め上げてきた。

「俺の生涯をかけた復讐を邪魔しおって、小娘ぇっ」

何か唸るように言うが、英語なので分からない。

あの海兵隊長だ——死んではいなかったのか。低空へ降りて酸素が濃くなったから、意識を回復したのか。だが、今この機がどんな状態なのか分かっているのか。

「こ、殺してやる。どけ、ソウルへ突っ込むのだ」

「きゃあっ」

前面風防に、海面が迫る。機首が下がってる……！

海兵隊長の男は、目の前の景色が見えないのか……!?

海へ突っ込む。

いけない。

（——くっ！）

ひかるは窒息しそうになりながら、力を振り絞って操縦桿を引いた。目がくらむ——だが使える両手で思い切り、操縦桿を引きつけた。脚を踏ん張ろうとして無意識に右ラダーも思い切り踏んでいた。

ぐううっ

前面視界が、凄じい勢いで下向きに流れた。海面すれすれを五〇〇ノット以上で飛んでいた巨人機が昇降舵を一杯に取って機首上げし、同時に右ロールに入った。

ぐるっ

外で天地が回転する。全長七〇メートルの機体にかかる遠心力が凄じいGとなってコクピットを襲い、海兵隊の男を天井へ吹き飛ばした。

同時に窓の外を、何か白い炎の矢のようなものが何本もブン、ブブンッ！　と追い越すように通過した。

「ぐぁっ」

ガツッ、と嫌な音がして、それきり男の声がしなくなった。

（……！）

ひかるはそれどころではない、前方の空と海を必死に見ながら、空中で一回転したジャンボを元の姿勢に戻そうと操縦桿を逆に切っていた。

●F15J　891号機

（な、何だ!?）

後方から追いついて行く茜の目には、白い７４７がいきなりバレル・ロールを打って、襲いかかるミサイルの束をかわした——ようにしか見えなかった。

だが驚いている暇は無い。

四発の中距離ミサイルを放った四機が、そのままジャンボジェットの背後へ肉薄して行く。

やばい、機関砲を撃たれたら避けようがない……！

だが、その時だった。

茜は目を疑った。

７４７の背後へ迫ろうとしていたミグ29の群れ——褐色の双尾翼のシルエットに、前方の水平線から何本もの白い噴射炎の筋が伸びて来ると、次々に直撃した。

「……えっ⁉」

茜は酸素マスクの中で驚きの声を上げる。

ミグの編隊が……⁉

まるで、横向きに仕掛けた花火でも見るようだった。四つの火球が連続的に膨《ふく》れ上がると、茜の三マイル前方で爆散した。空中に消えてしまった。

（…………）

何が起きたんだ。

海面に何か見えた。

疾い影。

(あれは)

数秒後、海面すれすれをやって来た青色の影が四つ、滑るような疾さで茜のイーグルの下を次々にすれ違った。

「F2……!?」


『援軍に来た』

ヘルメット・イヤフォンに声が入った。

『チェイサー九一、お待たせ。わたしたちは築城第七航空団・第八飛行隊』

「――――」

茜は振り向いて、すれ違ったばかりの青色の影を目で追った。

築城の、F2……。

しかも呼びかけて来た編隊長らしき声は、女なのだ。

『あなたはシグナス〇一をエスコートして。こっちで残りのミグは掃討するから、ちょっと待ってて』

「りょ――了解」

『チェイサー九一、あなたの戦いはレーダーで見ていた。いい腕をしてる』

「え」

『わたしはサリー。あなたは？』

「えっ……」

茜は、半年前まで使っていた自分のTACネームを思い出すと、名乗った。

「私はアリス」

『了解』

どこか背後へ飛んで行ったF2の女子パイロットは、快活な調子で応えた。

『あいつら追い散らしたら、一緒に帰ろう。アリス』

# エピローグ

●石川県　小松基地

一か月後。

舞島茜の復帰一回目のフライトは、G空域での対戦闘機戦闘訓練だった。

飛行隊のブリーフィング・ルームで、一緒に訓練に上がる白矢英一と打ち合わせを済ませると、装具室でGスーツをつけ、酸素マスクとヘルメットを抱えてエプロンへ出た。

キイイイイン——

次々と、エンジンを始動している。

列線に並んでいるのは、全国の各飛行隊から少しずつ予備機を回してもらった、貴重な少数のF15Jだ。

「うちのイーグルが、ほとんど海兵隊反乱兵に爆破されてしまったから。噂ではF35Jを最初に導入するのはわが第三〇八飛行隊になるって話だぜ」

駐機場を見回し、白矢は言うが
「ふうん」

飛行服姿の茜は、あまり興味を示さない。

「でもあれ、システム戦の戦闘機でしょ。腕の見せ所がないわ」

「おい」

白矢は立ち止まった。

「お前、あれはもう、なしだぞ。やるなよ」

「分かってるよ」

「舞島三尉」

そこへ、飛行列線のすぐ外から飛行班長の乾一尉が呼んだ。

「必殺技は、なしだぞ。真面目《まじめ》にやれよ」

「はい」

茜は、飛行手袋の右手を上げて応える。

「分かってます。行ってきます」

「何だ、団司令もみんな見送りに来てるよ」

白矢が肩をすくめる。

「人気あるな、お前」

●司令部棟　四階
防衛部長室

「舞島三尉、今日が復帰の初フライトですね」

「あぁ」

亘理二佐は、応接用ソファで会議の資料を眺めていた。

TVがついている。

『──誰が、外国から帰化したとか言ったんですかっ』

画面は午後のワイドショーだ。記者会見で主民党の女性代議士が怒っている。

『そんなことを言った覚えは、ありません。私はれっきとした日本人ですよ。変なことを言うと名誉毀損《きそん》で訴えますよっ』

水色スーツの女性国会議員は気色ばんで怒っている。

スタジオに切り替わる。

『あのお祭り騒ぎのすぐ後、中南米とアフリカの各国が賛成票を取り下げたため、第二次大戦での〈戦勝国〉扱いは今回は無し、ということにされた韓国ですが。これはどういうことなのでしょうか』

『さぁ。アフリカ・中南米各国の代表とも「約束が違う」と怒っているようですが。どういうことなのか、私にはよく分かりません』


「高好三尉」

亘理は、書類に目をおとしながら口を開いた。

高好依子三尉は、窓からエプロンの様子を眺めている。

「最近、休み時間に編んでるセーター、あれは誰のだ?」

「え? さぁ」
●東京 総理官邸 廊下
「見ろよ、これ」

門篤郎が、地下一階の廊下で有美を見るなり口を尖《とが》らせた。

書類袋にぎっしり詰まった写真を示し、立ったまま文句を言う。

「おい見ろ、この農道空港の——内偵を進めていた北の工作員が、全滅だ。よくもやりやがった、これで捜査が全部振り出しじゃないか」

「大掃除になったんでしょ」

有美は立ち止まらずに行く。

内閣府危機管理監を兼務するようになってから、三倍も忙しくなった。

午後からまた会議だ。

「いいじゃない。向こうの国の態度も、最近変わってきているし」

「——」

「それよりも」

有美は立ち止まると、振り向いてぺこりと頭を下げた。

「いろいろもみ消しとか、後始末ありがとう門君。感謝してる」

「——」

「本当は、わたしは危機管理監の器《うつわ》じゃないって、思い知らされてる。今回の件では間違いばかりしてしまった」

すると

「――いいや」

門は腕組みを解いて、言った。

「あんたはよくやったよ」

●外国人記者クラブ　会見室

同時刻。


「わが国は」

常念寺貴明は、会見に参集した各国のジャーナリストたちを前に、口を開いた。

外国人記者たちは真剣なまなざしを集中させて来る。

「当面のところ、核武装に走ることはありません。しかしながら今回の事件を機に、わが国はやろうと思えばいつでも出来る――核抑止力が持てる。このことは事実として、内外によく認識されたところであります」

「――――」

「――――」

国内のマスコミが相手の会見と違い、やじを飛ばしたり揚げ足を取るＴＶや新聞の記者はいない。

常念寺は続ける。

「無法者をのさばらせるのは、無法者の周囲にいる人間にも責任があります。日本がその気になれば、いつでも核を持つ大国を押さえ込める——必要に迫られればわが国はいつでもやるぞ。そう示せば、ウイグルやチベットで苦しめられている人々、南シナ海の領有権問題で悩まされている東南アジア各国の人々もきっと安心することでしょう」

●小松基地　エプロン

Ｆ15Ｊ・891号機は訓練フライトに向かう茜を待っていた。

「スクォークはありません。機体は完璧です」

搭乗梯子を上っていくと。コクピットの脇に腰かける格好で機付き整備長の有川が待っていて、着席を手伝ってくれた。

「燃料は機内タンクと増槽一本にフル。機関砲とＡＡＭ3は実弾を搭載の上、マスター・アームは〈ＯＦＦ〉にしてあります」

「ありがとう」

茜は酸素マスクを機の酸素系統のコネクターに繋ぎ、Ｇスーツのホースを有川に手伝ってもらい高圧空気系統の吐出口に接続する。射出座席のハーネスを締める。

「あんた、やはりここに座っていた方がいい」

ハーネスの具合を確かめながら、有川は小声で言った。

「ところで。そのヘルメット、自分用に使われるんですか?」

「あぁ。これ」

茜は紅いヘルメットを被って、顎《あご》のストラップを締める。

「詰め物をして、サイズはちょうどよくしてもらったんです」

一か月前の〈事件〉で飛んだ時のヘルメットを、茜は自分で使うことにしていた。

サイズが少し大きいのを詰め物で調整して、〈ALICE〉というTACネームを描き加えた。

死んだ者の持ち物を使うのか……?　そう口にする人もいたが。

いいんだ。

茜は身支度《みじたく》をすると、操縦席で一瞬目を閉じた。

(私は)

私は、国を護る人の魂と一緒に飛ぶんだ。

搭乗を手伝った有川が「三尉、ご無事で」と梯子を降りて行く。

機付きの整備員たちが、並んで敬礼をした。

茜は手袋の手を上げ、答礼した。

「ありがとう、行ってきます」

著者注・この作品はフィクションであり、登場する人物および団体名は、実在するものといっさい関係ありません。

# 一〇〇字書評

切り取り線

| **購買動機**（新聞、雑誌名を記入するか、あるいは○をつけてください） | |
|---|---|
| □（　　　　　　　　　　　）の広告を見て | |
| □（　　　　　　　　　　　）の書評を見て | |
| □ 知人のすすめで | □ タイトルに惹かれて |
| □ カバーが良かったから | □ 内容が面白そうだから |
| □ 好きな作家だから | □ 好きな分野の本だから |

・最近、最も感銘を受けた作品名をお書き下さい

・あなたのお好きな作家名をお書き下さい

・その他、ご要望がありましたらお書き下さい

| 住所 | 〒 | | | | |
|---|---|---|---|---|---|
| 氏名 | | 職業 | | 年齢 | |
| Eメール | ※携帯には配信できません | | 新刊情報等のメール配信を 希望する・しない | | |

この本の感想を、編集部までお寄せいただけたらありがたく存じます。今後の企画の参考にさせていただきます。Eメールでも結構です。

いただいた「一〇〇字書評」は、新聞・雑誌等に紹介させていただくことがあります。その場合はお礼として特製図書カードを差し上げます。

前ページの原稿用紙に書評をお書きの上、切り取り、左記までお送り下さい。宛先の住所は不要です。

なお、ご記入いただいたお名前、ご住所等は、書評紹介の事前了解、謝礼のお届けのためだけに利用し、そのほかの目的のために利用することはありません。

〒一〇一－八七〇一
祥伝社文庫編集長 坂口芳和
電話 〇三（三二六五）二〇八〇

祥伝社ホームページの「ブックレビュー」からも、書き込めます。
http://www.shodensha.co.jp/bookreview/

祥伝社文庫

チェイサー91

平成26年9月10日　初版第1刷発行

著　者　夏《なつ》見《み》正隆《まさたか》
発行者　竹内和芳
発行所　祥伝社《しょうでんしゃ》
東京都千代田区神田神保町3-3
〒101-8701
電話　03（3265）2081（販売部）
電話　03（3265）2080（編集部）
電話　03（3265）3622（業務部）
http://www.shodensha.co.jp/

印刷所　堀内印刷
製本所　ナショナル製本
カバーフォーマットデザイン　芥 陽子



Printed in Japan ©2014, Masataka Natsumi ISBN978-4-396-34061-2 C0193

# 祥伝社文庫　今月の新刊

楡　周平
介護退職
堺屋太一さん、推薦！　少子晩産社会の脆さを衝く予測小説。

西村京太郎
SL「貴婦人号の犯罪」　十津川警部捜査行
消えた鉄道マニアを追え――犯行声明は〝SL模型〟!?

椰月美智子
純愛モラトリアム
まだまだ青い恋愛初心者たちを描く八つのおかしな恋模様。

夏見正隆
チェイサー91
日本の平和は誰が守るのか!?　圧巻のパイロットアクション。

仙川　環
逃亡医
心臓外科医はなぜ失踪した？　女刑事が突き止めた真実とは。

神崎京介
秘宝
失った赤玉は取り戻せるか？　エロスの源は富士にあり！

小杉健治
人待ち月　風烈廻り与力・青柳剣一郎
二十六夜に姿を消した女と男。手掛りもなく駆落ちを疑うが。

岡本さとる
深川慕情　取次屋栄三
なじみの居酒屋女将お染の窮地に、栄三が下す決断とは？

仁木英之
くるすの残光　月の聖槍
異能の忍び対甦った西国無双。天草四郎の復活を目指す戦い。

今井絵美子
木《こ》の実《み》雨《あめ》　便り屋お葉日月抄
泣き暮れる日があろうとも、笑える明日があればいい。

犬飼六岐
邪剣　鬼坊主不覚《ふがく》末法帖
欲は深いが情には脆い破戒僧。陽気に悪を断つ痛快時代小説。